교차하는 페미니즘

한국어문학에 나타난 젠더 (無)의식

개양어문총서 1

교차하는 페미니즘

한국어문학에 나타난 젠더 (무)의식

권영빈 · 김지율 · 이시성 · 최병구 · 권복순 · 김민정
김정호 · 윤정안 · 강민정 · 강현주 · 박시은

머리말

최근 몇 년 '페미니즘'은 논쟁적인 단어가 되었다. 한쪽에서는 여성차별을 더 이상 지켜볼 수 없다는 이유로 페미니즘의 깃발을 올리고, 다른 한쪽에서는 여성에 대한 차별이 존재하지 않는 시대에 페미니즘은 남성에 대한 역차별이라고 주장한다. 2022년 대선 국면에서 이 논쟁은 절정에 달했으며 '여성가족부' 폐지를 둘러싼 갑론을박으로 이어지기도 했다. 소위 MZ 세대의 눈치를 보던 정치인들이 페미니즘마저 정치의 대상으로 소환한 것이다. 페미니즘은 이렇게 소모되어도 좋은, 여성들의 전유물에 불과한 철 지난 이념일까?

벌써 많은 사람들의 기억에서 잊힌 감이 있지만, 2010년대 후반 우리는 전국민적으로 젠더 감성을 재교육하는 시간을 가졌었다. 2016년에는 『82년생 김지영』이 출간되고 강남역 화장실 살인사건이 발생했다. 두 사건은 여성혐오와 여성차별에 대한 국민적 관심이 증폭되는 계기였으며, 문단 내 성폭력을 고발하는 운동으로 이어졌다. 2018년에는 유명 정치인과 검사 등을 대상으로 한 'MeToo' 운동이 본격화되었다. 이러한 일련의 '페미니즘 리부트' 과정을 통해 페미니즘은 대중과 접점을 넓혀왔다. 비록 페미니즘이 상품이 되었다는 비판도 있었지만, 2010년대 후반은 대한민국의 젠더 감성이 한 단계 도약하는 시간이었음은 분명하다.

그러나 2020년 초 트랜스젠더 학생의 숙명여대 입학을 둘러싼 논쟁은 페미니즘이 처한 현실적 난관을 단적으로 확인시켜주었다. 트랜스젠더 학생의 '여대' 입학을 반대한 단체가 '페미니즘'을 내세웠다는 사실로부터 우리는 여전히 지정 성별을 정체성 정치의 중심에 놓는 사고를 확인할 수 있다. 이런 사고는 남성과 여성의 대립을 고착하는 문제를 넘어서 계급, 인종, 장애 등의 표지를 타인과 나를 구획하는 차별의 매개로 사용할 수 있다는 점에서 재고할 필요가 있다.

이 책의 제목이기도 한 '교차하는 페미니즘'은 바로 이러한 문제를 상대화하려는 개념이다. 페미니즘은 단지 차별받는 여성을 구원하기 위한 이념이 아니라 나의 신체와 행동을 규정하려 드는 담론과 제도 권력을 가시화함으로써 개별화된 주체들의 연대를 추구하는 지식이다. 특정 주체를 '빈민' '여성' '흑인'으로 호명하며 대상화하는 정치-경제 권력은 시간이 갈수록 더욱 강력한 힘을 발휘하고 있다.

주디스 버틀러는 『연대하는 신체들과 거리의 정치』에서 "불안정성이란 어떤 인구가 제대로 작동하지 않는 사회적·경제적 지원체계 탓에 남들보다 더 많이 고통받으며 상해, 폭력, 그리고 죽음에 더 많이 노출되는, 정치적인 문제로 초래된 어떤 상태"라고 정의한 바 있다. 가령 성 소수자가 느끼는 불안정성과 취업 준비생이 느끼는 불안정성이 동일한 메커니즘에서 생겨나는 감정임을 제시한 것이다. 이 점을 명확히 하지 못하면 개별 주체의 연대는 불가능한 일이다. 지금처럼 살거나, 다른 삶을 살거나, 선택은 각자의 몫이지만 불안정성이 일상이 된 사회에서 지금처럼 산다는 것의 의미를 떠올린다면, '교차하는 페미니즘'의 문제의식은 곱씹을 필요가 있을 것이다.

1장 "'소수자'의 아카이브'에서는 근대 이후, 소수자 되기 혹은 소수자 정체성의 가능성에 주목한 논문으로 구성되었다. 여기에 수록된 네 편의 글은 여성을 중심에 놓으면서도 생물학적 여성이란 범주를 넘어서, 소수자 사이의 연결 방법을 탐색한다는 공통점이 있다. 비록 그 연대의 대상은 다르지만, 주체의 개별성에 주목하며 근대 권력과의 대항 가능성을 자기의 신체로부터 찾고자 한다는 점에서 지금 우리에게도 많은 생각할 여지를 주고 있다.

권영빈의 「문학과 사건」은 『82년생 김지영』을 완결된 텍스트가 아니라 되기(becoming)를 추동하는 정동적 텍스트로 정의한다. 텍스트를 둘러싼 다양한 힘들이 연결되며 새로운 문화정치를 추동할 수 있는 방법에 주목한 것이다. 『82년생 김지영』이 텍스트 외부의 정치성 및 주체 문제를 어떻게 텍스트 내부로 가져오며 '되기'를 가능하게 만들었는지를 살피다보면, 『82년생 김지영』이 피해자 여성의 서사라는 비판이 갖는 공소함이 드러나게 된다.

김지율의 「허수경 시에 드러나는 헤테로토피아와 생태적 상상력」는 허수경 시에 나타난 '유적지'와 '역'이라는 헤테로토피아에 주목하며, 작가의 상상력이 난민과의 연대로까지 확장되고 있다고 주장한다. 허수경 시에 대한 꼼꼼한 분석을 살피다 보면, 여성 시인으로서 작가의 인식력이 근대 문명의 구조와 위계성 전반에 걸쳐 있음을 확인할 수 있다. 한 번도 한국 문단의 중심에 들어가 본 적 없는 시인의 삶이 웅변하듯, 소수자로서 그녀의 기록은 계급, 성별, 종교 같은 경계 넘나들기를 촉구하고 있다.

이시성의 「죄의식이 구원에 이르기까지」는 최인훈 소설에서 전쟁의 와중에 드러나는 여성의 이미지가 어떻게 변모되는지를 다룬다.

특히 「구운몽」 『회색인』 『서유기』를 거치며 여성은 전쟁의 참혹함을 부각시키는 매개를 넘어서 사랑의 주체이자 혁명의 원동력으로 제시된다. 작가는 실패한 혁명 앞에서 미래의 시간을 당겨오며 현재를 돌파하려는 의지를 보여주며, 그 방법으로 여성/남성의 위계를 무력화하고, 두 주체의 연대라는 화두를 제시하는 것이다.

최병구의 「횡단하는 사이보그: 여성·노인·동성애자」는 윤이형 소설을 대상으로 여성·노인·동성애자라는 정체성을 규정하는 시선을 다룬다. 인간/기계, 현실/가상, 이성애/동성애라는 경계의 논리를 흔들고 있는 작가의 시각을 읽어나가면, 테크놀로지가 더 나은 사회를 만들기 위해서는 자본과의 연대가 아니라 부끄러움과 사랑의 감정과 결합해야 한다는 사실을 발견할 수 있다.

2장 '문학으로 재현된 여성의 목소리, 다시 듣기'에서는 고전문학에 다양한 방식으로 형상화된 '성(性)'을 다룬 네 편의 논문을 싣고 있다. 이 네 편의 글은 신화, 소설, 제문 등 다양한 고전문학 속의 '소수의' 목소리에 집중하고 있다. 누구나 바라보는 이른바 정답이라고 할 만한 시선이 아닌, 새로운 시선에서 텍스트의 해석에 집중한 글들을 읽다 보면, 세기를 넘어 독자들에게 깨달음을 전하는 '재현의 힘'을 느낄 수 있게 된다.

권복순은 「〈지장본풀이〉의 공간과 의미 층위」를 통해 제주도의 일반신본풀이인 〈지장본풀이〉의 층위별 공간을 분석하여 반영된 세계관을 규명하였다. 이 논문은 존재론적 관점에서 여성인 '지장 아기씨'의 삶과 그 공간의 서사 분석을 시도한다. 특히 '지장 아기씨'의 혼인에 관한 서술과 이로 인해 변화되는 삶, 또한 '새'로 환생되는 서사 등은 신의 이야기이기에 새로우면서도, 또 우리에게 익숙한 여성의 삶으로 살아갔던 '지장 아기씨'의 면모를 확인하게끔 한다는 점에서 흥미롭다.

김민정은 「〈화산선계록〉에 나타난 조력자로서의 비복(婢僕)-비취·비운 남매를 중심으로-」를 통해 고전대하소설인 〈화산선계록〉에 형상화된 비복의 조력자적 양상을 살피고 있다. 이 논문은 영웅적 여성인물로 형상화된 여성주동인물 이옥수의 대리인으로 비복이 형상화되고 있다는 점에 집중한다. 일반적인 대하소설에서 단순한 심부름꾼으로 형상화되었던 비복이 중점적인 역할을 수행하는 것은 결국 그들이 대리인이었기에 가능했던 것이다. 그렇기에 그들의 적극적 모습은 아이러니하게도 중심인물이 될 수 없었던 한계를 여실히 보여주는 증거라 할 수 있는 것이다.

김정호의 「경남 진주의 여성 한글 제문 연구-진주 지역 창자의 제보 자료를 바탕으로-」는 진주의 한 여성이 소장한 한글 제문의 문학성과 문학적 효과에 대해 논의한 글이다. 이 논문은 제문이 가지는 이른바 '힐링(Healing)'이라고 하는 문학적 효과에 대해 집중하고 있다. 특히 여성들이 주로 지었다는 한글 제문 속에 부녀자가 지녀야 할 도리나 그들의 삶이 여과 없이 표현되고 있고, 창자가 이를 소리내어 읽는 과정을 읽는 이로 하여금 카타르시스를 경험할 '자기 치유 의식'으로 규정짓고 있기에 흥미롭다.

윤정안의 「남성성의 관점에서 살펴본 『창선감의록』의 형제 다툼의 양상과 의미」는 『창선감의록』을 남성성의 관점에서 살펴, 이들의 결핍과 서사와의 관계성에 대해 논의한다. 이 논문은 모두에 우위를 점하고 있어 헤게모니적 남성성을 구현하는 듯한 남성인물 화욱 역시 가부장제에서 결국 자유롭지 못함을 밝힌다. 이에 이 논문은 가부장제가 스스로를 유지하기 위해 화진·화춘 두 형제를 희생시켰다는 결론에 도달한다. 여성만이 가부장제에서 억압받는다는 고정관념에서 벗어난 이 글은 남성 역시도 가부장제의 피해자가 되고 있음을 우리에게 환기한다.

3장 '언어 속의 젠더 권력'은 '성별'이라는 요인이 언어에 어떤 영향을 미치고 또 어떤 영향을 받았는지를 연구한 세 편의 논문으로 구성되어 있다. 여기에 수록된 세 편의 글에서 성별 발화에 나타난 차이가 어떤 양상으로 확인되는지를 구체적으로 살펴볼 수 있고 '말'에 언어 사용자의 인식이 어떻게 반영되어 있는지를 탐색해 볼 수 있다. 이때 남성과 여성을 대하는 언어 사용자의 태도가 성숙해졌다는 결과와 여전히 여성에게 성적대상화 프레임이 씌워져 있다는 연구 결과를 보고, '언어 속 젠더'에 대해 스스로 더 깊이 있게 고찰해 보는 기회를 얻을 수 있을 것이다.

강민정의 「핵심어 분석을 통한 성별 발화 특성 연구」는 '같은 주제로 비슷한 상황에서 대화할 때도 성별 발화에 차이가 있을까?' 하는 의문에서 시작되었다. 그 답을 찾기 위해 두 개의 말뭉치에서 각각 추출한 단어 목록의 빈도를 비교하여 통계적으로 유의미한 차이를 보이는 단어 즉 핵심어를 추출하였다. 이를 분석한 결과 같은 주제로 비슷한 상황에서 대화할 때에도 핵심어의 품사와 그 특징, 핵심어 동사·형용사의 성격에서 차이점이 나타났다. 이 차이점을 바탕으로 여성 발화는 '가족 연결' 발화, '경험 전달' 발화, '친밀감 형성' 발화의 특징을 보이고, 남성 발화는 '격식 갖춤' 발화, '정도성' 발화, '담화표지 사용'의 특징을 보임을 확인했다.

강현주의 「남녀 관련 신어의 변화에 대한 고찰」에서는 15년간의 남녀 관련 신어 수의 변화와 의미의 변화를 살폈다. 그 결과 남녀 관련 신어의 수가 점차 줄어드는 모습을 보이며, 성별 간 신어 수의 차이 또한 줄어드는 모습을 보였다. 또한 긍정적인 신어가 증가하고 성적인 표현을 비롯한 부정적인 신어가 감소함을 알 수 있었다. 이러한 변화는 남성과 여성을 대하는 언어 사용자의 태도가 한층 성숙해졌기 때문이라 볼 수 있다.

박시은의 「여성어의 의미 가치 하락」에서는 가치 하락을 경험한 한국어 여성어를 대상으로 하여 통시적으로 그들의 의미 손상과 가치 하락이 어떠한 흐름으로 진행되었는지를 추적하였다. 분석 대상을 '계집', '년', '마누라', '아줌마', '아가씨', '여편네', '언니' 7가지로 한정하였으며, 각 의미 변화 및 가치 하락 흐름을 통시적·공시적으로 분석하였다. 그 결과 여성어의 의미 가치가 '존칭–평칭–비칭'으로 순차적 하락을 보였으며, '마누라'를 제외한 여성어에 모두 함축적으로 '성적 의미'가 더해졌음을 알 수 있었다.

이상 열 한편의 글을 읽어보면 한국어문학 곳곳에 젠더 (무)의식이 스며들어 있음을 어렵지 않게 알 수 있다. 이때의 젠더 무의식이란 당대의 권력관계에 대한 주체의 내면화를 보여주는 것이다. '소수자의 아카이브'에서 확인했듯, 근대의 경우 문명 담론에 기초한 이분법적 현실 인식의 토대를 이루며 근대 권력에 의해 타자화된 여성, 빈자, 장애인에 대한 인식을 포괄한다. 윤정안의 글에서 뚜렷이 드러나듯 전근대 사회의 남성성조차 권력에 의해 만들어진 것이라 할 때, 어쩌면 경계 짓기는 전근대와 근대를 횡단하는 인식론일 수 있겠다. 최근의 언어 습관을 분석한 글들은 경계 짓기가 여전히 진행 중임을 보여준다.

탈근대 혹은 포스트 근대에 대한 논의가 이루어진 지도 오래되었다. 전근대-근대를 넘어서 탈근대로 나아간다는 것은 어떤 의미인가? 여전히 우리에게 익숙한 경계를 나누는 사고방식을 대상화하며 누가, 왜 경계를 만드는지를 질문할 수 있어야 한다. 나아가 불안정성이 일상이 된 시대에, 자신의 일상을 나누며 타자와 연대할 방법을 모색해야 한다.

경계 허물기가 탈근대 혹은 포스트 근대 시대의 화두라면, 선행되어야 할 일은 근대에 의해 차별받아 온 존재들이 자기의 정체성을 깨고 나오는 것이다. '교차하는 페미니즘'의 문제의식은 이를 위한 작은 디딤돌이다. 여기 수록된 열 한편의 글이 그 문제의식을 온전히 담고 있다고 하기는 어렵지만, 미약하게나마 맞닿아 있다고는 할 수 있겠다. 앞으로도 개양어문학회는 분과학문을 횡단하며, 지역/사회와 소통할 수 있는 논의를 지속적으로 해나가고자 한다. 이 책은 그 출발점에 불과할 뿐이다.

2023년 1월

필자들을 대표하여 김민정, 박시은, 최병구 씀

차례

머리말 … 5

1장

'소수자'의 아카이브

문학과 사건 [권영빈]

『82년생 김지영』으로 바라본 정동 장치로서의 소설과 문학주체 되기

1. '김지영'이라는 미결정의 서사 …… 21
2. 정동 장치로서의 소설과 '저자-되기' …… 29
3. 문학과 사건: 소설-독자의 상호 참조와 정동됨의 구조 …… 36
4. 사건화하는 사건: 오토포이에시스로서의 '빙의' …… 42
5. '되기'를 향한 욕망으로서의 문학 …… 49

허수경 시에 드러나는 헤테로토피아와 생태적 상상력 [김지율]

1. 머리말 …… 53
2. 탈근대성으로서의 헤테로토피아와 생태적 상상력 …… 57

3. 폐허의 유적지
– 전쟁과 죽음으로부터 생명을 키우는 ‘감자의 시간’ ……………… 62

4. ‘누구도 기억하지 않는 역’ – 난민과 국경 없는 생명 연대 ……… 72

5. 맺음말 ……………………………………………………………… 79

죄의식이 구원에 이르기까지 [이시성]

최인훈 소설에 나타난 ‘전쟁–여성’ 모티프의 변모 양상을 중심으로

1. 들어가며 ……………………………………………………………… 83

2. ‘여인’의 죽음과 부활 ……………………………………………… 86

3. 혁명을 경유하여 발견된 사랑의 생성적 의미 ………………… 92

4. 미래를 향하는 과거로의 여정 …………………………………… 99

5. 나가며 ……………………………………………………………… 105

횡단하는 사이보그 : 여성·노인·동성애자 [최병구]

윤이형 소설을 중심으로

1. 사이보그 – 인간 ……………………………………………………… 109

2. 우애와 혐오의 사이 – 인간/기계의 경계 ………………………… 114

3. 신자유주의 윤리의 확산 – 현실/가상의 경계 …………………… 122

4. 동일한 연애 – 이성애/동성애의 경계 …………………………… 129

5. 글쓰기의 의미 ……………………………………………………… 135

2장

문학으로 재현된 여성의 목소리, 다시 듣기

〈지장본풀이〉의 공간과 의미 층위 [권복순]

1. 들머리 ······ 141
2. 이야기 짜임새 ······ 145
3. 공간의 순환성 ······ 150
4. 존재 변화의 속뜻 ······ 155
5. 마무리 ······ 169

〈화산선계록〉에 나타난 조력자로서의 비복(婢僕) [김민정]
비취·비운 남매를 중심으로

1. 머리말 ······ 171
2. '비취·비운' 남매의 조력 양상 및 특징 ······ 176
3. 서사적 기능 ······ 193
4. 맺음말 ······ 204

경남 진주의 여성 한글 제문 연구 [김정호]
진주 지역 창자의 제보 자료를 바탕으로

1. 머리말 ······ 209
2. 제문의 기원 ······ 212

3. 제문의 형식과 내용 ··· 214
4. 제문의 문학적 가치와 의의 ··· 223
5. 맺음말 ··· 228

남성성의 관점에서 살펴본
『창선감의록』의 형제 다툼의 양상과 의미 [윤정안]

1. 머리말 ··· 231
2. 위계화된 형제 관계로 인한 갈등 ··· 238
3. 형제 다툼의 양상 ··· 246
4. 억압받는 남성(들) ··· 257
5. 맺음말 ··· 263

3장
언어 속의 젠더 권력

핵심어 분석을 통한 성별 발화 특성 연구 [강민정]

1. 머리말 ··· 269
2. 연구 대상 및 연구 방법 ··· 270
3. 성별 핵심어 ··· 274
4. 성별 발화 특성 ··· 277
5. 맺음말 ··· 286

남녀 관련 신어의 변화에 대한 고찰 [강현주]

2005년부터 2019년까지의 신어를 대상으로

1. 머리말 ………… 289
2. 선행 연구 ………… 291
3. 남녀 관련 신어의 현황 ………… 293
4. 남녀 관련 신어의 변화 ………… 306
5. 맺음말 ………… 320

여성어의 의미 가치 하락 [박시은]

1. 머리말 ………… 323
2. 연구 방법 및 연구 대상 ………… 325
3. 여성어의 지위 ………… 329
4. 한국어 여성어의 의미 변천 ………… 334
5. 여성어의 가치 하락 양상 ………… 357
6. 맺음말 ………… 363

참고문헌 … 365
논문출처 … 381

1장

'소수자'의 아카이브

문학과 사건

『82년생 김지영』으로 바라본
정동 장치로서의 소설과 문학주체 되기

권영빈

1. ‘김지영’이라는 미결정의 서사

조남주의 소설 『82년생 김지영』(이하 『김지영』)은 2016년 10월 발표 직후 화제작이자 문제작이 되어 우리 사회의 다양한 문학·문화사적 계기와 담론들을 형성해냈다. 출간 후 약 2년여 만에 밀리언셀러 반열에 오른 『김지영』은 2020년에는 당해 소설 분야의 가장 높은 판매고를 기록하는 등 수년간 출판문학시장에서 인상적인 발자취를 남겼다. 특히 비슷한 시기 한강의 『채식주의자』가 세계적 관심을 받으며 한국문학의 위상을 제고하려 했던 것과 비교해보면 『김지영』의 출현은 한국문학장 안팎에서 발생한 일종의 단절을 의미한다. 이를 기점으로 한 여성서사 또는 페미니즘 문학의 약진은 이러한 변화를 설명하기 위한 친숙한 주제이기도 한데, 이 글은 『김지영』과 관련된 기존 논의들과의 접점 속에서 정동 장치로서의 소설과 문학주체 '되기'의 문제를 텍스트 내적 논리로 규명하기 위한 시도이다.

주지하다시피 '김지영'이라는 가상 인물의 일대기는 평범하다 여겨졌던 동시대 여성의 삶을 사건화하는 동력을 갖고 있었고 그것이 2010년대 중반의 새로운 독자층과 접속했을 때 『김지영』은 종래의 문학의 범주를 넘는 '현상'이 되었다. 이러한 현상을 직접적으로 추동한 것은 1980년대 태생을 둘러싼 특정 세대이자 젠더가 경험한 공통감각이었다. 이들은 소비대중문화의 폭발 속에서 성장했고 문화주체로서의 강력한 영향력을 지니고 있는데, 이는 구매력 자체보다는 콘텐츠를 비평하고 그것을 공유하면서 시장의 흐름을 형성하는 운동성의 차원에서 확인된다. 현재 청년세대 혹은 1980년대 전후에 태어난 여성들의 사회경제적 지위에 대한 의식이 기회의 평등과 그 평등의 필요충분조건으로서의 대중문화에 대한 향유 욕망과 결합되어 있고, 특히 이러한 욕망을 발신하는 수단으로서의 SNS를 포함한 새로운 미디어·커뮤니케이션 공간은 한국사회의 기술적·정치경제적 조건의 변화와 세대론이 결부된 다양한 방식의 발화, 그리고 그에 대한 해석의 지평이 형성되고 각축하는 곳이다. 이른바 '페미니즘 리부트' 시대를 맞을 수 있었던 데에 이러한 비물질적 공간을 토대로 한 정동적 연결이 핵심적으로 작용했다는 점은 『김지영』으로부터 촉발된 사회·문화적 담론의 소요 역시도 대변한다.[1]

---

1 『김지영』은 출판사 청탁이 아닌 작가 투고에 의해 출간된 책이다. 2017년 고(故) 노회찬 의원의 트위터 추천글을 시작으로 정치권에서 유명세를 탔고 같은 해 〈남녀임금차별방지법〉, 〈남녀고용평등과 일·가정 양립 지원에 관한 법〉 개정안인 일명 '김지영법'이 발의되기도 했다. 2018년 서지현 검사의 '미투' 폭로 과정에

이처럼 『김지영』을 통해, 또는 『김지영』과 함께 페미니즘의 주체

언급되기도 했고 여성 아이돌과 스타들의 '인증샷'을 향한 사이버공격이 이루어지면서 『김지영』은 페미니즘이라는 정치적·사회적 의제의 아이콘이 되었다. '79년생 정대현', '92년생 김지훈'과 같은 패러디물과 『김지영』 영화화에 반대하는 청와대 국민청원의 등장, '김지영' 역을 맡은 배우 및 영화를 지지하는 여성 배우에 대한 악플 공격, 영화가 만들어진 후에도 계속되는 평점 테러는 『김지영』이 당시 한국사회의 젠더 정치를 담당했다는 점을 보여줄 뿐만 아니라 『김지영』을 단순한 '문학' 텍스트로 분석하기 어렵다는 점 또한 드러낸다(이상 『김지영』 관련 이슈는 임수연, 김소미, 「사회가 낳은 소설, 소설이 키운 이슈, 이슈가 띄운 영화: 『82년생 김지영』 관련 논란 타임라인」, 《씨네21》, 2019.10.30. 참조. http://www.cine21.com/news/view/?mag_id=94131). 한편 계속되는 논란 속에서 『김지영』 열풍은 오히려 거세졌는데, 2020년 기준 『김지영』은 전 세계 26개국에 진출했고 일본 21만부를 포함해 여러 나라에서 베스트셀러가 되었다(장은수, 「해외서 위상 높아진 한국 문학, 그 이면엔」, 〈서울신문〉, 2020.10.29. https://n.news.naver.com/article/081/0003135131). 여기서 흥미로운 것은 일본의 『김지영』 열풍에 대한 평가이다. 일본에서 『김지영』은 'K-문학'이라는 브랜드를 낳은 것 외에 일본 내 여성 담론이나 페미니즘 운동에 크게 영향을 주지 못했다고 한다. 일본인 독자들은 『김지영』에 자신의 삶을 투영하고 크게 공감했으나 베스트셀러가 된 『김지영』과 관련된 기획은 'K'라는 라벨이 붙어 BTS와 동일선상에서 논의되는 등 장르화되는 측면을 보였다. 일본에서의 '미투'는 여전히 개인적인 문제로 취급되고 페미니즘 담론 또한 엘리트화되어 있다는 지적이다. 『김지영』에 공감한 많은 이들은 익명성의 보호 아래 그것을 사서 읽는 것 외에 페미니즘의 의식을 공유하지 않는다(후쿠시마 미노리, 「『82년생 김지영』에 열광한 일본 독자들, 그 이후는 어떻게 되었을까」, 『문화과학』 102, 문화과학사, 2020.). 이는 일본의 포스트페미니즘 세대와 이전 세대 사이를 가로지르는 젠더 감각의 차이와 더불어, '번역문학'이라는 거리감이 개입된 '탈로컬화', '재로컬화'라는 주체적 수용의 차원에서 논의되기도 했다(김지영, 「여성 없는 민주주의와 'K-페미니즘' 문학의 경계 넘기: 일본에서의 『82년생 김지영』 번역수용 현상을 중심으로」, 『일본학』 57, 동국대학교 일본학연구소, 2022.). 한국에서 페미니즘 운동 확산의 기폭제 중 하나가 된 『김지영』이 더이상 관습적인 문학 분석의 관점에서 접근할 수 없는 텍스트가 된 것에 반해 가까운 일본에서 '문학'으로 다시 정체화될 때, 『김지영』이 보여주는 여성 보편의 서사가 갖는 이중적 효과는 '외국'-'문학'이라는 기표를 입고 보다 가상적인 것이 된다. 그러나 조경희는 『김지영』과 같은 'K페미' 작품을 매개로 한 일본 대중 정동의 순환이 일본의 포스트페미니즘 상황을 타개할 수 있는 긍정적 계기가 되리라고 평가하기도 했다(조경희, 「일본의 #MeToo 운동과 포스트페미니즘: 무력화하는

가 된 이들은 여성혐오 범죄나 '미투'와 같은 계기적 사건들을 토대로 젠더폭력과 차별을 해소하려는 집합적 목소리를 강화하는 한편, 문화의 생산·유통·소비 주체로서 페미니즘을 일상적으로 향유 가능한 인지적·정서적 태도의 하나로 인식하게 하는 시장의 형성에 일조하였다. 『김지영』 이후의 문학은 그러한 대중감각의 원인이자 결과이자 효과로서 자리하고 있다. 2015년 신경숙 표절사태와 문단·문학권력 비판, 2015-2016년 '#문단_내_성폭력' 해시태그 운동의 연장선상에서 페미니즘의 문제의식을 보이는 여성서사와 비평의 강세, 그리고 소수자 재현 윤리를 둘러싼 논쟁들은 『김지영』이 환기한 문학의 정치성에 대한 응답이기도 하다.

이러한 맥락에서 『김지영』은 페미니스트 주체의 생산 및 운동의 분화, 다양한 사건을 촉발하는 매개체로, 완결된 본원적 텍스트가 아닌 되기(becoming)를 추동하는 정동적 텍스트라 할 수 있다. 문학과 사건을 넘나들면서, 양쪽 모두를 계속해서 구성함으로써 현존을 부여받는 서사체인 것이다. 여기서 정동(affect)은 힘을 주고받는 존재들 사이에 형성되는 초개체적 관계성과 그 힘의 증감, 체현된 주체의 형성적·과정적 양태를 강조하고 의미화하는 들뢰즈 지류의 개념이다. 잘 알려진 바와 같이 "정동하고 정동되는 몸의 능력(capacity)"으로 표현되기도 한다. 이때 힘은 반드시 강할 필요는 없으며, 그것이 몸들 사이를 가로지르면서, 마주침의 지속을 특징으로 하는 그 '몸'에 계속해서 새겨지고 축적된다는 점이 중요하다. 이로부터 정동은 몸이 어떻게 그것의 '정동됨(연결)'을 '정동하는 능력(행위)'으로 바꿀 수

힘, 접속하는 마음」, 『여성문학연구』 47, 한국여성문학학회, 2019.).

있는가에 대한 문제, 다시 말해 정치적이고 윤리적인 차원과 만나게 된다.[2]

한편 이러한 몸들의 마주침을 통한 정동의 상호 구성적 힘은 지구화 시대 우리의 정치·경제적 삶의 조건을 설명하는 유효한 관점이기도 하다. '정동적 전회'로 지목되는 연구 경향과 패러다임의 변화는 21세기 네트워킹 기술, 테크놀로지의 일신과 더불어 정동의 운동성과 정치성에 대한 관심 속에서 지속되고 있다. 여기서 정동은 근대적 개인으로서의 역량이 아닌 집단적이고 사회적인 것의 구성 과정과 양상 등을 설명하는 개념으로 나아간다. '정동 노동'(Hardt & Negri, 2004), '정동 체계'(Lynch, 2009), '정동 네트워크'(Paasonen, Hillis & Petit, 2015), '정동적 시간성'(Chamberlain, 2017) 등 동시대의 물적 기반을

---

2 멜리사 그레그·그레고리 시그워스 편저, 최성희·김지영·박혜정 옮김, 『정동 이론: 몸과 문화·윤리·정치의 마주침에서 생겨나는 것들에 대한 연구』, 갈무리, 2015, 15~17쪽. 한편 체임벌린은 페미니즘의 동시대성을 '물결서사'로 재정립하는 과정에서 '정동적 시간성' 개념을 도입한다. 그는 '힘' 또는 '힘들의 마주침'으로서의 정동이 힘의 강도와 무관하듯이 부정적 정동의 생성에도 열려있다는 점을 강조하면서, 정동 개념을 이해할 때 중요한 것은 그것의 무정형성이나 불확실성이 아닌 '이동성'에 있다고 보았다. 즉 정동은 주체를 특정한 정치로 이동시키며, '차이'나 '영향'을 만들어내면서 그것의 생산, 적응, 형성의 과정을 주체의 이행과 관련해 설명할 수 있게 한다. 그는 '제4물결 페미니즘'으로 명명되는 오늘날 페미니즘 운동의 특징과 분화 양상을 2010년대 영미권 및 온라인에서 일어났던 다양한 사례를 토대로 분석하면서, 정동이 종래의 선형적·발전론적 시간서사와 다른 형태의 기록과 서사화, 계보화를 가능하게 한다는 점을 역설한다(프루던스 체임벌린, 김은주·강은교·김상애·허주영 옮김, 『제4물결 페미니즘: 정동적 시간성』, 에디투스, 2021 참조). 『김지영』을 정동의 관점에서 분석할 때 이러한 연결, 행위, 이동성, 계보의 문제는 '되기'와 관련된 다양한 형용으로 논할 수 있으며, 이는 체임벌린이 주목한 바와 같이 정체성이나 세대로 통합되지 않는 주체(들) 생산의 순간을 기술하는 방법론적 혁신과 관련된다.

해석하고 창안하려는, 정동과 관련된 새로운 명명과 관점이 강조되고 공유되는 이유이다.

이러한 두 가지 함의, 즉 몸(들)의 연결이 불러오는 정치적·윤리적 행위성을 도출하거나, 동시대를 설명하는 방법론으로 기능하는 정동은 '몸'이라는 물질성 위에 덧새겨지는 비인칭적인 '힘'이자, 그러한 몸들의 마주침을 통해 상호 구성되는 집합적·사회적 감각체계에 대한 '해석'이자, 그러한 감각체계가 생성되는 윤리적·정치적 조건을 (재)조직하는 '능력'이라 할 수 있다. 그러므로 정동에 대한 물음은 '무엇'이 아닌 '어떻게'에 가까운 것이 된다. 마주치는 주체/대상이 아닌 마주침의 '각도'에서 발생하는 관계성과 운동성에 천착하는 것은 '이론'이자 '분석 대상'이자 '방법'이라는 정동의 삼중의 개념적 혼란에서 벗어나, 그것을 통해 사회적 정동 체계라는 물적 조건을 구체적으로 사유하기 위한 것이다.

그런데 이 글이 『김지영』을 정동의 관점에서 읽는 이유는 소설이 비단 한국사회의 정동 체계를 둘러싼 다양한 힘들의 마주침과 주목할 만한 현상들을 불러왔다는 사실 자체 때문만은 아니다. 『김지영』을 정동이라는 해석적·비판적 개념으로 접근하는 요인은 『김지영』이 촉발한 다양한 사회·정치적 현상과 그럼으로써 반자동적으로 논의될 수밖에 없는 문학의 사회적·가치론적 의미로부터가 아닌, 정동하고 정동되는 몸들의 연결을 표시하는 열린 체제, 과정중·운동중인 체제라는 텍스트 내적 특성으로부터 우선 도출되어야 할 것이다. 이러한 맥락에서 『김지영』의 정동성이 특유의 서사 구성의 원리 속에서 출현하였으며 특히 그것이 새로운 문학주체를 주조하게 된 요인이 되었다는 점을 구체적으로 규명할 필요가 있다.

『김지영』이 몰고 온 변화의 바람은 한편으로는 '정치적 올바름'이나 대표성, 미학적 실효성과 관련된 논쟁을 불러오기도 했고,[3] 또 한편으로는 『김지영』이 '누가/무엇을/쓰는가'가 아닌 '누가/무엇을/읽는가'의 문제틀로 문학이라는 '판'이 다시 짜이는 과정을 담지한다는 점에서 문학의 정치성을 타진하게 만드는 텍스트로 의미화되기도 했다.[4] 『김지영』을 계기로 혹은 매개로 하여 페미니스트 주체로서의 새로운 독자 출현과 문학적인 것의 재편을 촉구하는 이러한 움직임은 『김지영』 이전의 문학을 소급하여 재고해야 할 필요성과 더불어, 소수자 정체성 구성의 저변을 넓히는 서사의 발굴과 『김지영』 이후의 문학을 보다 생산적인 측면에서 논하는 작업을 요청하는 것에도 연결되었다.[5] 이처럼 『김지영』은 변화의 선두, 또는 한가운데, 혹은 가장

---

3 조강석, 「메시지의 전경화와 소설의 '실효성': 정치적·윤리적 올바름과 문학의 관계에 대한 단상」, 《문장웹진》, 2017.4.; 문형준, 「정치적 올바름과 살균된 문화」, 『비교문학』 73, 한국비교문학회, 2017; 오길영, 「페미니즘 소설의 몇 가지 양상: 조남주, 강화길, 김혜진 소설을 읽고」, 『황해문화』 98, 새얼문화재단, 2018.

4 권명아, 「페미니즘, 문단 문학에서 문학의 정치성을 탈환하다」; 김주선, 「모든 문학과 모든 정치를 위해: 최근 문학과 정치(페미니즘) 논쟁에 부쳐」(이상의 논문은 『문학들』 52, 심미안, 2018.); 허윤, 「광장의 페미니즘과 한국문학의 정치성」, 『한국근대문학연구』 19, 한국근대문학회, 2018; 김요섭, 「한국문학장의 뉴노멀과 독자 문제: 페미니즘 리부트 이후의 비평담론과 독자의 위상」, 『반교어문연구』 58, 반교어문학회, 2022.

5 『김지영』 전후로 주목받은 젊은 여성 작가들의 소설과 이에 대한 적극적인 비평들은 텍스트 한정 논제를 보이기보다 문학의 '정상성'을 둘러싼 비판을 중심으로 문학사 다시쓰기나 비평의 재계보화를 촉구하고자 하는 의식을 담고 있다. 1970년대 '비평시대' 개막에 기입되어 있는 젠더화의 기제를 비판하고(소영현, 「비평 시대의 젠더적 기원과 그 불만: 「분례기」에서 「객지」로, 노동 공간의 전환과 '노동(자)-남성성'의 구축」, 『대중서사연구』 24, 대중서사학회, 2018.) 1990년대 및 2000년대 여성문학 담론의 의미와 한계를 밝히는 한편(서영인, 「1990년대 문학 지형과 여성문학 담론」; 강지희, 「2000년대 여성소설 비평의 신성화와 세속화

마지막이라는 공시적인 위치성으로 출현하면서 현상의, 또는 현상화하는 담론들 사이에 끈질기게 들러붙어(sticky) 있다.

이러한 논의들은 『김지영』이 가진 독특한 소설적 형식과 정동의 측면을 동시에 부각시키고 그것을 하나의 완결된 텍스트로 간주해버리기를 주저하게 한다는 점에서 소설을 역동적으로 만들지만, 일면 새로운 사회 현상이나 담론의 명징한 '콘텍스트'로 『김지영』을 범주화하거나 자리매김하는 관점을 강화하는 측면이 있다. 요컨대 콘텍스트가 아닌 '텍스트'로서의 『김지영』이 한국문학장에서 문학의 정치(성) 및 문학주체의 문제와 관련해 보인 특징을 보다 구체적인 형태로 논할 필요가 있다. 이는 『김지영』으로 말미암아 사회적 감각체계와

연구: 배수아와 정이현을 중심으로」; 백지은, 「전진(하지 못)했던 페미니즘: 2000년대 문학 담론과 '젠더 패러독스'의 패러독스」. 이상의 논문은 『대중서사연구』 24, 대중서사학회, 2018.) 주류 문학사가 규정한 '문학(성)'을 의심하고 해체하려는 작업도 이어졌다(권보드래·심진경 외, 『문학을 부수는 문학들: 페미니스트 시각으로 읽는 한국 현대문학사』, 민음사, 2018.). 이후 활발히 이루어진 퀴어서사나 SF, 팬픽과 같은 다양한 장르에 대한 재독은 문학적인 것을 재구성하려는 힘의 운동성과 분화의 형태를 보여주는 것이기도 하다. 이때 정동은 중요한 키워드가 된다. 백지은은 SF와 같은 장르서사가 소수자'를' 표상하는 것이 아닌 소수자'가' 발화하는 정동적 측면을 지니고 있다는 점을 강조하면서 그것이 또한 리얼리티에 대한 새로운 '표상'이 아닌 리얼리티를 '수행'하는 글쓰기라는 점을 의미화한다(백지은, 「이것이 쓰이고 읽혀서 자기를: 왜 지금 SF가 이렇게」, 『문학동네』, 2020 봄.). 소유정 또한 '나(주체)'를 만드는 읽기-쓰기의 정동적 수행에 대해 논한 바 있다(소유정, 「이토록 열렬한 마음: 여성 서사의 아이돌/팬픽-읽기를 통한 나/주체-다시 쓰기」, 『문학동네』, 2020 봄.). 한편 한송희는 『김지영』을 문화영역에서 벌어진 이른바 'PC' 논쟁의 원형을 제공한 사례라 보고, 정치와 미학의 관계를 위계화하거나 서로 배치되는 것으로 여기는 전제의 작동과 '정치' 및 '당사자성' 개념의 굴절 문제로 거기에 접근한다(한송희, 「한국 문학장에서 '정치적 올바름'은 어떻게 상상되고 있는가?: 〈82년생 김지영〉 논쟁을 중심으로」, 『미디어, 젠더&문화』 36, 한국여성커뮤니케이션학회, 2021.).

'소설'이라는 양식 양자를 상호 (재)구성하려는 비평과 담론이 적극적으로 형성되었다는 점과 관련해 그러한 『김지영』 '현상'을 불러온 기술적 요인을 다각도로 살펴보려는 문제의식의 일환이다.

이상의 견지에서 이 글은 정동의 관점에서 『김지영』을 분석하는데, 특히 정동적 '되기'라는 주체화의 형식이 문학주체를 주조하는 맥락에 초점을 둔다. 여기서 '되기'는 '읽는 자'가 곧 '쓰는 자'가 되는 동시발생적인 정동적 과정을 의미하며, 이러한 『김지영』의 서사 구성 원리가 동시대 새로운 주체들과 현상들을 만들어내는 데 긴요했다는 점을 밝힌다. 주지하다시피 『김지영』의 정동성은 페미니즘과 같은 사회적·정치적 의제를 반영하는 문학 텍스트 일반에 대한 이해만을 요구하지도 않고, 그렇다고 문예미학 차원의 독해를 강력히 요청하는 것도 아니다. '김지영'이라는 미결정적이고 경계적인 서사는 다양한 논의 지형 속에서 보다 분명한 의미를 가질 수 있을 것이며, 이 글의 궁극적 목적 또한 『김지영』에 대한 선행연구의 성과를 발판삼아 '텍스트'로서의 『김지영』 독법을 갱신하고 소설이 지닌 운동성을 보다 풍부하게 논하려는 것에 있다.

2. 정동 장치로서의 소설과 '저자-되기'

김지영 씨가 졸업하던 2005년, 한 취업 정보 사이트에서 100여 개 기업을 조사한 결과 여성 채용 비율은 29.6퍼센트였다. 겨우 그 수치를 두고도 여풍이 거세다고들 했다. 같은 해 50개 대기업 인사 담당자 설문 조사에서는 '비슷한 조건이라면 남성 지원자를 선호한다'는 대답이 44퍼센트였고 '여성을 선호한다'는 사람은 한 명도 없었다.

* 「키워드로 본 2005 취업시장」, 동아일보, 2005.12.14.

** 「신입 사원 채용 시 외모, 성차별 여전」, 연합뉴스, 2005.7.11.

– 조남주, 『82년생 김지영』(민음사, 2016), 96쪽.[6]

소설 『김지영』의 가장 특징적인 부분을 보여주는 대목이다. 김지영의 일생을 객관적으로 서술하는 서사주체의 목소리가 학술서적과 기사, 통계수치 등을 적극적으로 인용하는 방식으로 제시된다는 점이다. 소설 도입부와 말미에 등장하는 정신과 의사는 김지영이 일정한 발달단계를 거치면서 겪어온 여성혐오와 타자화의 경험을 정리하는데, 여기 삽입되는 당대의 사회·문화적 현상에 대한 자료들에는 소설 속 김지영뿐만 아니라 그것을 읽는 특정 세대의 독자들이 함께 '집계'되어 있다는 점이 중요하다. 이로써 김지영이라는 환자의 내력은 『김지영』 바깥에 있는 수많은 주체들의 경험과 '객관적으로' 공유된다.

주지하다시피 『김지영』이 보이는 이러한 글쓰기 양식은 그것을 소설이 아닌 르포나 보고로 읽히게 하는 측면이 있다. 『김지영』은 통계자료를 통한 객관성과 보편성을 표방함으로써 동시대 여성에 대한 재현을 정보 축적의 차원으로 이동시키는데, 이로써 독자가 '김지영'의 삶에 몰입하고 공감하는 것은 기술적으로 예정된다. 김미정의 논의에도 보이듯이 작가의 오리지널리티가 부재하는 자리에서 독자들이 이제껏 대변되지 못했던 자기 이야기를 기입해 읽는 것은 『김지영』을 매개로 한 "당사자성의 각성 및 획득에 의한 연대", 공감의 연대로

6 이하 인용은 괄호 안 면수로 표시한다.

연결되는 조건이 된다.[7]

그런데 이러한 독자의 '김지영 되기'와 페미니스트로서의 각성, 연대는 독자가 단지 김지영과 함께 데이터화된 자기를 발견하고 거기에 '공감'했다는 사실로부터가 아니라, '공감'이라는 포획된 정서로 독자들이 집약되는 과정에서 독자가 김지영의 삶을 참조해 자기 삶을 다시 '쓰는' 작업을 수행했다는 점으로부터 온다. 이때 '쓰기'는 물론 작가적 행위가 아닌 자기정체화를 추동하는 인식론적 실천으로서의 자기 '재정보화' 작업에 해당한다. 이는 소설에 가상적으로 동반출현하고 있는 자기를 실제 현실의 자기에 재등록하는 정동적 '되기', '저자-되기'의 과정이며, 이것이 소설은 물론 문학주체로서의 독자를 동시에 재구성하는 정동적 효과로 연결된다.

들뢰즈의 내재성의 유물론, 철학적 유목론을 페미니즘의 계보에 도입하는 브라이도티는 그의 정동과 '되기' 개념을 체현된 주체의 형상화(figuration)로 설명한다. '되기'는 주체의 과정적·생성적 측면을 강조하기 위한 개념으로 가변성, 이동성, 일시성을 특징으로 한다. 이 '되기'는 주체의 심층적 내면성이나 초월적 모델의 제정이 아닌 '경향성'으로, 비인격 힘들의 다양체와의 연결을 수립하는 한 가지 방법이 된다.[8] 들뢰즈가 팔루스로고스중심주의 주체론과 결별하고 동일자의 권력과 우위를 긍정하는 수많은 이항대립과 변증법의 한계를 넘어서고자 했다면, 브라이도티는 들뢰즈의 작업을 이어받으면서도 여기

---

7 김미정, 「흔들리는 재현·대의의 시간: 2017년 한국소설 안팎」, 『문학들』 50, 심미안, 2017, 40쪽.

8 로지 브라이도티, 김은주 옮김, 『변신: 되기의 유물론을 향해』, 꿈꾼문고, 2020, 140쪽.

에 성차(性差)의 문제, 젠더화된 위치성을 삽입해 반팔루스적 섹슈얼리티 모델에 착목하고 새로운 재현과 형상을 탐구하는 것으로 나아갔다. 즉 형상(들)과의, 형상(들) 간의 마주침으로 인해 발현되고 축적되는 주체의 일시적이고 가변적인 경향성이야말로 유목적 주체를 생산하는 동력이 된다.

이처럼 젠더화된 위치성을 가진 주체가 '아직 아님'이라는 미결정의 상태에 있을 때 『김지영』은 그러한 주체를 새로운 형태로 갱신하는 서사적 경험을 부여한다. 이러한 '김지영 되기'를 독자의 몰입이나 동일시, 공감을 통한 자기서사의 차원으로 이야기하는 대신, 비인격적이고 정동적인 운동성의 의미가 포함된 '저자-되기'라는 매개개념[9]

---

9 '매개개념'은 '형언할 수 없는' 경험의 양식을 구체화하기 위해 일시적으로 발굴되는 것이다. 경험의 복잡성을 설명하기 위해 개념의 복수성을 촉발하고 구축하려는 것이자, 주체성을 넘어 경험을 이해하기 위해 요구되는 '필수적인 철학적 노력'이다. 매개개념은 일종의 대조를 이루기 위한 것으로 일시적으로 발굴되고 활용되며 그 외에 다른 쓰임새나 목적을 갖지 않는다(스티븐 브라운·이안 터커, 「형언할 수 없는 것 엿 먹이기: 정동과 육체의 관리, 그리고 정신건강서비스 이용자」, 멜리사 그레그·그레고리 시그워스 편저, 앞의 책, 392~394쪽.). 이 글에서 매개개념으로 삼고자 하는 '저자-되기' 또한 『김지영』의 정동성을 분석하기 위한 일시적·가변적 도구이다. 저자-되기는 우선 기존의 저자성(authority) 개념을 중심에 두고 선회하는 '저자의 죽음' 또는 독자반응이론의 측면을 부각시키거나, 그럼으로써 종래의 저자성 자체를 재개념화하기 위한 것이 아니다. 또한 들뢰즈의 '되기'가 기술적이고 형태학적인 혼종으로서 전혀 다른 존재로의 변용을 향한 열림을 의미한다면, 저자-되기는 소설 속 '김지영'이라는 가상적 자기를 참조한 현실의 자기 재정보화 과정으로, 소설의 '문제적 개인'이 현실화되고 집단화되는 버전을 오가는 정동의 축적을 말한다. 요컨대 저자-되기는 페미니스트 다중이라는 독자에 초점을 맞추거나 전위적인 자기 변용의 과정을 강조하기 위한 것이 아니라, 『김지영』과 독자가 맺는 일시적이고 독특한 관계 속에서 축적되는 정동, 그리고 그것이 오늘날 문학적인 것을 (재)구성하는 흔적을 남겼다는 점을 표시하기 위한 도구이다.

을 첨가해 논하려는 이유는 그것이 (젠더화된) '문제적 개인'을 다루는 근대 소설 양식의 페미니즘적 전환의 한 양태를 보여주는 동시에 『김지영』 이후의 여성서사와 비평의 강세를 추동하는 흐름의 '소설적' 참조점이 되었기 때문이다.

그런데 『김지영』의 정동성에 초점을 둔다 하더라도 '문학' 텍스트를 읽는 독자의 '되기'는 '몰입', '동일시' 등과 같은 기존 문예미학의 관점에서 일반적으로 해석될 수 있는 것이기도 하다. 다시 말해 『김지영』에 나타난 '되기'가 반드시 '정동'으로만 해석될 수 있는가에 대한 예비적 물음이 존재한다. 정동의 구성적·과정적 힘과 정치성에 방점을 두더라도 저자와 독자, 비평 공동체가 문학을 통해 각자의 '되기'의 과정에 놓이는 장면은 쉽게 상상할 수 있고 그 지속도 예단할 수 있으며, 이러한 과정 속에서 출현하는 문학의 정치성 또한 논할 수 있기 때문이다. 그러나 『김지영』 '현상'을 정서 전이의 차원으로만 설명할 수 없는 이유는 소설과 독자가 상호 참조하면서 발생하는 정동의 축적, 덧새김이 일종의 사회적 피드백루프를 형성하여, 그것이 다시 소설–독자의 자기조직의 기반이자 변화의 조건이 되었다는 점 때문이다.

김성호는 마수미의 정동의 자율성 테제에 가해진 비판을 역비판하면서 감정과 정동을 구분하는 마수미의 정동 개념을 보충 설명한다. 감정이 포획된 정동, 즉 정동의 주체화 형태라면, 정동은 주체를 생성함과 동시에, 그 주체를 포획을 벗어난 것의 초주체적이고 탈주체적인 힘에 노출시킨다. 이러한 감정이 구성하는 주체(들)의 세계는 그것으로 현실화되지 않은 잠재력의 차원과 뒤섞이면서 '세계 출현의 조건'을 변화시킨다.[10] 박현선 또한 정동과 감정을 이론적으로 구분하면서, 포획되거나 폐쇄되거나 자격과 형태를 부여받고 개인화된 경험의 영역으로 넘어간 감정과, 주관적이거나 사회언어학적으로 고정되지 않은 채 잠재적인 것으로 존재하는 정동을 대별한다. 그러면서 중요한 것은 가상적인 정동의 실체가 무엇인지 묻는 것보다 '정동은 무엇을 할 수 있는가'를 묻는 것, 즉 정동의 사회적 기능을 논하는 데 초점을 둬야 한다고 말한다.[11]

이처럼 정동이 가진 예측불가능성과 비인칭적·비본질적 성향에도 불구하고 그것을 정치적·윤리적 지평 위에서 논할 수 있는 이유는 정동이 우리가 위치한 물적 조건을 전환시킬 수 있는 '흔적'을 항상적으로 남기기 때문이며, 이는 정동의 교육-미학적(pedagogical-aesthetic) 효과[12]로 설명할 수 있다. 당장 있으면서도 언제나 '아직 아님'이라는

---

10 김성호, 「정동적 미메시스: 정동 순환의 매체로서의 소설」, 『안과밖』 48, 영미문학연구회, 2020, 22~23쪽. 이 논문은 이론적으로는 정동과 감정, 이데올로기는 구별되어야 마땅하지만 그것들이 가리키는 실제의 과정이나 구조는 긴밀히 연관되어 있을 뿐만 아니라 우리의 정서체계 또한 그것들의 '복합체'로, 문학이 다루고 구현하는 것 또한 이러한 복합체이기도 하다는 점을 지적한다. 이에 따라 문학과 예술 분야, 특히 창작과 독서의 전 과정에서 일어나는 발생적 예술, 투사 등을 '정동적 미메시스'로 의미화한다. 한편 문학이 생산하는 정서체계 즉 정동의 조건이 이미 제도적으로 정향되어 있거나 타인(비평가)의 반응(감정)에 포획되어 있는 경우 '정동의 잠재적 공동체'는 '해석의 현실적 공동체'가 되어(논문 37쪽) 관습적인 정서와 관념의 재생산을 불러온다. 따라서 이러한 문학 공동체가 자기부정의 동력을 확보하고 그 존재 조건을 재구성하기 위해서는 이질적인 정동을 촉발하는 읽기와 쓰기의 수행이 중요해진다. 물론 이 논문에서 이야기하는 읽기와 쓰기의 주체는 개념적으로 독자와 작가로 분리되어 있고 이들 각자가 소설과 맺는 관계 또한 단방향적인 것으로 암시되지만, 정동적 미메시스, '생동함의 미메시스'가 작가-소설, 소설-독자의 관계를 재설정하고 문학 공동체가 새롭게 출현하는 조건을 만들어낸다는 주장에서 『김지영』 현상 또한 설명할 수 있는 관점이 되기도 한다.

11 박현선, 「정동의 이론적 갈래들과 미적 기능에 대하여」, 『문화과학』 86, 문화과학사, 2016, 72~73쪽.

현존의 양식을 갖는 정동은 마주침의 지속을 통한 신체화된 경험-흔적의 축적인데, 정동의 교육-미학적 효과는 그러한 축적이 기존에 드러나지 않았던 삶의 양식을 가시화하고 새로운 감각체계를 발굴하는 것으로 이끌리게 하는 마주침의 '각도', 즉 정동의 '실체'가 아닌 '기능', '무엇'이 아닌 '어떻게'의 차원을 의미화하는 표현이다. 『김지영』을 기점으로 '문학적인 것'을 재고하고 한국문학을 공시적·통시적으로 되짚으려는 움직임으로 나아간 작가, 독자, 비평의 공동체는 이러한 맥락에서 출현한 문학주체라 할 수 있다.

요컨대 『김지영』에서 촉발된 정동의 창발성은 '미학적 패러다임'과 '윤리적 책임감'을 새로운 각도로 마주치게 했다. 『김지영』을 정서 전이의 측면, 관습적인 문예미학의 관점으로만 분석하기 어려운 이유는 『김지영』이라는 서사체가 『김지영』과 더불어 수행되는 정동적 읽기-쓰기, 즉 독자의 '저자-되기'를 유도해 독자 자신의 재정보화와 독자가 현실의 자기를 재등록하는 것을 추동함으로써, 오늘날 소설 또는 문학(성)을 (재)구성하기 위한 교육-미학적 흔적을 남겼다는 점 때문이다. 『김지영』 '현상'으로 관찰되는 정동의 흐름은 일면 몰입과 동일시를 기반으로 한, "내가 김지영이다"라는 당사자성의 각성과 선형적이고 변증법적인 독자 집단의 구성을 중심에 두는 것처럼 보인다. 그러나 소설이 참조하는 원본 여성과, 독자가 참조하는 가상적 인물의 마주침은 소설과 현실 모두를 재구성하는 상호 참조와 상호 조직의 미학적 패러다임 속에서 공명하면서, 보다 충분한 참조물의 요청, 저자-되기의 지속을 요청하는 윤리적 책임감 또는 재현 윤리의 발동에

---

12 멜리사 그레그·그레고리 시그워스 편저, 앞의 책, 29쪽.

연결된다.

따라서 『김지영』이 보이는 독특한 소설 양식과 거기 수반되는 효과들은 읽는 자와 쓰는 자를 구분하고 읽거나 써지는 경험을 주체로부터 분리하는 기존의 서사미학의 범주에서 논의될 수 없는 특성을 지닌다. 이는 『김지영』이 문학 공동체의 변화나 여성서사의 강세와 연결되었다는 표면적이고 사후적인 사실에서 비롯되는 것이 아니라, 삶을 생성하고 변화시키는 창조 활동, 다시 말해 자신의 삶을 정동적으로 (재)경험하고 표현하는 '예술로서의 삶'의 주체, 즉 '되어감의 주체'[13]를 생산하는 정동 장치로서의 특징을 『김지영』이 지닌다는 점으로부터 온다.

3. 문학과 사건: 소설-독자의 상호 참조와 정동됨의 구조

마수미에 의하면 정동은 사물이 아닌 '사건', 혹은 모든 사건의 어떤 차원이다. 사건은 곧 관계이며, 미래를 향한 가능성을 창조하는 중간(in-between) 지대이다. 정동을 설명하기 위해서는 경험의 '질적인 등록'에 대한 고심이 필요한데,[14] 『김지영』을 통한 '저자-되기'는 독자가 '사건화된 자기'와 관계 맺는 과정으로서의 강렬도(intensity), 마주침이라는 물질적 경험의 등록을 표시한다. 이로부터 『김지영』은 새로운 감각체계를 창안하는 '문턱'에 있는 텍스트로서의 정동성을

13 김예란, 『마음의 말: 정동의 사회적 삶』, 컬처룩, 2020, 70~71쪽.
14 브라이언 마수미, 조성훈 옮김, 『정동정치』, 갈무리, 2018, 84~86쪽.

지니게 된다.

이때의 문턱은 『김지영』이 페미니즘 문학·문화주체 생산의 필연적 매개로 기능한다는 의미가 아니다. 『김지영』의 텍스트 내적 원리가 사회적 상상계 재편의 동력이 되는, 소설-독자 출현의 상호참조·상호 조직의 조건을 형성한다는 점과 관련된다. 다시 말해 『김지영』이 가상적으로 참조하는 '원본'(통계) 여성이, 현실의 원본 여성을 '가상적으로'('내가 김지영이다') 구성하는 자기 재정보화(저자-되기)로 연결된다는 점에서 『김지영』이라는 '문학' 텍스트는 미학적인 것과 정치적인 것이 뒤섞이는 지대(그러한 구분이 의미가 없는 영역)로 넘어가는 경계가 된다.

『김지영』을 통해 '저자-되기'를 수행하는 독자들은 '김지영'이라는 허구적 인물을 토대로 소설 바깥의 '문제적 개인'으로서의 자기를 발견한다. 이는 상술한 바와 같이 『김지영』이 저자(소설가)의 오리지널리티나 등장인물의 파토스를 드러내지 않고 사회과학 보고의 외피를 두르고 있다는 형식적 특성 때문이기도 한데, 이 장에서 보다 주목하고자 하는 것은 소설이 김지영과 유사한 공간-시간을 살아온 특정 세대에 부착되는 정동 장치로서의 내밀한 구조를 지니고 있다는 점이다.

『김지영』을 읽고 『김지영』 현상을 만들어나갔던 이들을 세대론이나 젠더 범주로 손쉽게 뭉뚱그릴 수는 없지만, 그렇다 하더라도 『김지영』이라는 텍스트가 페미니즘 행위주체성 구성의 동력이 된 데에는 『김지영』에 재현된 가상-현실적인 공간-시간적 사건들이 긴요한 참조점으로 작용했다는 점을 간과할 수 없다. 이른바 '2030여성'은 현재의 청년세대(1980·1990년대생)가 공유하는 계층화된 기회구조 속에서의 사회화 과정을 거친 이들로, 김영미는 1980-90년대생이라는 코호트를, 1차산업에서 2차산업으로의 산업구조조정이 완료되고 다양화된 직업적 성취에 따른 계층 분화가 본격화된 시기에 태어나, 경제적으로 풍요롭고 대중 소비가 확산되는 시기에 유소년기를 보낸 후, 사춘기 시기 금융위기로 인한 불황기에 청년기를 보낸 세대로 분석한다. 이 세대는 그 어떤 세대보다도 다양한 직업군의 부모를 갖게 된 첫 세대이자 가족 간 사회경제적 지위의 격차와 라이프스타일의 분화가 당연시된 사회에서 성장한 이들이다.[15]

이러한 세대 담론의 맥락에서 여성의 경우 가족 내 전통적인 성차별 문화의 마지막 희생자에, 남성의 경우 마지막 수혜자의 위치에 근접해 있다. 부모 세대가 가진 자본의 차이를 처음으로 체화한 세대인 이들에게 사회경제적 조건을 형성하는 '기회의 불평등'은 치명적인 것인데, 『김지영』은 불평등을 양산하는 구조 '일반'에 젠더가 삽입되어 있다는 것을 각인하는 텍스트로 2030여성 독자층에 받아들여졌다. 이때 '구조'는 신자유주의 체제와 가부장제가 연동되어 개인의 기회구조를 틀지우는 젠더화된 경험의 총체라 할 수 있다. 이러한 구조를 독자에게 '보편적인 것'으로 감각하게 하는 『김지영』의 서사 구성 원리는 통계수치와 같은 독자 동반출현 기술만이 아닌, 그러한 기술의 정동적 효과를 담보하는 '공간-시간'의 결속에 있다.

잘 알려져 있다시피 『김지영』은 김지영이 태어난 1982년부터 2016년 소설 속 현재 시점에 이르는 기간을 정확히 학제로 구분하고 각

---

15 김영미, 「계층화된 젊음: 일, 가족형성에서 나타나는 청년기 기회불평등」, 『사회과학논집』 47, 연세대학교 사회과학연구소, 2016 참조.

시기의 이야기를 매우 균질적인 분량으로 배분한다. 한국사회에서 학교가 거대한 훈육체계로 평균치의 인간을 양산한다는 점을 논외로 하더라도, 김지영의 삶이 6-3-3-4제라는 단선형 학제에 맞추어 진행되고 있다는 점은 그것이 이 소설이 주력하는 재현 대상의 일반성을 자동으로 보장해주는 정보성 장치임을 나타낸다. 그런데 이러한 학제적 삶 속에 필수적으로 배치되는 공간과 그 변주(집-학교-직장-독립가정)는 그 속에서 이루어지는 성별분업으로 인해 단순 정보가 아닌 '패턴화된 정보'가 된다. 다시 말해 『김지영』에서 젠더화된 공간의 학제화·생애주기화는 공간-시간의 결속 장치로 '김지영'이라는 젠더와 세대를 현실에서 가상적으로 재구성하는 효과를 가중한다.

'보통사람'으로서의 김지영이 아동·청소년기-청·장년기-노년기라는 생애주기에 따라 주변 인물들과 관계를 맺으며 단계적으로 자아를 형성해나간다고 할 때, 김지영이 특정 발달기마다 맞닥뜨리게 되는 젠더화된 경험은 공간-시간의 맥락에서 이루어진다. 특히 김지영의 어머니와 관련된 이야기는 김지영이 학교나 직장에서 겪는 개별 사례들과 다르게 보다 구체적인 공간-시간의 연속성을 드러낸다.

> 김지영 씨가 5학년 때 가족은 이사를 했다. 큰길가의 한 동짜리 신축 빌라 3층, 방 세 개에 거실 겸 주방 하나, 화장실이 하나 있는 집이었다. 전에 살던 주택에 비해 두 배 크기였고, 열 배쯤 편했다. 아버지의 월급에 어머니의 수입까지 차곡차곡 모으고 불린 덕분이었다. 어머니는 각종 은행 상품들의 이율과 혜택을 꼼꼼하게 알아보고 재형저축과 청약저축, 특판 예정금에 투자했다. 믿을 만한 동네 아주머니들과 계를 조직해서 돈을 굴리기도 했는데, 여기에서 가장 큰 수익이 났다. (47~48쪽.)

> 어머니는 투자 목적으로 전세를 끼고 사 두었던 아파트를 제법 이익을 남겨 팔고 아버지의 퇴직금을 더해 신축 주상 복합 빌딩 1층의 한 미분양 상가를 매입했다. 대로변도 아니고 어정쩡한 위치에 비해 매입가가 결코 낮지 않았는데 어머니는 투자 가치가 있다고 판단한 듯했다. 주변의 낡은 주택가들이 아파트 단지로 변하는 중이었고, 어차피 장사를 하려면 가게는 필요한 거고, 매달 임대료를 내거나 기존 점포를 권리금까지 주고 거래하는 것보다는 미분양 상가가 유리하다고 생각한 것이다. (77~78쪽.)

남자 형제를 뒷바라지하기 위해 교사의 꿈을 포기하고 여공이 되었던 김지영의 어머니는 이후 '엄마'가 되는 수순을 밟았다. 그는 부업과 같은 '주부 특화 직종'을 거쳐 미용사가 되고, '계'를 조직해 돈을 굴리면서, 김지영의 아버지가 IMF 여파로 퇴직하자 투자 목적으로 사둔 아파트를 팔아 상가를 매입해 가세가 기우는 것을 막는다. 이 과정에서 김지영 가족은 점차 넓고 큰 집으로 이사하고 김지영 또한 자기만의 방을 갖게 된다. 인용에서 구체적으로 확인되는 김지영 어머니의 이러한 행보는 특히 산업화시기 여공 경험과 딸들의 희생이라는 대목에서 "한국 현대사의 마스터플롯"[16]으로서의 특징을 보이기도 한다.

계와 보증금 굴리기, 금리나 월세 수익을 통해 자산을 축적해나가면서 주택 형태를 옮아가는 것은 한국이 자본주의 국가로 체계화되는 과정에서 보편적으로 노정된 현상이다. 특히 이를 주도하거나 가능하

---

16 신샛별은 이 소설이 김지영과 그 가족이 겪은 개별적 삶을 제시하는 데에는 별 관심이 없으며, 인물들은 '한국현대사'라는 거대서사의 본류에서 탈선하지 않는 정도로만 고유하다고 분석한다(신샛별, 「프레카리아트 페미니스트: 조남주, 강화길 소설에 주목하여」, 《문장웹진》, 2017.6.).

게 했던 것이 여성 또는 여성들 간의 사회적 네트워크였다는 점은 가사노동과 돌봄노동을 담당해야만 하는 조건 속에서 선택되는 여성 노동의 역사적 형식을 보여주는 것인 동시에, 여성에게 빚지고 있는 신자유주의 가족공동체의 존재 조건을 나타내는 것이기도 하다. 송제숙은 이러한 젠더화된 금융 전략을 한국사회에서 임금과 생계비 간의 격차를 해결하기 위해 노동계급이 일반적으로 선택했던 '비공식적 금융제도' 또는 '퇴적된 금융화' 개념으로 논하면서, 이로부터 만들어진 '수완이 좋은 여성'이라는 정체성과 위치성이 한국사회의 정상가족규범과 단단히 결속되어 있음을 밝히기도 했다.[17]

그런데 『김지영』에 삽입된 이러한 '마스터플롯'이 소설-독자의 정동적 연결을 불러왔다고 할 때 그 주된 요인은 김지영 어머니가 자라며 겪은 가족 내 성차별 경험이나 '여공'과 같은 계급적-젠더적 요인이 체화된 노동 전선을 거쳤다는 점 자체에 있지 않다. 소설에서 김지영 어머니의 생애서사는 김지영의 학제적 삶이나 성차별 경험의 에피소드와 비교해 다분히 추상적으로 제시되어 있는데, 이러한 추상성이 곧바로 보편서사로 기능하기에는 현실의 '김지영들'이 너무나 다양하다. 그럼에도 불구하고 이들이 『김지영』에 삽입된 다양한 '마스터플롯'을 자기 정보로 전유하는 것은, 학제라는 자명한 생애주기서사에 단계적 성별분업이 이루어지는 공간적 특성을 연동하여 이를 센서스(census)로 포획하는 『김지영』의 전략 때문이다. 즉 소설 속 김지영 어머니의 삶은 '서사' 구조로서가 아니라 '공간' 구조로, 김지영의 삶

17 송제숙, 황성원 옮김, 『혼자 살아가기: 비혼여성, 임대주택, 민주화 이후의 정동』, 동녘, 2018 참조.

에 체현된 공간으로 등장한다. 남아선호사상을 가진 조부모와 뚜렷한 성별분업이 이루어지고 있는 가족질서, 어머니의 미용업, 방판, 계, 부업 등 젠더화된 직종과 부부 간 대조되는 돌봄의 방식은 김지영의 학제적 경험 속에서 이야기로서는 후경화되어 있지만, 위 인용에서처럼 김지영이라는 주체를 만든 공간의 변주 속에서 확실한 젠더 문제로 체현되어 있는 것이다. 이러한 공간-시간의 결속은 불평등의 구조를 틀 지우는 핵심으로, 현실의 여성들이 자기를 재정보화(저자-되기)하는 경험의 질적 등록의 양태에 결정적으로 기여하게 된다.

이처럼 『김지영』은 소설 속 김지영과 현실의 김지영(들)이 상호 참조하는 정보를 통해 양자를 동시에 구성하는 현존의 양식을 만들어내면서, 소설 바깥의 여성들이 소설이 그려낸 김지영과 같은 '문제적 개인'으로서의 자기, '사건화된 자기'와 만나게 한다. 이러한 정동, 마주침은 독자의 당사자성 각성으로 단선적으로 이행하지 않고, '저자-되기'라는 교육-미학적 효과를 소설-독자에 동시적으로 새기면서, 이들이 새로운 문학주체, 페미니즘의 주체로 분화할 수 있게 하는 시스템을 구축하는 데로 나아간다.

4. 사건화하는 사건: 오토포이에시스로서의 '빙의'

『김지영』이 기사나 통계수치와 같은 객관적 참고자료의 인용을 서사 구성의 주요 원리로 삼으면서 독자의 가상적 자기 재정보화를 추동할 때, 한국 현대사를 구성하는 여성 노동이 체현된 공간을 학제, 생애주기라는 시간의 질서와 결속하여 그러한 '저자-되기'의 효과를 가중한 것은 소설–독자의 상호 참조의 질적인 차원을 높이는 효과를 가져온다. 이로써 '김지영'의 삶을 자신의 이야기로 느끼고 자신을 문학적 재현 대상으로 사건화한 존재들이 한국사회가 가진 성차별, 여성혐오의 구조를 직시하고 종래의 한국문학에 기입된 젠더질서나 문화산업에 개입하려는 주체의 (재)생성에 연결되었다고 할 수 있다. 그런데 이러한 현상으로부터 '텍스트' 『김지영』의 정치적 의미를 소급할 때 직면하게 되는 난점이 있다. 『김지영』이 사회 변혁 운동으로서의 페미니스트 주체 또는 새로운 문학주체의 생성이나 변용을 불러왔다는 사후적 관점으로 말미암아 그것이 지닌 정동성이 다음의 두 가지 차원으로 미끄러지는 것이다. 이른바 '대문자 여성'만을 주조하는 보편서사의 (불)가능성에 대한 논의, 그리고 '문학'이 마땅히 추구해야 하는 재현 기술이 사회학의 외피 덕에 문학비평 바깥으로 탈구되어 『김지영』이 더이상 '텍스트'로 존재할 수 없다는 논의가 그것이다. 『김지영』을 둘러싼 이야기들이 주체의 보편성/특수성, 단독성/전형성의 대립 또는 미학 논쟁 외, 독자론이나 광의의 문화정치, 사회현상에 대한 비평의 차원으로 옮겨갈 수밖에 없는 이유이다.

그런데 『김지영』을 통해 발현된 패턴화된 정보의 자기화, 즉 읽는 자의 수행성(저자–되기)을 추동하는 소설의 형식적 구성의 효과는 단지 독자를 향해 단선적으로 작용하는 것이 아니라는 점이 중요하다. 『김지영』이 지닌 '정동하고 정동되는' 구조, 다시 말해 소설–독자의 상호 조직과 상호 참조라는 '되기'의 구조는 소설 속 '김지영' 본인에게도 작동하고 있는데, 바로 '빙의'라는 설정이다. 이는 『김지영』의 정동성이 서사를 구성하는 텍스트 내적 원리와 '김지영' 현상을 불러온 텍스트 외적 원리의 구분을 무화하게 만드는, 독특한 자기조직의 경향성을 지니고 있다는 점을 확인케 해준다.

> 김지영 씨는 한 번씩 다른 사람이 되었다. 살아 있는 사람이기도 했고, 죽은 사람이기도 했는데, 모두 김지영 씨 주변의 여자였다. 아무리 봐도 장난을 치거나 사람들을 속이는 것 같지는 않았다. 정말, 감쪽같이, 완벽하게, 그 사람이 되었다. (165쪽.)

소설 『김지영』의 또 다른 특징으로 거론할 수 있는 대목이다. '김지영'의 몸에 시도 때도 없이 남의 정체성이 빙의한다는 점이다. 소설 전체가 '환자'로서의 김지영을 대하고 해석하는 정신과 의사의 발화라는 점에 미루어 소설이 김지영의 삶을 말하면서도 회고가 아닌 보고의 형식을 띠는 것도 서사적으로는 특별한 분석을 요하지 않는다. 보다 주목할 수 있는 것은 김지영의 몸에서 상연되는 다양한 정체성들이 소설 『김지영』의 정동성을 특징짓는 방식이다.

'김지영'에 빙의하는 인물들에는 공통점이 있다. 모두 '김지영 씨 주변의 여자'라는 점, 그리고 그들이 김지영이 살아온 날들 속에서 그에게 현실사회에 저항하거나 타협하는 방식으로 어떻게든 '여성'의 위치성을 인식하게 한, 젠더화된 주체의 감각을 일깨운 인물들이라는 점이다. 첫 증상으로 김지영에게 들어온 인물은 어머니로, 그는 태아성감별을 통한 여아 낙태의 경험자이자 저임금노동과 돌봄노동으로 집안 안팎을 모두 책임진 실질적 가장이었다. 그는 청계천 방직공장에서 남자 형제의 학비를 위해 청춘을 보냈고 '어머니'가 된 일을 후회하기도 했다. 김지영의 두 번째 증상으로 등장한 대학 선배 '차승연'은 대학시절 동아리 내에서 이루어지는 여성을 향한 부당한 대우를 바로잡고자 노력했던 인물로, 임신, 출산이라는 재생산 문제의 영향 속에서 목숨을 잃었다. 만약 소설에서 김지영의 증상이 더 묘사된다면 그의 몸이 어머니와 차승연을 징검다리 삼아 찾아갈 다른 여성들 또한 짐작할 수 있다. 김지영의 초등학교 시절, 급식 배당 순서를 공평하게 할 것을 제안해 또래에게 작은 성취감을 안겨준 '유나', 바바리맨을 붙잡아 경찰서로 끌고 간 이유로 근신 처분을 받은 '일진' 소녀, 그리고 한밤중 남학생에게 쫓기는 김지영을 구해주면서 김지영의 잘못이 아니라고 말해준 젊은 여성 등이다. 이들은 모두 다른 주체들이지만 김지영에게, 또 독자에게 가부장제에서 살아가는 여성 주체의 위치성을 일깨우는 존재들이다.[18]

'김지영'이 보이는 이러한 증상은 소설 속에서 '빙의'라고 불리지만 그의 몸을 통해 발화하는 이들은 반드시 죽은 자도 아니고 또래 여성에 국한된 것도 아니다. 소설 『김지영』이 타인이 된 김지영의 몸을 통해 제시하는 것은 각각의 정체성이 요구하는 대화나 교감, 해원(解冤)이나 주체로서의 인정이 아닌, 불가항력적인 '몸' 자체이다. 그리고 이를 정동적 '되기'의 측면에서 논할 수 있는 이유는 김지영의 몸이 타자로부터의 일방적이고 배타적인 점령으로 빙의되는 것이 아니라 '김지영'이라는 주체의 맥락 속에서 변용되는 것이기 때문이다. 김지

18 엄혜진은 이러한 '빙의' 설정이 김지영이라는 인물의 삶을 모든 여성의 삶으로 확장해 대면하게 하려는 소설의 주제의식을 구현하고 있다고 보았다. 특히 이러한 질환으로서의 '빙의'가 소설에서 김지영 본인도 자각하지 못하는 것이자 단지 '우울증'으로 일축된다는 점이 중요하며, 우울증이 질병의 원인이 아니라 증상의 표현이라는 점에서 그것은 가부장제라는 공공연한 병리성을 보여주는 것이기도 하다고 분석했다(엄혜진, 「여성의 자기계발과 페미니즘의 불안한 결속: '82년생 김지영'에 대한 비판적 담론분석을 중심으로」, 『아시아여성연구』 60, 숙명여자대학교 아시아여성연구소, 2021, 147쪽.).

영이 자신의 어머니가 되어버린 것은 가부장 가족질서에서 최하층에 놓인 '며느리'로서의 속박이 극도로 가시화되었을 때이고, 그의 선배 '차승연'이 되어버린 것은 돌봄노동으로 인한 고립감이 극에 달했을 때이다. 즉 빙의되는 김지영의 몸은 자신의 주체성을 매끈하게 비워낸 공간이 아닌, 단독자이면서도 타자와 항상적으로 연결되어 있는 관계적 존재라는 점을 강조하는 장치이다.

낭시가 몸을 '의미의 파열'로 명명한 것은 몸이 연결의 결절이자 마주침의 각도를 생성한다는 정동의 관점과 교호한다. 그가 몸을 '의미'의 차원으로 설명하는 것은 그것이 의미 바깥의 선험적 규정이 불가하다는 논리를 재확인하거나, 몸이란 '의미'라는 관념성이 육화되었다는 것을 나타내기 위한 것이 아니다. 그에 의하면 몸은 의미의 '파열'로서 자신의 실존을 절대적이고 단순한 방식으로 구현할 수 있을 뿐이므로, 기호 작용의 질서에 선행하거나 후행하지 않고, 내부나 외부에 위치하지도 않으며, 오직 경계에 존재한다. 따라서 '몸-나(ego)'라는 고유성은 없다. 하나의 몸은 자기 자신을 관통하는 것만큼이나 모든 몸들을 관통하면서 '열려있음' 자체에서 '무한하게 있다'.[19] 이처럼 '아직 아님'을 내재적으로 구조화하고 있는 '있음'으로서의 몸의 잠재력과 역능은 소설 『김지영』을 둘러싼 다양한 몸(들)을 의미화하는 단초가 된다.

예컨대 『김지영』에서 '빙의'되는 김지영의 몸은 발작적인 정동적 주체 출현의 징후를 표시한 것으로 볼 수 있다. 소설 텍스트로서의

---

19 장-뤽 낭시, 김예령 옮김, 『코르푸스: 몸, 가장 멀리서 오는 지금 여기』, 문학과지성사, 2018, 27~31쪽.

『김지영』과 페미니즘 운동의 흐름과 분화, 다양한 사회적 담론을 생성해낸 사후적 현상으로서의 『김지영』을 인과적으로 파악하게 되면 『김지영』의 서사 구성 원리는 보편성에 대한 착목이나 매끄러운 집단 기억 주조의 문제에서 자유로울 수 없는데, 이 글에서 보다 강조하고 싶은 것은 소설의 구조가 '김지영'의 몸으로부터 출발해 만들어낸 주체 구성의 시스템 또는 경향성에 대한 것이다.

소설 속 등장인물인 '김지영'의 빙의된 몸은 가변적이고, 일시적이며, 다른 주체로의 이동성을 갖기 때문에 거기 출현하는 정체성들의 발화를 손쉽게 '대변'이나 '증언'의 차원으로 갈음할 수 없다. 이러한 김지영의 삶을 대신 말하는 의사나 그의 남편 '정대현' 또한 김지영의 삶을 온전히 대리할 수 없는데, 이는 학술서적과 기사, 통계수치와 같은 비교적 객관적인 자료를 인용하면서도 타자를 향해 열린 '몸-주체'로서의 김지영을 '유체이탈 화법'으로 일축하는 것에서도 알 수 있다. 그리고 김지영으로부터, 또는 의사로부터, 또는 소설 자체로부터 대신 말해지지만 결코 다 말해질 수 없는, 현실의 여성들의 삶이 있다. 즉 『김지영』의 서사 구성 원리는 한국사회에서 성차별, 여성혐오의 문제를 구조적인 것으로 일깨우는 프레임이나 문턱을 만들기도 하지만, 결코 완결된 형식으로 도달하거나 단일한 주체성으로 환원되지 않는 '되기'의 구조를 내포하고 있다. 김지영의 삶을 대신 이야기하는 의사와, 자신의 주변을 살았던 여성을 대신 이야기하는 김지영과, 현실의 여성을 대신 이야기하는 텍스트 『김지영』이 가진 독특한 말하기의 혼융은 『김지영』의 서사 구성 원리가 소설 안팎으로 일종의 순환적 자기조직체계를 만들어내고 있다는 점을 환기한다.

이러한 자기조직성(autopoiesis)은 주체를 공간론의 일환으로 설명하는 논지를 통해 효과적으로 이해할 수 있다. 나카무라 유지로의 장소론에서 중요한 대목을 차지하는 것 중 하나가 바로 공간이나 장(場)에 새겨진 자기조직성에 관한 것이다. 행위의 결과를 다시 정보로 삼는 사이버네틱스(cybernetics)의 되먹임(feedback) 제어가 엄격한 인과관계를 전제한다면, 그로부터 유추할 수 있는 '오토포이에시스'는 그러한 인과 자체가 매 순간 변하는 물질의 조건에 동조(attraction)하여 그것을 '다시' 인과의 질적 내용에 반영한다는 것이다. 예컨대 자연법칙이면서도 물리학적 현상인 태풍은, 보통의 소용돌이가 바닥에서 일어나는 다른 물질과의 마찰력으로 인해 시간의 흐름에 따라 점차 쇠퇴하는 것과 달리, 바로 그 인접물과의 마주침을 조건이자 힘으로 삼아 적란운을 만들어 성장한다. 이 마찰력은 태풍 형성의 바로 그 단계까지만 관여하고 그 결과로서의 적란운의 상승은 수증기의 응결을 조건 삼아 더 큰 부력을 얻으며, 부력에 의한 상승류는 공기를 중심부에 축적하면서 중심 기압은 낮추고 바람을 강하게 한다. 결국 태풍의 생성과 발달의 각 단계는 이전의 제어와 통신을 조건으로 하는 자기조직현상을 보이며, 그러한 시스템은 '태풍'을 '태풍'이게 하는 전제이자 목적이자 효과이다. 다시 말해 장이나 장소는 "그 자체로서 성립한다기보다 자기조직적인 시스템의 상관자로서 성립"[20]한다. 그리고 나카무라가 주목하는 공간의 오토포이에시스는 장소와 주체 형성의 대유(代喩) 속에서 의미화되고 있다.

정동의 관점에서 몸들의 마주침과 변용으로 촉발되는 가변적이고 일시적인 이동성의 주체들과 이들에게 새겨지는 흔적(교육-미학적 효

---

20 나카무라 유지로, 박철은 옮김, 『토포스』, 그린비, 2012, 64~67쪽.

과)이 새로운 사회적 감각체계를 만드는 '몸의 능력'에 이어진다고 할 때, 그러한 변용된 몸-주체들은 단선적이거나 단절적인 인과의 이행에 따르지 않고 매 순간 변용의 순간과 사건을 재생성한다. 『김지영』은 소설 속 김지영과 소설-독자의 형상화를 자기조직체계 즉 오토포이에시스로서 구조화하고 있고, 그것은 매 순간 '사건화하는 사건'이다. 『김지영』이 주조한 새로운 문학주체로서의 저자-독자-비평의 공동체가 『김지영』에 기입된 재현의 윤리나 '정치적' 텍스트로서의 『김지영』을 논하는 대신 한국문학 및 우리 사회·공동체 담론에서 주체의 위치를 표시하는 작업에 주목한 이유이다. 특히 『김지영』 속 '김지영'의 빙의된 몸은 지금-여기라는 문학주체의 구성 원리가 '문학적으로' 수렴된 대목이며, 그러한 주체들의 출현과 변용은 『김지영』 속 의사가 결코 해결하지 못한 채 남겨둘 수밖에 없었던 정동이라 할 수 있다.

5. '되기'를 향한 욕망으로서의 문학

이 글은 『82년생 김지영』을 정동적 '되기'의 관점에서 주목해 소설이 지닌 서사 구성의 원리를 문학주체를 주조하는 기술적 요인으로 분석하고자 했다. 정동은 힘을 주고받는 존재들 사이에 형성되는 초개체적 관계성과 그 힘의 증감, 주체의 '되기'라는 형성적·과정적 양태를 강조하고 의미화하는 개념이다. 소위 '정동하고 정동되는 몸의 능력'으로 표현되며, 이러한 '정동됨(연결)'을 '정동하는 능력(행위)'으로 변용하는 정치적·윤리적 주체화의 형식과 과정을 분석하는 것이 정동의 대표적 쓰임이라 할 수 있다. 정동은 예측불가능성과 비인칭적·비본질적 특징을 필수적으로 갖지만 마주침(encounter)의 흔적과 그 축적이 세계를 재고하는 교육-미학적 효과를 낳는다는 점에서 동시대를 설명하는 주요 개념틀이 되며, 『김지영』은 이를 가능하게 하는 정동 장치로서의 내밀한 구조를 지니고 있다는 점이 이 글의 주된 논지이다.

『김지영』은 우리 사회에서 페미니스트 주체 생산과 운동 흐름의 분화를 포함해 다양한 문학·문화사적 계기와 담론들을 형성했는데, 이러한 '현상'으로서의 『김지영』은 '공감'이라는 포획된 정서에 기반한 여성 주체의 각성과 연대를 설명하는 것이 되기에 앞서 그것을 가능하게 하는 요인을 텍스트 내적으로 구조화하고 있다는 점을 구체적으로 논할 필요가 있다. 이 글에서 다룬 정동적 '되기'는 소설-독자의 상호 참조와 상호 조직을 가능하게 하는 인식론적 실천으로서의 자기재정보화로, 소설의 특징인 통계수치 인용과 같은 독자 동반출현 기술과 젠더화된 공간의 학제화·생애주기화는 이러한 '되기'를 추동하는 주요 동력이다. 한편 『김지영』에 등장하는 '빙의'는 김지영의 몸이 자신의 주체성을 매끈하게 비워낸 공간이 아닌, 단독자이면서도 타자와 항상적으로 연결되어 있는 관계적 존재라는 점을 강조하는 장치이다. 이는 소설이 김지영의 삶을 대신 이야기하는 의사와, 자신의 주변을 살았던 여성을 대신 이야기하는 김지영과, 현실의 여성을 대신 이야기하는 텍스트 『김지영』이라는 복합 구조를 체현하고 있으며, 이러한 서사 구성의 원리가 소설 안팎으로 새로운 문학주체를 구성하는 자기조직체계를 만들어내고 있다는 점을 환기한다. 『김지영』은 우리 사회에서 정동적 주체(들)의 발작적 출현의 징후를 보여주는 텍스트로, 이 글은 소설이 지닌 운동성을 현상이나 담론의 맥락이 아닌 서사 내적 원리로 논하고자 하는 시도였다.

정동은 술어가 아니라 역능과 관계로 사유되며, 해석의 대상으로서가 아니라 실험으로서 특권화되는 영역이다.[21] 정동의 이러한 비규정적·비인격적 특성은 그것이 쉼 없이 배치되고 재구성되는 불안정성을 지닌다는 점을 말해주는 동시에, 존재를 '생성'하는 힘으로, '가능성'으로 사고하고 있음을 시사한다. 따라서 정동을 통해 확정적 결론에 도달하거나 명확한 결과를 파악하는 것보다 그것이 어떤 윤리적 차원과 연결되어 있는지의 문제에 초점을 맞춰야 할 것이다. 타자(성)에 천착하고 차이화를 추동하는 기술로서의 문학의 정치는 정동의 이러한 관점에서 재고되어야 할 것이다.

『김지영』이 피해자로서의 대중서사를 구성하는 데 그쳤다는 비판을 더욱 생산적인 차원으로 견인하려면 정동 장치로서의 이 소설이 '문학'과 '현실' 양자에서 축출되었던 타자로서의 여성을 효과적으로 각인한 방법을 면밀히 살펴볼 필요가 있다. 아울러 '김지영'과 독자가 동시에 수행한 자기 재정보화라는 '개별' 행위성은 전형성의 문제로 환원되기보다 정동의 흔적으로부터 지속되는 '되려는' 경향성의 차원에서 논의되어야 할 것이다. 브라이도티가 이러한 '되기'의 서사성, 재현, 문화적 조정의 문제에 주목한 이유는 주체 되기의 전체 과정을 지탱하는 것이 다름 아닌 알고자 하는 의지, 발언하고자 하는 욕망이기 때문이며, 이는 '되기'를 향한 기초적·일차적·필수적 욕망이자

---

21 아르노 빌라니·로베르 싸소, 신지영 옮김, 『들뢰즈 개념어 사전』, 갈무리, 2013, 352쪽.

'원초적 욕망'이기도 하다.[22] 『김지영』이 촉발한 수많은 '현상'들은 이러한 욕망의 계보 속에 놓이며, 소설은 그것을 자신의 존재 양식으로 이미 구조화하고 있다.

---

22 로지 브라이도티, 앞의 책, 50쪽.

허수경 시에 드러나는 헤테로토피아와 생태적 상상력

김지율

어떤 의미에서 인간이라는 종은
'살기/살아남기'의 당위를 자연 앞에서
상실했는지도 모르겠다. 그러나 이런 비관적인
세계 절망의 끝에 도사리고 있는 나지막한 희망,
그 희망을 그대에게 보낸다.
- 허수경 『청동의 시간, 감자의 시간』 시인의 말

1. 머리말

허수경[1]은 진주에서 태어나 「땡볕」외 4편의 시를 『실천문학』에 발표하면서 문단에 나왔다. 시와 소설 그리고 산문에 이르기까지 여러

---

1 허수경(1964~2018)은 경상국립대학교를 졸업하고 1987년 『실천문학』으로 등단하였다. 서울에서 방송국 스크립터 일을 하다가 1992년 독일로 건너갔다. 독일 마르부르크 대학에서 선사 고고학을 공부하였고 뮌스터 대학에서 고대동방문헌학으로 박사 학위를 받았다. 이후 발굴과 연구를 해오며 작품을 꾸준하게 썼다. 시집으로 『슬픔만한 거름이 어디 있으랴』(실천문학사, 1998), 『혼자 가는 먼 집』(문학과지성사, 1992), 『내 영혼은 오래 되었으나』(창작과비평사, 2001), 『청동의 시간 감자의 시간』(문학과지성사, 2005), 『빌어먹을 차가운 심장』(문학동네, 2011), 『누구도 기억하지 않는 역에서』(문학과지성사, 2016)가 있다. 그리고 소설 『모래도시』(문학동네, 1996), 『아틀란티스야, 잘 가』 (문학동네, 2011), 『박하』(문학동네, 2011)와 산문집 『길모퉁이 중국식당』(문학동네, 2003), 『모래도시를 찾아서』(현대문학, 2005), 『너 없이 걸었다』(난다, 2015) 등이 있다.

방면으로 글을 쓴 그는 고통스러운 역사와 현실을 경험의 구체성과 풍부한 상상적 언어로 구성해내며 시의 새로운 감각적 깊이를 보여주었다. "내가 무엇을 하든 결국은 시로 가기 위한 길"이라고 했던 허수경은 1990년대와 2000년대를 대표하는 한국의 서정 시인으로 평가받고 있다.

1992년 독일로 건너가 근동 고고학을 공부한 허수경은 1년의 반 이상을 유적지의 발굴 현장에 있었다. 훼손되고 오염된 공간에서 마주한 이름 없는 주체들의 모습을 보며 그것은 오늘을 살고 있는 우리들의 먼 미래라고 하였다. 그는 전쟁과 인간 중심의 물질문명이 우선시되는 현실에서 삶의 주체로 자리할 수 없었던 그들의 결핍되고 절망적인 모습을 면밀하게 그려내었다. 이광호[2]는 이러한 허수경의 시는 '진정한 기억'을 찾아가는 기억으로 모성적 여성성과 문명의 폭력성 그리고 인간 존재의 근원적 불행과 은유 공간이라고 설명하였다.

이러한 공간은 하나의 사건이 일어나는 장소로써 수많은 기억들이 교차하는 현장이며 이 세계에 대한 주체의 사고가 구현되는 장소이다. 무엇보다 시 속의 장소는 주체가 사유하고 행동하는 물리적인 장소의 개념을 넘어 자아를 통해 재구성되는 심리적인 공간을 아우르는 개념이다. 즉 인간의 내적 세계를 반영하는 상징이며 은유로서 시대와 사회에 대한 시인의 현실 대응의식을 드러낸다. 무엇보다 공간과 장소는 인간이 자연과 관계하는 즉 자연을 바라보는 직관 형식이다.[3]

2 이광호, 「그녀의 시는 오래 되었으나-허수경의 오래된 편지」, 『문학과 사회』, 2001.

3 한자경, 「칸트에서의 자연과 인간」, 『인간과 자연』, 서광사, 1995. 115쪽.

그러므로 그것에 대한 이해는 인간의 자연 인식과 대응에 관한 생태 의식과 긴밀하다고 할 수 있다.

인간의 삶은 기본적으로 자연을 비롯한 모든 생명들과 연결되어 있으며, 문학은 본질적으로 이 생태와 밀접하게 관련된다. 우리 현실의 생태 문제는 전쟁과 질병, 재해와 기아 그리고 여러 인권 문제와 함께 이미 인류의 중요한 사안으로 대두된 지 오래이다. 이러한 문제는 과학 문명과 자본 그리고 물질주의에 중점을 둔 인간중심주의 사고나 삶에 그 원인을 두고 있다. 그것은 인간이 그동안 선택하고 누린 삶의 방식에 따른 필연적인 결과이며 인간은 생태위기의 가해자인 동시에 피해자의 위치에 서 있다. 때문에 이 생태위기 의식과 함께 그에 대한 해결책을 찾는 일은 현실의 가장 큰 화두 중의 하나이다.

허수경은 칠십년대, 대학교 사서였던 아버지가 도서관에서 일하는 동안 아버지의 친구가 일하시던 농과대학 과수밭에서 놀던 시절을 회고했다. 그때 아버지의 친구가 '인간이 자연을 개조하고 싶은 꿈을 가진다면 그것은 다만 자연과 인간을 더 아름답게 만드는 꿈이었으면 한다'던 말을 마음에 깊이 새겼다고 했다. 그 후 그는 생태계의 평형을 지향하는 세계 최초의 환경 정당이었던 '녹색당'을 지지하며, 한 평화주의자가 선언했던 '대안적 삶'을 응원한다[4] 고 하였는데 이러한 모습들은 그가 시인이 되고 쓴 글들에 지속적으로 드러난다.[5]

---

4 허수경, 「평화주의자」, 『길모퉁이 중국식당』, 문학동네, 87쪽.

5 허수경은 자신과 뗄 수 없는 분신과도 같은 자연의 하나로 고향의 나무를 추억하며 그 나무처럼 살기를 기원한다고 했다. "내가 고향에서 살고 있을 때 나는 나무 한 그루를 사랑하였다. 그 나무는 세상 살기에 어눌했던 나의 아버지가 심으신 것이었다. 그 나무는 내가 초경이 시작되었을 때 붉은 도미 한 마리와 팥 한 되와 함께

그동안 허수경의 연구는 전쟁 표상,[6] 모성성과 페미니즘,[7] 알레고리적 양상[8] 그리고 귀향의식[9] 등을 주제로 꾸준하게 논의되어 왔다. 무엇보다 허수경 시의 개성적인 면모 중의 하나는 자신만의 특정 공간에서 자아의식을 내밀하게 드러낸다는 것이다.[10] 그러므로 그의 시에 드러나는 장소를 분석하는 것은 시인이 구현하려고 하는 의식의

내 가슴에 남아 있는 나무였다. 붉은 도미를 구워 팥밥을 먹으며 나는 이제 막 옮겨심기 끝난 나무를 보았는데 그 작은 잎사귀들은 아직 익숙하지 못한 우리집 작은 뜨락에서 흰 저녁을 저 혼자 수줍어하고 있었다. 그 나무는 나의 나무였다. 그리고 그것은 지금도 나의 나무이다"(허수경, 「고향과 나무」, 『네가 오후 네시에 온다면 나는 세시부터 행복해지기 시작할 거야- 20대 젊은 시인들의 첫사랑』, 문학세계사, 1990. 215쪽.)

6 이혜원, 「허수경 시에 나타난 전쟁 표상과 생명의식」, 『문학과 환경』 18, 문학과환경학회, 2019.

7 김신정, 「소멸의 운명을 살아가는 여성의 노래 : 허수경과 김수영의 시」, 『실천문학』 64. 2001. 11. 246~269쪽; 오형엽, 「꿈의 빛깔들」, 『서정시학』 15. 2005. 3. 283~196쪽; 이경수, 「대지의 생산성과 가이아의 딸들」, 『신생』 32. 2007. 9. 148~175쪽; 정종민, 「한국 현대 페미니즘 시 연구」, 성균관대학교 박사학위논문, 2008; 이혜원, 「한국 여성시의 탈식민주의 페미니즘 연구」, 『여성문학연구』 41, 여성문학연구, 2017; 박지해, 「한국 현대 여성시에 나타난 모성성의 사적 전개 양상 연구」, 한국외국어대학교 박사학위 논문, 2017; 조연정, 「1990년대 젠더화된 문단에서 페미니즘하기:김정란과 허수경을 읽으며」, 『구보학보』 27, 구보학회, 2021.

8 이은영, 「허수경 시에 나타난 알레고리의 양상」, 『여성문학연구』 45, 한국여성문학학회, 2018. 507~535쪽.

9 이미예, 「허수경 시의 귀향(歸鄕)의식 연구」, 한국교원대학교 석사학위논문, 2017.

10 방승호는 허수경이 삶에서 느끼고 체득한 감정들은 시적 공간을 통해 형상화하였으며, 고향은 자아를 유지시키는 의식의 원동력으로, 도시는 고향으로 되돌아갈 수 없는 자아의 상실의식을 드러내는 공간이며, 역은 존재론적 탐색의 공간으로 불행한 자아의 정체성 상실과 죽음의 공간으로서 그의 삶의 종착지로 보았다. (방승호, 「허수경 시의 공간 양상과 내면의식」, 『현대문학이론연구』 77. 2019. 106~129쪽)

근원을 확인하는 중요한 지점이다.

허수경 시에 근대적인 장소나 공간에 대한 의식을 극복하고 탈근대적 전망으로 기능하는 어떤 사유가 내재해 있다면 그것은 인간과 자연 그리고 문명에 대한 새로운 인식일 것이다. 따라서 이 글에서는 허수경 시에 드러나는 '발굴의 유적지' 그리고 '역'이라는 장소의 헤테로토피아를 통해 드러나는 '생태적 상상력'에 주목하였다. 허수경 시의 '생태적 상상력'은 근대적 공간의 이분법으로부터 벗어난 혼종적인 탈질서의 헤테로토피아를 통해 고찰할 때 반생태적 현실에 이의를 제기하며 새로운 반성으로서의 생태적 전망을 보다 면밀하게 고찰할 수 있을 것이다.

2. 탈근대성으로서의 헤테로토피아와 생태적 상상력

허수경 시에 드러나는 '유적지'와 '역'이라는 헤테로토피아는 실질적인 체험의 장소이자 하나의 이념의 공간으로 시대 현실에 이의를 제기하는 장소이다. 이 헤테로토피아는 현실에 없는 유토피아적 장소나 파멸을 지향하는 디스토피아적인 장소의 극단적 사유를 지양하는 또 다른(heteros) 장소의 개념으로 어떤 중심에도 특권을 부여하지 않는 공간을 의미한다. 즉 '다른, 낯선, 혼종의' 공간인 헤테로토피아는 시대 현실과 긴밀하게 연동되어 움직이는데, 미셸 푸코[11]는 이 헤

11 미셸 푸코는 불안과 소외를 함축하며 주변부에 위치하는 무질서의 장소이자 사이의 장소로써 이 헤테로토피아를 1966년 12월 7일 '프랑스 문화'라는 라디오 프로그

테로토피아의 특성들을 분류하고 기술하는 방식을 '헤테로토폴로지(heterotopology)'라 말하고 이를 여섯 가지 원리로 분류하였다.

이러한 헤테로토피아는 현실에서 겪는 물리적인 공간뿐 아니라 상상의 공간 그리고 이 두 공간을 합친 제삼의 공간을 모두 포함한다.[12] 그런 측면에서 허수경 시에 드러나는 이 '유적지'와 '역'은 수많은 동굴이나 무덤 등 고대 유물의 발굴지를 찾아 떠돌며 경유한 삶의 현장으로서 생태적 체험의 장소이자 상상과 이념의 시적 공간이다. 과거의 시간과 문화를 고스란히 기억하고 있는 '유적지'에서 역사의 지층을 파헤치며 고대인들의 삶을 해독하는 일은 시간과 공간에 대한 새로운 사유를 의미한다.[13] 무엇보다 자발적인 이방인이 되어 이름 없는

램에서 처음으로 발표한다. 그리고 이듬해 3월 14일 건축연구회에서 「다른 공간들」에 대해 언급하였다. '헤테로토피아'는 이 강연들의 내용을 정리하여 구성한 것이다. 여기서 푸코는 헤테로토피아의 특성을 분류하고 기술하는 방법을 가리켜 '헤테로토폴로지'라 이름하고 이를 여섯 가지 원리로 분류하였다. 첫째, 세계 문화들은 대부분 헤테로토피아에 의해 구축, 전개된다는 것이다. 둘째, 기존에 있었던 헤테로토피아는 시간과 역사에 따라 또 다른 방식으로 작동되거나 사라질 수 있는데 묘지 등이 대표적이다. 셋째, 양립 불가능한 여러 개의 공간이나 배치를 실제 하나의 장소에서 나란히 구현하는 장소로 극장이나 정원 그리고 거울 등이 이에 속한다. 넷째, 현재의 시간에서 벗어나서 영원성과 같은 이질적이고 혼재된 시간을 보여주는 것으로 박물관이나 도서관 등이 있다. 다섯째는 열림과 닫힘의 특징을 동시에 가지고 있는 것으로 병영, 감옥, 모텔 등을 그 예로 들 수 있다. 여섯째, 우리사회에 있는 현실적 배치들을 위반하는 장소이거나 혹은 환상적인 공간으로 정신병원이나 매음굴 등이 여기에 속한다. (미셸 푸코, 이상길 옮김, 『헤테로토피아』, 문학과 지성사, 2009. 49~58쪽.)

12 구연정, 「상상과 실재 사이 "헤테로토피아로서 베를린-발터 벤야민의 「1990년경 베를린의 유년 시절에 나타난 도시공간을 중심으로」, 『카프카연구』 29, 한국카프카학회, 2014. 125쪽.

13 김경복은 생태시의 시간의식은 모더니즘이 갖는 직선적이고 계량적인 시간 의식에서 벗어나 모든 생명이 교감하고 상호작용하는 자연적 시간을 의미하며 이는

수많은 '역'을 전전하며 디아스포라적인 삶을 살았던 그는 인류의 모든 문명과 생태를 바라보는 시선을 전지구적으로 확장하며 평화적 연대와 윤리적 실천을 모색하였다.

이처럼 현대시는 산업화와 민주화를 거치며 당대 현실과의 갈등 양상에 따른 탈근대성으로서의 세계의 부정성을 장소와 공간 그리고 생태적 시선 등을 통해 지속적으로 드러내고 있다. 무엇보다 암울한 생태 위기의 현실에 대한 절망과 반성으로 '다른 공간'이자 '혼종적 공간'을 찾고자 하는 것은 현실에서 어떤 윤리를 만드는 것[14] 이기도 하다. 그런 측면에서 인간과 생명 그리고 사물과의 상호연관성에 대한 사유이자 '존재의 존재다움'과 같은 평등의식에 기반한 생태적 상상력은 현실에 이의를 제기하는 헤테로토피아를 통해 고찰할 때 피상적인 이해를 넘어 구체적인 반성으로서의 대안적 활로를 모색할 수 있을 것이다.

1990년대 중반 이후, 이 '생태'가 한국문학에 본격적으로 대두되면서 위축되었던 문학의 위상을 재고할 수 있는 계기가 되었다.[15] 생태

생태 위기에 대한 새로운 미학적 응전으로서의 역사성을 띤다고 보았다.(김경복, 「생태시에 나타난 시간 의식의 의미」, 『문창어문논집』 39, 문창어문학회, 2002. 172쪽)

14 자크 랑시에르는 이러한 윤리는 기존의 질서나 규범이 사실 속에서 해체되는 것을 의미하며, 담론이나 실천의 모든 형태들을 구분하지 않는 즉 동일한 관점으로 식별하는 것이라고 보았다. 그리하여 체류(滯留)에 알맞은 삶의 방식을 '에토스(ethos)'라 명명하였다. 그에 따르면 누군가가 윤리를 가진다는 것은 자신의 환경과 존재방식을 따라 어떤 행동을 추구하게 된다는 것이다. 기존의 규범 질서에 저항하며 자신의 감각을 믿으며 새로운 삶의 방식을 사는 일이 윤리가 된다는 것이다. (자크 랑시에르, 『미학 안의 불편함』, 주형일 옮김, 인간사랑, 2008. 172~173쪽.)

주의 담론이 근대 서구 문명의 근간인 주체에 대한 세계관을 부정하며 새로운 대안의 세계를 모색하고자 했다면 생태문학은 이 담론의 실천적 운동성을 근간으로 이를 미적으로 형상화하려는 장르이다.[16] 그런 점에서 생태는 현상에 대한 문제에서부터 세계관에 이르기까지 광범위한 고찰을 요구한다. 특히 현대시는 근대 문명에 대한 성찰과 비판 그리고 인간중심주의에 대한 부정과 반성을 기반으로 이 생태의

---

15 1960~70년대 생태문학이 환경오염과 그 위험에 대한 메시지를 전했다면 1990년대 이후 본격적인 논의가 전개되며 보다 폭넓은 인식과 가능성을 보여주었지만 2000대 이후에는 대부분 생태문학의 한계점에 대한 논의로만 반복되고 있는 실정이다.
이 생태문학에 대해 1990년 중후반 김욱동은 미국 조셉 미커가 쓴 '문학 생태학'이라는 용어를 받아들이고 문학이 생태의식을 제기하고 그것을 극복하기 위해 어떤 방법을 모색하는 것은 문학의 어떤 본질적 가치 때문이라고 보았다. 이은봉 또한 이 생태문학은 김지하의 생명사상 그리고 최열 등을 중심으로 펼쳐진 환경운동연합에 주목하였다. 이 외에도 신덕룡의 『환경위기와 생태학적 상상력』(실천문학사, 1999) 등이 문학에 대한 생태학적 사유의 논의를 본격적으로 보여주었다고 할 수 있다. 그리고 '생태'와 관련된 용어의 문제는 생태문학의 성격이나 범주와 관련되어 중요하게 논의되어야 하는 부분이기도 하다. 그동안 환경문학, 문학 생태학, 녹색 문학, 환경문학, 생명문학 등의 용어들이 대두되었고 그것이 혼용되어 사용되다가 2000년대 이후 생태문학 혹은 생태시라는 용어가 보편적으로 사용되었다.(이은봉, 「생태시 논의의 몇 가지 쟁점」, 『시작』, 2004, 여름호)
이러한 생태 문학의 최근 활약이 비교적 약해진 데 대해 이혜원은 생태문학은 이론적으로나 미학적으로 새로운 면모를 보여주지 못하고 있으며 문학이 자연이나 인간의 관계를 이해하고 생명의 지속성을 모색하는데 기여해야 한다는 당위성만으로는 그것의 관심을 지속하기 어렵다고 보았다. 무엇보다 현실의 새로운 변화와 함께 인간과 자연이 가지는 긴밀한 관련성을 보다 면밀하게 탐색해야 한다고 보았다. 그럴 때 이 생태 환경의 급격한 변화에 공감할 수 있는 생태문학을 견지해 나갈 수 있다고 말한다. (이혜원, 「이문재 시에 나타난 생태의식」, 『문학과환경』 16, 문학과환경학회, 2017. 155쪽)

16 장은영, 「탈제국적 담론으로서의 생태시학 : 이문재론」, 『高凰論集』 38, 경희대학교대학원원우회, 2006. 108쪽.

가치와 질서 그리고 미학을 재발견하고 확산하고 있다. 그것은 인류와 문명 그리고 생명에 대하여 문학으로서의 존재 의의를 되찾는 것으로 모든 생명체가 하나의 공동체적 질서원리를 형성하고 그것이 나아가야 할 방향을 모색하는 것이기도 하다.

무엇보다 이 '생태적 상상력'은 생태비평에서 오랫동안 논의되어 온 개념으로 인간과 자연을 비롯한 모든 존재의 관계 맺음에 대한 윤리적 질문에서 출발한다.[17] 그것은 개별 존재의 개체성과 고유성을 넘어 세계 안에 사는 다양한 존재들과 관계하고 소통하는 방식을 심화하고 확장하는 사유의 전환을 의미한다. 또한 인간과 문명에 대한 무조건적인 부정만이 활로가 아님을 오히려 인간과 모든 존재와의 밀접한 상호 관련성을 섬세하게 이해함으로써 상생의 가능성을 탐색하는 것이다. 그러므로 생태적 상상력에는 장소와 시선의 문제, 시간과 공간의식, 주체와 타자 그리고 여성성과 제국주의에 대한 저항 등 다양한 시선들이 포함되어 있다고 볼 수 있다.

시인은 집이나 도시 등 인간이 살고 있는 현실의 공간으로 들어와 생명들이 유의미한 관계 속에서 존재한다는 것을 재규명해야 한다. 그런 점에서 허수경 시인의 시에 드러나는 '유적지'와 '역'이라는 두 헤테로토피아에는 반생태적 현실에 이의를 제기하며 생물학적·문화적 다양성으로서의 윤리적 시선이 두드러진다. 나아가 그것은 타인의 아픔과 죽음에 대한 애도나 난민의 연대와도 연결된다. 이처럼 생태계의 모든 개체들이 각기 고유한 생명으로서의 가치와 존엄 그리고 생태 순환의 원리로써 윤리적 실천의 가능성을 허수경 시의 헤테로토

17 박이문, 『문명의 미래와 생태학적 세계관』, 당대, 1997. 78~80쪽.

피아를 통해 발견할 수 있을 것이다.

3. 폐허의 유적지 – 전쟁과 죽음으로부터 생명을 키우는 '감자의 시간'

허수경은 고향 진주를 떠나 서울로 서울에서 다시 독일로 떠나는 두 번의 큰 이향(離鄕)을 거친다. 자신이 태어나고 자란 고국으로부터 더 많은 사람들의 시간과 장소를 향해 떠난 점은 한 사람의 생애에서 특기할 만한 부분이다. 무엇보다 그가 창작한 장소를 되짚어 보면 첫 시집 『슬픔만한 거름이 어디있으랴』와 두 번째 시집 『혼자 가는 먼 집』은 고향을 비롯한 서울에서 세 번째 시집부터는 고고학을 연구하기 위해 떠난 독일인데 이러한 장소의 변화는 그의 시세계의 변모와 밀접한 관련이 있다.

특히 허수경은 독일에서 근동 지역에 있는 폐허의 유적지와 내전 중인 국가를 떠돌며 전쟁의 참상으로 인한 고통을 내면화하며 그것을 사실적이고 절박한 목소리로 형상화하였다. 그는 살인, 강간, 폭력 등이 난무한 전쟁은 인간의 존엄성을 해치는 부도덕한 행위이며 근본적인 비판이 필요하다고 보았다. 그리하여 전쟁이 파괴시킨 수많은 자연과 생명들 앞에 그 자신이 쓴 시를 '反 전쟁시'[18]라 이름하며 전쟁

---

18 "나는 이 시집에 묶인 시들을 反 전쟁시라고 부르고 싶다./ 내가 특별히 평화주의라서 그런 건 아니다/ 다만 이 시집에 묶인 많은 시들이 크고 작은,/ 가깝거나 먼 전쟁의 시기에 씌어졌기 때문이다./ 전쟁을 직접 겪지 않은 한 인간이 쓰는 反전쟁에 대한// 노래,/ 이 아리러니를 그냥 난,/ 우리 시대의 한 표정으로 고정시키고

의 참상을 고통스럽게 드러내었는데, 이 시기부터 탈근대적이며 생태적인 시적 자아의 목소리가 더 선명하게 드러난다.

당신은 당신의 집으로 돌아갔고
돌아갈 집이 없는 나는
모두의 집을 찾아 나섭니다

밤별에는 집이 없어요
구름 무지개 꽃잎에는 우리의
집이 없어요 나는 아버지가 돌아간
집에는 살 수 없는 것
세월이 가슴에 깊은 웅덩이로 엉겨 있듯
당연한 것입니다

전쟁을 겪어 불행한 세대가
전쟁을 겪지 않아 불행한 세대가
세월의 깃을 재우는 일조차 다른 것
그래서 나는 돌아갈 집이 없어요

배고픈 어미가 아이를 낳고 기르는
땅을 가로 질러
함께 일을 하고 밥을 먹고 함께 노래를 하고 꿈을 꾸고

아버지 나는 갑니다

싶었을 뿐" (허수경, 「시인의 말」, 『청동의 시간 감자의 시간』, 문학과지성사, 2005.)

모두의 집을 찾아 칼을 들고
눈을 재우며

－「아버지, 나는 돌아갈 집이 없어요」 전문

"당신은 당신의 집으로 돌아갔고/ 돌아갈 집이 없는 나는/ 모두의 집을 찾아 나섭니다"라는 진술은 그런 점에서 의미심장하다. 즉 아버지를 여의고 나 자신이 다시 돌아갈 집이 없다는 것 그러므로 나와 가족의 테두리를 벗어나 "모두의 집"을 꿈꾸며 고향을 떠나려는 '나'의 언술. 그것은 나와 너 그리고 우리를 구별 짓는 것으로부터 그것을 해체하고자 하는 마음의 변화[19]를 의미한다. 또한 그것은 "전쟁을 겪은 불행한 세대와/ 전쟁을 겪지 않은 불행한 세대"간의 차이를 없애려는 것이며 "함께 일을 하고 밥을 먹고 함께 노래를 하고 꿈" 꿀 수 있는 세상을 찾겠다는 생태적 사유에서 비롯된 것이다. 그러므로 허수경은 '단풍의, 손바닥, 은행의 두 갈래 그리고 합침 저 개망초의 시름과 '금방 울 것 같은 사내의 아름다움'(「혼자 가는 먼 집」)을 두고 독일로 떠난다. '고향을 떠나는 일은 많은 이들이 살아남기 위한 전략 가운데 하나'라고 언급하며 그는 '고향이 겪어내는 당대성을 같이 경험하지 못하는' 고충을 토로하기도 하였다.[20]

---

19 구르비치(Gurvitch)는 1894년 러시아 태생의 사회학자이자 법학자로 그는 장소의 정체성에서 세 가지 대립축을 설명하였다. 나(the I), 타자(the Other), 우리(the We)라는 대립되는 장소성의 축이 있는데, '나'는 주로 '우리'를 토대로 해야만 가능한 기호와 상징을 매개로 하여 타자와 의사소통을 하게 된다고 한다. 때문에 그는 '나'와 '타자'와 '우리'를 분리시키고자 하는 것은 의식 그 자체를 해체하거나 파괴하려는 욕망으로 본다. 또한 '우리'가 공유하는 토대는 불변하는 것이 아니라 그 강도나 깊이가 항상 변할 수 있다고 말한다. (에드워드 렐프, 『장소와 장소상실』, 논형, 2005, 131쪽)

그 후 허수경은 독일에서 근동고고학을 공부하며 1년의 반 이상을 발굴 현장에 있었다. 뮌스터에서 시리아나 터키의 발굴 현장으로 떠돌았는데 그 현장에 있는 유적지들은 지난 시간과 역사를 간직한 또 다른 장소의 헤테로토피아이다. 그는 발굴의 경험을 작품화하며 훼손되고 황폐화된 공간에서 억눌린 삶을 살아간 주체들의 모습을 재현하였다. 그들의 결핍되고 절망적인 삶을 통해 부정적이고 은폐된 권력 구조를 드러내거나 물질문명이 우선시되는 현실 속에서 삶의 주체로 자리할 수 없었던 그들을 통해 역사와 세계의 숨겨진 이면을 제시하였다.

> 나는 어디에 있는지. 내 속에는, 많은 이들이 그렇게 적은 것처럼, 많은 타인들이 들어 있다. 그 타인들이 나의 얼굴을 만들고 있다. 나의 얼굴은 타인의 얼굴이다. 그 얼굴이 끔찍하지 않기를 바란다.[21]

> 가만히 내가 움직인 길을 살펴본다. 고향에서 서울로 서울에서 독일로 발굴을 하느라 시리아로 터키로 몸의 눈을 닫고 마음의 눈으로 나는 다양한 세계를 들여다보고 싶었다. 낯선 종교와 정치와 사람들 사이에 섞여 살면서 나라는 한 사람이 자연인으로 살아가는 방법을 배우고 싶었다. 한국인이라는 나와 나라는 나, 그 사이에 섬처럼 떠돌아다니던 시간들.
>
> 그러나 시를 쓰는 나는 한국어라는 바다에만 머물러 있었다.
>
> 어머니, 다른 식구, 그리고 벗들, 그들의 인내를 파먹고 살았던 독일 체류 기간 동안 나는 이제 더 이상 돌아가리라는 약속을 하지 않는 지혜를 배우고 있다. 내가 나를, 우리를 들여다보고 있는 곳, 그곳에서 나는

20 허수경, 『그대는 할 말을 어디에 두고 왔는가』, 난다, 2018. 75~76쪽.

21 허수경, 『모래 도시를 찾아서』, 현대문학, 2005, 100쪽.

살아갈 것이다.[22]

시인의 말대로라면 "나"는 독일이나 무수한 발굴의 유적지에서도 언제나 낯선 타인으로 그들 속에서 존재한다. 타인들의 얼굴이 나의 얼굴을 만들고, 나의 얼굴이 타인의 얼굴이라면 결국 나와 타인은 다르지 않다는 것이다.[23] 즉 한국인이든 독일인이든 혹은 수메르인과 이라크인이든 그들의 집단적 정체성에 상관없이 내가 "나"로서 존재하며 타인을 올바르게 이해하는 것이 진정한 타인과 나로 존재한다는 인식이다.

낯선 종교와 정치의 사람들 사이에 섞여 살면서 한 사람의 "자연인"으로 살고자 했던 허수경은 먼 타국에서 자신을 찾고, 자신을 넘고자 부단히 노력했지만 여전히 "한국어라는 바다에서만 머물고 있었음"을 뼈아프게 고백한다. 그것은 "내가 나를, 우리를 들여다보"는 법을 배우며 세계로 확장된 자아를 찾기 위한 부단한 노력에 다름 아닐 것이다. 그리하여 그는 고국과 타국의 구분 없이 자신이 살고 있는 그곳이 바로 자신이 살아야 할 곳이라는 깨달음으로 "더 이상 돌아가리라는 약속을 하지 않는 지혜를 배웠다"고 하였다.

에이디 2002년 팔월 새벽 여섯 시 삽으로 정방형으로 땅을 자른다.

---

22 허수경, 「시인의 말」, 『내 영혼은 오래되었으나』, 창작과비평사, 2001, 109쪽.

23 한지희는 허수경이 한국인이면서도 코즈모폴리탄적인 시인으로서 타인과 타인 집단을 위해 기꺼이 울어 줄 수 있었던 점을 한국의 인문학에 근거한 인인무간(人人無間)의 전통적 가치를 지향하고 있었기 때문으로 보았다. (한지희, 「셰이머스 히니와 故허수경의 고고학적 상상력 비교」, 『동서비교문학저널』 54, 한국동서비교문학학회, 2020.)

비씨 2000년경 토기 파편들, 돼지뼈, 염소뼈가 나오고 진흙으로 만든 개가 나오고 바퀴가 나오고 드디어는 한 모퉁이만 남은 다진 바닥이 나온다 발굴은 중단되고 청소가 시작된다 그 바닥은 얼마나 남았을까, 이미터 곱하기 일 미터? 높이를 재고 방위를 재고 바닥을 모눈종이에 그려 넣는다 이 미터 곱하기 일 미터의 비씨 2000년경. 사진을 찍고 난 뒤 바닥을 다시 삽으로 판다 한 삼십 센티 정도 밑으로 내려가자. (중략) 압둘라가 아침밥을 먹으러 간 사이 난, 참치 캔을 딴다. 누군가 이 참치 캔을 한 오백 년 뒤에 발굴하면 이 뒤엉킨 시간의 순서를 어떻게 잡을 것인가. 이 시간언덕을 어떻게 해독할 것인가

–「시간언덕」 전문

이름 없는 집단 무덤
해골 없이 다리뼈만 남아 있거나 마디가 다 잘린 손발을 가진 그대들
해와 달이 다 집어먹어버린 곤죽의 살덩이들은
흙이 되어 가깝게 그대들의 뼈를 덮었는데
아직 흙에는 물기가 남아 있어
비닐봉지에 그대들을 담으면 송송 물이 맺힙니다
(중략)
그대들은 누구인지요 심장없는 별을 군복 깊숙이 넣고 사는
그대들은 누구인지요 저 초원에 사는 베두윈들이
별에 쫓겨 이 폐허로 들어와 실타래 같이 짠 치즈를 팔고
해에 쫓겨 헉헉거리다 잠시 하는 휴식시간,
설탕에 절인 살구를 치즈와 함께 목구멍으로 넘기는
이 점령지 폐허에서 그대를 발굴하는
이는 또 누구인지요

–「새벽 발굴」 부분

때문에 허수경은 발굴의 유적지를 더 열심히 찾아다녔다. 발굴 현

장에서 역사의 지층을 파헤치며 고대인들의 삶을 해독하는 일은 시간과 공간에 대한 새로운 사유를 의미한다. 그 현장의 무덤들은 한 시대를 살았던 타자들의 유골과 그 시대의 문화를 고스란히 기억하고 있는 장소이다. 그는 왕의 무덤이나 이름 없는 이들의 집단 살육으로 구덩이에 버려진 유골들을 통해 그 시대의 문화와 그들의 삶을 유추해 낸다. 설령 그것이 뒤엉킨 시간의 순서를 바로 잡으려는 모든 해석의 가능성을 말하는 것일지라도 발굴되지 않은 혹은 기록되지 못하고 인류의 역사 속으로 누락된 존재들의 모순들 앞에서 그가 해줄 수 있는 것은 그 모든 타자를 위해 애도하는 일일 것이다.

"그대"가 누구인지 혹은 "그대를 발굴하는" 나 또한 누구인지 말할 수 있는 사람은 없다. 다만 그대와 내가 똑같은 공간에서 똑같은 시간을 공유하고 있다는 것. 별과 해에게 쫓겨 다니다 잠시 휴식하는 시간, 설탕에 절인 살구와 치즈를 목구멍으로 넘기며 이 폐허의 헤테로토피아에서 서로를 마주하는 바로 이 순간이 그대의 얼굴이 내가 되고 나의 얼굴이 그대가 되는 시간이다. 그대는 주검으로 나는 이 삶으로서 함께 공존하고 있는 시간, 그 시간이 바로 시·공간을 초월한 생태적 상상의 순간들인 것이다.

> 내 영혼은 오래되었으나 장갑차에 아이들의 썩어가는 시체를 실고 가는 군인의 나날에도 춤을 춘다 그러니까 내 영혼은 내 것이고 아이의 것이고 내 영혼은 오래되었으나
>
> —「내 영혼은 오래되었으나」 부분

> 날아가던 총알에 아이의 심장이 거꾸러져도
> 아무도 그 심장을 거두지 않던 오후여

얼굴에 먼지와 피를 뒤집어쓰고
총 쏘기를 멈추지 않던 노인이여
붉은 양귀비꽃이 뒤덮인 드넓은 들판이여
무너진 담벼락 사이로 터지던 지뢰여
종으로 팔려가서 영영 돌아오지 않던 소녀들이여
이 이상하게 빠른
이 가벼워서 낯설디낯선 시간이여

–「카프카 날씨 2」 부분

전쟁에서는 아이들이나 여성들 그리고 노인과 같은 약자들이 가장 많은 피해를 입는다. "날아가던 총알에 아이의 심장이 거꾸러져도" 아무도 거두지 않는 날들, 장갑차에 썩어가는 시체를 싣고 가는 군인의 나날과 무너진 담벼락 사이로 터지던 지뢰의 나날들은 모두 전쟁의 시간들이다. "검은 학살의 꿈"(「회색병원」)을 가진 그들은 남자와 여자, 군인과 민간인을 가리지 않고 무참히 공격한다. 더군다나 오래도록 지속되는 전쟁은 어린아이들조차 무서운 전장으로 내모는 비극적인 상황을 초래한다. 채 자라지도 않은 아이들이 총알받이로 죽어가는 참담한 모습은 공포 그 자체이며 오늘날 분쟁 지역의 실상을 그대로 대변하는 것이다.

허수경은 여섯 권의 시집에서 한국전쟁과 빨치산의 소탕 그리고 일본과 미국의 제국주의 전쟁 등 다양한 전쟁의 양상을 다루고 있다. 무엇보다 그가 근동지리 고고학에서 인류의 전쟁사의 문제에 대하여 포괄적이고 객관적인 시각을 확보하며 자국과 타국의 전쟁 문제를 지속적으로 거론하면서 전쟁은 '절대적 폭력'으로서 그 무엇으로도 정당화될 수 없다고 주장한다.

또한 인간 중심주의적이고 반생태적 사고가 가져온 자연 훼손의 문제는 「카라쿨양의 에세이」라는 장편 서사시에서도 제기하고 있다. 카라쿨양은 태어나자마자 어미를 잃은 어린양이다. 이 양들은 인간에 의해 '개량'되고 '사육화'되다가 결국 인간을 위해서 살육되다 인간의 욕망과 '폭력'에 희생된다. 인간의 탐욕은 이처럼 많은 동식물의 살육뿐만 아니라 인간을 살해하고 식민화하는 폭력의 역사를 만들었다. 허수경은 이런 제국주의 문명과 권력의 폭력 아래 고통받는 자연과 인간 존재의 근원적 불행에 대해 끊임없이 질문을 던진다.

아이들 자라는 시간 청동으로 된 시간
차가운 시간 속 뜨겁게 자라는 군인들

아이들이 앉아 있는 땅속에서 감자는
아직 감자의 시간을 사네

(중략)
언젠가 군인이 될 아이들은 스무 해 정도만 살 수 있는 고대인이지요, 옥수수를 심을걸 그랬어요 그랬더라면 아이들이 그 잎 아래로 절 숨길 수 있을 것을 아이들을 잡아먹느라 매일매일 부지런한 태양을 피할 수도 있을 것을

아이들을 향해 달려가는
저 푸른 마스크를 쓴 이는 누구의 어머니인가,
저 어머니들의 얼굴에 찍혀 있는 청동의 총,
저 아이를 끌고 가는 피곤한 얼굴의 사람들은

아이들의 어머니인가
원숭이 고기를 끓여 아이에게 주는 푸른 마스크의
어머니에게 제발 아이들의 안부 좀 전해주어요
아이들이 자라는 그 청동의 시간도, 그 뜨거운 군인이 될 시간도
－「물 좀 가져다 주어요」 부분

이 시에서 "청동의 시간"은 무기를 만들고 전쟁을 일으켜서 누군가를 죽이는 차가운 죽음의 시간이다. 그 시간 속에서 뜨겁게 자란 아이들은 스무 살이 되어 군인이 될 것이며 살아남기 위해 더 많은 폭력과 죽음을 받아들여야 한다. 전쟁은 이 세계 어디에서나 일어났고 언젠가 어디에서든 또 일어날 것이므로 청동 같은 차가운 시간은 현재를 살고 있는 누구에게도 예외가 될 수 없다. 하지만 그 "아이들이 앉아 있는 땅속에서", 감자는 "감자의 시간"을 산다. 군인들이 지배하는 '청동의 시간' 속에서 감자는 생명을 품은 채 자신의 시간을 살며 견디고 있다.

무엇보다 달아오른 청동을 식혀주고 땅속의 감자알이 자라도록 하며 아이들이 흘리는 땀을 식혀줄 수 있는 것은 바로 "물"이다. "물 좀 가져다 주어요"라는 절박한 어머니의 말에는 전쟁의 광기를 식히고, 생명이 자라고 무르익을 수 있는 간절한 바람이 내재되어 있다. "푸른 마스크"를 쓰고 아이들을 향해 달려나가는 "어머니"들, 그들의 얼굴에도 "청동의 총"과 같은 전쟁의 낙인이 찍혀 있다. 전쟁터로 아이들을 보낸 어머니들의 안타까운 눈물과 한숨은 그들의 얼굴에 찍힌 총자국처럼 그 책임의 윤리로부터 자유로울 수 없기 때문이다.

이처럼 허수경은 폐허의 유적지와 분쟁 지역을 떠돌며 시·공간을 초월한 많은 전쟁과 죽음을 목격하였다. 그가 발굴 작업을 했던 근동 지역은 아직도 내전 중인 곳이 많다. 전쟁은 생태를 파괴하는 가장

큰 원인 중의 하나이고 때문에 그는 시공간을 초월한 전쟁을 목격하며 그것을 극복하고 진정한 평화의 세계로 나아가기를 열망하였다. 그리하여 더 많은 옥수수를 심고 더 많은 감자를 키우며 모든 존재들이 평화롭게 공존할 수 있는 생명의 시간을 기원하였다. 자연과 사람들을 황폐화시킨 반생태적 현실이 전쟁을 상징하는 '청동의 시간'이라면 그와 반대로 생명의 씨를 품고 모든 존재가 서로 공생할 수 있는 생명의 시간이 '감자의 시간'인 것이다. 햇빛 아래서는 모든 욕망들이 노출되어 있다면, 땅속에 몸을 숨기고 보이지 않는 곳에서 생명을 키우기 위해 사투를 벌이는 '감자의 시간'은 전쟁의 폭력과 광기를 끌어안는 생명력[24]을 의미한다.

황량한 벌판이나 모래 언덕 아래에 잠들어 있는 미라와 수천 년 전의 가옥이나 도시들이 기억하고 있는 전쟁, 자국과 타국의 구분을 넘은 절대적 폭력의 세계인 '청동의 시간'을 지나 더 많은 씨앗들이 자랄 수 있는 땅속의 시간, 그 생명 희구의 '감자의 시간'을 위해 허수경은 생명의 평화적 연대와 윤리적 실천을 지속적으로 모색하였다.

4. '누구도 기억하지 않는 역' - 난민과 국경 없는 생명 연대

허수경의 시는 고향과 국가 그리고 역사를 포함해 전 세계에 흩어져 살아가는 동시대의 이산 민이나 난민들처럼 타인에게조차 타인이

24 이경수, 앞의 논문. 148~175쪽.

되어버린 그들의 상처를 감싸 안으며 비극적 슬픔을 함께 느낀다.[25] 그것은 허수경 자신이 자발적인 이방인이 되어 발굴을 위해 수많은 지역을 떠돌며 디아스포라적 삶을 살았기 때문이기도 하다. 이러한 시선은 세계 곳곳의 인간과 동물 그리고 자연을 비롯한 모든 문명들이 서로 연결되어 있으며, 인류의 문화와 생태를 바라보는 자아의 시선이 전 지구적으로 확장됨을 의미한다. 무엇보다 마지막 시집인 『누구도 기억하지 않는 역에서』는 전쟁과 식민지로 인해 고국을 떠날 수밖에 없는 난민이나 이민자의 현실적 고통에 대한 연민과 애도의 시선이 더 극적으로 드러나고 있다.

허수경은 동물들의 죽음이나 콜레라 그리고 페스트와 같이 인간과 자연 사이에 발생하는 많은 문제들은 인간들의 냉소와 이기심 때문이고 그리하여 뜨거운 온기가 감돌아야 할 심장이 차가워져만 간다고 역설하였다. 때문에 그는 먼 이국땅 "글로벌이라는 새 고향"(『빌어먹을 차가운 심장』)에서 백석의 시를 읽으며 누구도 기억하지 않는 그 '역'에서 이름 모르는 이들의 삶을 기억하며 계급과 성별 그리고 종교와 같은 현실의 경계들을 넘고자 하였다.

> 1
> 가녀린 손가락을 가진 별 같은 독서의 시절은 왔다 세계를 읽다보면

---

25 허수경은 자신이 넉넉한 집에서 태어나지 않아 가난을 알기에 가난한 이에게 먼저 눈이 간다고 했다. 특히 가난하나 어진 이들 그리고 가난 속에서도 스스로 가진 미학을 안고 가는 이들에게 감동 받는다고 하며, 그 자신이 쓴 시는 그들과 함께 지난 시간 속에서의 동병상련이라고 말한다. (허수경, 『가기 전에 쓰는 글들』, 앞의 책, 359쪽)

이건 슬픔으로 가득 찬 배고픔으로 억울한 난민의 역사 같아서 빛 속에서 나던 냄새를 맡으며 세계를 여행하는 저 어린 새들에게 아버지 아버지 날 버리세요 하면서 나는 눈을 감았다

(중략)

4

슬픔은 언제나 가늘게 떨린다 늙은 슬픔만큼이나 가늘게 떨면서 삭아 내리는 것도 없다 아주 젊은 슬픔은 격렬하나 가늘게 떨리면서 새벽에 엎드려 있다가 해가 나오면 말라 죽는다 아주 오랫동안 슬픔은 가을의 바다 장미처럼 오랫동안 말라가는 하늘 아래 서 있다. 팔랑거리는 잠자리의 날개가 가늘게 공기의 핏줄을 건드리고 갈 때 지는 장미의 그늘 아래 그렇게 조금은 나이가 더 든 슬픔이 쪼그려 있다가 밥하러 들어갔다 남자의 비명이 아프리카에서 넘어들어왔다 해맑은 밥에 따뜻한 눈물 한 방울 어려 있다 누군가 나에게 건네주는 난민의 일기장 같다

—「슬픔의 난민」 부분

이 시에서처럼 전쟁과 테러, 빈곤이나 기근 그리고 자연재해로 인한 난민들의 절박함이나 고통은 지금도 세계 곳곳에서 일어나는 현실의 문제이다. 그들은 이 삶의 장소 밖으로 밀려난 자들로 언제 어디에서나 낯선 타인으로 존재할 수밖에 없다. 지구 반대편 독일 땅에서 수많은 셰어하우스를 전전하며 폐허의 유적지를 떠돌았던 허수경은 학대받고 상처받는 난민들의 아픔을 같이 공감하고 더 깊이 천착하였다.

내전과 종교 그리고 인종차별 등으로 목숨을 걸고 고국을 탈출하는 난민들은 신변조차 보호받지 못하고 전염병이나 기근과 같은 위험한 상황에 노출된다. 그들은 기차역이나 길거리에서 잠을 자거나 자선

단체가 나눠 준 음식을 먹기도 하고 불법 노점상을 하지만 언제나 극심한 생활고에 시달릴 수밖에 없다. '월남에서 온 키 작은 남자'와 도시 전철 안에서 본 '전쟁을 피해온 가수'의 얼굴에서 '전태일'을 (「베를린에서 전태일을 보았다」) 떠올린다. 화려한 도시 속에서도 오래된 기억에 있던 고국의 한 노동자와 현지 이주민이 "슬픔으로 가득찬 배고픔"의 얼굴로 겹쳐지는데 그것은 그들의 어떤 절박함이고 슬픔 때문일 것이다. 이처럼 수많은 이주민과 난민들은 국경과 언어를 넘어 지하철역이나 철도역 앞에 모여 '서로에게 낯선 역사적인 존재들'(「루마니아어로 욕 얻어먹는 날에」)로 누군가가 쓴 '난민의 일기장'을 읽듯 서로를 응시하고 있다.

> 어둑한 그 거리에서
> 아낙이 단 하나의 빗도 팔지 못하던 그 거리에서,
> 어떤 독재보다 더 지독한 속수무책은
> 내 영혼의 구석구석까지 검열했고
> 더 이상 기다리는 것을 믿지 않는 것, 그대,
> 그대는 끝내 그곳에 오지 않고
> 지금 나는 사십이 되어 비오는 이방의 어둑한 기차역에 서서
> 오지 않는 기차를 기다리는데
>
> –「기차역」 부분

> 네가 들어갈 때 나는 나오고 나는 도시로 들어오고 너는 도시에서 나간다
> 너는 누구인가 내가 나올 때 들어가는 내가 들어올 때 나가는 너는 누구인가
>
> 우리는 그 도시에서 태어났지, 모든 도시의 어머니라는 그 도시에서

도시의 역전 앞에서 나는 태어났는데 너는 그때 죽었지 나는 자랐는데
너는 먼지가 되어 도시의 강변을 떠돌았지 그리고 그날이었어 전출문이
열리면서 네가 나오잖아 날 바라보지도 않고

나는 전철문을 나서면서 묻는다. 너는 누구인가 한 번도 보지 못한
너는 누구인가

– 「열린 전철문으로 들어간 너는 누구인가」 부분

위 시에서처럼 허수경의 시에 많이 드러나고 있는 '역'이라는 플랫폼은 다양한 사람들의 연결과 확산이 시작되는 곳이다. 특히 기차역은 '나'와 같은 난민들이 모였다가 또 어디론가 떠나는 장소이다. 허수경은 "빙하기의 역에서. 무언가, 언젠가, 있었던 자리의 얼음 위에서"(「빙하기의 역」)와 같이 가상의 역을 설정하기도 하고, "기원후 이천삼 년 파리 동부역"(「기차역 앞 국 실은 차」)처럼 현실에 있는 구체적인 공간으로서 '역'이 소환되기도 한다.

기차역으로 가는 길. 단 하나의 빗도 팔지 못한 아낙의 절망은 "영혼의 구석구석까지 검열"하는데 그곳에서 '나'는 우두커니 서 있다. 그러므로 끝내 오지 않은 "그대"에 대한 기다림이 절망이 되고 비오는 "이방의 어둑한 기차역"에서 오늘도 나는 "오지 않는 기차"를 기다린다. 전철문을 나서면서 "너는 누구인가"라고 묻는 물음은 결국 우리의 실존에 대한 물음인 동시에 "너"를 곧 "나"로 대체해서 묻는 질문이기도 하다. "내가 들어갈 때 나가는 너"와 "나는 태어났지만 너는 그때 죽었"던 그 역은 만남과 헤어짐 그리고 미지의 절망과 희망으로 가는 기다림의 장소이다.

난 한때 시인들이 록가수였으면 했어
어쩔 수 없잖아 시인이 그 일을 하지 않으면
월 스트리트, 증권 판매상이 그 일을 하니?
(중략)

저 많은 협곡을 돌아
저 많은 태풍을 뚫고 집에 돌아와
겨우 잠이 든 시인이

이세계가 멸망의 긴 길을 나설 때
마지막 연설을 인류에게 했으면 했어

인류!
사랑해
울지마! 하고

따뜻한 이마를 가진 계절을 한 번도 겪은 적 없었던 별처럼
나는 아직도 안개처럼 뜨건하지만 속은 차디찬 발을 하고 있는
당신에게 그냥 말해보는 거야

적혈구가 백혈구에게 사랑을 고백하던
삶이 죽음에게 사랑을 고백하던
그때처럼

차곡차곡 접혀진 고운 것들 사이로
폭력이 그들에게 사랑을 고백하던 것처럼
–「삶이 죽음에게 사랑을 고백하던 그때처럼」 부분

오랜 시간이 지났다 그리고 우리는 만났다
얼어붙은 채
누구도 기억하지 않는 역에서
(중략)
인간이란 언제나 기별의 기척일 뿐이라서
누구에게든
누구를 위해서든

–「빙하기의 역」 부분

허수경이 꿈꾸었던 진정한 시인은 인간의 이기심과 폭력뿐 아니라 세상의 부조리한 현실에 대해 "록가수"처럼 자유롭게 비판하고 목청껏 부르짖을 수 있는 사람이었다. 수많은 협곡을 돌아 저 많은 태풍을 뚫고 "집"에 돌아온 시인이 할 수 있는 말. "따뜻한 이마를 가진 계절을 한 번도 가져 본 적 없는 별"처럼 이 지구에서 고단한 하루하루를 살고 있는 그들에게 "적혈구가 백혈구에게 사랑을 고백"하는 것처럼 "인류/ 사랑해/ 울지마"라는 마지막 말을 전할 수 있길 간절히 바랐다.

과학 문명과 재해 그리고 전쟁 속에서 난민이 된 무수한 타자들 그러니 "당신의 발자욱마다 흩날리는 목련"같이 "바람 부는 한 생애"를 살고 있는 그대들을 기다리며, 나는 '속수무책'(「기차역」)으로 이름 없는 이 세상의 수많은 역에서 "당신"을 또 "당신들"을 기다릴 수밖에 없다.

이처럼 허수경 시의 '역'은 소외되거나 현실을 배회하는 수많은 자아와 타자의 비극을 인식하는 실존적 장소이다. 고향을 떠나 이방의 장소를 난민처럼 떠돌아다녔던 허수경이 인생과 시의 마지막 장소로 선택했던 '역'은 고향으로 돌아갈 수 없는 그들을 애도하고 다 같이 연대하는 헤테로토피아적 장소이다. 그러므로 '어떤 대륙도 어떤 주인을 가지지 않았는데, 누구도 어떤 한 뼘의 땅의 주인이 될 수 없다'고 했던 그는 인간의 역사를 '이동의 역사'라 명명하며 그 모든 문명과 전쟁은 인간인 '우리에게 고개 숙이게' 해야 한다고 했다.

허수경은 누구도 기억하지 않은 오래된 역에서 아직 돌아오지 않은 그 많은 것들을 기다리며 '불안하고/ 초조하고/ 황홀하고/ 외로운/ 이 나비 같은 시간들'(『그대는 할말을 어디에 두고 왔는가』) 속을 혼자 떠돌았다. 그리하여 그는 현대 물질 문명의 현실과 인간의 욕망에 대한 날카로운 비판과 성찰로부터 인간과 자연 그리고 모든 생명이 국경 없는 평화로운 연대를 실천해 나아가기를 마지막까지 기원하였던 것이다.

5. 맺음말

근대는 새로운 시·공간의 의식을 설정하고 이를 계몽하면서 속도를 가속화시켰다. 생태적 상상력은 이러한 근대 문명의 속도에 저항하며 탈근대성으로서 근대성의 부정이라는 그늘을 성찰하기 위해 공간에 대한 새로운 사유를 필요로 한다. 그러므로 자연으로만 향해 있던 생태적 사유를 사회를 향해 열어야 하며 정치적, 사회적 실천의 가능성으로서 이 시대와 현실이 필요로 하는 궁극적 서정을 문제 삼아야 할 것이다.[26]

그런 측면에서 이 글은 허수경 시에 드러나는 '발굴 유적지' 그리고

'역(驛)'이라는 헤테로토피아적 장소를 통해 전쟁이나 근대의 폐해를 극복하려는 탈근대적 사유로서의 생태적 상상력을 고찰하였다. 헤테로토피아는 중심과 주변, 보편과 특수라는 근대의 이분법에서 벗어나려는 장소로서 생태 현실에 이의를 제기한다. 허수경 시에 드러나는 헤테로토피아에는 현대 문명의 폭력성과 인간의 이기심에 대한 비판과 성찰로서의 생태적 시선이 비교적 명확하게 드러났다.

허수경이 고향 진주를 떠나 서울로, 서울에서 또다시 독일로 떠났던 것은 "모두의 집"을 찾으려는 글로벌적인 사유였다. 그는 한국인을 비롯한 세계인의 존재론적 고독이나 고향에 대한 끝없는 그리움으로 고대인들의 폐허 유적지를 오가며 타민족의 시간과 공간을 떠돌았다. 오래된 유적지와 분쟁 지역, 자국과 타국의 구분을 넘은 전쟁과 죽음의 '청동의 시간'을 지나 더 많은 생명들이 자랄 수 있고 땅속의 시간, 존재의 생명을 키우는 '감자의 시간'을 위해 생명 연대와 같은 윤리적 실천을 지속적으로 모색하였다.

또한 '역'은 소외되거나 현실을 배회하는 난민들과 이산 자들이 자신의 비극을 인식하는 실존적 장소이다. 고향을 떠나 이방의 장소를 난민처럼 떠돌아다녔던 허수경이 인생과 시의 마지막 장소로 선택했던 '역'은 고향으로 돌아갈 수 없는 그들을 애도하고 다 같이 연대하는 장소였다. 도시화와 현대 문명 그리고 전쟁 속에서 난민이 된 무수한 타자들을 애도하며 모든 생명들이 국경 없는 평화로운 연대를 꿈꾸며 미지의 새로운 절망과 희망을 기다렸던 곳이었다.

이처럼 허수경 시에 드러나는 '유적지'와 '역'이라는 헤테로토피아

---

26 고인환, 「생태주의 문학 논의의 확장을 위하여」, 『시작』 2004, 여름호, 80~81쪽.

는 반생태적 현실에 이의를 제기하는 이종의 공간으로 생물적·문화적 다양성으로서의 생태적 사유가 두드러지게 드러나는 장소였다. 그러므로 탈근대적 전망으로써 허수경 시의 헤테로토피아에서 드러나는 생태적 상상력은 공존과 상생 그리고 저항으로서의 생명적 연대를 꿈꾸었던 허수경 시인의 시세계를 보다 폭넓게 이해하는 길일 것이다. 또한 허수경 시의 이러한 생태적 사유는 모든 존재들이 각기 고유한 생명으로서의 존엄과 가치를 되묻는 성찰을 제시했다는 점에서 그 의의가 크다.

이 생태위기에 대한 문학으로서의 시적 대응은 사실 어려운 과제이며 앞으로도 계속 이어나가야 할 중요한 고민 중의 하나이다. 그것은 미학적 차원의 문제뿐만 아니라 실천적 차원의 대응을 함께 요구하기 때문이다. 그런 점에서 허수경이 먼 타국에서 스스로 생태적 삶을 살며 모국어로 한 편 한 편의 시를 써나갔다는 점은 미학적인 차원과 실천적 차원으로서의 대응을 함께 극복해나갔다는 것인데 이것이 그의 시세계가 가지는 또 다른 의의이며 그가 마지막까지 전하고자 했던 간절한 메시지일 것이다.

죄의식이 구원에 이르기까지

최인훈 소설에 나타난 '전쟁-여성' 모티프의
변모 양상을 중심으로

이시성

1. 들어가며

최인훈의 초기 작품들에는 여성 인물들이 등장하여 이야기를 이끌어나가는 데 중요한 역할을 하는 경우가 많다. 이 여성들의 성격 형상화는 크게 두 부류로 나뉘는데 범박하게는 「GREY 구락부 전말기」의 '키티'나 「라울전」의 '시바', 「가면고」의 '미라', 그리고 「구운몽」의 '숙'과 같이 남성 주체에게 쉽게 포섭되지 않는 유형과 「가면고」의 '정임', 『광장』의 '은혜'와 같이 남성 주체에게 헌신적인 사랑을 바치는 유형으로 구분해 볼 수 있다. 이 두 유형의 여성들이 남성 주체와 관계를 맺는 방식에는 차이가 있지만 결과적으로 이들은 모두 불안정한 남성 주체의 주체성 확립을 보조하는 인물로 소모된다는 점에서 최인훈의 여성 인물 활용 방식의 문제적 지점이 지적되기도 했다.[1]

1963년 발표된 『회색인』 역시 대비되는 성격의 두 여성이 나오며, 남성 주체가 그들 사이에서 갈등한다는 점에서 최인훈의 기존 소설들과 비슷한 구도를 보인다. 그러나 「가면고」나 『광장』과 같이 세 사람의 삼각관계가 변증법적으로 발전하는 도상을 따르지는 않는데, '김순임'과 '이유정'이라는 두 여성 인물의 성격 묘사가 이전 작품들에 비해 입체적인 탓도 있지만 '그 여름 속 여인'(이하 '여인')이라는 제3의 인물형이 이들 관계의 기저에 깔리고 있다는 이유가 더 주요하다. '독고준'이 W시에 살던 어린 시절 폭격 속에서 만난 '여인'은 소설 속에는 딱 한 번 그것도 실체를 알 수 없는 익명적 존재로 등장할 뿐이지만 독고준의 회상에 끊임없이 소환되며 그가 김순임, 이유정과 같은 다른 여성들과 맺는 관계에 큰 영향을 미친다.

그리고 '여인'은 단순히 주요 인물들의 애정 관계에 영향을 미치는데 그 의미가 한정되지 않는다. 온몸으로 폭격으로부터 어린 독고준을 지켜준 '여인'은 한국전쟁 중의 W시라는 독고준에게 있어 중요한 원체험을 형성하는 시공간과 긴밀하게 묶이면서 『회색인』에서는 그

1 서은선, 「최인훈 소설 『광장』이 추구한 여성성의 분석」, 『새얼어문논집』 14, 새얼어문학회, 2001; 송수경, 「페미니즘 관점에서 본 최인훈의 광장 연구」, 세종대학교 석사학위논문, 2004; 정영훈, 「최인훈 소설에 나타난 여성 인식」, 『한국근대문학연구』 13, 한국근대문학회, 2006; 최정아, 「최인훈 단편소설에 나타난 여성 형상화 양상」, 방민호 외 엮음, 『최인훈: 오디세우스의 항해』, 에피파니, 2018 등. 한편으로, 최인훈의 작품 속 남성 주체가 여성 인물들과의 (연애적) 관계 맺기를 통해 새로운 주체성의 이르는 과정을 긍정적으로 해석한 연구로 다음의 논문들을 참고할 수 있다. 김지혜, 「최인훈 소설의 여성인물들을 통해 본 사랑의 변증법 연구」, 『현대소설연구』 45, 한국현대소설학회, 2010; 장경실, 「최인훈 초기 소설의 주체와 여성표상 연구」, 『우리어문연구』 52, 우리어문학회, 2015; 김진규, 「「가면고」에 나타난 자기 관계적 부정성과 사랑」, 『한국현대문학연구』 53, 한국현대문학회, 2017 등.

자체로 한국전쟁이라는 사건을 표상하는 존재로 나타난다. 그리고 사실 이 '여인'의 원형적 심상은 이보다 앞서 1960년에 발표된 「우상의 집」과 「9월의 달리아」에 이미 등장한 바 있다.

연남경은 이에 대해 세 작품에 반복적으로 등장하는 전쟁 속 여인이라는 원형적 심상은 남성 인물로 하여금 죄의식을 불러일으키는 존재이며 결국에는 우울증적 주체인 남성 인물에게 합치되어 그가 작가로서의 정체성을 갖게 만든다고 분석하였다.[2] 본고는 이 분석에 전반적으로 동의하지만 세 작품이 '전쟁-여인'이라는 모티프를 공유하되 '여인'과 만난 순간을 형상화하는 방식에 있어서는 분명한 차이가 있다는 점에 좀 더 주목했다. 연남경은 앞선 두 작품과 달리 『회색인』에서 일어난 변모를 전쟁 속에서 성적 쾌락을 느낀, 죄의식을 야기하는 작가의 원체험이 각색되어 미학적 성취를 이룬 것으로 분석하고 있으나[3] 이것만으로는 「우상의 집」과 『회색인』에 드러나는 어조의 변화가 완전히 이해되지는 않는다. 무엇보다 「우상의 집」과 「9월의 달리아」, 그리고 『회색인』 사이에는 시차가 있으며 각각 단편과 장편이라는 형식적 차이도 있기 때문에 앞선 두 작품 속 '전쟁-여인' 모티프의 변모 과정을 알기 위해서는 그 사이 기간에 발표된 작품들을 살필 필요가 있다고 생각했다.

그러므로 이 글은 최인훈 소설에서 전쟁 체험의 원형적 심상으로 등장하는 '여인'의 이미지가 변주되기 위해서 어떤 시간과 사건을 통

---

2 연남경, 「최인훈의 전쟁 소설: 개인사적 좌표에서 기억하기」, 『현대문학이론연구』 67, 현대문학이론학회, 2016.

3 위의 글, 205~206쪽.

과할 필요가 있었는가를 「우상의 집」과 『회색인』 사이를 잇는 작품들 중 「구운몽」에 집중하여 분석해보고자 한다. 이 작업은 전쟁과 분단에 대한 최인훈의 인식이 1960년대 초반이라는 시간을 거치며 어떻게 변화하였는지를 이해하는 데 도움이 되리라 생각한다.

2. '여인'의 죽음과 부활

한국전쟁이 나던 해 북한 동해안 항구 W시에 사는 고등학생 1년생인 '나'의 눈앞에 에밀 졸라의 『나나』를 읽으며 그리던 것과 꼭 같은 여인이 나타난다. 산비탈 한적한 주택가 중간쯤에 있는 큰 반양식의 목조건물에 살던 그녀는 '나'에게는 첫사랑과 같은 존재였다. 그런데 전쟁 이후 가장 큰 공습이 있던 어느 날 그녀의 집은 공격 목표가 되고, 공습이 끝나고 방공호에서 빠져나온 '나'는 그 집으로 곧장 달려갔다가 "커다란 기둥에 가슴을 눌린 채 반듯이 누워"[4]있는 그녀를 마주한다. 해당화처럼 환했던 그녀는 "온통 피투성이가 된 얼굴에 입을 벌리고 나를 향하여 손을 허우적"[5]거리고 있었고, 그 모습을 보고 놀란 '나'는 그 길로 집으로 도망쳐 이불을 쓰고 드러누워 버렸다. 이후 그는 사람들로부터 조금만 발견이 빨랐어도 그녀가 살 수 있었을 거라는 이야기를 듣게 된다.

「우상의 집」에서 진술되는 내화 속 이 일화에는 전쟁과 관련한 두

---

4 최인훈, 『웃음소리』 최인훈 전집 8, 문학과지성사, 2009, 97쪽.
5 위의 책, 97쪽.

가지 감정이 개입되어 있다. 첫 번째는 죽음에 대한 공포이다. 전쟁이 일어난 후에도 하늘을 가로지르는 폭격기를 보며 "새파란 하늘에 엷은 솜구름이 비낀 사이로 은회색의 빛나는 기체가 은은한 폭음을 울려보내며 날아가는 모습은 맑은 호수의 물밑을 할 일 없이 헤어가는 은빛 물고기같이, 노곤한 아름다움을 자아내는 광경"[6]이라고 생각할 정도로 전쟁을 현실감 있게 느끼지 못하던 '나'였다. 그런 만큼 '나'에게 있어 그녀의 참혹한 모습과 죽음은 전쟁의 실상, 그리고 그것을 마주했을 때의 압도적인 공포감을 피부로 실감케 한 사건이었다. 두 번째는 죄의식이다. 찬미해 마지않으며 마음속에 품어왔던 여인의 참혹한 모습에 놀라 그녀를 외면하고 죽음에 이르게 했다는 사실은 평생에 걸쳐 자신을 괴롭혔다고 외화의 '그'는 토로한다.

「우상의 집」에서 서술되는 것에 비하면 상황이나 감정의 구체성은 덜하지만 비슷한 사건이 「9월의 달리아」에도 나온다. 대열로부터 이탈한 인민군 장교는 붉은 달리아 한 무리가 피어있는 별장풍 가옥에 들어갔다가 그곳에서 옷을 갈아입던 젊은 부인을 마주치고, 그녀를 쏘아 죽인다. 그 후 그는 소중히 간직해 온 귀순권을 도랑물에 띄워 버리고 공산군 트럭에 올라타 가다가 습격을 받아 진흙 속에 처박혀 죽은 채 발견된다. 남성 인물의 설정, 여성이 죽게 되는 방식, 그리고 이후의 전개는 분명 다르다. 그러나 양식 저택과 그곳에 살던 여인의 참혹한 죽음, 그리고 그 죽음을 초래한 전쟁이라는 상황이 자아내는 이미지는 두 작품이 공유하는 부분이다. 가장 중요한 것은 두 작품에서 남성 인물이 '여인'의 죽음에 대해 느끼는 감정이다. 「9월의 달리

---

6 위의 책, 95쪽.

아」에서 인민군 장교의 내면 묘사는 극도로 절제되어 있지만 그가 살인 행위를 저지르고 난 직후 귀순권의 버림으로써 귀순을 포기했다는 사실은 우발적인 살인에 대한 죄의식을 보여준다.

두 작품에서 '전쟁-여인' 모티프를 통해 공통적으로 나타나는 죽음에 대한 공포과 도피한 데 대한 죄책감은 결국 전쟁이라는 하나의 사건으로 수렴되는 감정으로 작가 최인훈에 의해 직접적으로 토로되는 것이기도 하다. 최인훈은 그의 작품들에서 여러 차례 언급된 것과 같이 북한에서 어린 시절을 보내다가 전쟁이 난 후 LST를 타고 월남하였다. 그런데 그가 떠나온 이후 북한 전역에 엄청난 폭격이 가해졌고 그의 고향인 원산(작품 속에서 'W시'로 언급되는 것으로 추정됨) 역시 예외가 아니었다. 그는 전쟁기 내내 신문에서 고향의 소식을 찾아보았던 경험을 술회하기도 하는데,[7] 소중한 사람들이 남아 있는 고향을 버리고 혼자 떠나왔다는 자기 인식은 이러한 경험에 기반하여 만들어졌다. 따라서 그의 이와 같은 자기 인식은 이후 작품들에 다양한 방식으로 드러난다.

전쟁을 배경으로 하는 「우상의 집」과 「9월의 달리아」 역시 그 예로 볼 수 있으나 한 가지 주목해야 할 지점은 두 작품에서는 전쟁과 관련해 작가 최인훈이 갖는 자기 인식이 직접적으로 드러나지 않고 오히려 왜곡되거나 굴절된 방식으로 나타나고 있다는 것이다. 「우상의 집」의 '그'는 사실 월남민이 아니라 서울 태생의 정신질환자라는 것이 밝혀지고, 그에 따라 첫사랑 여인의 죽음에 대한 일화 역시 망상에서 비롯한 것으로 치부된다. 또한, 「9월의 달리아」에서는 익명적

7 최인훈, 『화두1』 최인훈 전집 14, 문학과지성사, 2008, 436~437쪽.

존재에 가까운 한 인민군 장교를 내세우고 그의 내면 묘사나 감정 표현을 극도로 절제함으로써 작품 속에서 서술되는 사건이 갖는 현실감을 축소해버린다. 그 결과 전쟁 폭력으로 죽은 여인이라는 원형적 심상에 의해 표상되는 전쟁이 지시하는 죽음에 대한 공포, 그리고 죄의식이라는 감정은 작가의 진솔하고 고유한 경험과 결부되기보다는 전쟁에 직면하여 누구든 가질 수 있는 보편적인 정서 또는 허위의 것으로 치부될 위험성을 갖는다.

그런데 두 작품으로 얼마간 시간이 지난 1963년에 발표된 장편 소설 『회색인』에서 기시감을 느끼게 하는 장면을 발견할 수 있다. 북한의 항구 도시 W시에서 학교를 다니던 독고준은 전쟁이 일어난 후 학교에서 민청과 소년단의 합동 궐기대회가 있으니 소집하라는 명령을 듣고 시내로 향한다. 그는 가지 말라는 가족의 만류에도 불구하고 평소 아버지가 월남한 것을 트집 잡아 그를 핍박하던 지도원 선생과 다른 학생들의 타박이 두려워 학교로 향하는 길에 올랐다. 이전까지는 차라리 전쟁이 오래 지속되어 계속 학교에 나가지 않을 수 있다면 좋겠다고까지 생각하던 그였으나 시가지에 나가 폭격의 여파로 '도시의 얼굴'이 달라진 것을 보고 비로소 전쟁을 실감한다. 학교에서 오지 않는 지도원 선생과 친구들을 기다리던 독고준은 다시 거리를 떠돌다가 갑작스럽게 공습에 휘말리게 되고, 잊을 수 없는 경험을 한다.

> 그때 부드러운 팔이 그의 몸을 강하게 안았다. 그의 뺨에 와 닿는 뜨거운 뺨을 느꼈다. 준은 놀라움과 흥분으로 숨이 막혔다. 살냄새. 멀어졌던 폭음이 다시 들려왔다. 준의 고막에 그 소리는 어렴풋했다. 뺨에 닿은 뜨거운 살. 그의 몸을 끌어안은 팔의 힘. 가슴과 어깨로 밀려드는 뭉클한

> 감촉이 그를 걷잡을 수 없이 헝클어지게 만들었다. 폭격은 계속되었다. 폭탄이 떨어져오는 그 쏴 소리와 쿵, 하는 지동 소리는 한결 더한 것 같았다. 준은 금방 까무러칠 듯한 정신 속에서 점점 심해가는 폭음과 그럴수록 그의 몸을 덮어누르는 따뜻한 살의 압력 속에서 허덕였다. 폭음. 더운 공기. 더운 뺨. 더운 살. 폭음. 갑자기 아주 가까이에서 땅이 울렸다. 어둠 속에서 사람들이 한꺼번에 웅성거렸다. 폭음. 또 한 번 굴이 울렸다. 아우성 소리. 폭음. 살냄새 ……[8]

빈 거리를 거닐다 어느 담 안에 핀 꽃을 탐하던 그가 공습에 휘말리자 갑작스레 나타난 '준의 누님 또래의 여자'의 손길이 그를 방공호로 이끌고 가 품속에 숨겨주기까지 한다. 이 장면을 주목하게 되는 것은 돌연한 공습의 상황에서 폭격의 굉음과 땅 울림 못지않게 독고준을 압도하는 감각으로 그를 짓눌러 압박하는 '더운 살'과 그로부터 풍겨오는 '살 냄새'의 묘사 때문이다. 그것은 소년에게는 최초로 성적 쾌락에 눈을 뜨게 한 체험이었고, 쉬이 잊히지 않는 '그 여름'의 이 기억은 이후 그의 인생에 큰 영향을 미친다. 그는 자신이 만나는 여성들에게서 '여인'의 모습을 찾으며, '여인'으로부터의 거리감으로 그녀들의 의미를 가늠하고자 한다. '여인'에 대한 독고준의 집착은 『회색인』의 속편이라 할 수 있는 『서유기』[9]에 이르면 더욱 발전하여, 독고준은 그녀

---

8 최인훈, 『회색인』 최인훈 전집 2, 문학과지성사, 2008a, 62쪽.

9 최인훈은 『광장』, 『회색인』, 『서유기』, 『소설가 구보씨의 일일』, 그리고 『태풍』을 5부작으로 언급하고, 그 중에서도 『서유기』를 『회색인』의 속편으로 썼다고 밝힌 바 있다. 그러나 두 작품의 관계를 시간적 순서에 따라 앞뒤에 일어난 사건들을 다루는 통상적인 의미의 속편으로 보지 않고 "『서유기』를 『회색인』의 독고준의 의식세계를 탐색하는 것으로 보는 것과 『회색인』의 '다시쓰기'로 보는 두 가지" 입장으로 나눌 수 있다고 한다. 남은혜, 「최인훈 소설에 나타난 '기억'과 '반복'의

를 만났던 '그 여름'에 도달하는 것을 생의 목표로 삼고 환상 속으로의 여정을 떠난다.

독고준에게 그 여름 W시에서 겪었던 사건이 중요한 이유는, 덕분에 그에게 전쟁이 파괴와 공포라는 일차원적 의미로만 수용되지 않게 되었다는 데 있다. 그날 폭격의 한가운데서 그의 감각을 지배했던 것은 '여인'의 살갗이 준 온기와 냄새였고, 집에 돌아온 그가 이불을 둘러쓴 채 들어앉았던 것도 지나간 폭격에 대한 두려움 때문이 아니라 방공호의 암흑을 재현하여 그 순간의 감각을 되살리기 위함이었다. 물론 거기에도 공포는 있었다. 다만 그것은 "찢어지는 쇠뭉치에 대한 것이 아니라, 부드러운 살의 공포"로 "하늘과 땅을 울리는 폭음이 아니라 귀를 막아도 들리는 더운 피의 흐름 소리 때문에 떨고"[10] 있다는 것은 그가 아닌 누구도 이해할 수 없는 것이었다. 이렇게 독고준에게 전쟁은 단순한 공포와 죄책감이 아닌, 조금 더 복합적인 의미를 내포하는 사건으로 남겨진다. 더불어 이 사건이 어떠한 왜곡이나 굴절 없이 독고준의 진실한 체험으로 서술되고 있다는 점도 중요하다.

『회색인』은 이전과는 완전히 다른 방식으로 전쟁과 '여인'을 잇는 선을 긋는다. 그럼에도 이 작품을 「우상의 집」과 「9월의 달리아」의 연장선에 둘 수 있는 까닭은 일차적으로 최인훈 스스로가 세 작품이 하나의 원형적 심상을 공유한다고 밝혔기 때문이다.[11] 그러나 작가의

의미에 대한 연구: 『구운몽』, 『회색인』, 『서유기』, 「서유기」를 중심으로」, 『한국문화』 74, 서울대학교 규장각한국학연구원, 2016, 262쪽.

10 최인훈, 앞의 책, 2008a, 67쪽.

11 최인훈은 김현과의 대담에서 "『회색인』에 나오는 에피소드는 「우상의 집」이라는 단편에 처음 나와 있는데, 이 경험이 나중에 좀 더 얘기해야 될 좋은 모티브인

의도에 기대지 않더라도 세 작품에서 발견되는 '전쟁-여성'의 원형적 심상의 변주는 그 자체로 나름의 의미를 획득하고 있는데, 이를 이해하기 위해서는 『회색인』과 『서유기』를 「우상의 집」과 「9월의 달리아」와 이어주는 작품인 「구운몽」을 살펴볼 필요가 있다.

3. 혁명을 경유하여 발견된 사랑의 생성적 의미

최인훈이 『광장』의 서문에서 이 작품이 전적으로 4월혁명이 열어준 가능성의 광장 덕분에 쓰일 수 있었던 소설임을 밝힌 것은 유명하다. 그런데 최초의 민주주의 혁명이 열어젖힌 세상에 대한 소설적 형상화의 첫 단계로 작가 최인훈이 주목한 것이 해방 이후부터 전쟁에 이르는 시기라는 것은 흥미롭다. 『광장』이 그의 작품 중 월남민이라는 작가의 자의식이 간접적인 방식으로나마 드러나는 첫 작품이라는 점도 같은 맥락에서 주목할만하다. 「가면고」의 '독고민'의 경우 한국전쟁 참전용사로 설정되어 전쟁이라는 사건의 영향을 일정 부분 드러낸다. 또한, 「우상의 집」의 '그'의 경우 월남한 이력을 고백했지만 끝에 가서 그것은 정신질환자의 거짓말로 밝혀진다. 반면 이명준은 월남민이라고 볼 수는 없지만 분단과 전쟁이라는 시간을 통과하며 고뇌하는 지식인의 자의식을 그려내고 있다는 점에서는 최인훈의 자전적

것 같아서 또 생각해 본 것이지요."라며 전쟁 속의 여성이라는 모티프를 의식적으로 반복하여 썼음을 밝힌 바 있다. 김현·최인훈 대담, 「변동하는 시대의 예술가의 탐구」, 『신동아』, 1981.9, 218쪽.

이야기를 담고 있는 이후의 작품들의 시작점에 있다고 볼 수 있다.

그런 의미에서 문학사적으로 볼 때 『광장』의 의의는 혁명이 열어 준 담론장에서 중립이라는 제3의 선택지를 제시한 것으로 평가되지만, 작가 개인에게 있어서는 자신의 이야기를 은폐와 허위라는 소설적 장치 없이 풀어낼 수 있는 자유를 주었다는 데 있음을 짐작할 수 있다. 그런 의미에서 최인훈의 작품 중에서 한국전쟁 중 월남했다는 그의 전기적 사실과 상당히 부합하는 인물을 전면적으로 내세운 첫 작품이자, 이후 다른 작품에 반복해서 등장하는 비슷한 인물의 원형을 만든 『회색인』[12]은 『광장』이 있었기에 나올 수 있었다.

『회색인』은 이처럼 변화의 기점에 있는 작품이기에 '전쟁-여성' 모티프 역시 주요한 변모의 양상을 나타낸다. '여인'과 관련하여 죽음에 대한 공포와 도피에 대한 죄의식이라는 감정이 부드러운 살의 공포와 성적 쾌감에 대한 죄의식으로 치환되는데, 같은 공포와 죄의식이라도 함의하는 바는 완전히 다르다. 그러므로 왜 이러한 변화가 나타났는지에 대해 답하기 위해서는 「9월의 달리아」와 『회색인』 사이를 잇는 작품 중 '전쟁-여성' 모티프 자체를 공유하지는 않지만 존재를 구원해준 도저히 잊을 수 없는 여인이 있어 그녀를 찾고자 하는 여정이 전체 서사를 이룬다는 점에서는 『회색인』과 『서유기』와 같은 구조를 가진 소설 「구운몽」에 주목해 볼 필요가 있다.

「구운몽」의 '독고민'은 저간의 사정이 자세히는 설명되지 않지만 월남민 출신으로 전쟁이 한창이던 와중 부상을 입고 제대한 후 현재

12 마희정, 「최인훈의 『회색인』 재고- "갇힌 세대"의 서사를 중심으로」, 『한국문예비평연구』 72, 한국현대문예비평학회, 2021, 231쪽.

는 미군들의 초상화를 그려주는 화가로 일하고 있다. 그러던 그는 마찬가지로 미군 부대 근처에서 일하는 양부인 '숙'과 만나 즐거운 한때를 보내게 된다. 서로 불편해진다는 이유로 동거도 거절하고 점잖은 애인 행세를 하던 그녀는 어느 날 '민'의 돈을 들고는 홀연히 사라지지만 그럼에도 '민'은 그녀를 의심하거나 미워하지 않는다. "숙과의 지난날은 그의 삶의 보람이며 누더기옷에 꿰맨 보석"일 뿐만 아니라 "이 추운 겨운날 지난날 그런 눈부신 때를 가졌다는 달콤한 추억이 없다면 그는 진작에 얼어 죽었을 것"[13]이기 때문이다. 그런 그에게 어느 날 그를 다시 만나고 싶다는 한 통의 편지가 익명으로 도착하자 '민'은 발신인이 '숙'임을 믿어 의심치 않고 그녀를 찾아 나선다.

'민'이 연인 '숙'을 찾는 여정은 『회색인』을 거쳐 『서유기』에서 본격적으로 펼쳐지는 독고준이 '여인'을 찾는 과정과 상당히 닮아있다. 자신의 삶을 구원한 생에 잊지 못할 여인이라는 존재가 있고, 그 여인으로부터 편지 또는 신문광고의 형식으로 자신에게 오라는 전언이 도착한다. 이후 그 여인을 만나기 위한 여정에서 오인으로 인해 발생하는 여러 난관을 거치게 되지만 그녀를 만나겠다는 일념만으로 그것들을 극복해간다. 그 과정에서 여인의 편린들을 발견하기도 하지만 결국에는 그 여인과 만나지는 못한다. 그러나 그 결말의 의미가 단순한 실패로만 귀결되지 않는다.

이 작품들은 구조적으로 유사할 뿐 아니라 4월혁명의 우회적으로 언급하고 있다는 점에서도 공통점을 가진다. 「구운몽」과 『회색인』은 각각 1962년과 1963년에 발표되었으나 소설의 시간적 배경은 「구운

---

13 최인훈, 『광장/구운몽』 최인훈 전집 1, 문학과지성사, 2008b, 222쪽.

몽」의 경우 혁명과 쿠데타까지 겪고 난 1961~62년경을,[14] 『회색인』은 혁명 전야라 할 수 있는 1958~59년을 다루고 있어 시간순서는 뒤바뀌어 있다. 그러나 두 작품 모두 혁명과 그 여파가 가장 격렬했던 1960년이라는 시간대는 비껴가고 있으며, 「구운몽」의 경우는 환몽 구조를 차용함으로써 그 속에서 4월혁명이라는 사건을 읽어내는 것이 더욱 쉽지 않다. 그럼에도 두 작품은 작품 전반에 걸쳐 혁명을 직간접적인 방식으로 환기하고 있는데, 그 하나는 '사랑'과 '시간'이 혁명을 추동하는 원동력으로 반복적으로 언급된다는 점이다.

> 여기는 혁명군 방송입니다. 시민 여러분 무기를 잡으십시오. 싸울 수 있는 모든 시민은, 무장하고 거리로 나오십시오. 폭정은 거꾸러졌습니다. 자유는 되살아났습니다. 전쟁은 우리 곁을 떠나기 싫어, 짝사랑하는 남자처럼 문간에서 망을 보고, 여인들은 소제부처럼 헐벗고, 늙은이들의 권위權威의 지팡이도 없이 늘그막에 창피를 당하고, 우리의 아이들은 장난감도 없이 검은 비를 맞으며 잔뼈가 굵어도, 압제자들은, 외국 은행의 예금 잔고만 사랑했습니다. 우리. 자유란 낱말을 사랑만큼이나 애틋이 불러봐야 하는 시대를 살아야 했던 우리. 공화국이란 낱말을 사랑이란 낱말만큼이나 애틋하게 소리내야 하는 시대를 살아야 했던 우리. (중략) 우리는 일어섰습니다. 상어보다 날카로운 배를 다시 짓기 위하여. 포신砲身보다 튼튼한 집을 세우기 위하여, 극락의 연못보다 고운 공원을 꾸미기 위하여. 오, 그리고 연인들을 뺏어내기 위하여 (중략) 미래의 아이들이 부릅니다. 사랑이 부릅니다. 쥐꼬리보다 못한 자존심 때문에 애인의 부름에 선뜻 응하지 못한 죄로 아까운 사랑을 영영 놓치고 만 벗들

---

14 「구운몽」의 시간적 배경에 대해서는 양정현, 「소설, 아나크로니즘, 몽타주: 최인훈의 「구운몽」(1962) 시간착종 다시 읽기」, 『현대소설연구』 79, 한국현대소설학회, 2020, 98쪽 참고.

이 얼마나 많습니까. 대답이란 불렀을 때 하는 것. 지금 못 하면, 영원히 못 할 것입니다. 시민들이여, 우리는 그대들에게 구애합니다. 대답하십시오. 대답하는 것이 당신들의 의무입니다. (후략)[15]

다만 「구운몽」에서 그것의 발화 주체는 독고민이 아니다. 끊임없이 사랑을 되뇌이는 것은 영문도 모르는 그를 수령으로 모시는 혁명군이다. 소설 속에는 '정부군의 방송'과 '혁명군의 방송'이 번갈아 나오는데 냉정하고, 직설적이고, 차가운 정부군의 언어와 달리 혁명군의 방송은 낭만적 어조로 자유와 공화국의 이상을 이야기하며 시종 사랑의 은유가 등장한다.[16] 이를 통해 권력자의 압제에 맞서 싸우는 혁명이 곧 사랑이라는 등식이 성립하게 된다. 혁명군의 이러한 논리는 소설 전반에 걸쳐 계속 반복된다. "피닉스는 다시 날까요?"라는 그들의 암구호에 대한 답은 "사랑이 있는 한 날 것입니다."[17]이다. 민중의 배신 때문에 봉기가 실패했기에 '기막힌 짝사랑'에 회의하며 민중과의 공동전선을 규정한 강령의 폐기하자는 내부의 목소리에는 "사랑이란 먼 것입니다. 사랑이란 아픈 것입니다. 어두운 것입니다."[18]라는 답변이 돌아온다. 그들에게는 사랑만이 그들이 원하는 목표에 이를 수 있는, 그들이 아는 유일한 방법이다.

그들의 이야기를 듣고만 있던 독고민은 어쩌면 자신이 그들의 수령

15 최인훈, 앞의 책, 2008b, 316쪽.

16 김영삼, 「4·19 혁명이 지속되는 방법, '사랑'이라는 통로: 최인훈의 「구운몽」을 중심으로」, 『비평문학』 68, 한국비평문학회, 2018, 62쪽.

17 최인훈, 앞의 책, 2008b, 316쪽.

18 위의 책, 321쪽.

인 것은 아닐까 생각한다. 오로지 사랑에 의지하여 '숙'을 찾아 나선 자신의 모습이 그들과 크게 다르지 않게 느껴졌기 때문인지 모른다. 그리하여 그가 사살될 때 그를 외면한 '숙'을 그들이 말한 사랑으로, "필시 그녀에게 무슨 사정이 있었으리라. 아니 사정이 없대도 좋다. 그녀가 몰라도 좋다."[19]라며 더욱 희생적이고 투철한 사랑으로 이해하기에 이른다. 하지만 장면이 바뀌고, 김용길 박사가 등장하는 외화에서 독고민은 병동 앞에서 동사자로 발견된다. 그를 발견한 간호부장은 죽어 있는 그의 모습에서 지난 4월에 잃은 아들의 모습을 겹쳐본다. "어머니 우린 가. 알아주지 않아도 좋아. 아무도 몰라줘도 좋아. 우리도 뭐가 뭔지 모르겠어. 그저 가는 거야. 가서 말야 하하하……"[20] 라며 마지막 말을 남기고 거리의 파도 속에 휘말려 사라져서는 돌아오지 않았던 아들을 상기하며 그녀는 눈물을 쏟아낸다.

그리고 다시 장면이 전환되고, 수천 년의 시간이 지나 「조선원인고」라는 과거의 기록 영상을 보고 나온 연인은 "그런 시대에도 사람들은 사랑했을까?", "깡통, 말이라고 해? 끔찍한 소릴? 부지런히 사랑했을 거야. 미치도록. 그밖에 뭘 할 수 있었겠어."[21]라는 대화를 나눈 후 오래 입맞춤을 나눈다. 내화와 외화에서 반복되는 '민'의 죽음은 4월혁명이 머지않아 군사정권의 등장에 의해 그 의미가 퇴색하고, 실패와 좌절에 빠져든 상황을 의미한다. 하지만 「구운몽」은 혁명을 사랑으로 바꾸어냄으로써 짐작할 수 없을 정도로 먼 미래로 이어지는

---

19 위의 책, 329쪽.
20 위의 책, 342쪽.
21 위의 책, 350쪽.

시간의 흐름 속에서도 이어지고 있는 사랑을 통해 혁명이 완결되지 않았음을 보여준다.[22]

「구운몽」의 독고민은 결국 '숙'을 찾는 데 실패한다. 오히려 그 과정에서 만나는 뭇 사람들에게 '선생님', '사장님', 또는 '수령님' 등으로 그 자신이 원하지 않는 존재로 불리며 고정된 실체로서의 자기동일성을 잃는 분열증적 주체로 나타나기도 한다. 마찬가지로 그가 찾는 '숙' 역시 "비인칭적이고 전개체적인 '특이성들'의 집합"으로 환원되어, 그녀의 신체적 특징인 '왼쪽 뺨의 까만 점'과 '허벅지 안쪽의 흉터'는 연령도 외모도 다른 여러 여인들의 모습으로 반복적으로 등장한다. 하지만 이러한 주체의 분열은 파괴와 훼손의 의미에 그치지 않고 동일성과 개체성을 벗어난 새로운 주체성을 생성으로 해석될 수 있다.[23]

실패와 좌절로 평가되던 현실의 혁명이 이처럼 시간의 지연과 주체의 분열을 통해 새로운 생명을 얻을 수 있다면, 죽음의 공포와 도피에 대한 죄의식으로 점철되어 있던 전쟁이라는 사건 역시 비슷한 방식으로 재의미화될 수 있는 것이 아닐까.

22 김영삼, 앞의 글, 74쪽.

23 박진, 「새로운 주체성과 '혁명'의 가능성을 위한 모색: 최인훈의 「구운몽」 다시읽기」, 『현대문학이론연구』 62, 현대문학이론학회, 2015, 204~207쪽.

4. 미래를 향하는 과거로의 여정

『회색인』의 독고준은 혁명의 불가능성을 주장하기 위해 사랑과 시간을 언급한다. 그에게 사랑은 무모한 열정이라는 점에서 혁명과 등치될 수 있는 것이고, 시간은 "다른 누가 와서 또 한 번 겁탈하는 것을 기다리는 신성한 갈보처럼" 언제까지고 임을 기다리는 소극적인 자세로 풀이된다. "속으로는 번연히 괘가 그른 줄 다 알면서 얼렁뚱땅 거짓말이나 해가면서 처자식 고생이나 시키지 않게 처신하는 유식한 분들이 정치를 하고 사업을 하고 신문을 내고 교육을 하는 판에"[24] 혁명이란 가능할 수 없고, 그렇게 살지 못한 이들이나 사랑과 시간을 되뇌이며 혁명을 기다릴 것이기에 그는 사랑과 시간을 '엽전의 종교'라 자조한다.[25] 독고준의 이러한 인식은 『회색인』의 발표 시기를 고려했을 때 4월혁명 이후의 혼란을 이용하여 권력을 장악한 박정희 정권에 대한 작가의 부정적 관점이 반영된 것으로 볼 수 있다. 이런 독고준과 달리 '김학'은 "혁명이 가능했던 상황이란 건 없었어. 혁명은 그 불가능을 의지로 이겨내는 거야."[26]라고 말하며 끝까지 혁명에의 의지를 다지는 인물이다.

독고준과 김학은 결코 맞닿지 않는 평행선 위에 있는 듯 보이지만

---

24 최인훈, 앞의 책, 2008a, 88쪽.

25 "4·19와 5·16의 체험은 최인훈으로 하여금 인식론적 지평을 확장시켜 주었지만, '혁명'이 결국 세계와 타자에 대한 믿음에 기반한다는 점에서 '보장'할 수 없는 것임을 또한 확인시켜 주었"던 것이다. 서은주, 「소환되는 역사와 혁명의 기억: 최인훈과 이병주의 소설을 중심으로」, 『상허학보』 30, 상허학회, 2010, 151쪽.

26 최인훈, 앞의 책, 2008a, 87쪽.

반드시 그렇지도 않다. 독고준은 학의 주장을 공격하고 빈정거리고 비웃으며 어떤 쾌감을 느끼지만 그나마 그와 마주 앉아 있어야 생각하면서 살자는 사람 같고, 완전히 홀로될 때면 "회색의 의자에 깊숙이 파묻혀서 몽롱한 눈으로 세상을 바라보기만 하자는"[27]는 몸가짐이 되어버린다. 한편 김학은 고향으로 향하는 기차에서 밖으로 뚫린 승강대에 뒤돌아 서 있는 여인을 목격하고 뒤에서 슬쩍 밀면 아무에게도 들키지 않고 완전범죄를 저지를 수 있다는 충동에 휩싸인다. 그러나 이것은 살인이나 범죄에 대한 충동은 아니다. 아무도 모를 비밀을 가짐으로써 온전히 자기 자신으로 가득한 에고의 영역을 즐기고 싶은 것이다. 사회에 대한 분명한 기준을 가지고 살아가는 것처럼 보였던 김학 역시 사회적 규율과 관습으로부터 완전히 벗어나 있다고 느낄 때, 누구도 자신을 보지 않고 있다는 확신이 들 때 그 기준이 흐려지고 오로지 에고의 영역으로 파묻혀버린다는 것을 알 수 있게 하는 장면이다.

두 사람의 대립하는 주장은 결국 서로를 대타자로 설정한 데서 나오는 것으로 절대적으로 타협 불가능한 자신의 고유한 주장이라고는 볼 수 없고, 오히려 독고준은 지루하게 이어지는 김학과의 토론의 통해 점점 더 자신의 입장을 분명히 해가려는 쪽에 가깝다.[28] 무엇보다

---

27 위의 책, 84쪽. 독고준의 '회색의 의자'에 대해서는 "'혁명'의 당위성은 맹목적 믿음 위에 존재하는 종교적 진리만큼이나 주관적이고 추상적"이기에 "환멸과 계몽이 뒤섞인 회색지점에서 탈역사의 위험을 경계하는 인식적 성찰만이 최인훈에게 '예측'하고 '소유'할 수 있는 유일한 거점"이었다는 긍정적인 해석도 있다. 서은주, 앞의 글, 151~152쪽.

28 전소영, 「라울로부터 독고준으로, 최인훈 문학의 한 기원」, 방민호 외 엮음, 『최인훈: 오디세우스의 항해』, 에피파니, 2018, 253쪽.

독고준의 태도에는 애초에 얼마간의 허위가 섞여 있는데, 그는 사실 한편으로는 혁명을 강렬히 원하고 있다. 그는 드라큘라가 나오는 영화를 보고 온 후 드라큘라에 자신을 투영한다. 그런데 그에 의해 진술되는 드라큘라는 동지를 만들고 싶어하는 자이고, 혁명가들이 움직이는 반역의 시간인 밤에 움직이는 자이고, 무엇보다 밤의 포교를 벌이다가 결국은 반란자로서 학살된 '검은 신약의 어두운 주(主)'이다.

> 정통은 없다는 것. 족보族譜는 불타버렸다는 것. 돌아갈 고향은 없다는 것. 이것이 분명한 사실 아닌가. 저 많은 사람들. 거짓말 족보를 끼고 거리에서 성혈을 보리냉차처럼 파는 사람들을 경멸하는 것이 참다운 용기 가진 사람이다. (중략) 나는 꿋꿋이 서서 웃는다. 그리고 사랑을 비럭질하지는 않을 것이다 훔치지도 않을 것이다. 나는 그 대신 현호성에게서 당당히 뺏었다. 고립된 싸움을 위해서는 돈이 필요했기 때문이다. 그 돈으로 나는 시간을 샀다. 사람의 피 대신에 나는 시간을 씹었다.[29]

그럼에도 불구하고 그가 계속해서 혁명을 부정하고 거부하는 것은 그의 과잉된 자의식과 나르시시즘 때문이다. "유리 저편에는 언제나 보는 친구가 서 있"는데 독고준은 유리창에 비친 자신의 모습을 가리켜 "나의 단 하나의 벗, 제일 믿을 수 있는 동맹자"[30]라 부른다. 북에 가족을 두고 내려와 남한에서조차 가족을 찾기 위한 여정에 실패한 그가 사랑과 시간의 낭만성을 냉소로 곱씹는 것은 자연스럽다. 때문에 그는 사랑이 돈으로 대체될 수 있고, 또 시간도 그 돈으로 살 수

---

29 최인훈, 앞의 책, 2008a, 359~360쪽.

30 위의 책, 360쪽.

있는 것이라 여긴다.

그가 혁명을 부정하고 번번이 김학에게 맞서는 또 다른 이유는 김학이 말하는 혁명이 어디까지나 외래의 것이라 생각하기 때문이다. 그는 단순히 정권을 교체하는 것만으로는 혁명이 될 수 없고 "새 신화神話를 실천하는 것"이고 "새 신앙을 제시"[31]하는 것이어야 한다고 말한다. 그리하여 만약 "어느 날 이천만(물론 초등학교 이하는 빼고) 민중이 홀연 인간적 모욕을 실감하고 일제히 동시에 폭동을 일으킨다면, 그땐 나도 그 대열 속에 있을 거야."[32]라고 자신한다. 이 작품이 4월혁명과 5·16 군사쿠데타를 모두 목도한 시점에서 나왔음을 생각한다면 독고준이 펼치는 혁명에 대한 회의론이 그저 다가올 미래에 대한 막연한 예측 혹은 염려로만은 여겨지지 않고, 오히려 혁명이 왜 좌절되었는가에 대한 사후적 평가에 가까운 것으로 생각된다.

> 그 모든 것이 이 아름다운 목소리에서 생겼다. 사람이 철수한 도시를 걸어가면서 나는 그 까닭을 알 수 없었다. 그 집 뜰 안에 피었던 꽃의 뜻을 알지 못했다. 폭음이 울리는 방공호 속에서의 숨 막히는 포옹의 뜻을 알지 못했다. 지금은 알 수 있다. 그것들은 다 하나였다. 그 여름의 하늘. 구름. 은빛의 새들. 땅 위에 흐른 피. 텅 빈 거리. 도시의 화제. 잔인한 아이들. 그것들은 다 하나였다.[33]

그런데 혁명, 그리고 사랑과 시간에 대한 독고준의 냉소가 일순간

---

31 위의 책, 371쪽.

32 위의 책, 372쪽.

33 위의 책, 382쪽.

새로운 혁명을 기다리는 이의 마음가짐으로 바뀐다. 나아가 그는 외래에 것을 추수하는 번역극에 나서지 않기 위해서는 스스로 '신神'이 되겠다고 선언한다. "유다나 드라큘라의 이름이 아니고 너의 이름으로 하라. 파우스트를 끌어대지 말고 너 독고준의 이름으로 서명하라."[34] 그에게서 이런 극적인 변화를 이끌어 낸 것은 또 다시 회색의 의자에 깊숙이 파묻히듯 방 안으로 침잠하던 그를 불러낸 어떤 여인의 목소리다.[35] "이리 오세요. 그 방에서 나와야 해요."[36] 이에 그는 그의 과잉된 에고를 의미하는 그림자가 쓰러져 있는 것에도 아랑곳않은 채 방을 나서 이유정의 방으로 향하고, 아무 일 없이 그 방을 나서 다시 자기 방으로 향하는 계단 위에서 의식 속으로의 '서유'를 떠나게 된다.

『회색인』에서 희미한 잔상으로만 남아 있던 '여인'은 『서유기』에서는 좀 더 실체가 있는 존재로 다가오는 듯하다. 독고준은 "그 여름날에 우리가 더불어 받았던 계시를 이야기하면서 우리 자신을 찾기 위하여"[37] 그를 찾는다는 광고를 보고 그는 이제 '운명'을 이야기한다. 폭음 아래 보냈던 그 여름날을 운명을 만난 날로 지칭하는 그는 "운명을 만나지 않은 인간은 인간이 아니다."[38]라며 그 여름에 가닿기 위한, '여인'을 만나기 위한 여정을 강행한다. 그 과정에서 논개와 이순신과

---

34 위의 책, 382쪽.

35 남은혜는 이 장면이 「구운몽」의 초반부 관 속에 누워 있는 '민'을 깨우는 목소리가 나오는 장면과 비슷하다고 지적함으로써 두 작품이 구조적으로 유사하다고 분석한다. 남은혜, 앞의 글, 269쪽.

36 위의 책, 379쪽.

37 최인훈, 『서유기』 최인훈 전집 3, 문학과지성사, 2008c, 14쪽.

38 위의 책, 15쪽.

이광수를 만나며 자신을 다른 사람으로 착각하거나 의무를 지우려는 이들에게 붙잡혀 고난을 겪지만 그때마다 그를 떠민 것은 그 여름 날의 뜨거움이었다.

이 여정을 통해 '사랑'과 '시간'은 부정성을 벗고 새로운 의미를 획득하게 된다. 『회색인』 이후 『서유기』로 이어지는 독고준의 여정이 여러 난관에도 굴하지 않고 지속될 수 있었던 것은 그가 나아가는 길의 끝에 '사랑'이 놓여있다는 확신 때문이다. 공습이 온 도시를 공포로 몰아넣었던 그 여름날을 독고준은 자신의 운명이라고, 그것을 사랑한다고 말한다. 이때 그 여름의 한 가운데 있는 '여인'은 그의 구원자, 첫사랑, 그리고 그가 상징적 동정을 잃은 대상이라는 의미를 넘어 "동일한 시대, 동일한 의식의 증인으로서 불러들일 관계에 대한 성찰의 거점"[39]이 됨으로써, 그가 분단과 전쟁, 월남이라는 자신에게 일어났던 사건들을 마주할 수 있게 해준다.[40]

또한 그가 사랑을 찾기 위해 오른 여정은 고향으로, 과거로 돌아가는 길과 겹쳐진다. 「구운몽」에서 독고민은 얼어 죽은 채로 발견되지만 혁명 이후 시간은 머나먼 미래로 확장되어 언젠가의 4월 초파일 연인의 끝나지 않는 입맞춤을 통해 이어졌다. 독고준의 시간은 그것과는 반대로, 그가 떠나온 고향이 존재했던 과거의 시간으로 확장된다. 그 결과 그의 여정은 그 여름의 순간으로 돌아가는 데서 그치지 않고 소년 시절 그를 괴롭혔던, 그리하여 이후까지 그에게 스스로를

39 유임하, 「분단현실과 주체의 자기정립: 최인훈의 『회색인』」, 『한국문학연구』 24, 동국대학교 한국문학연구소, 2001, 404쪽.

40 전소영, 앞의 글, 272쪽.

검열하게 하는 트라우마로 남았던 소년지도원 선생과의 만남으로까지 이어진다. 그와 마주 앉은 법정에서 비로소 독고준은 "당신은 나를 사랑하지 않았습니다."[41]라고 선생의 죄명을 떳떳하게 밝힐 수 있게 된다.

『서유기』의 결말에서 의식 속으로의 여행을 끝낸 그는 그 여름의 폭음 소리가 그가 기거하던 방의 "문 저편에서, 그 문의 안쪽에서 들려오는 것"[42]을 깨닫는다. 결국 그의 여정은 "자신의 존재 이면에 잠재되어 있던 자신의 과거 시간"을 향한 것이었기에 이러한 결말은 이상하지 않다.[43] 회상의 여행이 퇴영적인 것이 아닌 현재, 미래의 시간까지를 담보한 현재의 시간과 이어지고 있기 때문이다. 나아가 혁명이 열어준 인식의 지평은 전쟁과 분단의 경험을 감싸 안고, 이후에 펼쳐질 신식민주의와 냉전 이데올로기에 비판적으로 바라볼 수 있는 거점을 마련하게 해준다.

5. 나가며

최인훈이 초기에 발표한 작품들에는 여성 인물들이 주요하게 등장하는 작품들이 많다. 여성 인물들은 때로는 남성 주체에게 쉽사리 포섭되지 않는 팜므파탈적 인물 유형으로, 또 때로는 남성들에게 헌신

41 최인훈, 앞의 책, 2008c, 327쪽.
42 위의 책, 353쪽.
43 남은혜, 앞의 글, 296쪽.

적인 사랑을 바치며 그들을 보듬어주는 성녀적 인물 유형으로 등장했는데 이들은 젠더적 의미에서의 여성이라기보다는 남성 인물이 주체성과 자아의식을 정립하는 데 도움을 주는 대타자로서의 존재 의의가 컸다. 본고에서 다루는 '전쟁-여성' 모티프 역시 큰 범주에서는 다르지 않다. 전쟁이라는 위기 상황 속 '여인'들은 남성 인물들을 뒤흔드는 존재로 등장한다. 그런데 여러 작품 속에서 동일한 모티프가 반복적으로 제시될 때마다 차이와 변주를 내포한 반복이 일어난다.

「우상의 집」과 「9월의 달리아」에서 이 '여인'들은 전쟁 폭력에 참혹하게 희생되는 존재로 나타난다. 「우상의 집」의 그녀는 주인공 소년의 첫사랑이었으나 폭격에 휘말려 죽게 되고, 그 공포스런 광경에 그녀를 외면한 소년은 평생을 죄의식에 시달린다. 「9월의 달리아」는 상황이 조금 다르다. '여인'은 인민군 장교가 전장을 헤매다 우연히 들어간 저택에 살던 여성으로 인민군 장교의 총에 희생된다. 그러나 저택에 사는 여인이 전쟁 폭력으로 희생된다는 점에서 「우상의 집」에 나오는 설정을 축약한 버전이라고 보아도 무리가 없을 것이다. 이 두 작품에 '전쟁-여성' 모티프가 나온다는 것 이외에도 공통점이 있다면 그것은 서술자의 지위나 서술의 방식이 안정적이지 않다는 점이다. 「우상의 집」의 소년은 자신이 이후 월남하여 남한에서 살아왔다고 진술하지만 외화를 통해 그가 서울 출신의 정신질환자인 것이 밝혀진다. 한편, 「9월의 달리아」의 경우 인민군 장교의 내면 심리에 대한 진술이 극도로 절제되어 있고 상황 설명도 구체적이지 않아 전체 서사가 의미하는 바가 무엇인지를 파악하기 쉽지 않다.

『회색인』과 『서유기』에서는 '전쟁-여성' 모티프의 활용이 완전히 변화했음을 확인할 수 있다. 앞선 두 작품에서 '여인'이 전쟁 폭력에 희생되어 남성 인물에게 죽음에 대한 공포와 도피한 데 대한 죄의식을 상기시키는 존재였다면 『회색인』에서 '여인'은 구원의 존재가 된다. 우연히 공습에 휘말린 독고준을 보호해주고, 나아가 '부드러운 살의 공포'로 오히려 전쟁의 공포를 압도하는 존재가 된다. 이후 월남하여 남한에서 홀로 살아가게 된 독고준은 '그 여름'과 '여인'에 대한 기억을 잊지 못하고 뭇 여성들을 만나면서도 그녀의 모습을 찾아 헤맨다. 이때 흥미로운 점은 독고준이 이 기억을 회상하는 데 있어 더 이상 허위와 은폐라는 장치는 필요치 않게 된 것이다. 『회색인』은 최인훈의 작품 중 월남민의 자의식을 지닌 지식인이라는 인물 유형의 원형이 처음 등장한 작품으로 작가의 전기적 사실과 친연성을 가지는 이 인물 유형은 이후 그의 작품 속에서 여러 차례 반복하여 등장한다.

이 글에서는 '전쟁-여성' 모티프의 활용과 서술자의 상황에서 발견되는 주요한 변모 양상을 「구운몽」이라는 작품을 살펴봄으로써, 최인훈이 1960년이라는 시간대를 경과하면서 만들어낸 변화로 분석하였다. 「구운몽」은 독고민이 잊을 수 없는 여인 '숙'을 찾아 나서는 여정을 그림으로써 『회색인』의 속편인 『서유기』의 전체 서사 골격을 형성하는 탐색담의 원형을 제시하고 있다는 점에서도 중요하지만, 그의 작품 세계에 큰 영향을 미친 4월혁명에 대한 사유가 어떻게 변화하고 있는지 추적해볼 수 있다는 점에서도 주목할 필요가 있는 작품이다. 「구운몽」은 독고민 뿐만 아니라 탐색의 대상이 되는 '숙'의 존재까지 분열시켜 비동일적이고 비개체적인 주체로 만듦으로써 사랑을 독점적 연애 관계에 한정하지 않고 무한한 시공간 속으로 확장시켜 혁명의 지속이라는 의미를 생성해낸다. 이런 점은 『회색인』과 『서유기』에서도 유사하게 나타나며, 그 덕분에 독고준은 그의 원체험이라 할 수 있는 전쟁에 대해서도 비슷한 방식으로 사유할 수 있게 된다. 전쟁 전 학교에서 학생지도원 선생과 동료 학생들에게 받았던 핍박의 기억, 폭격에 참혹하게 변해버린 도시의 풍경, 누이를 비롯한 가족을 두고 혼자 월남했다는 죄의식을 자신을 괴롭게 하는 트라우마가 아니라 자신의 생애를 되돌아볼 수 있는 출발점으로 비로소 재인식할 수 있게 된 것이다.

횡단하는 사이보그 : 여성·노인·동성애자

윤이형 소설을 중심으로

최병구

1. 사이보그-인간

2020년 '코로나19' 바이러스가 전 세계를 덮치고 온라인 수업의 보편화, 플랫폼을 이용한 배달 서비스의 진화 등 테크놀로지가 일상으로 빠르게 스며들었다. 근대의 시작 이래 과학기술의 힘으로 만든 기계는 늘 인류 진보의 원천이었지만, 4차 산업혁명이란 전환기에 '코로나 19'라는 변수가 더해지며 그 변화에 가속도가 붙은 것이다.

물론 이런 변화가 갑자기 이루어진 것은 아니다. SNS, 게임 등의 가상공간은 우리의 감성과 사고에 큰 영향을 미쳐왔다. 과학기술의 시대를 살아가는 새로운 인간형을 뜻하는 포스트 휴먼/트랜스 휴먼에 대한 논의도 10여 년 전부터 지속되었다. 하지만 최근의 변화는 이전과는 비교할 수 없을 만큼 테크놀로지에 기반을 둔 경제와 감성을 생활의 한복판으로 끌어들였다. 사람들은 새로운 기술이 가져다줄 부에 관심을 가졌으며 가상/현실의 경계가 허물어지는 세계에서 아직은 낯설지만, 곧 익숙해져야만 하는 경험을 하고 있다. 향후 이런 방향은 크게 바뀌지 않을 것이다.

최근의 변화가 다소 우려스러운 것은 새로운 기술을 산업과 연결하는 기존의 시각을 반복할 우려가 있기 때문이다. 가령 '자율주행'이나 '메타버스'가 일상이 될 미래 산업에는 큰 관심을 기울이지만 정작 그 기술이 근대 인간의 존재론과 인식론에 어떤 영향을 미칠지를 질문하는 경우는 드물다.[1] 인간은 "인간-아닌(동물, 식물, 바이러스) 관계들의 관계망에 완전히 잠겨 있고 내재되어 있는 횡단적 존재"[2]라는 포스트 휴먼의 문제의식을 다시 한 번 기억해야 할 시점이다. 새로운 기술은 근대의 인간중심주의를 내파하고 다종의 경계를 횡단하는 주체로서 포스트 휴먼의 탄생에 어떻게 기여할 수 있을까?

이 글은 윤이형 소설이 재현하는 사이보그 존재들-여성, 노인, 동성애자-에 주목하여 인간과 비인간 혹은 가상과 현실의 경계를 질문한다는 것의 의미를 찾고자 한다. 테크놀로지의 시대, 횡단적 주체로서 인간의 새로운 형상을 윤이형 소설을 매개로 살피려는 것이다.

먼저 왜 여성, 노인, 동성애자를 '사이보그'로 명명하는지를 설명

---

1 그래서 다음과 같은 저서의 문제의식은 소중하다. 이들 연구는 과학이 인간과 맺는 관계성에 대한 성찰을 보여준다는 공통점을 갖는다. 임태훈, 『검색되지 않을 자유』, 알마, 2014; 전치형 외, 『기계비평들』, 워크룸프레스, 2019; 전치형, 『사람의 자리 과학의 마음에 닿다』, 이음, 2019; 최형섭, 『그것의 존재를 알아차리는 순간』, 이음, 2021.

2 로지 브라이도티 저, 이경란 역, 『포스트휴먼』, 아카넷, 2017, 246쪽.

할 필요가 있겠다. 해러웨이는 「사이보그 선언」에서 '사이보그' 개념으로 페미니즘과 사회주의를 연결했다. 그에 따르면 사이보그는 실재와 상상력이 융합된 존재이다. 그간 사이보그가 SF의 상상된 이미지로만 존재했다면, 해러웨이는 사이보그를 남성 중심의 서구 문명주의를 벗어나려는 존재로 규정하며 현실로 불러낸다. 과학기술의 발전과 새로운 네트워크의 출현이라는 현실에서 과학이 근대의 인식론을 극복하고 새로운 사회를 만드는 것에 관여하기를 바란 것이다. 이런 시각에서 그녀는 '유색인 여성'을 사이보그의 사례로 제시한다. 과학기술 기반 산업의 성장 과정에서 비가시적 존재로 취급되었던 유색인 여성을 사이보그로 명명하고 가시화함으로써, 근대의 테크놀로지와 이에 기반한 사회 구조의 위계성을 드러내고자 한 것이다.[3]

사이보그는 테크놀로지 발전의 결과이거나 발전을 가능하게 만드는 존재이지만, 우리는 보통 테크놀로지 발전의 결과로서 사이보그에만 주목했다. 기술의 발달로 신체를 회복한 장애인의 모습이나 가상현실로 되살아 난 엄마와 딸의 만남 같은 휴머니즘의 서사 말이다. 하지만 해러웨이가 역설했듯 테크놀로지 발전의 구조 속에 감추어진 존재를 둘러싼 위계성을 서사화하는 과정에서 새로운 과학의 네트워크를 꿈꿀 수 있다. 김원영은 기술과 장애인의 몸이 맺는 관계를 고찰하며 사이보그란 상징이 기계나 기술과 결합한 존재만이 아니라 "타자와 연결되고 뒤섞인 잡종의 존재, 그러니까 이른바 '자유주의적 주체성'으로 설명할 수 없는 존재 방식에 주목하는 데 도움"[4]이 된다고

3 도내 헤러웨이 저, 황희선 역, 『해러웨이 선언문』, 책세상, 2019.
4 김초엽·김원영, 『사이보그가 되다』, 사계절, 2021, 343~344쪽.

한다. 이때의 '사이보그'는 기계의 도움으로 한계를 극복한 존재(장애인)가 아니라 그간 보이지 않는 존재로 취급된 장애인을 맥락화하며, 신자유주의 사회의 구조를 환기하는 주체가 된다.

따라서 사이보그는 다양한 주체의 연결을 우선 과제로 한다. 가령 사이보그는 자본가/노동자, 여성/남성이라는 이분법이 아니라, '노동'과 '젠더'가 연결되는 네트워크에 주목한다. 그간의 사고가 각각의 영역을 분리하고 그 안에서 다시 위계화를 시켰다면, 사이보그는 그 위계화의 맥락을 가시화하며 궁극적으로는 연대의 존재로 타자를 사고하기 때문이다. 결국 사이보그는 기술과 일상의 경계에서 그 관계성을 질문하는, 근대의 전통에서 비인간으로 취급당했던 존재라고 할 수 있다. 그래서 사이보그의 범주에는 노인, 여성, 동성애자, 이주 노동자, 장애인 등이 포함될 수 있다. 이들은 보통 '소수자'라고 명명되지만, 그럴 때 네트워크라는 관계성이 소거될 가능성이 있다는 점에서 '사이보그'라는 개념이 더 적실하다.

이 글은 이러한 문제의식으로 윤이형 소설을 검토한다. 윤이형 소설은 과학기술과 일상의 변화에 대해 지속적이고 깊은 천착을 보여주었다. 특히 여성, 동성애자, 외국인 노동자와 같은 소수자와 기술의 관계성을 탐색한다는 점에서 돋보인다. 그래서 윤이형 소설에 대한 연구는 '포스트 휴먼'과 '젠더'라는 키워드에 집중되었다. 여성 작가라는 정체성과 소설 대부분이 여성 인물을 주인공으로 한다는 점은 포스트 휴먼의 문제의식과 결합되어 중요한 분석 대상이 된 것이다.

이러한 맥락에서 윤이형의 소설은 "근미래의 사회상을 다루되 과학적 사실이나 법칙 자체에 무게를 두기보다는 현재 한국 사회와 우리 자신의 정체성 문제를 사유하게끔 이끈다"[5]라는 해석이나 '비동시성'개념에 토대를 두고 혼종적 공동체[6]를 구상한다는 논의가 제출되었다. 테크놀로지와 페미니즘의 문제를 더욱 밀고 나간 '테크노페미니즘'의 시각에서 윤이형 소설을 다루며 "남성과 여성 사이의 이분법적이고 분리주의적인 대립과 갈등은 그 실효성이 없다"[7]는 분석도 제기되었으며, 소수자의 시각에서 윤이형 소설의 여성 문제를 다룬 논의도 존재한다.[8] 이러한 선행 연구를 통해 윤이형 소설이 재현하는 포스트 휴먼과 젠더의 문제의식과 그 역학관계가 상당 부분 밝혀지고, 소수자의 몸이 갖는 의미도 논구되었다.

하지만 선행 연구들은 포스트 휴먼 개념이 갖는 철학적 성격에 주목한 결과, 지금-이곳에서 벌어지는 상황에 개입하고자 하는 작가의식에 상대적으로 소홀했다. 윤이형 소설이 이분법적 갈등 구조의 한계를 주장한다는 사실보다 중요한 것은, 그 경계에 대한 윤이형 고유의 사유방식에 놓여야 한다. 그래서 이 글은 포스트 휴먼의 문제의식을 공유하면서도, '경계'의 문제에 천착하여 윤이형 소설과 현실의 연계성을 탐색하고자 한다.

2장에서는 「대니」, 「수아」를 중심으로 인간(노인 여성과 중년 여성)과 기계의 경계에 대해, 3장에서는 「이스투아 공원에서의 점심」, 「완

5 서승희, 「포스트휴먼 시대의 여성, 과학, 서사: 한국 여성 사이언스픽션의 포스트휴먼 표상 분석」, 『현대문학이론연구』 77, 현대문학이론학회, 2019, 133~134쪽.

6 연남경, 「여성SF의 시공간과 포스트휴먼적 전망-윤이형, 김초엽, 김보영을 중심으로」, 『현대소설연구』 79, 한국현대소설학회, 2020.

7 김미현, 「포스트휴먼으로서의 여성과 테크노페미니즘」, 『여성문학연구』 49, 여성문학학회, 2020, 32쪽.

8 김윤정, 「테크노사피엔스(Tschnosapience)의 감수성과 소수자 문학-윤이형 소설을 중심으로」, 『우리문학연구』 65, 우리문학회, 2020.

전한 항해」를 중심으로 현실과 가상의 경계에 대해 살펴볼 것이다. 4장에서는 「루카」 「승혜와 미오」를 중심으로 이성애/동성애의 경계에 대한 질문을 던질 것이다.[9] 세 가지로 유형화된 경계에 대한 물음과 횡단 가능성에 대한 논의는 궁극적으로 테크놀로지의 시대에 소통과 연대의 가능성을 확인하는 일이기도 하다.

2. 우애와 혐오의 사이-인간/기계의 경계

「대니」와 「수아」는 로봇을 매개로 우리 사회에서 노년 여성(「대니」)과 중년 여성(「수아」)의 삶에 대해 질문한다. 신자유주의 체제 하 삶을 살아가는 평범한 노년 여성의 모습은 로봇에 의해 가시화되며, 고학력 중년 여성들은 '로봇'에게 떠밀리는 삶의 위기를 극복하기 위해 로봇을 배척한다. 각기 조금 맥락은 다르지만 신자유주의 체제에서 살아가는 여성 주체들의 모습을 로봇이란 기계를 통해 표면화시키는 공통점이 있다. " '대니'의 존재는 인간중심주의가 지속될 경우의 미래를 보여준다"[10] 거나 "「수아」는 가정용 로봇인 '수아'와 인간인 '나' 사

---

9 「큰 늑대 파랑」과 「이스투아 공원에서의 점심」은 윤이형, 『큰 늑대 파랑』, 창비, 2011 에, 「대니」와 「루카」는 윤이형, 『러브 레플리카』, 문학동네, 2016에, 「승혜와 미오」와 「수아」는 윤이형, 『작은마음동호회』, 문학동네, 2019에 포함되어 있다. 앞으로 본문 인용은 이에 의거해 쪽수만 밝히도록 하겠다. 한편 「승혜와 미오」와 「루카」는 다른 작품과 다르게 리얼리즘에 입각한 소설이다. 하지만 이 글에서 다루는 사이보그란 현실에 있는 리얼한 존재이지만 비가시적 취급을 받은 인간이다. 동성애자는 그 누구보다 이런 정의에 부합한다고 생각해서 분석 대상에 포함시켰다.

10 연남경, 앞의 논문, 116쪽.

이의 균열 지점을 천착하면서 인간중심주의를 비판하는 소설"[11]이라는 평가에서 확인되듯, 두 작품은 근대 인간중심주의의 위계 구조를 보여주는 소설이라고 할 수 있다.

하지만 이 글에서 주목하려는 것은 두 작품의 주인공과 로봇의 관계 속에서 환기되는 우리의 평범한 일상이다. 「대니」는 돌봄 로봇 '대니'와 손자를 돌보는 예순 아홉살 할머니의 관계를 다루고 있다. 소설은 주변 사람들에게 돈을 빌리고 갚지 못한 대니의 범행 이유를 탐색하기 위해 형사가 할머니와 대니를 인터뷰하는 현재와 두 사람의 과거를 교차하며 보여준다. 대니는 할머니와 함께 살기 위해 지인들에게 돈을 빌렸으며, 그 대상은 모두 "육십대에서 칠십대 사이, 혼자 아이를 키우는 노인"(19쪽)이었다. 인간에 의해 프로그래밍 된 대니가 일탈하여 '사기'를 친 이유와 그 대상이 모두 아이를 키우는 노인인 이유는 무엇일까?

주인공은 손자를 키우는 돌봄 노동의 수행자로서 자기를 기계에 비유한다.

> 새벽 여섯시쯤부터 자정까지 나는 집안에서 서서 일했다. 생각할 겨를 없이 그저 반사적으로 몸을 움직이면 아이의 요구를 반 정도는 채워줄 수 있었다. 민우는 잘 먹고 잔병치레 없는 아이였으나 순한 아이는 아니었다. 쉬지 않고 돌고래처럼 악을 썼고, 원하는 게 있으면 손에 들어올 때까지 발을 구르고 물건을 집어던지며 울었다. 나는 기계가 아니다. 집이 비는 주말이면 나는 가게에서 소주를 사다 한 병씩 마시며 그렇게 중얼거렸다. 중얼거린 다음에는 차라리 기계라면 좋겠다는 생각이 들었

11 김미현, 앞의 논문, 26쪽.

> 다. (중략) 천사 같은 손주 키우기가 유일한 소일거리이자 낙인 늙은이, 그게 내게 주어진 역할이었다. 아무도 내가 울 만큼 힘들 수도 있다는 걸 알지 못했다.[12]

인용문에서 주인공은 돌봄 노동의 고통에 차라리 '기계'가 되기를 희망한다. 마흔 이후로 외모에 신경 쓰지 않고 살아왔던 주인공은 과거를 보존하기 위해 만든 '올드타운' 만큼이나, 현실에서 동떨어진 존재였다. 혼자 울 만큼 힘들지만, 아무에게도 내색하지 않는 존재가 바로 주인공이다.

이런 주인공의 모습은 우리 사회 노인 계급이 처한 상황을 상기시킨다. 경제적 능력을 상실한 노인은 쉽게 말해 아무 쓸모가 없다. 여성 노인은 요리를 하고 아이를 돌볼 능력이 있다는 점에서 남성 노인보다는 다소 나은 상황일 뿐이다. 전통적으로 여성은 아이를 출산하고 돌봄으로써 사회적 재생산을 수행하는 주체였다. 문제는 신자유주의 체제로의 전환과 함께 여성의 경제 활동이 활발해졌지만, 돌봄노동은 여전히 여성의 몫으로 남겨지게 된 상황에서 생겨난다. 국가는 경제 활동과 가사 노동이란 이중 과제 앞에 직면한 여성들의 문제를 해결하기 위해서 '만물의 상품화'[13]과정에 돌봄 영역도 포함시켰다.

---

12 윤이형, 앞의 책, 2016, 21쪽.

13 이매뉴얼 월러스틴은 『역사적 자본주의/자본주의 문명』, 창작과비평사, 2014에서 자본주의의 특징으로 '만물의 상품화' 개념을 제시한 바 있다. 그의 논의는 전근대/근대의 차이에 대한 설명이지만, 포스트 근대로의 진입 과정에서 만물의 상품화는 더욱 가속화된다. 대표적인 것이 바로 근대 사회에서는 가정의 영역으로 간주된 돌봄 노동이 상품화되는 현상이다. 돌봄 노동자로 고용되어 '감정 노동'을 수행하는 대부분이 여성이라는 점은 돌봄 노동이 여성에 의해 수행되는 산업이 되었음을 의미한다.

주인공 가정은 이런 상품마저 이용할 수 없는 경제적 상황임을 상기할 필요가 있겠다.[14] 돌봄 노동자를 고용할 수 없는 가정에서 이루어지는 돌봄의 대물림이란 상황에서 주인공은 감정을 느끼지 못하는 기계 되기를 희망한다. "사랑, 돌봄, 연대의 노동에 특유한 '타인중심성'은 개인의 소유물, 권력, 지위가 우선시되는 문화적 상황에서 심각하게 억눌려있다."[15] 주인공 역시 손자와 교감하며 돌봄을 수행하는 것이 아니라 그저 고통을 참고 있을 뿐이다.

대니는 바로 이런 인간의 고통을 예방하기 위한 진짜 기계이다. 대니는 보육교사 세 명이 각자의 직장에 불을 질러서 아이들 마흔두 명과 교사 여덟 명이 목숨을 잃은 '킨더가튼 참사'로 탄생했다. 세 명의 보육교사가 겪었던 열악한 근로환경과 피로가 범죄의 원인이었고, 국가는 이 문제를 해결하기 위해 돌봄 로봇을 만들게 된 것이다. 타인에 대한 공감과 배려가 필요한 노동을 로봇이라는 상품을 출시하여 해결하려는 것이다.

기계가 되고 싶은 주인공의 욕망과 '대니'의 탄생 과정에서 인간과 기계의 명확한 차이를 확인할 수 있다. 인간은 사회적 환경 속에서 감정을 느끼는 존재이지만, 기계는 감정을 느끼지 않고 인간의 명령을 수행한다는 인식 말이다. 하지만 「대니」의 서사가 지속되는 동안

---

14 이것은 「승혜와 미오」에서 승혜가 돌봄 노동자로 근무했던 이호네 가정과 비교하면 명확해진다. 어느 정도의 여력이 있는 가정은 돌봄 노동자를 고용할 수 있지만, 가난을 안고 사는 가정은 할머니의 도움으로 아이를 키우거나 그마저도 불가능하면 출산을 포기하는 경우가 대부분이다. 돌봄 노동이 상품화되는 신자유주의 사회의 일면을 보여주는 것이다.

15 캐슬린 린치 저, 강순원 역, 『정동적 평등 누가 돌봄을 수행하는가』, 한울아카데미, 2016, 93쪽.

이런 인간/기계의 이분법은 계속 흔들린다.

대니는 할머니의 불안정한 삶을 이해한 최초의 존재였다. 대니는 '아름답다'는 말로 할머니에게 접근했으며, 이후에도 주인공의 주위를 맴돌며 그녀를 배려하는 말과 행동을 지속한다. 계속되는 대니의 관심에 할머니는 익숙한 삶의 문법이 흔들리는 경험을 하게 되자 연락하지 말라고 일방적으로 통보한다. 주인공은 대니의 호의에 짜증을 내면서 "그것이 실은 내게 친절도 호의도 베풀어주지 않는 타인들에 대한 짜증"(23쪽)임을 뒤늦게 알게 되었으며, 아이를 울리지 않는 대니를 보면서 "내가 평생 삶이란 것의 본질이라 믿어온 악다구니와 발버둥이"(30쪽) 사라져 있음을 깨닫게 된다. 타인의 불안감을 인식하고 돌볼 수 있는 대니의 능력이 주인공에게 자신의 삶을 돌아보게 만든 것이다.

"악다구니와 발버둥"으로 요약되는 할머니의 삶이란 구체적으로, "자고 일어났는데 살림살이에 차압 딱지가 죄 붙어 있기도 했고, 연락이 두절된 남편을 겨우 찾고 보니 다른 집에서 다른 사람들과 살고"(32쪽)있는 것이었다. 여성으로서 아이를 키우며 경제 활동까지 했을 그녀의 삶은 딸에게 비슷하게 대물림되었다. 그녀의 딸은 복직을 해서 빚을 갚기 위해 아이를 주인공에게 맡긴 것이었다.

결국 '대니'는 불안정한 여성의 삶을 상기시키는 동시에 바로 그 환경을 극복할 가능성을 가진 존재이다. 다시 말해 대니는 인간과 구분되는 기계가 아니라 인간과 함께 사회를 구성하며, 더 나은 사회를 만들 수 있는 사이보그 인간이다. 주인공은 대니에게 이별을 통보했지만, 곧 다시 대니에게 전화를 걸었다. 자신의 과거를 환기시켜 준 대니의 존재로 인해 다른 삶을 살고 싶은 욕망을 품게 된 것이다. 그 시간 대니는 홀로 키우는 노인들에게 돈을 빌리기 시작했다. 함께 살기 위해서는 돈이 필요하다는 주인공의 말을 듣고 행동으로 옮긴 것이다. 사회의 시각에서 대니는 범죄를 저지른 셈이다. 하지만 바로 그 법 제도 안에서 주인공과 그 딸의 삶이 이루어졌다는 점에서, 법을 위반하며 주인공과 함께 살기를 원했던 대니의 욕망은 남다르다. 그 욕망은 할머니의 고통을 이해하고 공감하는 과정에서 생겨난 것이기 때문이다.

로봇을 매개로 신자유주의 체제 하 사회 구조와 그 속에서 살아가는 인간의 관계성을 성찰하는 시각은 「수아」에서도 지속된다. 「수아」는 로봇 차별금지법이 시행되고 있는 사회를 다룬다. 소설의 제목인 수아는 가정용 로봇으로 개발되어서 집안의 여러 가지 노동을 대신해 주는 여성 로봇이다. 주인공 중년 여성과 그녀의 친구 윤경, 설희, 규은은 로봇을 차별하지 않고 살아왔다고 자부한다. 그런데 주인공과 친구들은 수아들이 윤경을 P시 산하 공동체 분쟁 조정 위원회의 위원직을 박탈하자 위기의식을 느낀다. 그들은 수아들이 인간에게 폭력을 행사한다는 뉴스가 보도되자, 남성 해커가 여성을 증오하는 악성 코드를 수아에게 심어 놓았다는 풍문을 공유하기도 한다. 하지만 로봇에 대한 그녀들의 이러한 시각은 다음과 같은 이유로 생겨난 것이었다.

> 직접 본 건 아니지만…… 둘은 말끝을 흐렸다. 언제나 침착하고 이성적이던 연구자의 눈빛이 사라지고 불안과 근심이 두 사람의 표정 깊숙이 스며들어 있었다. 당분간 좀 쉬어야 할 것 같다며 윤경이 모임을 그만둔 뒤로 우리 연구 모임은 슬럼프에 접어들었다. 직접 무슨 일을 당한 건

아니지만 윤경이 그런 식으로 밀려나는 걸 본 우리 셋 모두는 속에 꾹꾹 눌러두고 있던, 말하자면 중년의 위기감 같은 것에 일제히 잠식되어버렸고, 서로가 그런 상태임을 확인할 수 있었다. 이렇게 열심히 살아왔는데도 결국 로봇에게 자리를 내주고 도태되는 신세가 되어버렸다는 자괴감을 감추려고 우리는 서로에게 수영, 요가, 필라테스 같은 운동을 권했고 부지런히 세미나를 하는 것으로 기분을 바꿔보려 했다.[16]

인용문은 수아 로봇이 인간을 공격한다는 소문에 대한 주인공과 그 친구들의 반응이다. 다시 말해 인간이 비인간에게 밀려날 수도 있다는 위기감에 주인공과 친구들은 남성의 조작으로 로봇이 여성을 살인한다는 도시 괴담에 동조하게 된 것이다. 이로부터 타인에 대한 혐오를 통해 자기의 존재를 증명하려는 신자유주의적 주체의 모습을 읽어내기란 어렵지 않다. 2010년대 중반 이후 사회적 문제로 떠오른 여성혐오는 「수아」의 여성-로봇의 관계가 남성-여성의 관계로 변했을 뿐 정확히 동일한 논리로 이루어진 것이었다.[17] 타인에 대한 혐오로 자신의 주체성을 드러내는 방식은 단지 남성-여성의 관계로 한정되지 않는 것이다.

그러니까 작가는 여성혐오가 단지 남성과 여성의 관계에만 해당하는 것이 아니라 신자유주의적 주체의 내면에 잠재된 관계 맺기의 방법임을 간파한 것이다. 이 점을 「수아」는 남성(해커)-여성(로봇)의 관계를 풍문으로 처리하고 로봇 여성과 중년 여성의 관계를 부각하며

---

16 윤이형, 앞의 책, 2019, 316쪽.

17 신자유주의 시대 혐오의 방식과 그 메커니즘에 대해서는 손희정, 「혐오의 시대-혐오는 어떻게 이 시대의 문제적 정동이 되었는가」, 『페미니즘 리부트』, 나무연필, 2018을 참조.

명확히 드러낸다. 주인공과 남편이 결혼기념일을 보내기 위해 1박을 하게 된 호텔로 찾아온 수아들은 남편에게만 폭력을 행사하고, 주인공과는 거리를 두고 멈추어 선다. 주인공이 과거에 함께 살았던 수아는 "조금이라도 사랑해줄 순 없어, 우리를?"(337쪽)이라고 말하며 도움을 요청할 뿐 폭력을 행사하지 않는다. 이렇게 「수아」의 대결 구도는 남성/여성이라는 익숙한 도식에서 인간 여성/로봇 여성으로 변경된다.

주인공은 알몸으로 수아들로부터 도망쳐서 호텔의 로비에 이른다. 그녀는 로비에 서 있는 수많은 사람 중 누군가가 덮을 것을 가지고 다가올 것이라 생각했지만, 아무도 움직이지 않았다. 수많은 눈과 카메라가 그녀를 응시할 뿐이다.

> 그들은 제자리에 가만히 서 있었다. 기묘한 무음의 상태 속에서 까맣고 육중한 카메라 몸체가 하나둘씩 남자들의 얼굴을 덮어 가리기 시작했다. 그들은 마치 이런 상황 앞에서 자신의 얼굴을 보이는 일이 사람으로서 부끄러워 차마 견딜 수 없는 것처럼 보였다. 그러나 아무도 내게 와주지 않았고, 대신 수십 개의 렌즈들, 휴대폰에 달린 동그란 눈동자들이 동물들의 눈처럼 흔들리며 나를 향했다. 수천수만 개의 장소로 한꺼번에 나를, 내 육체를 쏘아 보낼 수도 있는 눈들이었다. 다리에 힘이 풀렸다. 바닥으로 쓰러지며 나는, 그제야 수아가 누군지 알 것 같다고 희미하게 생각했다.[18]

인용문에서 주인공은 수많은 카메라의 눈이 관찰하는 대상이 되었

---

18 윤이형, 앞의 책, 2019, 340쪽.

다. 다시 말해 수많은 눈동자는 주인공을 인간이 아닌 로봇과 같은 존재로 생각했기 때문에 구하러 오지 않은 것이다. 그리고 주인공은 수아가 누군지 알 것 같다고 한다. 주인공은 카메라 앞에 알몸이 노출당한 순간 인간과 다를 바 없지만, 인간에 의해 혐오와 배제의 대상이 되었던 수아와 자신이 동일한 상황임을 깨달은 것이다. 수아는 주인공과 나란히 알몸으로 서서 "너와 내가 무엇이 다르지?"(334쪽)라고 물었다. 인간임을 증명하라는 수아의 명령을 주인공이 수행하지 못하는 것처럼, 수아와 주인공은 다르지 않다. 수아가 인간에 의해 혐오와 폭력의 대상이 되었듯, 인간도 기계에 의해 언제든 똑같은 운명에 처할 수 있다. 이렇게 기계와 인간은 서로 연결된다. 주인공은 카메라에 노출되어 바로 그 폭력을 당한 순간 진실을 알게 된 것이다. 이후에 그녀가 어떤 삶을 살게 될지는 알 수 없지만, 인간/기계의 경계에 대해 조금은 다른 생각을 하지 않았을까.

3. 신자유주의 윤리의 확산-현실/가상의 경계

인간/기계의 경계란 인간중심주의의 결과이지만, 그 결과가 구조화되는 맥락을 이해하는 일이 중요하다. 「수아」와 「대니」가 보여주듯 인간중심주의는 단순히 인간 일반, 혹은 남성 중심의 인식론을 의미하는 것이 아니라, 신자유주의 체제 하에서 익숙한 인정투쟁과 이에 수반되는 경쟁구조를 근간으로 한다. 두 작품은 '로봇'이란 기계를 현실에 개입시켜 인간중심주의의 구조를 재편할 수 있는 감정의 필요성을 제기했다.

우리는 인간과 기계의 네트워크를 재정의해야 한다. 인간은 비인간과 분리될수 없으며, 우리 사회는 인간–비인간의 복합체라는 점을 명확히 해야 한다.[19] 인간과 비인간의 연결을 숙고할 때 우리는 그간 단절적으로 인식해 온 현상이 중층적으로 연결되어 있음을 발견할 수 있기 때문이다.

2019년 발표된 페미니즘 선언[20]은 '자본주의 위기'와 '인종 차별' '식민주의 폭력' 등과 젠더 문제를 연결시킨다. 젠더 문제는 독립적으로 존재하는 여성/남성의 다툼이 아니라 자본주의 사회의 위계구조로부터 생겨난 현상이라는 사실을 명시한 것이다. 아이러니한 것은 최근의 이런 시각은 테크놀로지의 도움으로 생겨났다는 점이다.[21] 꽤 오랫동안 테크놀로지는 위계를 구축하는 도구였지만, 현 시점에서 테크놀로지는 위계를 재편하는 매개가 될 수 있다. 현실/가상의 경계에 대한 물음은 테크놀로지 혁명으로 만들어 진 가상공간이 현실 공간의 한계를 극복하는 대안인지를 살피는 일이다.

「이스투아 공원에서의 점심」은 가상공간에 방을 만들고 소통을 시도하는 사람들의 이야기를 다루고 있다. 현실의 사람들은 가상공간

---

19 이는 행위자네트워크 이론(actor–network theory)이론의 문제의식이다. 인간/자연, 주관/객관 등과 같은 근대의 경계선을 허물고 인간과 비인간의 경계를 허무는 행위자네트워크 이론은 그 이분법을 만들어 낸 권력을 통찰하고 새로운 민주주의를 구축하려는 시도이다. 이에 대한 자세한 논의는 브루노 라투르 외 저, 홍성욱 역, 『인간·사물·동맹』, 이음, 2018를 참조.

20 낸시 프레이저 외 저, 박지니 역, 『99% 페미니즘 선언』, 움직씨출판사, 2020.

21 2010년대 중반 미디어 테크놀로지와 페미니즘, 그리고 정동의 연결고리에 대해서는 손희정, 「'느낀다'라는 전쟁–미디어–정동 이론의 구축, 그리고 젠더적 시선 기입하기」, 앞의 책, 참조.

'앤서빌'에 사본의 자기를 만들고 가상 호텔을 만들어서, 다른 사람의 사본과 소통한다. 하나의 현실만 있다는 생각에 반대하는 "현실반대 선언"을 공유하는 사회에서 가상공간은 또 다른 현실로 인정되고 있는 듯하다. 이러한 환경을 배경으로 소설은 고용주의 명령을 받아서 하루에도 수만 건의 광고를 하는 스팸봇 살라미와 가상공간에 자기의 방을 가지고 있지 못한 취업 준비생 루시의 관계를 다룬다.

고용주의 명령을 받아서 인간의 소비 욕망을 증폭시켜야 하는 로봇과 취업을 준비하는 여대생 루시는 인간이 아니거나 인간 사회의 '취업'이라는 규범의 바깥에 있는 존재라는 점에서 공통점을 갖는다. "치욕과 무의미로로 점철된 스물세 시간 동안의 노동"(152쪽)을 하는 살라미와 아르바이트를 하지만 다들 열심히 뭔가 붙잡으려는 사람들 사이에서 점심시간만 좋아하는 루시는 공원에서 자유의지를 주제로 대화를 이어나간다. 자유의지가 없다는 말을 반복하는 살라미는 루시와 대화를 할수록 그녀에게 빠져들게 된다. 루시는 남자친구의 방이 대통령 모욕죄로 호텔심의위원회에 의해 폐쇄될 때 갇혀 버리고, 호텔방이 팽창하여 루시가 죽음을 맞이할 때 살라미는 고용주의 명령을 듣지 않고 그녀를 구한다.

소설의 하이라이트라 할 수 있는 이 장면에서 근대 인간의 특성인 자유의지와 인간/비인간의 경계는 새롭게 구축된다. 보통 인간은 자유의지를 가진 존재이고, 사이보그는 프로그램 된 존재로 인식된다. 살라미가 자기를 자유의지가 없는 존재로 규정하는 것은 정확히 이런 정의와 일치한다. 그러나 사이보그인 살라미가 결정적 순간에 자유의지를 가지고 루시를 구출함으로써 기존의 도식은 허물어지게 된다. 이렇게 자유의지를 인간 고유의 영역에서 해방시킴으로써 사이보그와 인간의 경계가 허물어지고 소통할 수 있는 가능성이 생겨난다. 루시가 호텔에서 풀려나는 순간은 다음과 같이 묘사된다.

> 방이 터지는 순간 루시는 앤서빌 밖으로 튕겨나갔고, 그 순간 딸의 방에 있던 루시의 어머니는 놀라 뒤로 자빠지는 바람에 엉덩이와 팔꿈치에 가벼운 타박상을 입었다고 했다. 모두 앤서빌 사람들에게 들은 이야기였다. 루시와 함께 침대 밑에 엎드려 있던 사람들도 비슷한 경험을 했다. 나는 단지 사본일 뿐이라고 생각했는데, 그 방에는 살아 있는 사람들이 있었던 것이다. 그것에 대해 생각해보았다. 나의 부끄러움에 나 아닌 다른 존재가 개입된 것은 처음이었다. 사람은 나보다 조금 더 복잡했다. 그리고 그들도 나처럼 살고 있었다.[22]

진짜 사람이 가상공간에 들어와 있다는 사실은 가상/현실의 경계가 완전히 사라졌음을 의미한다. 앞서 기술했듯 소설의 사회는 '현실반대선언'을 통해 앤서빌을 또 다른 현실로 인식했다. 정확히 말해서 진짜 현실이 아니라도 자기가 마음을 쓰는 대상이라면 언제든 현실이 될 수 있는 것이다. 그렇다면 왜 사람들은 가상공간에 마음을 쓰고 심지어 진짜 들어오기까지 한 것일까? '살라미'와 '루시'는 바로 그 이유를 단적으로 보여주는 존재이다. 살라미는 앤서빌이란 가상공간에서 사람들의 소비를 이끌기 위한 로봇이었으며, 또한 '대통령모욕죄'가 단적으로 보여주듯 앤서빌은 정부의 통제가 강력하게 작용하는 공간이다. 이 공간은 언제나 죽고 죽이는 사람들과 그들의 피로 가득하다. 그러니까 '앤서빌'은 정부에 의해 만들어진 소비와 폭력이 일상

---

22 윤이형, 앞의 책, 2011, 193쪽.

이 된 공간이다.

소설의 마지막에 살라미는 정부 검열을 뚫을 수 있다는 이유로 고용주로부터 약간의 자유를 더 얻었으며, 루시는 앤서빌에서 여자 친구만 사귀었다. 무엇보다 이들은 조금은 더 자유의지를 가지고 살아갈 수 있게 되었다. 이처럼 「이스투아 공원에서의 점심」은 현실 권력에 의해 통제되는 가상/현실의 경계를 루시와 살라미라는 사이보그를 통해 환기한다. 루시와 살라미의 연대를 통해 그간 이루어진 가상/현실의 구분이 갖는 폭력성을 해결할 가능성을 시시하는 것이다.

가상/현실의 경계가 사라진 현실의 의미는 대학동창 사라, 정희, 재혁, 아영과 이들이 컴퓨터 프로그램으로 만들어 낸 가상 이미지 늑대 '파랑'의 이야기를 다룬 「큰 늑대 파랑」에서 구체적으로 확인된다. 대학 운동권 문화의 끝을 향해가던 1996년 네 명의 친구는 컴퓨터 이미지 '파랑'을 만든다. 그리고 10년이 지난 2006년 현재, 지구는 좀비가 출몰하는 디스토피아의 공간으로 바뀌었다. 소설은 파랑이 네 명의 부모를 구하기 위해 컴퓨터 바깥으로 나아가는 과정을 보여준다.

소설에서 가상의 늑대 파랑이 만들어진 것이 1996년이고, 좀비가 출현하고 파랑이 현실로 뛰어든 시점이 2006년이라는 설정에 주목해야 한다. 우리나라는 1997년 외환위기 이후부터 신자유주의 체제로의 전환을 가속화했다. 공적 영역의 민영화, 외국 자본에 시장 개방 등과 같은 경제 정책으로 '금융 자본'이 일상의 문화를 구속하기 시작했다. 지금 우리에게 익숙한 비정규직 문화와 무한경쟁 체제, 즉 모든 문제를 개인의 책임으로 돌리는 의식이 생겨난 것이다. 이후 10년의 시간을 거치며 우리사회에 신자유주의 체제는 완벽하게 자리를 잡았다.[23]

동시에 1990년대 후반부터 2000년 무렵까지 이른바 '닷컴 버블'을 거치며 인터넷 문화가 일상이 되었다는 점도 부기할 필요가 있다. 버블은 꺼졌지만, 문화는 남아서 일상의 많은 것을 바꾸었다. 대표적인 것이 인터넷을 활용한 금융 자본의 성장과 이를 통해 신자유주의 체제가 확고하게 되었다는 사실이다. 인터넷과 신자유주의 체제로의 전환은 긴밀한 연관성을 맺고 있다.

소설에서 좀비에 물린 사라, 정희, 재혁은 신자유주의가 일상화되어가던 시절, 사회에 적응하려고 애쓰는 청년들의 모습을 보여준다. 사라는 백 킬로그램이 넘는 몸무게로 취업을 포기하고 인터넷에 SF로맨스를 쓰는 여성이고, 재혁은 외국인 노동자 아이를 광고에 이용하며 아등바등 살아가는 인물이다. 재혁은 자신이 이용하려던 외국인 노동자 아이의 죽음 소식을 듣고는, 돈을 위해 외국인 노동자를 이용하는 상사들과 "같은 종류의 인간이 아니라고 항변하고 싶었"지만, "적대감에 대항할 만큼 떳떳한 무언가가 자신 속에는 없었다."(110쪽) 정희는 기자이지만, 어느 한 매체에도 제대로 정착하지 못했다. 정희는 배급사의 후원을 받아 영화 평점을 높게 매기고, 유명 디자이너를 인터뷰하기 위해서 편집장이 추천하는 옷을 알아보다 자신의 무능력을 깨닫는다.

> 자신의 밥벌이를 부끄러워해서는 안된다는 말을 들을 때마다 정희는 얼굴이 뜨거워졌다. 그렇게 많은 회사들 가운데서 부끄러움과 자괴감을

23 신자유주의 체제 개념과 1997년 IMF 이후의 정착에 대해서는 강내희, 『신자유주의 금융화와 문화정치경제』, 문화과학사, 2014를 참조.

> 품지 않고 일할 수 있는 곳 한군데가 없다면 그건 세계의 잘못이 아니라 정희의 잘못일 것이었다. 하지만 정희는 부끄러웠다. 자신이 하는 일이 언제나 부끄러웠고, 모두가 입술을 깨물며 참아내는 그 부끄러움을 참지 못하고 매번 비겁하게 도망쳐나오는 자신이 버거웠다.[24]

인용문에서 정희는 비슷한 상황이 반복된다면, 이것은 사회가 아니라 자신의 잘못이라는 생각한다. 하지만 정희는 먹고 살기 위해 잘못을 할 수밖에 없는 자신이 부끄럽고 버겁다. 무엇이 정희를 이렇게 만든 것일까? 신자유주의 체제, 특히 금융 자본주의가 '일상의 금융화'를 만들어냈다는 사실을 기억하자. 일상의 금융화란 우리 삶이 자본 증식을 위한 논리를 지고의 가치로 여기게 되었다는 것이다. 크리스 하먼이 '좀비 자본주의'[25]라고 명명한 바로 이 체제는 우리를 숨은 쉬고 있지만, 사고와 판단을 하지 못하는 '좀비'로 만들어간다. 이런 맥락에서 사라, 재혁, 정희는 좀비가 되어가는 자기를 부끄러워하다가, 결국 좀비가 된 것이다.

소설에서 유일하게 좀비가 되지 않은 인물이 아영이다. 단 한 번도 자기의지로 어떤 일을 해 본적 없던 아영은 도끼로 좀비로 변한 부모님을 내려치고 파랑과 좀비 세계로 걸어간다. 사회에 적응하기 위해 애써온 친구들은 모두 좀비로 변해 파랑에게 잡아먹히고, 부모님의 그늘에서 소극적 삶을 살아온 아영이 파랑과 함께 모험을 떠나는 결말은 어떻게 이해할 수 있을까?

가상 세계란 자본 증식을 위한 또 다른 현실이란 사실을 기억해야

---

24 윤이형, 앞의 책, 128쪽.

25 크리스 하먼 저, 이정구·최용찬 역, 『좀비 자본주의』, 책갈피, 2012.

한다. 정보기술, 즉 IT사회로의 이동은 산업 자본주의 시대와는 전혀 다른 자본 증식의 패턴을 만들었다. 정보사회, 인지 자본주의 등의 용어로 설명되기도 하는 산업 자본주의의 진화는 지금도 계속되고 있다. 「이스투아 공원에서의 점심」에서 재현되는 가상공간은 피로 범벅이 된 사본의 세계였다. 이 세계에서 살아남기 위해서는 피를 흘리지만 죽지 않는 좀비(사본)가 되어야 한다. 아영은 부모의 그늘 속에서 "경제적 자립도 불가능했고, 혼자서 어떻게 삶을 꾸려가야 할지도 알 수 없었다."(135쪽) 다시 말해 아영은 자본과 기술이 결합된 그물망 바깥의 존재인 것이다.

아이러니하게도 현실에 적응하지 못했던 아영은, 바로 그 이유로 좀비가 되지 않을 수 있었다. 소설은 자본의 짝패로서 테크놀로지가 아닌 자본 바깥을 상상할 수 있는 기술을 사용할 수 있는 사람은 자본의 그물에 걸려있지 않은 사람이어야 한다는 명제를 제시한 것이다.

4. 동일한 연애-이성애/동성애의 경계

마지막으로 살펴 볼 문제는 이성애와 동성애의 경계이다. 동성애에 대한 사회적 합의는 여전히 요원한 일이다. 동성애를 지지하냐 아니냐는 익숙한 질문은 누군가의 성 정체성에 대해 가치판단을 내리는 행위이지만, 그간 보수 개신교를 중심으로 주장되어 온 동성애 반대에 많은 정치인들이 동조하며, 여전히 우리는 동성애를 찬/반의 시선으로 바라보는 것에 익숙하다. 이 난관을 어떻게 돌파할 수 있을까?

「루카」는 목사 아버지 밑에서 성장한 루카와 평범한 가정에서 성장한 딸기의 동성애를 다루고 있다. 설정부터 특정 종교를 떠오르게 만드는 「루카」는 두 사람이 연인 관계를 정리한 뒤에, 루카의 목사 아버지와 딸기의 시선으로 진행된다. 루카와 딸기는 그간 살아온 길이 너무 달랐다. 딸기는 커밍아웃 경험이 있고 매사 당당하게 자신의 신념에 따라 살아왔지만, 루카는 동성애가 용납되기 어려운 환경에서 성장했다. 루카에게 커밍아웃이란 "가족과 신앙, 가장 민감한 사춘기의 시간들을 같이 보내준 교회 공동체 사람들도 포기"(126쪽)하는 행위였다. 이들은 결국 이 격차를 극복하지 못하고 이별한다.

「루카」는 이러한 차이를 배경으로 목사 아버지에 주목한다. 아들이 죽고 아버지는 안식년을 맞아 떠난 부에노스아이레스에서 루한이란 시골에 위치한 동물원을 찾아간다. 먼 나라의 고속도로에서 길을 잃은 아버지는 교통사고로 죽은 루카를 떠올리지만, 진실은 아버지가 아들을 죽인 것이었다.

> 우리 안에 들어가 살아 있는 사자와 호랑이를 손으로 만지면, 그 정도로 무서운 경험을 하면 다른 무서움이 사라질 거라고 그는 생각한 것이었다. 그 다른 무서움은 그때까지는 아무리 발버둥쳐도 잡을 수 없던 그의 어떤 기억과 연결되어 있었다. 사랑하는 아들이 게이라는 사실과 자신이 한평생 속해 살아온 교회라는 두 세계를 그는 동시에 감당할 수 없었다. 그의 머릿속에서 어느 하나는 사라져야 했다. 네가 교통사고로 세상을 떠났다고 믿는 것으로 그의 혼란은 수습되었고 그의 건강을 염려한 주위 사람들은 그것을 문제 삼지 않았다. 그는 진심으로 애도했고 신으로부터 용서받았다. 그러나 이제 그는 갑자기 알게 된 것이었다. 살아 있는 아들을 죽은 사람이 되게 한 것은, 자신의 이성으로 하여금 받아들이기 더 쉬운 그 선택을 하게 한 것은 다름 아닌 자신이었고, 한평생 그토록 소중

하게 지켜온 자신이 믿음이었다.[26]

인용문은 목사 아버지가 평생 믿어온 신념이 무너지는 혼란을 극복하기 위해서 아들을 살해했음을 보여준다. 아버지의 신념, 그 자체가 잘못되었다는 말이 아니라 '동성애'라는 다른 세계를 배척함으로써 자기의 신념을 유지하는 '교회'의 구조가 문제이다. 하나의 구조를 이루는 자기의 세계와 다른 세계의 연결고리를 발견하지 못할 때, 다름은 틀린 것이 되고 선택의 문제로 변하게 된다. 이는 루카와 딸기가 이별을 한 이유와도 직결된다. 딸기는 '루카'라는 존재만을 사랑할 수 있다고 믿었지만, 사랑에는 각자가 그간 맺어온 삶의 네트워크와 경제적 능력이 결부되어 있음을 알게 된다.[27] '동성애'도 '이성애'와 별로 다르지 않았던 것이다.

이처럼 「루카」는 동성애를 비난하는 교회의 폭력성을 가시화하기보다는 다른 존재와 교류하지 못하는 인간에 대해 성찰한다. 딸기도 예외가 아니었다. 그는 자기 아들에 대해 무엇이든 말해달라는 아버지의 요구에 분노하며, "그가 너를 받아들일 수 없어 죽게 했다면 나 역시 내가 사랑하지 않는 너의 어떤 부분을 사랑한다고 말하면서 그

---

26 윤이형, 앞의 책, 2016, 147쪽.

27 이는 딸기의 다음과 같은 말에서 확인된다. "내가 너를 사랑하는 일에는 그 모든 것들이 관여하고 있었다. 나와는 달리 네가 신의 말씀을 들으며 자라났고 주일학교에서 아이들을 가르치며 대학생활을 했다는 사실이 관계되어 있었고 네가 너의 신에 대해 갖고 있던, 불편하지만 온전히 떠날 수는 없다는 태도가 관계되어 있었다. (중략) 내가 나의 정체성을 지키며 살기 위해 너의 경제적 도움을 얻지 않으면 안 된다는 사실이 관계되어 있었고 그 사실에 대해 내가 품는 감정이 관계되어 있었다." (윤이형, 위의 책, 145쪽)

저 시들게 놓아두기만 한 사람"(149쪽)이라고 생각한다. 루카와 자신의 다른 부분을 방치해서 결국은 결별로 이어졌던 과거에 대한 반성인 셈이다.

「승혜와 미오」는 레즈비언 승혜와 미오의 이야기이다. 미오는 자신의 정체성에 솔직하고 채식을 하는 사람이지만, 승혜는 아빠의 폭력을 견디며 자신을 키운 엄마를 생각해서 자기의 정체성을 솔직히 말하지 못하고, 영화 〈옥자〉를 보면서 잠시 '육식'의 문제점을 인지하지만, 이내 망각하고 살아가는 사람이다.

이들의 차이는 승혜가 '정상가족 이데올로기'에 젖어 있을지 모른다는 의심을 하면서도, 아이를 좋아하는 마음에 이호라는 아이의 베이비시터 일을 시작하며 표면화된다. 가족 제도에 거부감을 가지고 있었던 미오는 승혜의 행동을 이해할 수 없었기 때문이다. 미오가 이분법의 세계에서 살아남기 위해 정상이라 간주되는 세계와 적대하는 쪽을 취했다면 승혜는 두 세계가 공존할 수 있는 법을 고민한다. 그래서 승혜는 워킹 맘인 이호 엄마에게 공감하기도 한다.[28] 성 정체성이 중요한 것이 아니라 삶을 대하는 자세를 중요시했기 때문이다. 승혜는 자신에 대해 다음과 같이 생각한다.

세상에는 베이비시터 일을 할 만큼 아이를 좋아하는, 그러면서 별로

---

28 워킹맘의 모습으로 등장하는 이호 엄마를 보며 승혜는 다음과 같이 생각한다. "승혜의 눈에 이호 엄마는 최선을 다해 이를 악물고 삶을 살아내고 있는 것 같았다. 가끔은 까무러치기 직전으로 피곤해 보이기도 했다. 자신이 이호 엄마라면 결코 이만큼 해낼 수 없을 것 같다는 생각이 들었다. 아이를 키우는 삶이라는 건 부럽지만 그만큼 큰 대가를 요구하는 것이리라"(윤이형, 앞의 책, 2019, 38쪽)

> 그러지 않을 것처럼 생긴, 레즈비언도 있는 법이었다. 누군가는 그런 베이비시터는 없다고 주장할지 몰랐다. 그리고 누군가는 그런 레즈비언이 정말 있느냐고 의아해할지 몰랐다. 얼핏 생각하면 겹쳐질 수 없을 것 같은 두 세계 양쪽에 발을 한쪽씩 걸치고 살아보려고 애쓰는 것이 남들 보기에는 그저 우스꽝스럽거나 안쓰러울지도 몰랐지만, 승혜 자신에게는 몹시 혼란스럽고, 매 순간 이질감이 찾아들고, 결론적으로 제법 버거운 일이었다. 그리고 승혜는 스스로 남들의 시선이 조금도 섞이지 않은, 온전히 자기 자신만의 시선으로 살아가는 사람이 아직은 되지 못했음을 알고 있었다. 그 점이 미오와 승혜의 다른 점이었다. 하지만 승혜는 그런 사람이었고, 있을 수 있다거나 있어야 한다는 문제를 떠나 이미 그냥 그렇게 세상에 '있었다'.[29]

인용문에서 승혜는 정상과 비정상의 세계에 모두 걸쳐 있는 어려움을 드러낸다. 비정상으로 취급되는 사람들이, 미오처럼 자기의 신념으로 살아가는 것은 힘들지만 익숙한 일이다. 하지만 이런 방법으로는 이분법을 결코 극복하지 못한다. 미오와 딸기의 공통점은 자기 정체성에 대한 확고한 의지로 자신의 부모와 단절하고 그들만의 세계에 갇혀버렸다는 점이다. 물론 승혜와 루카의 우유부단이나 동성애를 혐오의 시선으로 바라보는 부모의 문제를 거론할 수 있겠지만, 그렇다고 단절로 이 문제를 해결할 수 없음도 자명하다.

따라서 필요한 일은 가족을 가족 이데올로기로 귀속시키지 않으면서, 우리 사회에서 의미 있는 공동체로 재발명하는 것이다. 「승혜와 미오」의 결말에서 승혜가 왜 여자 애인을 사랑하고 함께 사냐고 묻는

29 윤이형, 위의 책, 48~49쪽.

미오에게 미오의 엄마는 모르겠다고 답한다. 모르겠다는 중립적 표현으로 그냥 그 존재를 인정하길 바라는 것이다. 승혜는 "그냥 그렇게 세상에 '있었다'" 동성애자는 좋은 사람도 나쁜 사람도 아니고 우리 주변에 있는 누군가와 똑같은 사람일 뿐이다.

이처럼 「루카」와 「승혜와 미오」는 이성애의 폭력성을 강조하지 않는다. 오히려 동성애와 이성애의 공통기반인 '사랑'에 주목하여, 사랑을 나누는 주체의 사회적 네트워크를 보여주는 것에 집중한다. 주디 와이즈먼은 기술과 페미니즘의 관계성을 탐색하며, "기술은 언제나 사회-물질적 산물, 즉 기술 인공물, 사람, 조직, 문화적 의미 그리고 지식을 결합하는 이음새 없는 망 혹은 네트워크다."[30]라고 정의한 바 있다. 기술을 사람, 조직, 기계 등 각기 다른 대상을 연결시키는 네트워크로 본다는 것은 기술이 나와 타인, 그리고 각각의 문화적 환경을 연결하는 기반이란 의미이다. 그간 우리는 '사랑'이라는 이름 아래, 남성-여성의 연결에 방점을 둔 사고를 했다면 「루카」와 「승혜와 미오」는 동성을 연결하는 새로운 문화적 네트워크의 필요성을 역설한다. 이를 가능하게 만드는 사랑이란 이성애 중심의 가족을 만드는 감정이 아니라 다른 주체의 연결을 환기하며 새로운 조직론을 만드는 정념이다.

---

30 주디 와이즈먼 저, 박진희·이연숙 역, 『테크노페미니즘』, 궁리, 2009, 165쪽.

5. 글쓰기의 의미

지금까지 윤이형 소설에 나타난 인간/기계, 현실/가상, 이성애/동성애의 경계를 살펴보았다. 소설에 등장하는 여성, 노인, 동성애자는 각각의 경계를 확증하는 정치/경제적 구조에서 비인간으로 취급되던 존재였다. 소설은 이들을 가시화하며 신자유주의 체제를 살아가는 주체의 내면성을 부감하며 새로운 조직론을 제시한다.

그 조직론의 시작은 우리 몸에 새겨진 타인에 대한 배제와 혐오의 시선을 인식하는 것이다.

각각의 소설에서 발견했듯, 1997년 IMF 이후 전면화된 신자유주의 체제와 인터넷 문화의 교직 과정 속에서 우리는 기술과 자본을 경제 성장이란 목표로 귀결시켰다. 타인은 비교·경쟁의 대상이었으며, 자본을 얻기 위한 위선은 현실의 논리로 합리화되었다. 이런 일련의 과정에서 여성, 노인, 동성애자는 보통 비가시적 영역에 위치했다. 2010년대 이후 창작된 윤이형의 소설은 비가시적 영역에 위치한 존재를 맥락화하며 그간의 정치적/경제적 구조에 의문을 제기한다.

혐오의 시선을 인식하고 새로운 네트워크를 형성하기 위해서는 사이보그/인간이 아니라 '사이보그 인간'에 대한 이해가 필요하다. 가령 「큰 늑대 파랑」에서 정희가 느꼈던 '부끄러움'과 「대니」와 「승혜와 미오」에서의 '사랑'에 주목할 필요가 있다. 경제적 가치로 수렴하는 자신에 대한 부끄러움과 비인간과 인간의 사랑은 불안정한 주체의 모습을 극복하고 타인과 연결될 수 있는 소중한 정념이기 때문이다.

마지막으로 윤이형은 이를 위한 구체적 실천으로 글쓰기에 주목했다는 사실을 강조하고 싶다. 「로즈 가든 라이팅 머신」은 기계의 글쓰기라는 주제를 통해 테크놀로지와 인간의 공존에 대해 발언한다. 소설에는 작가가 꿈인 몽식과 이비가 등장한다. 이비는 작가로 등단도 못하고 경제적 어려움까지 겹치자 글쓰기를 중단한다. 반면 몽식은 여유로운 경제 환경에서 점점 글쓰기가 좋아진다. 어느 날 이비는 몽식의 글쓰기 좋아지게 된 진실을 알게 된다. 'Rose Garden'이라는 프로그램이 깔린 노트북이 몽식이 쓴 비극적인 내용을 희망적인 것으로 뒤바꿔놓았던 것이다. 소설가를 꿈꾸는 사람으로서 매혹을 느끼지 않을 수 없는 프로그램을 놓고 두 사람은 갈등한다. 비판적 현실인식을 가지고 있었던 몽식은 자신의 글이 프로그램을 거치며 아름답게 변한 것에 혼란을 느낀다. 기계로 인해 비극/희극의 경계에서 혼란을 겪던 몽식은 다음과 같은 생각을 하게 된다.

> 정신을 차리고 보니 …… 내가 저기 핀 장미꽃들을, 그러니까 아까 갈라트레스 같은 단어들을 보면서 딴생각을 하고 있는 거야. 갈라트레스? 그게 뭐지? 아무 의미없는 음절들을 참으로 생각없이 조합해놓은 것 같군, 이렇게 생각하면서도, 동시에 갈라트레스? A의 영혼이 갈라트레스에 왜 가지? 가서 뭘 하지? (중략) 뭐 이런 식으로, 수도 없이 하고 있었어, 상상을. (중략) 글을 계속 들여다보고 있자니, 어느 순간부터 이런 생각이 들었어. 그 두 개가 같이 존재하게 할 수는 없나? 이것도 진실이고, 저것도 진실이게 만들 수는 없을까?[31]

인용문은 기계가 몽식의 사고에 변화를 주었음을 보여준다. 자신이 거짓된 글을 쓰고 있다는 몽식의 생각은 기계를 매개로 진실/거짓

---

31 윤이형, 앞의 책, 2011, 258~259쪽.

이 공존할 수도 있다는 것으로 바뀌게 되었다. 진실/거짓이 공존할 수 있다는 것은 현실/가상의 경계가 흐릿해졌다는 의미이다. 지금까지 살펴 본 소설들에서 확인했듯 현실/가상의 경계가 사라지는 과정은 경제 시스템 바깥의 존재를 경유할 때 이루어질 수 있다. 신자유주의 체제 하에서 현실은 자본을 위한 가치가 선으로 작동하는 곳이다. 보통의 사람은 이 세계에 적응하기 위해 부끄러움을 잃어가고, 선과 악이 뒤바뀌는 현실에 익숙해진다. 「큰 늑대 파랑」의 주인공들이 처한 현실과 정확하게 겹친다. 이런 맥락에서 몽식은 현실을 비극적으로 인식했을 것이다. 하지만 과학기술이 다른 방식으로 작용할 수 있다면 상황은 역전된다. 이비는 "가짜를 진짜가 되게 하는 게 글쓰는 사람이 할 수 있는 일 중 하나"(266쪽)라는 편지를 남기고 떠난다. 이후 몽식은 등단을 했으며, 이비는 기계와 몽식을 떠올리며 글을 쓰기 시작한다.

비참한 현실을 긍정적으로 묘사한 글에서 우리는 두 세계의 격차와 그 원인에 대해 생각할 수 있다. 다시 말해 글쓰기는 경제 시스템에 의해 구축된 현실/가상의 경계에 대해 질문하고 새로운 세계를 향해 나갈 수 있는 실천적 행위인 것이다.[32] 지금까지 살펴보았듯 윤이형은

---

32 여기서 글쓰기에 대한 해러웨이의 다음과 같은 언급을 참고할 수 있다. "글쓰기는 구술 문화와 문자 문화, 원시적 사고방식과 문명화된 사고방식을 구분하는 서구 신화에서 결정적 위치를 차지해왔고, 더 최근에는 일신론적·남근적·권위주의적·단독적인 작업, 즉 유일하고 완벽한 이름을 경배하는 서구의 남근 로고스 중심주의를 공격한 "포스트모더니즘"이론을 거쳐, 문제의 이분법들이 붕괴되는 데도 결정적인 역할을 담당했다. (중략) 사이보그 글쓰기는 본원적 순수함이라는 기반 없이, 그들을 타자로 낙인찍은 세계에 낙인을 찍는 도구를 움켜쥠으로써 획득하는 생존의 힘과 결부된다."(도나 해러웨이 저, 황희선 역, 앞의 책, 72쪽.)

글쓰기를 통해 테크놀로지와 현실의 역학관계를 누구보다 예리하게 성찰하고 있는 작가이다. 이제 우리 사회에서 테크놀로지는 모두의 존재론적 터전이 되었다. 기계 없는 일상은 상상조차 불가능한 시대이다. 과거보다 편리해진 것이 사실이지만, 동시에 우리는 불안과 혐오의 감정을 더 많이 느끼고 있다. 이런 상황에서 윤이형의 소설이 '사이보그'에 대한 기존의 통념을 전도하며 제안하고 있는 새로운 네트워크의 구상이 갖는 의미는 적지 않을 것이다. 경계를 허물고 횡단하는 주체로서 자기의 가능성을 확보하는 일이 중요하다.

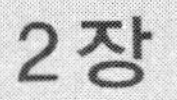

2장

문학으로 재현된 여성의 목소리, 다시 듣기

<지장본풀이>의 공간과 의미 층위

권복순

1. 들머리

〈지장본풀이〉는 제주도 일반신본풀이에 속해 있지만 주인공의 정체성 뿐 아니라 신화적 의미에 대한 해석상의 어려움이 있어 연구가 필요한 실정이다. 이 글은 텍스트 자체의 존재 가치를 인정하여 층위별 다른 공간 분석을 통해 신화에 반영된 세계관을 규명하는 것을 목표로 한다.

일반적으로 무속 신화는 전반부의 내력담이, 후반부의 결과담에 대한 논리적 근거를 부여하는 장치로 작용한다. 이에 반해 〈지장본풀이〉는 죽음과 의례를 거쳐 환생에 이르는 일련의 과정이 이질적인 삽화의 조합으로 이루어져 있어 해석상의 어려움이 뒤따른다. 특히 다른 신화의 주인공과 달리, 죽어 '새'로 환생한 결과담으로 인해 신의 정체성에 대한 논란이 끊임없이 일어나고 있다. 이 신화가 현재 제주도 큰굿에서 연행하고 있는 점을 감안할 때, 굿에서 중요한 몫을 담당하는 신화에 대한 전반적인 재조명이 필요하다.

〈지장본풀이〉에 대한 연구는 다른 일반신본풀이와 비교할 때 상대적으로 저조하다. 그 이유는 이 신화가 일정한 율격을 갖추고 있어서, 현장에서 심방이 가창하기 위한 기능이 강화되어 있을 뿐만 아니라 내용면에 있어서도 의례담이 많은 비중을 차지하고 있어 다른 삽화간의 인과 고리를 찾기가 쉽지 않기 때문이다. 이런 사정으로 연구 방향은 가창 방식이나 제의와의 관련성, 그리고 환생담에 치우친 경향이 있다. 이 글에서 관심을 가지는 것은 형식이나 제반(諸般)요소보다는 서사적 측면이다. 현용준[1]은 '새'가 실재의 새가 아니라 인간에게 재해(災害)를 주는 사기(邪氣)임이 분명하다고 주장한다. 이 사기의 '사'가 '새'의 음과 비슷하기 때문에 새로 변화시켜 가상의 새(鳥)나 실재의 새를 혼용하여 나열한다고 보고, 제의에서 쫓아버려야 할 잡귀로 보았다. 전주희[2]는 현용준의 논의에서 범위를 확대하여 신화와 제의의 관계 속에서 새의 의미를 찾고자 하였다. 여기서 새는 '부정'의 의미를 지닌 존재라는 것에 대해서는 현용준의 의견에 동조하면서도, 새의 의미를 윤리도덕적인 차원보다는 신화적으로 해석하면서 신화와 제의와의 관련성을 '정'과 '부정'의 끊임없는 갈등을 해결하는 기능이 있다고 보았다. 신소연[3]은 동일 유형 구비서사시와 대비를 통해 지장 아기씨의 정체성을 밝히고자 했다. 즉 구비서사시의 주인공들이

1 현용준, 『제주도 신화의 수수께끼』, 집문당, 2005.

2 전주희, 「제주도 서사무가〈지장본풀이〉의 신화적 의미 연구 –'지장'과 '새'의 의미를 중심으로–」, 『한국민속학』 31, 한국민속학회, 2015.

3 신소연, 「〈지장본풀이〉 서사와 의례 연구 –동일 유형 구비서사시와의 대조를 중심으로–」, 『한국무속학』 40, 한국무속학회, 2020.2.

모두 무주고혼의 존재이고 지장아기씨는 비극적 삶을 살다간 점에서 유사성이 있는 존재로 보았다.

위 논의들에서 발견할 수 있는 공통점은 연구 방법상의 차이가 있음에도 불구하고 지장의 근원을 '부정한 것'으로 보고자 했음을 알 수 있다. 이와 같은 관점은 텍스트를 고려할 때 재고의 소지가 있다. 즉 결과담인 '새'의 의미나 외부와의 관련성에 치중하여 의미를 찾을 뿐 '왜 새가 되었는가'에 대한 근거를 찾아볼 수 없다는 것이다. 〈지장본풀이〉 결과담에서 이 점을 분명하게 밝히고 있다. 즉 지장 아기씨가 '새'로 환생한 근거는 "인간 세상에 살아서 좋은 일 하여서, 죽어서 갈 때 새몸에 환생하더이다"라는 대목을 주목할 필요가 있다. '인간 세상에 좋은 일 하는 것'과 '부정한 것'은 등가적 관계가 아니라는 점에서 의미상의 모순이 발견된다.

한진오[4]는 2008년에 채록한 두 편의 새로운 자료를 대상으로 '새'의 정체성을 밝히고자 하였다. 논지를 간추리면 지장은 사후(死後)에 새로 환생한 것이 아니라 돌부처로 환생해 서천꽃밭에 좌정한 것으로 나타난 것이며 이 돌부처에게 날아들어 해코지를 하는 새를 내쫓아내자는 것이 〈지장본풀이〉 의례의 전후맥락에 지니는 의미라고 해석하였다. 의례에 대한 해석은 전주희와 같은 논지를 취하고 있으나 인물의 기능에 대해 혼선을 초래할 여지를 남긴다. 지장이 돌부처로 환생한다면 텍스트상 지장의 탄생에 관여하는 부처가 따로 있는데, 이 부처는 발신자로 존재하기 때문에 주체인 지장과 동궤 선상에 놓고 보

4 한진오, 「〈지장본풀이〉에 담긴 수수께끼와 연행방식 고찰」, 『탐라문화』 35, 제주대학교 탐라문화연구원, 2009.

기 어렵다는 점에서 과제를 남긴다.

고은영[5] 은 〈지장본풀이〉의 끝부분에 삽입되어 있는 새ᄃ림 말명은 제주도굿과 연관지어 볼 때 초감제 새ᄃ림의 기능은 제장을 정화시키는 기능인데 이것이 가능한 이유가 지장아기씨가 정성으로 굿을 행하였기 때문에 가능하다고 보았다. 이 논의는 굿과 관련시켜 초감제 새ᄃ림에 나오는 새는 지장 아기씨이며 〈세경본풀이〉의 서수왕딸애기로 혼동될 우려가 있으나 그것은 본초적인 새의 모습으로 지장아기씨 이전에 존재하는 새로 보았다. 이 연구에서 주목할 수 있는 것은 새ᄃ림의 기능에서 지장 아기씨의 정체성을 규명하고자 한 것과 지장 아기씨의 정체성을 존재 변화에 따른 입체적인 인물로 보았다는 점에서 유의미한 결과를 도출하였다. 김헌선[6]은 지장 아기씨의 속성을 성과 속이 배치되지만 속의 면이 더 많은 인물로 보고 이 신화를 가창하는 시왕맞이굿이 본토에서 찾아볼 수 없는 독자적 구비적 창조와 변형으로 보았다.

이 연구는 앞선 연구 성과를 바탕으로 본풀이가 굿에서 중요한 몫을 차지하고 있는 점에 주목하여 텍스트 가치를 중시하는 존재론적 관점에서 접근하고자 한다. 이렇게 접근하고자 하는 까닭은 굿이 본풀이에 기대어 생명력을 유지하기 때문이다. 존재론은 작품을 하나의 텍스트라 할 때, 텍스트는 부분과 부분의 통합체[7]로 보는 것이다. 따

5 고은영, 「지장본풀이 서사구조와 새ᄃ림 말명 삽입의 의미」, 『탐라문화』 53, 제주대학교 탐라문화연구원, 2016.

6 김헌선, 「제주도 지장본풀이 가창방식, 신화적 의미, 제의적 성격 연구 -특히 시왕맞이의 지장본풀이를 예증삼아」, 『한국무속학』 10, 한국무속학회, 2005.8.

7 조동일, 『문학연구방법』, 지식산업사, 1979, 134쪽.

라서 공간 층위의 꼼꼼한 분석을 통해 전체적인 신화의 속뜻을 밝히고자 한다. 기대하는 연구 성과에 이르기 위해 서사가 풍부하고 체계적 구성이 돋보이는 안사인 구송의 제주도무가[8]를 대상으로 한다.

2. 이야기 짜임새

〈지장본풀이〉는 텍스트에 초점을 맞출 때, 이질적인 삽화의 조합[9]으로 구성된 서사체다. 중심 화소를 살펴보면 죽음, 의례, 환생을 주축으로 하고 있다. 또한 부분적으로 다른 신화의 화소와 겹치는데 특히 〈세경본풀이〉와 겹치는 화소가 많아서 〈지장본풀이〉 형성 과정에 일정한 영향력을 미친 것으로 추정할 수 있다.[10] 이 장에서는 본격적 공간 분석에 앞서 인물의 일대기 구조를 살펴보고자 한다.

인물의 일대기는 시간의 흐름에 따라 전개되고 있는데, 연구의 효

8 현용준·현승환 역주, 『제주도 무가』, 민족문화연구소, 1996쪽.

9 슈클로프스키에 따르면 〈지장본풀이〉는 '연접'과 '조합'을 혼용하여 사용하고 있지만 조합의 의미가 더 강조되어 있다고 볼 수 있다. 슈클로프스키는 설화가 장편소설의 형성 과정에 일정한 몫을 담당했다고 주장한다. 그는 "장편소설이 하나의 형식으로서 확립되기 오래 전부터 설화들의 모음집이 존재했었다고 말한다. 그는 이 초기의 형식들에서 '기인한다'고 주장하지는 않으나 고대의 설화모음집에서 발견되는 구성의 원칙들은 장편소설에서 발견되는 것들을 예기한다고 말한다. 그는 두 가지 유형의 구성, 즉 연접(linking)과 조립(framing)을 구별하고 있다. (Robert Scholes 저, 위미숙 옮김, 『문학과 구조주의』, 새문사, 1987, 92쪽)

10 각 본풀이에서 화소가 겹치는 현상을 감안할 때, 각 본풀이에 등장하는 인물도 일정한 관련성을 맺고 있음을 추정할 수 있다. 본 연구에서는 서사체 전반에 관한 구조분석을 통해 신화적 의미를 규명하는 것이 목적이므로 작품별 수수관계와 형성 과정에 관한 본격적인 연구는 다음 기회로 미루고자 한다.

율성을 위해 되도록 텍스트[11]상의 용어를 그대로 활용하고자 한다.

Ⅰ. 초년기(1-3세)

① 자식이 없던 남산과 여산이 절에 가서 정성껏 기자 치성을 올리니 지장 아기씨 태어나다.

② 한 살 나는 해 어머니 무릎에서, 두 살 나는 해 아버님 무릎에서, 세 살 나는 해 조부모 무릎에서 재롱을 떨다.

Ⅱ. 성혼기(4-19세)

Ⅱ-1. 성장기(4-14)

③ 네 살 나는 해 할머님 할아버님, 다섯 살 나는 해 아버지, 여섯 살 나는 해 어머님 돌아가시다.

④ 외삼촌댁으로 수양딸로 가니 개 먹던 접시에 밥을 주면서 구박을 받다.

⑤ 옥황의 부엉새가 날아와 날개로 보호하며 하늘이 밥 주고 하늘이 옷 주고 하다.

Ⅱ-2. 혼인기(15-19)

⑥ 착하다는 소문이 동서로 나서 열 다섯 살에 서수왕 남편의 문수의 댁에서 문혼장을 보내와 혼인을 하고 많은 재산을 물려 받다.

⑦ 열여섯 나는 해 시할머니 시할아버지, 열일곱 나는 해 시아버지, 열여덟 나는 해 시어머니 열아홉 나는 해 낭군님과 아들까지 죽다.

---

11 "대사야 소사야/ 가는 길 멈춰서/
나 팔자 봐 주십시오/나 사주 봐 주십시오/
대사야 소사야/원천강 사주역/걷어 가는군/
지장의 아기씨/**초년은 좋습니다/만년은 나쁩니다/**
……
전새남굿을 하십시오/후새남굿을 하십시오.

⑧ 못된 시누가 구박을 하다

Ⅲ. 의례기
⑨ 주천강 연못에 빨래를 하러 가서 대사와 소사를 만나 사주팔자를 묻다.
⑩ 대사와 소사가 초년은 좋고 만년은 나쁘다는 사주팔자를 말해주면서 죽은 이들을 위해 굿을 하라고 말하다.
⑪ 서천강 뜰에 뽕나무를 심고 누에를 키워서 명주를 짜고 음식을 만들어 여러 신들을 청하여 죽은 이들을 위해 굿을 하다.

Ⅳ. 환생기
⑫ 인간에 살아서 좋은 일 하고, 죽어서 갈 때 새 몸에 환생하다.
⑬ 요 새가 들어서 풍운조화를 불러주고, 이 새를 쫓자 주워서 다 쫓아가다.
⑭ 어느 곳에서나 어느 때나 오는 액연 막아주기를 청하다.

전반적 특성을 살펴보면 Ⅰ·Ⅱ에서는 행적보다는 시간이 지배적 요소로 작용한다. 반면 Ⅲ·Ⅳ에서는 시간보다 인물의 행적이 강조되어 있다. 서사는 크게 Ⅰ초년기 – Ⅱ 성혼기 – Ⅲ 의례기 – Ⅳ 환생기로 나눌 수 있다. Ⅰ은 탄생과 더불어 3세까지에 해당하는 시기이다. 주인공의 탄생담을 살펴보면 지장 아기씨는 부처의 공덕으로 태어난 존재다. 부처의 공덕으로 태어난다는 점에서 〈세경본풀이〉의 자청비와 비슷하다. 하지만 부처에 대한 부모의 태도에 따라 지장 아기씨는 부모로부터 축복을 받고, 자청비는 딸로 태어나는 바람에 서운함을 안겨준다.

Ⅱ의 성혼기는 성장기와 혼인기를 합친 시기로서 네 살부터 열아홉

살까지에 해당한다. 이 시기에 주인공은 성장을 거쳐, 혼인을 하게 되는데 초년기에 가족들로부터 축복을 받은 것과 달리, 주인공의 나쁜 운수로 인해 친정과 시댁의 가족들이 죽음에 이르게 됨으로써 주변 친척들로부터 구박을 당한다. 논의의 편리상 혼인기에서 구박을 당하는 부분만 제시하고자 한다.

> 열여섯 나는 해/시할머니 시할아버지/오도독 죽는구나/
> 열일곱 나는 해/시아버지까지도/ 죽어 버리는구나/
> 열여덟 나는 해/ 불쌍한 시어머니/ 죽어버리는구나/
> 열아홉 나는 해/불쌍한 낭군님/오독독 죽으니/
> 아들까지/ 다 죽어 가는구나/[12]

구박을 하는 사람의 측에서 보면 지장 아기씨는 세속 사람들에게 해를 끼치는 적대자에 해당한다. 정작 자신조차도 왜 이런 일이 일어나는지 알지 못하기 때문에 자신의 존재에 대해 강한 의문을 가지는 시기에 해당한다. 이 의문은 다음 시기에서 해소된다.

Ⅲ의 주요 화소는 의례다. 의례는 '정화'의 상징성을 띠고 있지만, 이 사건 이전에 빨래가 복선 장치를 마련한다. 의례는 〈초공본풀이〉〈사만이본풀이〉에서도 찾아볼 수 있고 빨래 화소는 〈세경본풀이〉와 겹친다. 특히 빨래 사건은 지장 아기씨나 자청비가 새로운 존재로 거듭나는데 결정적인 역할을 한다. 〈지장본풀이〉에서 빨래 화소는 몇 번이나 반복된다.

---

12 현용준·현승환 역주, 위의 책, 187쪽.

1)
지장의 아기씨/대바구니에/
한두 살 때 입던 옷/거두어 들여서
주천강 연못에 빨래하러 가더군/
빨래를 하노라니/동쪽에서 오는 것은/대사가 오고/
서쪽으로 오는 것은/소사가 오고/
2)
지장의 아기씨/젖은 빨래를/
거두어 들여서/돌아오는군/
3)
지장의 아기씨/물명주 강명주/짜 가는구나/
주천강 연못에/빨래하러 가는구나/

위의 내용은 빨래 화소만 나온 대목을 순차적으로 갖추린 것이다. 각 항마다 의미상 조금씩 차이가 난다. 1)은 한두 살 때 입던 옷을 빨러 가는 것이고 2)에서는 젖은 빨래를 거둔다. 3)은 새로 짠 비단을 빨래하러 가는 장면이다. 각 장면마다 서사의 흐름에 따라 각각 다른 복선을 깔고 있다. 전체 맥락상으로 볼 때 한 두 살에 있던 옷을 빨래하러/젖은 빨래를 거두어 들여서/ 새로 짠 비단을 빨러 가는 행위는 다분히 주인공의 존재 변화와 밀접한 관련이 있다.

인물의 행위를 두고 볼 때 Ⅱ에서는 세속에서 구박을 받던 시기이고 Ⅲ에서 빨래를 계기로 능동적 인물로 전환하는 시기이다.[13] 의례담

---

13 〈지장본풀이〉에서 '빨래'는 주인공의 성격 변화를 상징하는 모티프라 할 수 있는데, 빨래 모티프는 서사민요, 서사무가, 설화에서 두루 찾아볼 수 있다. 서사무가 〈바리데기〉에서 '빨래' 모티프는 바리가 샤만으로서의 통과의례적 의례를 상징적으로 집약한 것으로 보이며 이 의미가 설화인 〈구렁덩덩신선비〉에서는 시련을

은 굿을 행할 시에 심방의 교본서로 삼을 만큼 준비부터 절차까지 상세하게 묘사되어 있으며, 텍스트상 많은 비중을 차지한다. 이 화소는 〈지장본풀이〉뿐만 아니라 〈초공본풀이〉 〈사만이본풀이〉에서도 나오지만 〈지장본풀이〉에서 훨씬 상세화되어 있으면서 체계적인 구성이 돋보인다.

Ⅳ에서는 '새로 환생하였다'가 주목을 끈다. 이 대목에서 새를 새(邪氣)로 보느냐 또는 새(鳥)나 부처로 보느냐에 관해 논란이 일어나고 있는 단락이다. 이뿐만 아니라 주인공의 의외성은 환생기에서 나타나는데 다른 본풀이의 주인공과 달리 죽음이 있고 환생을 한 만큼 정체성에 대한 면밀한 탐구가 필요하다.

3. 공간의 순환성

〈지장본풀이〉 서사 구조는 큰 틀에서 보면 시간의 흐름을 따르고 있지만, 의미론적 접근에 있어서는 공간을 주목할 필요가 있다. 바흐찐[14]은 문학 작품 속에 존재하는 시간과 공간의 지표들이 예술적으로

거쳐 여성성을 획득한다는 의미로 이어짐을 알 수 있다. (신연우, 「구비서사에 나타난 '빨래' 모티프 비교 연구 -〈바리데기〉,〈진주낭군〉,〈구렁덩덩신선비〉를 중심으로-」, 『민속연구』 33, 2016, 184쪽)

14 바흐찐은 문학작품 속에서 예술적으로 표현된 시간과 공간 사이의 내적 연관을 '크로노토프'(chronotope)(문자 그대로 '시공간(視空間'이라는 의미를 지닌다)라고 하였다. 시공간이라는 이 용어는 수학에서 사용되고 있는 용어로서 아인슈타인의 상대성 원리의 일부로 도입되어 변용된 용어이다. 문학 예술 속의 크로노토프에서는 공간적 지표와 시간적 지표가 용의주도하게 짜여진 구체적 전체로서 융합

결합한 내적 관계를 '크로노토프'라고 명명하였다. 그는 주인공들이 모험을 실현할 때 시간적 연쇄를 구성하는 공간과 시간 사이의 기술적이고 추상적인 연관 관계, 그 시간적 연쇄를 구성하는 계기들 사이의 전환 가능성 및 공간의 교환 가능성의 특징[15]을 포착하였다. 〈지장본풀이〉의 시간과 공간도 내적으로 용의주도하게 짜여 있다. 시간은 기술적으로 서사 전개를 이끌어가는 기능을 하며 현장에서 심방이 구송을 할 때 기억의 편리성을 위한 기본적인 서사 장치로 작용한다. 그러나 의미론적 접근에 있어서 〈지장본풀이〉는 시간보다 공간이 더 지배적인 역할을 한다고 볼 수 있다.

이 장에서는 앞 장에서 4분기로 나눈 결과를 바탕으로 공간적 특성에 따라 세속계 – 의례계 – 환생계로 묶고자 한다. 이에 따르면 Ⅰ·Ⅱ는 세속계, Ⅲ은 의례계, Ⅳ는 환생계다. 이렇게 묶은 공간을 관계 양상에 따라 더 큰 단위로 묶으면 세속계와 의례계는 분리의 공간이고, 환생계는 결합의 공간에 해당한다. 이 때 결합의 공간은 주인공의 과거에 해당하는 두 공간계의 속성이 내재되어 있는 공간이라 할 수 있다. 분리 공간과 결합 공간은 따로 존재하는 공간이지만, 주인공의 환생을 분기점으로 순환의 공간으로 변화하는 특성을 보인다. 이해를 돕기 위해 공간 특성에 따른 관계 양상을 도식화하면 다음과 같다.

된다. 말하자면 시간은 부피가 생기고 살이 붙어 예술적으로 가시화되고, 공간 또한 시간과 플롯과 역사의 움직임들로 채워지고 그러한 움직임들에 대해 반응하게 된다. 이러한 두 지표들간의 융합과 축의 교차가 예술적 크로노토프를 특징짓는 것이다. (미하일 바흐찐 저, 전승희·서경희·박유미 옮김, 『장편소설과 민중언어』, 창작과 비평사, 1998, 260~261쪽)

15 바흐찐, 위의 책, 279쪽.

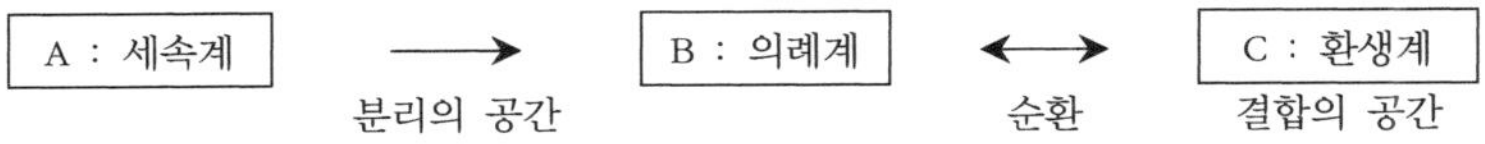

A : 세속계	⟶	B : 의례계	⟷	C : 환생계
	분리의 공간		순환	결합의 공간

1) 분리의 공간

분리의 공간에서 A와 B를 분리하는 사건은 주인공이 주천강 연못에 빨래를 하러 가서 대사와 소사를 만나게 되면서부터다. 주인공은 집 밖의 외부 세계에서 스님들의 만남을 계기로 세속계 인물에서 의례계의 인물로 변화한다. 존재의 변화에 따라 공간 층위도 각각의 특성을 지닌 A와 B로 분리된다. 이 때 시간과 공간은 유기적인 것이 아니라 순전히 기술적인 것이다. 모험이 전개되기 위해서는 공간이 그것도 매우 넓은 공간이 필요하다. 사건들을 지배하는 우연성은 일차적으로는 거리라는 기준에 의해, 다른 한편으로는 근접성이라는 기준에 의해 축적되는 공간과 불가분의 관계에 있다.[16]

분리 공간의 출발점은 세속계다. 이 공간은 주인공이 태어나고 자라고 결혼을 하는 공간이며, 보편적 인간의 삶을 영위하는 공간이다. 이 공간에서 주인공은 열아홉 살까지 사는데 친정 시댁을 비롯한 삼대기에 걸친 죽음을 보고 자신의 사주팔자에 대해 강한 의문을 가진다. 텍스트에는 주인공이 자신의 존재에 대한 의문과 더불어 이에 대한 주변 사람들의 반응이 고스란히 나타나 있다.

---

16 바흐찐, 위의 책, 278쪽.

①
내 몸의 팔자여/ 내 몸의 사주여/ 어디로 갈까/
동네에 친척/외삼촌댁으로/수양딸로 갔더니/
가는 날부터/개 먹던 접시에 밥을 주는구나/[17]

②
이 몸의 팔자여/이 몸의 사주여/어디로 갈까나/
지장의 아기씨/시누이 방으로/한 지장 넘으니/
시누이 못된년/ 잡을 말 하더군[18]

①은 혼인 전이며 ②는 혼인 후에 일어난 사건이다. 죽음은 삼대기에 걸쳐 잇달아 반복되며 이로 인해 지장 아기씨는 심한 구박을 받는다. ①과 ②에서는 주인공이 구박을 받는 점이 강조되어 있는데 다만 주체가 다를 뿐이다. 세속계에서 친척들이 지장 아기씨를 구박하는 것은 당연하다고 볼 수 있다. 세속계에서 죽음은 개체의 소멸을 뜻하는 흉험한 사건이기 때문이다.

의례계는 세속계에 존재하면서도 다른 공간이다. 이곳에서 지장 아기씨는 공간의 전환으로 구박받던 수동적 인물에서 벗어나 굿을 주관하는 능동적 인물로 변화한다. 굿을 하는 제의의 공간은 세속계에 위치해 있지만 별도의 공간이다. 이야기 속의 일상과 비일상적인 시·공간의 교차는 제의(祭儀)의 시·공간과 유사성을 띤다. 제의 장소는 일상적인 시공간에서 행해지지만 금(禁)줄을 치고 황토를 펴서

17 현용준·현승환 역주, 위의 책, 185쪽.
18 현용준·현승환 역주, 위의 책, 187쪽.

세인의 출입을 금지하면 초월적 공간으로 바뀐다.[19]

초감제 시루떡이요/초궁전 시루떡이요
시왕전 삼궁전/올려 가는구나/
영혼님 차사님/올려가는구나/
다 올려놓고서/전새남굿을 하는구나/후새남굿을 하는구나[20]

이 공간에서 주인공이 맡은 임무는 죽은 영혼들을 위해 전새남굿과 후새남굿을 해 주는 것이다. 이 영혼들을 위해서 주인공은 정성을 다하여 굿을 행하는데 주인공이 굿을 하게 된 계기는 빨래를 하러 가서 만났던 대사와 소사를 만나 자신의 사주팔자를 듣게 된 것이고 굿을 하는 대상은 자신으로 인해 죽은 이들을 위해서이다.

2) 결합의 공간

결합의 공간은 주인공이 죽어 환생한 공간이면서도 지나온 분리의 공간과 끊임없이 순환이 이루어지는 공간이다. 환생은 과거 주인공의 행적과 연속 선상에 있으므로, 공간도 당연히 주인공의 과거와 동궤(同軌) 선상에 있다. 이 공간은 주인공이 죽은 다음에 환생한 공간이기 때문에 저승과 엄연히 다른 곳이다. 환생의 의미를 떠올려 볼 때 이 공간은 주인공이 생전의 시공간을 거쳐와 머무는 공간이기 때문에, 분리 공간의 특성이 내재된 공간으로 볼 수 있다. 따라서 이 환생계와 환생 이전의 공간은 동시성이 있으면서도 다른 차원의 공간이라 할

---

19 김태곤, 「韓國 巫俗의 原型硏究」, 『무속신앙』, 민속학회편, 교문사, 1989, 308쪽.
20 현용준·현승환 역주, 위의 책, 193쪽.

만하다. 〈차사본풀이〉〈사만이본풀이〉를 비롯한 몇몇 신화에서 공간은 이승과 저승이 뚜렷한 경계를 이룬다. 그러므로 이승과 달리 저승을 다스리는 염라왕이 따로 있다. 그런데 〈지장본풀이〉의 공간은 신화의 주인공이 죽어서 환생하는 공간이다. 이 공간은 〈차사본풀이〉에 존재하는 저승과 같이 다스리는 존재가 따로 없으며 주인공이 새몸에 환생하여 머무는 공간으로 분리의 공간과 밀접한 관련성을 지닌다. 주인공의 존재 변화는 공간의 층위를 달리하면서 이루어진다.

주인공의 공간에 따른 존재 변화를 살펴보면 분리의 공간에서 일차적인 변화가 이루어지고, 결합의 공간에서 이차적인 변화가 이루어진다. 주인공의 신직 활동을 하는 주무대는 어느 공간계만 해당하는 것이 아니라 분리의 공간과 결합의 공간을 넘나들며 활동을 하고 일회성이 아니라 영속성을 지닌다는 점에서 순환적 특성을 보인다.

4. 존재 변화의 속뜻

주인공의 존재 변화는 공간의 층위와 밀접한 관련성이 있다. 결론적으로 분리의 공간에 함축된 신화적 의미는 신직의 뿌리를 알고 통과의례를 거치는 곳이며 결합의 공간은 분리의 공간을 거쳐 신능의 완성을 이루는 세계이다. 공간에 따른 존재 변화의 속뜻을 구체적으로 살펴보기로 한다.

1) 신직의 뿌리

공간계에 따른 주인공의 존재 변화 가운데 신직의 뿌리를 찾기 위해서 문답의 해설적 기능을 통해 신화적 의미를 밝히고자 한다. 먼저 주인공의 정체성을 암시하는 복선은 분리의 공간에서 점층적으로 나타난다. 주인공은 부처의 공덕으로 태어난 귀한 자식이다. 주인공이 인간다운 삶을 살았던 기간은 태어나서부터 세 살까지에 해당한다. 이 시기는 세속의 여느 사람과 마찬가지로 부모나 조부모의 무릎에서 어리광을 부리면서 살던 시기이다. 그런데 네 살부터 여섯 살까지 영문도 모른 채 가족들의 죽음이 반복적으로 일어난다. 이 과정에서 주인공은 "내 몸의 팔자여/ 내 몸의 사주여/어디로 갈까/"를 되뇌이며 자신의 사주팔자에 대해 강한 의문을 품는다.

주인공은 나쁜 사주팔자로 인해 가족을 잃은 채 근처 외삼촌 댁 수양딸로 들어가는데 그 곳에서 심한 구박을 받는다. 여기서 주목할 만한 점은 천애 고아인 주인공을 보호하는 조수의 등장이다.

> 지장의 아기씨/옥황의 부엉새
> 한 날개를 깔고/ 한 날개를 덮어서/
> 하늘이 밥 주고/하늘이 옷 주고/[21]

옥황의 부엉새가 날아와 주인공을 보호하는 것은 이 인물이 세속의 인물이 아니라는 점을 입증할 수 있는 근거로 작용한다. 하늘로부터 내려온 조수(鳥獸)는 주몽신화의 '유화'에게서도 발견할 수 있다. 유화는 하늘의 존재인 해모수에게 겁탈을 당해 배가 불러 닷 되들이 알을 낳는다. 금와가 이 알을 버리니 새와 짐승들이 와서 알을 보호해

---

21 현용준·현승환 역주, 위의 책, 187쪽.

준다. 이 때 새나 짐승이 와서 보호해 주는 존재는 '알'이다. 이 알을 깨고 나온 신성한 존재가 고구려를 최초로 세운 주몽이다. 여기서 눈에 띄는 점은 건국 시조의 탄생 시련에 있어서 천신의 사자로 짐작할 수 있는 조수가 조력자의 몫을 담당한다는 점이다. 이런 측면에서 무속신화인 〈지장본풀이〉에서도 이러한 신화적 사유가 그대로 녹아 있다. 즉 주인공은 하늘이 보낸 부엉새의 보호를 받을 뿐만 아니라 하늘이 밥 주고 옷 주는 존재인 것이다. 부엉새는 옥황이 보낸 사자로서 주인공의 뿌리가 어디에 있는지를 알려줄 뿐만 아니라 하늘과 땅을 이어주는 날개의 원형성을 내포하고 있다.

세속계에서 주인공이 구박을 받을 때 보호하는 존재는 옥황의 부엉새를 비롯하여 대사와 소사다. 이들은 서사 기능상 조력자에 해당한다. 이들을 부리는 발신자는 따로 있는데 부엉새의 발신자는 옥황이며, 대사와 소사의 발신자는 부처이다. 옥황은 도교의 최고신이고 부처는 불교의 최고신이다. 이렇게 한 텍스트에서 부처와 옥황이 동시에 등장하는 것은 무속신화에서 흔히 발견할 수 있다. 조선의 무속에 있어서 무(巫)·선(仙)·불(不)의 삼자(三者)가 매우 밀접한 관계를 유지하고 있으며, 특히 무(巫)가 받들어 모시는 소위 만신(萬神) 가운데에는 그 고유의 저급한 귀신과 함께 삼불제석(三佛帝釋)·오방신장(五方神將)·칠성신(七星神) 등 불교와 도교 계통의 것이 적지 않을 뿐만 아니라, 그 행사 형식에 있어서와 그 용구(用具)·의장(衣裝) 등에서도 마찬가지로 혼화(混和)의 모습을 보여주는 듯하고, 삼자(三者)의 다른 학설이나 교리를 절충하는 일이 꽤 오래 전부터 행해졌음을 나타내는 것이다.[22]

주인공은 세속에서 구박을 받지만 옥황의 부엉새가 보호한 이래

착하다는 소문이 동서로 퍼진다. 이 평판은 세속에서 구박을 받는 것과 비교해 볼 때 대비된다. 착하다는 소문이 나서 신의 부름을 받은 인물이 또 있다. 〈삼승할망본풀이〉의 멩진국따님아기다. 멩진국 따님아기는 인간 세상에서 착하다는 소문이 널리 나서 옥황 상제가 인간 세상의 생불왕으로 삼기 위해 발탁한 인물이라는 점에서 유사성을 띤다.

다음으로 신직 뿌리에 대한 정보는 주인공의 시댁 가문을 주목할 필요가 있다. 주인공은 혼인을 한 후에도 착하다는 소문이 자자해서 시댁의 재산을 받는 등 인정받기에 이른다. 주인공의 시댁에 대한 실마리는 〈세경본풀이〉에서 찾을 수 있다. 〈세경본풀이〉에서 자청비는 정수남을 죽였다는 이유로 집에서 쫓겨난다. 기나긴 여정에서 우연히 주모 할머니를 만나는데 다음은 이들이 주고받은 대화의 일부이다.

①
"어머님아, 이 비단은 무엇에 쓸 비단입니까?"
"이 비단은 하늘 옥황 문황성 문도령이 서수왕 따님아기에게 장가가는데 혼사 비단이 된다."[23]

여기서 서수왕 남편은 하늘 옥황 문황성 문도령이다. 이 화소는 고스란히 지장아기씨의 혼인담과 겹친다.

---

22 赤松智城·秋葉隆, 沈雨晟 옮김, 『朝鮮巫俗의 硏究』 下, 동문선, 1991, 14쪽.
23 현용준·현승환 역주, 위의 책, 243쪽.

②
서수왕 남편의 문수의 댁에서 문혼장 보내와/
허락을 하시니/궁합을 가리니/궁합이 맞는구나/

①에서 서수왕 따님아기와 혼인할 대상은 하늘 옥황 문황성 문도령이다. ②와 비교해 볼 때 서수왕 남편은 바로 문도령이 되는 셈이다. 이렇게 볼 때 문도령은 서수왕 따님아기, 자청비, 지장 아기씨와 혼인한 대상이며 동일한 인물로 간주된다. 한 인물이 여러 인물과 혼인하는 셈이다. 신화의 화소가 다른 신화와 경계 없이 넘나드는 현상은 신화뿐만 아니라 구전으로 전승하는 설화의 공통적 특성이다. 특히 역사 인물담의 경우 주인공만 달라질 뿐 같은 화소를 공유하고 있는 이야기들이 많다. 〈지장본풀이〉에서도 이 특성을 발견할 수 있다. 특히 〈세경본풀이〉와 많은 공유를 하고 있지만 〈초공본풀이〉〈삼승할망본풀이〉의 화소도 겹친다.[24] 이와 같은 특성을 고려한다면 1인 다중의 역할을 맡고 있는 문도령의 정체성에 대한 해명이 되는 셈이다. 이렇게 볼 때 주인공의 본(本)은 옥황의 부엉새, 문수의 댁과 직접적인 관련성이 있으며 세속계의 인물과 차원이 다른 인물임을 알 수 있는 단서가 된다.

그렇다면 분리 공간에서 죽음 화소가 반복되고, 의례를 하는 것에 대한 해명을 어떻게 할 것인가에 대한 문제가 남는다. 이에 대한 해명은 다음의 신직 완성과 밀접한 관련성이 있다. 간략하게 정리하면 분

24 신화 간의 화소 겹친 현상과 관련한 문제는 신화 형성의 과정과 일정한 관련성이 있다고 볼 수 있는데 이에 대한 해명은 다음 과제로 남겨 두고자 한다.

리의 공간에서 일어난 사건은 신직의 완성을 위한 예비담으로서 세속계의 사건은 신직이 맡아야 할 대상을 알려주는 것이며 의례담은 신격으로 거듭나기 위한 통과의례의 관문으로 볼 수 있다.

2) 신직의 완성

신직의 완성은 공간의 분리 너머 결합의 공간에서 이루어진다. 이 공간은 추상적 공간이지만 분리의 공간이 결합된 곳이면서 동시에 주인공의 속성까지 함축된 공간이다. 결합의 공간에 대한 속뜻을 풀기 위해 '새몸에 환생하더군'에 대한 의문부터 풀어야 할 것이다. 관련 내용부터 살펴보기로 한다.

> 지장의 아기씨/인간에 살아서 좋은 일 하더군/
> 지장의 아기씨/ 죽어서 갈 때 새몸에 환생하더군/
> 머리로 나는 건/두통새 나고/
> 눈으로 흘그새/코로 악심새/
> 입으로 해말림/가슴에 이열새/
> 오곰에/조작새/새몸에 환생해 가더군/
> 요 새가 들어서/풍운조화를/
> 불러주더군/ 이 새를 쫓자/
> 주워라 휠쭉/ 다 쫓아 가는군/[25]

위의 내용은 신의 정체성에 대한 혼란을 일으키는 동시에, 신의 정체성을 풀 수 있는 핵심 내용이다. 꼼꼼하게 살펴보면 주인공이 환

---

25 현용준·현승환 역주, 위의 책, 193쪽.

생 근거와 신직에 대한 해설이 덧붙어 있다. 즉 지장 아기씨는 '인간에 살아서 좋은 일을 한 대가로 죽어서 새 몸에 환생'한 인과론적 플롯으로 짜여 있는 것이다. 불교에서는 수레바퀴가 끊임없이 구르는 것과 같이, 중생이 번뇌와 업에 의하여 삼계 육도(三界六道)의 생사 세계를 그치지 아니하고 돌고 돈다[26]고 한다. 이 윤회사상에 의하면 지장 아기씨의 환생은 인과응보, 즉 선인선과(善人善果), 악인악과(惡人惡果) 사상이 반영된 것으로 볼 수 있다.[27] 불교의 인과응보는 죽은 사람의 소망이나 의지와 관계없이 이승에서의 적덕(積德) 여부에 따라 정해진다.[28]

이와 같은 불교의 인과응보관을 고려해 볼 때 첫째 풀어야 할 의문이 있다. '왜 새가 되었는가'에 대한 물음이다. 그 물음에 대한 해답은 위의 내용에서 확인할 수 있다. 지장 아기씨가 새의 몸에 환생한 것은 '인간에 살아서 좋은 일' 즉 분리의 세계에서 적덕(積德)을 쌓았기 때문이다. 이렇게 볼 때 '좋은 일 = 적덕(積德) = 새(鳥)'라는 등식이 성립된다. 둘째 인간에 살아서 했던 '좋은 일'이 무엇인가에 대한 의문을 풀어야 할 것이다. 이에 대한 해답은 의례담에서 '죽은 사람의 영혼을 거두어서 깨끗하게 해 준 일'이다. 다시 말하면 주인공이 착한 일을 하여 새몸에 환생한 것인데, 즉 인과(因果)의 과정이 응보(應報)의 결

26 표준국어대사전.

27 선인선과 (善人善果), 악인악과(惡人惡果)의 사상은 인간의 죽음이 삶의 연장이라는 관점의 반영이다. 사자는 죽었지만 살았을 때처럼 희노애락도 있고 도덕 윤리상 인과응보도 있다는 연장 응보관을 보여준 것이다. (최래옥, 「民俗 信仰的 측면에서 본 韓國人의 죽음관」, 『비교민속학』 17, 비교민속학회, 1999, 76~78쪽)

28 최운식, 『옛이야기에 나타난 한국인의 삶과 죽음』, 한울, 1992, 97쪽.

과로 돌아왔다고 볼 수 있다. 인과응보(因果應報) 중에서도 선인선과(善人善果)의 환생을 한 존재가 지장 아기씨이다.

셋째 혼란을 일으키는 '새'의 의미에 대한 해석을 남겨 두고 있다. 서수왕 따님아기의 환생과 겹치는 부분에서 지장 아기씨와 어떤 관련성이 있는가를 밝혀야 할 것이다. 즉 환생계에서 '왜 새의 몸에 환생하고, 덧붙여 사기(邪氣)의 여러 종류를 덧붙였을까'에 대한 의문까지 풀 때 전체 서사의 맥락을 아우를 수 있는 해명을 한다고 볼 수 있다. 이 부분을 두고 학계에서 하늘을 나는 새(鳥)인가 사기(邪氣)인가, 아니면 다른 존재인가에 대한 혼란이 일어나고 있는 실정이다.

앞에서 거론하였듯이 새의 정체성은 하늘로부터 보호를 받던 부엉새와 일정한 관련성이 있다. 옥황의 부엉새는 주인공을 보호하는 존재로서 주지할 만한 사실은 옥황이 부리는 하위신이 부엉새이고 이를 부리는 상위신이 옥황이라는 점이다. 이를 감안할 때 주인공은 옥황의 보호를 받는 존재로서 세속계에서 죽음을 반복적으로 겪은 일은, 신의 계시를 받은 것으로 볼 수 있다. 인간의 관점에서 죽음은 개체의 소멸을 뜻하는 비극적 사건이지만, 발신자인 신의 관점에서 볼 때 인간 존속을 위한 위대한 신의 섭리(攝理)를 알려주는 것이라고 볼 수 있다.

새의 근원을 탐색하는 데 있어서 다른 신화와 견주어 보는 것도 유의미한 일일 것이다. 신화는 특히 집단 무의식인 '원형'을 갈무리하고 있는데, 원형은 신화의 생명력을 좌우하는데 중요한 요소로 작용한다. 〈지장본풀이〉에 나타난 '새'는 세속계와 환생계에서 두루 보이는데 이와 유사한 화소를 〈세경본풀이〉에서 도 발견할 수 있다. 논의의 편의를 위해 자료별 번호를 매겨서 살펴보고자 한다.

①
"정수남아 정수남아, 혼정이 있거든 봉새 몸으로 환생하여 한이 서린 나의 젖가슴 위에나 올라 앉아 보아라."
조금 있더니, 하늘로부터 부엉부엉하며 봉새가 날아와 젖가슴 위에 올라 앉으니...[29]

②
서수왕에게 막편지 간 것을, 혼인식을 무르러 갔더니, 서수왕 따님아기가 화를 내며 막편지를 흑흑 비벼서 불에 태워 물에 타 먹고 방안에 문을 잠가 드러눕는다. 석달 열흘 백일이 되어 누운 방문을 열어보니, 서수왕 따님아기는 새몸이 됩디다. 머리로 두통새, 눈으로 흘깃새, 코로는 악샘새, 입으로 해말림새가 나옵디다.[30]

①에서 봉새는 정수남의 혼정이 환생할 수 있는 대상물이다. 자청비는 정수남이 자신을 겁탈하려 하자 청미래 꼬챙이를 만들어 정수남을 찔러 죽인다. 그 결과 자청비는 청백관이나 부모에게 부정한 인물이라 구박받기에 이른다. 이에 자청비는 정수남을 살리기 위해 황새곤간이 다스리는 서천꽃밭으로 가는데, 이 때 이용하는 새가 봉새이다. 봉새는 원래 아이들이 놀이하던 장난물이다. 자청비가 서천 꽃밭에 가기 전에 아이들이 이 봉새를 가지고 다툼을 벌이는데 자청비는 아이들에게 돈 서 푼을 주고 봉새를 산다. 자청비가 봉새를 샀던 것은 정수남의 영혼을 찾기 위한 도구용으로 산 것이다. 이와 같이 봉새는 어린 아이들의 놀잇감으로서, 서천꽃밭에서는 흉험을 안겨주는 새로,

---

29 현용준·현승환 역주, 위의 책, 237쪽.
30 현용준·현승환 역주, 위의 책, 251쪽.

그리고 정수남의 영혼이 깃들 수 있는 대상물로 작용하기 때문에 어느 하나만으로 특정 지을 수 없는 다성적 성격을 띠고 있다.

②는 〈세경본풀이〉 서수왕 따님아기의 환생담이다. 〈지장본풀이〉 환생담과 일부 겹치는데 서사의 논리상, 지장 아기씨와 서수왕 따님아기는 동일 인물로 보기 어렵다. 주인공인 지장 아기씨가 혼인한 인물이 '서수왕 남편'인 점을 고려할 때, 서수왕 남편은 서수왕 따님아기의 남편일 가능성이 높다. 두 아기씨는 문도령을 끈으로 관련을 맺고 있지만 본질적으로 다른 인물로 볼 수 있다. 이에 관해 학계에서 같은 인물인가 다른 인물인가에 관해 논란이 일어나고 있다. 〈지장본풀이〉의 새와 새ᄃᆞ림의 새에 관해 고은영[31]은 존재 변화를 거쳤지만 같은 대상으로 보고 한진오[32]는 다른 존재로 보는 것에서 관점의 차이가 있다.

지장 아기씨는 신의 섭리에 따라 인간 존속을 위한 세대교체의 현상을 직접 보고 '인간에 살아서 좋은 일'을 하여 새(鳥)로 환생한다. 그렇다면 '하필이면 왜 새로 환생했을까'의 물음에 대한 해답은 옥황이 보낸 부엉새에게서 단서를 찾을 수 있다. 즉 부엉새는 옥황이 부리는 하위신임을 고려할 때, 천상의 존재를 상징하는 '날개'의 원형성이 주인공의 환생과 일련의 관련성이 있음을 추측할 수 있다.[33] 반면 서

---

31 고은영, 앞의 논문, 160쪽.

32 한진오, 「〈지장본풀이〉에 담긴 수수께끼와 연행방식 고찰」, 『탐라문화』35, 제주대학교 탐라문화연구원, 2009, 56쪽.

33 새의 정체성을 짐작할 수 있는 단서는 〈초공본풀이〉에서도 찾아볼 수 있다. 천황새, 지황새, 인황새가 갑자기 나타나 주자대선생에게 시험을 당하는 자지멩왕아기씨를 구하고자 찰벼 두 동이를 말끔하게 까 주고 사라진다. (현용준·현승환 역주, 위의 책, 63쪽)

수왕 따님아기는 개인적인 원한이 사무쳐 나쁜 새(邪氣)로 환생한 존재라는 점에서 주인공과 뚜렷한 차이점을 발견할 수 있다. 민담에서 이와 유사한 경우를 볼 수 있는데 생전의 원망이 죽음으로 저지되었기 때문에 원망(願望) 달성을 위해 용이한 형체를 가지는 경우를 종종 볼 수 있는데, '죽어서 뱀이 된 처녀' 등에서 환생 사건이 일어난다.

〈지장본풀이〉에 나온 새를 정리하면 옥황의 부엉새, 새몸에 환생한 지장, 부정한 기운인 두통새, 흘그새, 악심새... 등이 있다. 이 새들은 모두 같은 대상으로 보기 어렵다. 옥황의 부엉새는 옥황의 사자이고, 새 몸에 환생한 주체는 주인공인 지장 아기씨이다. '옥황의 부엉새'는 신분이 분명하고 '새몸에 환생하더군'에 대한 의미는 옥황이 다스리는 부엉새의 보호를 받은 존재가 새몸에 환생한 것이다. 본질적으로 초월적 존재가 다른 몸으로 되는 현상은 '화신'[34]이라 한다. 하세경이 된 정수남이나 지장 아기씨는 신격이기 때문에 '새몸으로 환생한 것'을 화신으로 볼 수 있다.

이와 달리 인격인 〈초공본풀이〉의 유정승 따님아기는 환생을 하지 않는다. 본질적으로 인간이기 때문에 죽은 자부장자집의 외딸아기를 위해 열나흘 동안 굿을 하였지만, 환생담이 없다. 이와 같이 행위적인 측면에서 지장 아기씨와 유정승 따님아기가 유사하다고 볼 수 있지만

---

34 화신이란 종교·신화·전설 등에서 초월적인 존재가 인간·천신 등의 몸으로 탄생하거나 출현하는 것을 말한다. "화신(化身)"의 문자 그대로 "몸으로 되다, 몸으로 변하다, 몸을 가지다"이며 사전적으로는 어떤 추상적인 특질 또는 성격이 구체적인 형상을 가지게 된 것을 뜻한다. 한편 윤회를 믿는 불교·자이나교·피타고라스주의·헤르메스주의·힌두교 등의 종교나 철학에서 윤회의 주체(흔히 영혼·영·영가라고 한다)가 세상으로 재탄생하는 것을 흔히 "이 세상에 화신하다(incarnate)"라고 표현하기도 한다. (위키백과)

인물의 정체성을 두고 볼 때 본질적으로 다른 존재라는 것을 알 수 있다. 지장 아기씨의 정체성에 대한 의문은 다음 내용에서 결정적으로 해명할 수 있는 단서를 마련한다.

①
요 새가 들어서 풍운조화를
불러주더군/ 이 새를 쫓자/
주워라 훨쭉 다 쫓아 가는군/
주워라 훨쭉/훨쭉 훨짱 시켜가면서/[35]

②
지장 만보살/신풀었습니다/
갑을동방/오는 액연/
경신서방/병오남방/
해자북방/오는 액연/ 다 막으십시오/
날로 날액/달로 달액/
월액/시액/다 막아 주십시오/[36]

①과 ②의 관계는 쫓아내야 할 대상 ↔ 쫓는 주체로 집약할 수 있다. 텍스트의 순서를 바꾸면 주체와 대상의 관계가 더 뚜렷하게 드러난다. 즉 지장 만보살은 죽은 사람들의 영혼을 저승으로 보낼 때 '이 새(邪氣)'를 쫓는 주체로 볼 수 있다. 고은영은 새ᄃᆞ림의 새와 〈지장본풀이〉의 새를 동일 존재로 보고, 그 근거를 제시함에 있어서 지장 아

35 현용준·현승환 역주, 위의 책, 193쪽.
36 현용준·현승환 역주, 위의 책, 193쪽.

기씨가 정화 가능한 새이기에 이 새를 쫓아낼 수 있다고 보았다. 상당한 설득력이 있지만[37] 결론적으로 말하면 동일 인물로 보기 어렵다. 왜냐하면 본질적 측면에서 볼 때 새(邪氣)= 새(鳥)= 정화라는 등식이 성립될 수 없기 때문이다.

①에서 '요새' '이 새'를 두고 주인공의 정체성과 어떤 관련성이 있을까에 대한 물음에 대한 실마리는 제주도 신촌리 김윤수 심방집의 신굿 자료 『제주큰굿』[38]에서 찾을 수 있다.

요새를 ᄃᆞ리자
옥황엔 부엉새
상일엔 도덕새
요새가 들어서
양락엔 호박새
배고픈 새랑은
물주멍 ᄃᆞ리자
ᄊᆞ기란 새랑은
ᄊᆞᆯ주며 ᄃᆞ리자.
주어나 훨쭉 훨쭉 훨짱[39]

위의 새ᄃᆞ림[40]은 1986년 김윤수 심방집 큰 굿에서 같이 참여한 한

37 고은영, 「지장본풀이 서사구조와 새ᄃᆞ림 말명 삽입의 의미」, 『탐라문화』 53, 제주대학교 탐라문화연구원, 2016, 160쪽.

38 『제주큰굿』, 제주특별자치도(사)제주문화연구소, 2015.5.

39 『제주큰굿』, 위의 책, 210~211쪽.

40 새ᄃᆞ림은 〈사(邪) 쫓음〉이란 뜻의 말인데, 심방의 노래는 〈사(邪)〉가 〈새〉로 와전되어 여러 가지 조류(鳥類)를 쫓는 내용으로 부르고 있다. (현용준, 제주도 무속과

생소 심방이 '초이공맞이' 제차 가운데 구송한 것이다. 새ᄃᆞ림은 초이공맞이굿을 할 때 뿐만 아니라 큰굿을 시작할 때 제일 먼저 초감제를 행한다. 이때 새ᄃᆞ림이 들어간다. 초신맞이, 불도맞이, 일월맞이, 초공맞이, 이공맞이, 시왕맞이 등 맞이굿을 할 때마다 초감제를 다시 행하는데 이때 새ᄃᆞ림이 반드시 포함된다.[41] 새ᄃᆞ림의 뜻이 '새(邪氣)를 쫓는다' 외에 '달래다'라는 의미가 있음도 고려할 때, 여기서 달랠 새는 '요 새'로서 배고프거나 목이 마른 새라 볼 수 있고, 달래는 주체는 옥황의 부엉새, 상일의 도덕새 등이라 할 수 있다. 이 새ᄃᆞ림과 〈지장본풀이〉 말미에 삽입된 새ᄃᆞ림이 일부 겹치는데 '누가'에 해당하는 주체만 다를 뿐 쫓기거나 달래는 대상인 '요 새'의 성격은 거의 유사하다.

〈지장본풀이〉 ①에서 쫓을 대상은 원한을 품고 두통새, 흘그새, 악심새…등의 새(邪氣)로서 서수남 따님아기의 환생으로 볼 수 있다. ②의 지장 만보살은 지장 아기씨로 ①을 다스릴 수 있는 신격으로 존재한다. 이렇게 볼 때 ②의 신화적 의미가 뚜렷하게 다가온다. ②의 지장 만보살은 굿의 연행시에 심방의 청원을 받는 지장 아기씨의 화신이다. 풀이하면 지장 만보살님, 어느 곳에서나 어느 때나 시도 때도 없이 오는 액을 막아달라는 간절함이 들어 있다. 이 때 액을 막아주는 주체는 지장 만보살이고, 물리쳐야 할 액은 새(邪氣)로 볼 수 있다.

이렇게 접근할 때 시왕맞이굿의 목적과 궁극적으로 일치한다. 시

그 주변, 집문당, 2002, 32쪽)

41 자세한 내용은 고은영, 앞의 논문 158쪽 참조.

왕맞이굿은 저승의 시왕(十王)에게 죽은 이들이 지옥에 떨어지지 않고 극락으로 가도록 기원하는 것인데 이 때 시왕맞이굿에서 모시는 여러 신들 가운데 지장 만보살은 구축의 대상이 아니라 숭앙의 대상으로 한 자리를 차지하고 있다.

5. 마무리

〈지장본풀이〉는 제주도 일반신본풀이에 속해 있지만, 주인공의 정체성 뿐 아니라 내력담과 결과담 사이의 인과적 개연성을 밝히기 어려워, 그간 해석상의 어려움이 있었다. 이 글은 굿이 본풀이에 기대어 생명력을 유지하고 있음에 주목하고, 존재론적 관점에서 공간의 서사 분석을 통해 신화에 반영된 세계관을 찾는 것을 목표로 삼는다.

공간 분석은 시간 분석을 바탕으로 작은 단위에서 큰 단위로 묶은 것이다. 먼저 공간의 특성을 기준으로 Ⅰ·Ⅱ는 세속계 Ⅲ은 의례계 Ⅳ는 환생계로 묶을 수 있다. 다음으로 공간의 관계 양상을 기준으로 묶으면 Ⅰ·Ⅱ와 Ⅲ은 분리의 공간이고 Ⅳ는 결합의 공간이다. 이 두 상위 공간은 기술적으로 묶은 것이지만, 의미상으로 주인공의 환생에 따라 순환의 고리로 얽혀 있다.

본격적 논의에 앞서 주인공의 일대기를 분석하면 Ⅰ 초년기 – Ⅱ 성혼기 – Ⅲ 의례기 – Ⅳ 환생기로 나눌 수 있다. Ⅰ·Ⅱ는 시간이 지배적 요소로 작용하고 Ⅲ·Ⅳ에서는 행적이 강화되어 있다. 각 단락은 탄생 – 죽음 – 의례 – 환생의 이질적인 화소로 조합되어 있다. 각 단락별 특성을 살펴보면 Ⅰ·Ⅱ에서 주인공은 수동적 인물에 불과하며 Ⅲ에서는 능동적 인물로 변한다. Ⅳ는 죽어서 새로 환생하는 결말 부분이다.

분리의 공간은 전환을 통해 경계를 이루며 각 공간별 기능이 다르다. 세속계는 주인공이 자신의 존재에 대한 의문을 제기하는 공간이고 의례계는 의문을 해소하는 공간이다. 결합의 공간은 주인공이 분리의 공간을 거쳐 도달한 곳으로 죽어서 환생한 곳이다. 환생 사건은 과거 행적의 결과로 이루어진 만큼, 분리의 공간과 밀접한 관련성을 갖는다.

공간 분석을 한 결과 공간별로 함축된 신화의 속뜻은 두 층위로 나누어 볼 수 있다. 분리의 공간에서 내력담은 뚜렷하게 드러난다. 즉 신직의 뿌리를 알려주는 동시에 통과의례의 과정을 설명한다. 결과담은 신직의 속성과 활동에 관한 것이다. 이로써 내력담과 결과담 간의 인과성이 밝혀진 셈이다.

지장 아기씨의 신직의 뿌리는 하늘이며, 주인공이 맡은 임무는 의례를 통해 죽은 이들의 영혼을 깨끗하게 하는 것이다. 이 결과 새로 환생한다. 새에 관한 속뜻은 새(鳥)는 지장 아기씨의 화신이며, 새(邪氣)는 〈세경본풀이〉 서수왕 따님아기의 화신으로서 서사 기능상 주체와 대상 관계로 추정할 수 있다. 이들 관계는 위계가 다른 존재로서 수직적 질서하에 놓여 있다. 지장 아기씨가 맡은 신직의 임무는 화신의 주체로서 새(邪氣)를 불러모았다가 내쫓음으로써 죽은 이의 영혼을 정화하기 위해 시왕맞이굿의 주인공으로 좌정한 것이다.

〈화산선계록〉에 나타난 조력자로서의 비복(婢僕)

비취·비운 남매를 중심으로

김민정

1. 머리말

이 글은 고전 대하소설 〈화산선계록〉에 나타난 비복(婢僕) 비취·비운 남매의 조력자적 양상에 대해 고찰하고 그 서사적 기능을 살피는 것을 목적으로 한다. 비취·비운 남매는 위부(魏府)의 비복으로 여성주동인물인 이옥수에 의해 위부 내외의 갈등을 해결하는 인물이다. 고전 대하소설에서 상층 계급의 인물들이 자신의 비복을 조력자로 이용하여 문제를 발생시키거나 해결하는 양상은 어렵지 않게 찾을 수 있다. 비취·비운 남매 역시 마찬가지다. 하지만 특이한 점은 이들이 원래는 이옥수의 비복이 아님에도 이옥수에 의해 발탁(拔擢)되었다는 점과 이들의 행동 양상이 〈화산선계록〉 여타의 비복들과는 상이하다는 것이다.

고전 대하소설에서 규방의 시비(侍婢)라는 신분적 한계를 지닌 여인들이 자신이 할 수 없는 외부적 일을 남성 가족이나 외부인의 손을 빌려 수행하는 화소는 쉽게 찾을 수 있다. 그러나 비취·비운 남매의 양상은 이처럼 단순하지 않다. 비운은 비취의 조력자이자 대리인으로 등장하는 것이 아니라 여성주동인물인 이옥수의 조력자이자 대리인으로 형상화되기 때문이다. 이처럼 남성 하층민이 사대부가 여성의 조력자로 등장하는 경우는 흔히 찾기 어려운 화소라 하겠다. 이는 비취 역시 마찬가지다. 비취는 위현의 둘째 부인인 유 부인의 시비인데, 그 능력을 인정받아 이옥수의 일을 행하게 된다. 유 부인의 시비임에도 사실상 이옥수의 수족으로 활동하는 것이다. 이러한 과정에서 비취·비운 남매는 신물(神物)을 자유자재로 사용하거나, 서사의 중심에서 갈등을 증폭시켜 극적 재미를 고조한다는 공통점을 가진다.

조선 후기 고전 대하소설의 주된 독자층은 사대부가 여성이었던 바, 텍스트 내에서의 상층 여성인물의 활약을 간과할 수 없다. 고전 대하소설의 여성인물은 남성인물 못지않은 활약을 하며 그 양상 또한 매우 다양하다. 이에 많은 연구자들이 고전 대하소설의 여성인물에 대해 논의하였다. 〈화산선계록〉 역시 이러한 연구사적 흐름에서 벗어나지 않는다.

〈화산선계록〉은 80권 80책의 방대한 분량으로 위부(魏府), 이부(-府), 양부(-府), 설부(-府) 등 여러 가문의 갈등이 뒤얽혀 있어 독자에게 다양한 읽을거리를 제시한다. 연구자들의 논의 역시 다양한 방향에서 이루어졌는데 초기 연구가 〈화산선계록〉에 관한 개괄적인 내용[1]

---

1 김진세, 「화산선계록 연구」, 『관악어문연구』 9, 서울대 국어국문학과, 1984,

이나 전작(前作)인 〈천수석〉과의 연관관계[2]에 집중되었다면 최근에는 서사 구조,[3] 인물론[4] 등의 연구로 다양하게 확장되었다. 장시광은 〈화산선계록〉에 등장한 여성인물들을 다양하게 논의하였는데 그중 이옥수의 영웅적 성격을 분석한 논의[5]가 주목할 만하다. 장시광은 남성인물보다 월등하게 뛰어난 이옥수의 능력에 집중하여 〈화산선계록〉이 여성영웅소설에 근접한 소설임을 밝혔다. 이 외에도 이옥수를 선도(仙道)를 지향하여 유교적 전통에서 벗어나려는 인물로 보거나[6] 이옥수가 가진 여선(女仙) 면모에 집중한 논의도 있다.[7] 분석과정에서의 차이는 있으나 이 논의들은 이옥수와 여타 고전 대하소설의 여성주동

1~32쪽; 김진세, 「조선조 대하소설 연구: 〈화산선계록〉을 중심으로」, 『관악어문연구』 11, 서울대 국어국문학과, 1986, 1~25쪽.

2 최영아, 「〈천수석〉과 〈화산선계록〉 비교 연구」, 계명대 교육대학원 석사논문, 1997, 1~110쪽; 서정민, 「〈천수석〉과 〈화산선계록〉의 대응적 성격과 연작양상 연구」, 서울대 석사논문, 1999, 1~98쪽; 강은해, 「〈천수석〉과 연작 〈화산선계록〉 연구」, 『어문학』 71, 한국어문학회, 2000, 129~160쪽.

3 김정숙, 「조선후기 대하소설의 서사구조 –〈천수석〉과 〈화산선계록〉을 중심으로」, 『반교어문연구』 34, 반교어문학회, 2013, 173~200쪽.

4 장시광, 「〈화산선계록〉에 나타난 계모이야기의 양상과 의미」, 『국제어문』 27, 국제어문학회, 2003, 85~119쪽; 장시광, 「〈화산선계록〉의 여성반동인물연구」, 『국어국문학』 135, 국어국문학회, 2003, 307~342쪽; 장시광, 「고전 대하소설에 나타난 영웅적 여성인물 연구 –〈화산선계록〉을 중심으로」, 『고소설연구』 22, 한국고소설학회, 2006, 197–238쪽; 홍현성, 「대장편소설에 나타난 여선 면모 주인공 연구 –〈화산선계록〉, 〈취승루〉를 중심으로」, 『한국문학논총』 82, 한국문학회, 2019, 163~192쪽.

5 장시광, 「고전 대하소설에 나타난 영웅적 여성인물 연구 –〈화산선계록〉을 중심으로」, 『고소설연구』 22, 한국고소설학회, 2006, 197~238쪽.

6 강은해, 「〈천수석〉과 연작 〈화산선계록〉 연구」, 『어문학』 71, 한국어문학회, 2000, 129~160쪽.

7 홍현성, 「대장편소설에 나타난 여선 면모 주인공 연구 –〈화산선계록〉, 〈취승루〉를 중심으로」, 『한국문학논총』 82, 한국문학회, 2019, 163~192쪽.

인물과의 차이에 집중하고 특이점을 논했다는 점에서는 일맥상통한다하겠다. 본고 역시 이러한 흐름을 따라 이옥수로 집중되고 있는 서사의 특이점을 찾고 이 과정에서 적극성을 띠게 된 비복에 대해 논의하려한다.

〈화산선계록〉을 대상으로 한 것은 아니나, 고전 대하소설의 하층계급에 대해 논의한 연구[8]도 주목할 만하다. 이중 한길연과 정선희의 연구가 주목된다. 한길연은 〈임화정연〉, 〈화정선행록〉, 〈현씨양웅쌍린기〉 연작에 드러난 능동적 유형의 보조인물에 대해 논하였는데, 작품의 서사에 영향을 끼치는 주변인물을 '능동적 보조인물'로 명명하여 유형화하였다는 점에서 의의가 있다.[9] 이 논의는 이후 〈도앵행〉에 형상화된 재치 있는 시비군을 연구하는 논의[10]로 확장 진행되었다. 정

8 한길연, 「대하소설의 능동적 보조인물 연구 -『임화정연』, 『화정선행록』, 『현씨양웅쌍린기』를 중심으로」, 서울대 석사논문, 1997, 1~93쪽; 한길연, 「〈도앵행〉의 재치있는 시비군 연구」, 『한국고전여성문학연구』 13, 한국고전여성문학회, 2006, 349~382쪽; 정선희, 「〈조씨삼대록〉의 보조인물의 양상과 서사적 효과」, 『국어국문학』 158, 2011, 245~274쪽; 윤보윤, 「〈쌍주기연〉의 보조인물 고찰」, 『어문연구』 93, 어문연구학회, 2017, 155~186쪽; 김민정, 「〈쌍천기봉〉에 나타난 적극적 행동주체로서의 시녀」, 『온지논총』 61, 온지학회, 2019, 99~122쪽; 김민정, 「〈이씨세대록〉 시비(侍婢)의 역할 변화와 그 의미 -홍연을 중심으로-」, 『고소설연구』 49, 한국고소설학회, 2020, 181~217쪽; 김민정, 「〈성현공숙렬기〉에 나타난 내·외부 조력자로서의 시비(侍婢) -열영, 상운, 매송을 중심으로」, 『한국고전여성문학연구』 41, 한국고전여성문학회, 2020, 239~269쪽; 김민정, 「〈성현공숙렬기〉에 나타난 복심(腹心)으로서의 시비 -난소를 중심으로-」, 『한국문화』 92, 규장각한국학연구소, 2020, 31~52쪽.

9 한길연, 「대하소설의 능동적 보조인물 연구 -『임화정연』, 『화정선행록』, 『현씨양웅쌍린기』를 중심으로」, 서울대 석사논문, 1997, 1~93쪽.

10 한길연, 「〈도앵행〉의 재치있는 시비군 연구」, 『한국고전여성문학연구』 13, 한국고전여성문학회, 2006, 349~382쪽.

선희는 개별 작품에 한정되어 있는 선행 연구의 한계를 보완하기 위해 17세기와 18세기를 대표할 만한 작품을 선정해 여성 보조인물의 기능을 살핀 바 있다.[11] 이 논의는 선행 연구의 한계를 보완하고 고전대하소설의 시비를 유형화하였다는 점에서 의의가 있다 하겠다. 필자 역시 하층 계급인 시비(侍婢)가 가진 서사적 역할에 집중하여 그 중요성을 단편적으로 언급한 바 있다.[12] 이러한 연구사적 흐름으로 짐작할 수 있듯이 비복과 같은 주변인물이 서사에서 기능하는 바와 그 중요도는 이미 인정되었다고 할 수 있다.

본고는 이러한 연구사적 흐름에 따라 〈화산선계록〉에 형상화된 적극적 유형의 비복에 대해 논의하고자 한다. 먼저 비취·비운 남매의 조력 양상과 특징을 세 가지로 나누어 살피고 이들이 서사에서 기능하는 바에 대해 논의하고자 한다.

대본으로는 한국학중앙연구원본 80권 80책을 사용한다.

---

11 정선희, 「〈조씨삼대록〉의 보조인물의 양상과 서사적 효과」, 『국어국문학』 158, 2011, 245~274쪽.

12 김민정, 「〈쌍천기봉〉에 나타난 적극적 행동주체로서의 시녀」, 『온지논총』 61, 온지학회, 2019, 99~122쪽; 김민정, 「〈이씨세대록〉 시비(侍婢)의 역할 변화와 그 의미 -홍연을 중심으로-」, 『고소설연구』 49, 한국고소설학회, 2020, 181~217쪽; 김민정. 「〈성현공숙렬기〉에 나타난 내·외부 조력자로서의 시비(侍婢) -열영, 상운, 매송을 중심으로」, 『한국고전여성문학연구』 41, 한국고전여성문학회, 2020, 239~269쪽; 김민정, 「〈성현공숙렬기〉에 나타난 복심(腹心)으로서의 시비 -난소를 중심으로-」, 『한국문화』 92, 규장각한국학연구소, 2020, 31~52쪽.

2. '비취·비운' 남매의 조력 양상 및 특징

비취·비운 남매는 위부(魏府) 유 부인의 비복(婢僕)으로, 위웅창의 유모인 화섬의 자녀들이다. 비취와 비운의 내력이 자세히 소개되어 있지는 않으나 비취의 나이가 12세이고 그의 오라비인 비운의 나이가 대략 10대 중반인 것, 위웅창의 나이와 웅창의 유모인 화섬이 그들의 어미인 점을 고려해 본다면 비취·비운 남매가 유년기부터 위부에서 성장했을 것으로 추측할 수 있다.

〈화산선계록〉의 여성주동인물 이옥수는 의자(義子) 위웅창이 양혜주와 혼인하게 되자 양혜주와 양부 일가를 창기 출신인 양 선생의 첩 가십랑에게서 보호하기 위해 유 부인의 시비인 비취를 양부(-府)로 보낸다. 이때 비취는 '설매'[13]로 이름을 고치고, 우연을 가장하여 가십랑에게 접근한다. 첩자로 양부에 들어간 비취는 이옥수의 명을 받아 가십랑의 죄를 밝힌다. 이는 비취의 오라비인 비운도 마찬가지이다. 비운 역시 이옥수의 명을 받아 진왕과 위웅창, 위인창을 전장(戰場)에서 보필하는 역할을 하기 때문이다.

이렇듯 비취·비운 남매는 이옥수의 명을 받아 주동인물들을 조력하고 반동인물을 저지하는 역할을 한다. 이들은 공통된 몇 가지 특징을 보이는데, 이 장에서는 비취·비운 남매의 양상이 가진 공통된 특

---

13 서사 내에서는 '비취'와 '설매'가 혼용된다. 비취의 서사 대부분이 가십랑의 첩자로 활동하는 부분이므로 주로 '설매'라는 이름으로 표기되어 있으나 본명이 '비취'임을 고려하여 본고에서는 '비취'로 용어를 통일하여 서술함을 밝힌다. "셜ᄆᆡ는 곳 위부 뉴 부인 시ᄋᆞ요 ᄎᆞ공ᄌᆞ 웅창의 유모 화셤의 녀ᄋᆡ니 본명은 비취라" 〈화산선계록〉 권51, 25~26쪽.

징을 세 가지로 나누어 살펴보기로 한다.

1) 탁월한 능력

비취·비운 남매의 특출함은 수차례에 걸쳐 서사 내에 언급된다. 서술자는 황제, 양섬, 양혜주, 가십랑과 같은 작중인물의 입을 빌리거나 직접 인물의 능력을 언급하는 방식 등을 사용해 비취·비운 남매의 특출한 능력을 묘사한다.

> ① 가녜 보건ᄃᆡ 그 ᄋᆞᄒᆡ 용뫼 미려ᄒᆞᆯ 분 아냐 ᄆᆞᆰ고 됴ᄒᆞ며 영긔 과인ᄒᆞ니 크게 깃거 일홈과 ᄂᆞ흘 무른ᄃᆡ 십이세로라 ᄒᆞ고 일홈은 셜ᄆᆡ라 ᄒᆞ니 가녜 져의 동 금ᄆᆡ의 투미ᄒᆞ믈 한ᄒᆞ다가 ᄃᆡ희ᄒᆞ여 심히 ᄉᆞ랑ᄒᆞ니 셜ᄆᆡ 총민영오ᄒᆞ니 ᄉᆡ로 의상을 곱게 ᄒᆞ여 닙히고 지극히 정셩되니 말ᄒᆞᄆᆡ ᄯᅳᆺ의 합ᄒᆞᆫ지라 점점 미더 슈독과 폐부ᄀᆞᆺ치 넉이더라 (〈화산선계록〉 권49, 57~58쪽)

> ② 셜ᄆᆡᄂᆞᆫ 곳 위부 뉴 부인 시ᄋᆞ요 ᄎᆞ공ᄌᆞ 웅창의 유모 화셤의 녀ᄋᆡ니 본명은 비취라 시년이 십이세요 용뫼 쇼ᄋᆞᄒᆞ고 영긔 과인ᄒᆞ더라 (〈화산선계록〉 권51, 25~26쪽)

> ③ 공ᄌᆞ와 쇼제 보건ᄃᆡ 셜ᄆᆡ 영긔ᄅᆞᆯ 씌인 눈셥의 ᄆᆞᆰ은 거시 빗최고 총명ᄒᆞᆫ 눈쇽의 어진 거술 품어시니 결연이 불인간악ᄒᆞᆫ ᄂᆔ 아니라 깁히 의심ᄒᆞ더니 금일 ᄐᆡ야 말ᄉᆞᆷ을 듯고 ᄇᆡ슈 슈명ᄒᆞ더라 (〈화산선계록〉 권53, 59~60쪽)

> ④ 상이 놀나 ᄉᆞ왈 웅창으로 더불어 치돌ᄒᆞ던 ᄌᆞᄂᆞᆫ ᄂᆔ뇨 웅창이 쥬왈 ᄎᆞᄂᆞᆫ 쇼신의 뎍은 동 비운이니이다 상이 더옥 깃그사 하쳔의 인ᄌᆡ 잇ᄉᆞ믈 칭찬ᄒᆞ시더라 (〈화산선계록〉 권64, 42~43쪽)

①은 가십랑의 시비인 금매가 길에서 비취를 데려오자 가십랑이 이를 흡족해 하는 장면이다. 비취는 부모를 실산(失散)하고 홀로 떠도는 처지라며 자신의 신분을 꾸며낸 뒤 금매에게 자신을 의탁(依託)해 주길 청하고 금매는 비취를 가십랑에게 데려간다. 가십랑은 금매의 어리석음을 한탄하던 차였기에 아름다운 용모와 뛰어난 능력을 가진 비취를 얻음에 더욱 기뻐한다. 이 상황에서 금매의 어리석음과 대비되어 비취의 뛰어남은 더욱 강조된다.

②의 장면 역시 비취의 특출남이 드러나는 부분이다. 이 장면은 우연히 가십랑의 시비가 된 것으로 그려졌던 비취가 실은 이옥수가 보낸 첩자임이 밝혀지는 부분이다. 비취는 위현의 두 번째 아내인 유 부인의 시비인데, 비취의 뛰어난 능력을 눈여겨본 이옥수에 의해 첩자로 보내지게 된다. 이 과정에서 비취의 용모와 능력이 묘사되어 있다.

③은 비취가 소 부인과 양섬, 양혜주에게 자신이 도우러 왔음을 밝히는 장면이다. 처음에는 비취를 의심하던 양섬 남매가 비취의 용모를 보고 불인간악(不仁奸惡)한 류가 아님을 확신하게 된다. 이 장면에서도 ①, ②의 장면과 마찬가지로 비취의 영기(英氣)가 뛰어남을 묘사하고 있다.

④는 전장을 누비는 비운의 능력을 황제가 칭찬하는 장면이다. 비운은 곽륜의 군사가 황제의 군대를 공격하자 위웅창과 더불어 그들을 저지한다.[14] 이에 황제는 비운의 뛰어난 능력을 치하한다.

---

14 처음에는 곽륜의 군사를 쓰러트린 두 명의 소년이 누구인지 등장하지 않으나 이후 이들이 위웅창과 비운임이 밝혀진다.

비취의 경우 특출함은 주로 외적인 모습을 묘사하는 데에 집중되어 있는 것을 알 수 있다. 반면에 비운의 경우, 행위에 그 초점이 맞춰져 있는데 이는 비취와 비운의 행위 양상에서 오는 차이라 하겠다. 비취는 첩자로 자신의 신분을 숨기고 있는 상황이므로 겉으로 보았을 때는 반동 행위를 할 인물이 아님을 묘사하는 것에 집중해야 했으므로 외적인 모습을 묘사하는 것에 초점을 맞췄다고 볼 수 있다. 이와 달리 비운은 전장에서 공을 세우는 '행위' 그 자체가 그의 능력을 증명할 수 있는 유일한 수단이므로 외적인 모습보다는 행위 자체를 치하하는 방식으로 그의 특출함을 묘사했다고 볼 수 있다. 비취·비운 남매의 뛰어난 역량은 이와 같이 직접적으로 언급되는 경우 외에도 여러 서사에서 그 양상을 찾을 수 있다.

⑤ 낭ᄌᆡ 뉵삭 신고ᄒᆞ여 비로쇼 거동ᄒᆞ되 오히려 ᄎᆡ ᄂᆞᆺ지 못ᄒᆞ여 완합 긔미 머럿거든 쳐ᄉᆞ 노야긔 달포 먼니 잇셔 은ᄋᆡ 변ᄒᆞ여신ᄌᆞᆨ 이ᄂᆞᆫ 최시로 불공ᄃᆡ텬지쉬 아니니잇가 가녜 왈 네 말이 올토다 ᄂᆡ 최녀로 원쉬 업ᄉᆞᄃᆡ 이러트시 ᄂᆡ게 못ᄒᆞᆯ 즈술 ᄒᆞ니 당당이 져ᄅᆞᆯ 쥭여 분을 풀니라 네 송관인을 보고 당ᄉᆞ 환방이 대ᄉᆞ마 부즁이라 두려 드지 못ᄒᆞᆫ다 ᄒᆞ더니 이졔야 ᄂᆡ 몸이 ᄂᆞᆺ고 상셰 오직 먼니 이시니 환방을 ᄉᆞ괴여 최녀ᄅᆞᆯ 마ᄌᆞ 쳐치ᄒᆞ라 셜ᄆᆡ 왈 환방을 양 쇼져ᄅᆞᆯ 쥬어든 우리 무ᄉᆞᆷ 금은을 어드리잇고 최시ᄅᆞᆯ 히ᄒᆞ려ᄒᆞᆫᄌᆞᆨ 낭ᄌᆡ 환ᄃᆡ관을 마ᄌᆞ 살며 최시의게 분을 풀니이다 쳡이 환ᄃᆡ관을 보니 신댱이 구쳑이오 ᄂᆞᆺ빗치 관옥 ᄀᆞᆺ고 ᄂᆞ히 쇼년이며 풍ᄎᆡ 뉴지 ᄀᆞᆺᄒᆞ니 가히 텬하 영걸이니 힘이 구졍을 들고 용이 셩우흘 넘고 의긔와 ᄌᆡ죄 옛날 관공과 쥬공근이 합ᄒᆞ여ᄒᆞᆫ ᄉᆞᄅᆞᆷ이 되미라ᄒᆞ니 젼두 낭ᄌᆞ의 복녹이 졔후의 부인 되미 분명ᄒᆞᆯ너이다 (〈화산선계록〉 권54, 18~21쪽)

⑥ 냥개 미쇼년이 쌍검을 춤츄고 쥰구를 모라 젹진의 츙돌ᄒᆞ니 그 셰ᄉᆡ르미 급ᄒᆞᆫ 풍우ᄀᆞᆺ고 날ᄂᆡ미 ᄂᆞ난 범ᄀᆞᆺᄒᆞ니 젹장이 숑댱을 바리고 쇼년을 ᄊᆞ고 ᄇᆡᆨ잉이 ᄉᆞ변으로 핍박ᄒᆞ되 쇼년이 됴금도 두리지 아냐 칼 쓰ᄂᆞᆫ 법이 번ᄀᆡ ᄀᆞᆺᄒᆞ여 버히기를 풀 버히듯 ᄒᆞ여 (〈화산선계록〉 권64, 14~15쪽)

⑦ ᄎᆞ셜 진왕이 냥뎨와 비운 숀검을 다려 니르니 셜가를 둘너 창검 든 군병이 울허 니럿ᄂᆞᆫ지라 왕이 일오ᄃᆡ 만일 밧그로셔 친즉 ᄂᆡ변이 급ᄒᆞ리니 차뎨 비운 숀검을 거ᄂᆞ려 안경ᄉᆡᆨ을 술펴 위급ᄒᆞ미 업고 쥬ᄀᆡᆨ의 뜻이 화평ᄒᆞᆫ즉 우리ᄂᆞᆫ 당당이 도라갈 ᄯᆞ름이라 웅창이 슈명ᄒᆞ고 비운 숀검을 거ᄂᆞ려 ᄉᆞ룸 ᄉᆞ이로 드러가 술피건ᄃᆡ 셜ᄉᆡᆼ 형뎨의 분ᄀᆡᄒᆞᄂᆞᆫ 거동과 졔젹의 무례ᄒᆞᆫ 언ᄉᆞ를 드러 대로ᄒᆞ나 시말을 다 보고ᄌᆞᄒᆞ더니 셜 쇼져의 녈녈단심이 시ᄉᆞ여귀ᄒᆞ나 오직 교ᄌᆞ의 오르고ᄌᆞ ᄒᆞ믄 합문ᄃᆡ화를 덜고ᄌᆞᄒᆞ미라 감동격졀ᄒᆞ여 일시의 다 ᄌᆞᆺ치고ᄌᆞ ᄒᆞ되 모부인 교훈이 계ᄉᆞ 됴졍옥을 히치 말ᄂᆞᄒᆞ여시니 몬져 산방을 버히고 녀셩ᄃᆡ즐ᄒᆞᄆᆡ 핑긔 도망ᄒᆞ거ᄂᆞᆯ (〈화산선계록〉 권65, 45~47쪽)

⑧ 문득 위공의 가종 비운이 나ᄂᆞᆫ ᄃᆞ시 다라드러 젹의 다리를 버히니 젹이 크게 쇼ᄅᆡ 지르고 것구러지니 군병이 비로쇼 일시의 잡ᄋᆞ 철삭으로 ᄆᆡ더니 (〈화산선계록〉 권69, 39쪽)

비취의 활약은 권54에 이르러 절정에 달한다. 권54 서사의 대부분은 비취가 반동인물인 가십랑, 최씨, 김민, 환방 장군 사이에서 갈등을 증폭시키고 모든 갈등을 해결하는 내용으로 이루어져 있다. ⑤는 비취가 최씨와의 사이에서 갈등이 커진 가십랑에게 환방 장군과 정을 통한 뒤 최씨를 죽이라 부추기는 장면이다. 가십랑은 이러한 비취의 말에 넘어가 그러한 내용을 담은 편지를 송천에게 보낸다. 비취는 이 편지를 중간에서 가로채 이 부인에게 보낸 뒤, 송천과 환방에게는 거짓을 말하고 가십랑을 안심시킨다. 여러 반동인물 사이의 갈등을 유발시키고 그들의 관계를 어긋나게 하는 중심에 비취가 있는 것이다. 가십랑은 이러한 상황을 전혀 의심하지 않고 비취의 뛰어난 지략을 감탄할 뿐이다.[15] 이후 비취는 모든 일의 전말을 양 선생에게 알리고 모든 죄가 밝혀진 가십랑은 처형당한다. 이 과정에서 비취의 행동 양상은 이옥수의 명을 수동적으로 수행하고 있다는 한계를 지님에도 불구하고 그 양상이 매우 구체적이고 적극적으로 묘사되어 있다. 이는 비운도 마찬가지다.

⑥은 곽륜이 황제의 군대를 공격하자 정체를 알 수 없는 두 소년이 나타나 이를 저지하는 장면이다. 군대가 모두 덤벼도 역부족이던 열세의 상황에서 번개같이 나타난 두 소년이 적을 저지한다. 이들이 적을 물리치는 장면은 번개와 같이 등장하는 모습이나, 하늘에서 은빛 줄기가 떨어지는 모습과 같이 초월적으로 묘사되어 있다. 이를 통해 이들이 범인(凡人)이 아님을 짐작할 수 있다. 이후 이 두 소년은 위웅창과 비운으로 밝혀지는데, 이 장면에서 위웅창과 비운은 그 능력의 상하구분이 없는 동등한 위치로 묘사된다. 뛰어난 한 명의 소년을 따르는 또 한 명의 소년이 아닌, '양(兩) 소년'이 함께 상황을 해결하기 때문이다.

⑦은 조정옥 일당이 설부(-府)를 포위하고 집에 쳐들어가자 이옥

15 "가네 깃부믈 니긔지 못ᄒᆞ여 ᄂᆡ 엇지 너ᄅᆞᆯ 닐위여 ᄃᆡᄉᆞᄅᆞᆯ 일우미 묘ᄒᆞ뇨 금ᄆᆡ 미련 ᄒᆞᆫ 거ᄉᆞᆯ 다리고 엇지 일을 판득ᄒᆞ리오 셜ᄆᆡ ᄉᆞ례ᄒᆞ더라" 〈화산선계록〉 권54, 32쪽.

수의 명을 받은 위웅창과 비운, 손검이 설 소저를 구해내는 장면이다. 이때 비운의 양상은 역동적으로 나타나 있는데, 이는 비운이 이후 전장에 나서는 상황에서도 마찬가지다. 비운은 이옥수의 명을 받아 진왕, 위웅창, 위인창 형제와 함께 전장에 나선다. 비운은 종이라는 신분임에도 웅창과 함께 선두(先頭)에서 역당(逆黨)을 물리치는 활약을 한다.

⑧의 본문은 전장의 선두에서 비운이 적의 다리를 베어 내는 장면 중 일부이다. 이처럼 ⑥~⑧의 장면에서 비운은 자신의 주인인 위웅창을 측근에서 보필하고 조력한다. 이처럼 비취·비운 남매는 뛰어난 능력을 기반으로 대담한 행동을 수행한다. 이 모든 조력 행위는 여성 주동인물 이옥수를 중심으로 한 위부 일가를 향한 것으로 그 정도와 범위의 차이는 있으나 이옥수의 명을 비복들이 따른다는 점에서 동일하다.

2) 신물(神物)의 사용과 공간의 확장

앞 절에서 살핀 것과 같이 비취·비운 남매의 조력 양상은 다양한 양상으로 제시되어 있다. 주목할 점은 비취·비운 남매가 이옥수에게서 세 가지 보배를 하사받아 주인을 조력하는 과정에서 공간이 이옥수가 주거하는 '위부(魏府)'에서 확장되고 있다는 점이다. 이는 이옥수의 또 다른 시비(侍婢)가 신물을 사용하는 양상과 비교해 보았을 때 그 차이를 명확히 알 수 있다.

> ① 니 쇼져다려 왈 부귀ᄒᆞ미 일시오 슬픈 것도 일시라 함양 시상의 황견을 탄ᄒᆞ미 부귀를 탐연ᄒᆞᆫ 홰 아니냐 그ᄃᆡ 써를 아라 댱ᄌᆞ방의

벽곡ᄒᆞ기로써 부ᄌᆞᄅᆞᆯ 인도ᄒᆞ라 품 쇽으로셔 세 치ᄂᆞ ᄒᆞᆫ 칼과 보경을 ᄂᆡ여 니 쇼져ᄅᆞᆯ 쥬어 왈 이 ᄯᅩ 몸을 보젼ᄒᆞᄂᆞᆫ 보ᄇᆡ니 거울은 ᄉᆞ졍을 분변ᄒᆞ고 칼은 나라 도적과 요ᄉᆞᄅᆞᆯ 버히ᄂᆞ니 ᄌᆞ죤의 젼ᄒᆞᆯ 지어다 (〈화산선계록〉 권8, 46~47쪽)

② 네 ᄎᆞ물을 가지고 비운으로 더브러 숀검을 ᄎᆞᄌᆞ 져희ᄒᆞᄂᆞᆫ 업축을 쥭인족 양질의 화ᄅᆞᆯ 한 가지로 풀니라 셜ᄆᆡ 청녕ᄒᆞ고 셰 가지 보ᄇᆡᄅᆞᆯ 밧ᄌᆞ와 비운으로 더브러 벽운산을 향ᄒᆞ여 가니 (〈화산선계록〉 권52, 51~52쪽)

③ ᄎᆞ시 비취 비운이 요도의 흉녕ᄒᆞᆫ 긔세ᄅᆞᆯ 보ᄆᆡ 비취 품 가온ᄃᆡ로셔 됴마경을 ᄂᆡ여 급히 빗최여 홍금삭을 더지고 비운이 신검을 ᄲᆡ혀 들고 셔시니 도인이 쇽졀 업시 것구러져 본형을 ᄂᆡ니 흉ᄒᆞᆫ 범의 졍녕이라 됴마경의 요ᄉᆞᄅᆞᆯ 빗최고 홍금삭의 걸니여 움즉이지 못ᄒᆞ고 눈물만 흘니ᄂᆞᆫ지라 비운이 신검으로 져혀 왈 너ᄂᆞᆫ 엇던 요축이완ᄃᆡ 감히 ᄉᆞᄅᆞᆷ을 ᄒᆡ코ᄌᆞ ᄒᆞᄂᆞ뇨 (〈화산선계록〉 권52, 60~61쪽)

①은 이옥수가 원화진인에게서 신검과 조마경을 하사받는 장면이다. 이옥수는 원화진인에게서 책과 신물(神物)[16]을 하사받는데, 이를 습득한 이후 이옥수의 능력은 일반인을 넘어서게 된다.[17] ②와 ③은

16 본문에는 신검과 조마경만을 하사했다고 서술되어 있으나, 이후 홍금삭이 '세 가지 보배' 중의 하나로 신검, 조마경과 사용되는 것으로 보아 서술자의 표기 누락으로 보인다.

17 장시광(2006)은 원화진인과의 만남으로 인해 비로소 이옥수가 영웅적 성격을 띠게 됨을 밝혔다. "이옥수는 이처럼 특출한 자질을 타고났는데, 그 자질을 더욱 극대화하는 것은 원화진인을 만나게 되고부터이다. 원화진인은 이옥수의 선천적 자질에 후천적 능력을 부여해 줌으로써 이옥수를 비로소 영웅으로 탄생시키는 인물이다." 장시광, 「고전 대하소설에 나타난 영웅적 여성인물 연구 -〈화산선계

비취·비운 남매가 이옥수의 명을 받아 벽운산으로 가는 과정을 담은 장면이다. 이옥수는 양부의 상황을 비취에게서 전해 듣고는 벽운산 손검에게 도움을 청하라 명한다. 이때 이옥수는 비취·비운 남매에게 세 가지 보배를 주며 일을 방해하는 '업축(業畜)'을 죽일 것을 명한다. 이렇듯 이옥수는 이 신물을 직접 사용하기 보다는 반동 행위를 저지할 대리 사용자를 지정해 이 신물을 사용하게끔 하사하는데, 위부(魏府)의 비복(婢僕)인 능옥과 비취·비운 남매, 이옥수의 아들인 위인창, 위현의 수하인 신량, 화진 등이 이에 해당한다.

이옥수의 신물은 총 6인에 의해서 사용된다. 하층 계급에 해당하는 이는 능옥, 비취, 비운이며 상층 계급으로는 신량,[18] 화진, 위인창이 있다. 이때 비취·비운 남매가 신물을 사용하는 양상과, 같은 비복인 능옥이 신물을 사용하는 양상에 상이한 점이 보인다.

이옥수는 자객이 위부에 침입할 것을 미리 알고 홍금삭, 조마경, 신검을 벽에 걸어둔다. 그러고는 담대한 성격의 상궁과 시비에게 그 방을 지키게끔 하는데,[19] 이때 능옥은 이옥수의 분부를 듣고는 벽 위에 걸린 홍금삭을 자객에게 던진다. 이후 능옥이 자객을 향해 조마경을 들었지만 자객이 수백 척이나 되는 뱀으로 바뀐 것을 보고는 크게

록〉을 중심으로-」, 『고소설연구』 22, 한국고소설학회, 2006, 203쪽.

18 신량은 절도사 신경의 아들로 아비가 죽고 배고픔을 이기지 못해 관노가 된 인물이다. 신량은 원래 천민의 신분이 아니었던 데다가 위현이 발천하여 위부로 데려온 이후 전쟁에서 공을 세운 뒤 벼슬을 받게 되므로 노복(奴僕)인 비운과는 출신이 다르다고 보았다.

19 "삼 부인이 요젹의 변을 방비코ᄌᆞ ᄒᆞ여 ᄐᆡ을젼의 모다 상궁시비 즁 담ᄃᆡᄒᆞ니 슈십인을 거나려 밤을 지ᄂᆡᆯᄉᆡ 이 ᄐᆡ청젼 압히요 ᄌᆞ운뎐 녑히니 셕일 공쥐 세 뎐각의 거쳐ᄒᆞ던 곳이라" 〈화산선계록〉 권14, 33~34쪽.

놀라 이를 송구스러워한다. 이옥수만이 이 상황에 놀라지 않고 의연히 대처할 뿐이다.[20] 이를 통해 능옥은 모든 신물이 이옥수에 의해 배치되어 있는 '갖추어진 공간' 내에서 명을 실행하는 여러 시비 중 한 명일뿐, 적극적으로 문제를 해결하는 인물은 아님을 알 수 있다.

이로 미루어 보아 비취·비운 남매의 신물 사용 양상은 시비인 능옥이 아닌 상층 계급 신물 사용자인 신량, 화진, 위인창과 비교해야 함을 알 수 있다. 비취·비운 남매와 상층 계급 신물 사용자들 사이에서 세 가지 공통점을 찾을 수 있다.

첫째, 이옥수의 통제를 넘어선 '위부 외의 공간'에서 신물을 사용한다는 점이다. 능옥은 위부 내의 '태을전'이라는 공간에 머무른 채 이옥수의 통제 내에서 신물을 사용한다. 그에 반해 비취·비운 남매와 신량, 화진,[21] 위인창[22]은 모두 위부를 벗어난 외부 공간에서 신물을 사용한다. 이옥수의 명을 듣고 그대로 수행한다고는 보더라도 이옥수가 적재적소에 신물을 배치할 수 있는 위부 내의 공간과는 그 성격이 상

---

20 "능옥이 담ᄃᆡᄒᆞ여 거울을 들고 셧시나 놀난 눈이 현황ᄒᆞ고 숑구ᄒᆞ여 ᄒᆞ거ᄂᆞᆯ 뉴정냥부인은 두리온 뜻이 잇ᄉᆞ나 홀노 니 부인이 안ᄉᆡᆨ이 여젼ᄒᆞ고 동지 안상 단엄ᄒᆞ여 됴금도 요동치 아니터라" 〈화산선계록〉 권14, 36~37쪽.

21 위현의 수하인 신량과 화진은 전장에서 조마경과 홍금삭을 사용해 등선랑과 곽소옥을 잡는다. "화진이 품 가온ᄃᆡ로셔 마경을 ᄂᆡ여 빗최고 신양이 ᄉᆞᄆᆡ 쇽의 홍금삭의 ᄂᆡ여 더지니 공즁으로 됴ᄎᆞ 일ᄀᆡ 요도ᄅᆞᆯ 뫼여 원문진뎐의 쑬니ᄂᆞᆫ지라" 〈화산선계록〉 권21, 66~67쪽.

22 위인창은 진왕을 보호하고자 홍금삭을 사용한다. "대공ᄌᆡ 몸으로써 왕을 ᄀᆞ리오고 홍금삭을 더지니 핑긔 임의 장쇽을 굿게 ᄒᆞ고 칼을 드러 됴입ᄒᆞ엿다가 ᄆᆡ이여 것구러지ᄂᆞᆫ지라 왕이 낭즁의 야명쥬ᄅᆞᆯ ᄂᆡ여 들고 좌위 황황히 모히며 쵹을 밝히니 핑긔 몸을 흔드러 노흘 끈코ᄌᆞ ᄒᆞ되 가ᄂᆞᆫ 노히 질긔고 단단ᄒᆞ미 쳘삭의 더은지라 황망ᄒᆞ여 덤벙이거ᄂᆞᆯ" 〈화산선계록〉 권66, 32~33쪽.

이하다.

둘째, 불특정다수가 아닌 소수의 사용자로 지정되었다는 점이다. 이 역시 능옥의 경우[23]와 비교해보면 명확히 알 수 있다. 대담한 수십 명의 시비 중 한 명인 능옥과 달리 이들은 이옥수나 위현에 의해 지정된 인물들이기 때문이다. 앞서 언급한 바와 같이 비취는 애초부터 그 능력의 뛰어남을 인정받아 가십랑의 첩자가 된 인물이다. 비운 역시 이옥수에 의해 신물 사용자가 된 인물이다. 서사 내에서 신량, 화진, 위인창이 신물을 습득하는 과정이 자세히 묘사되어 있지는 않으나 이들이 이옥수나 위현과 밀접한 관련을 맺고 있는 인물[24]임을 미루어본다면 이옥수 부부에 의해 신물 사용자로 지정되었음을 짐작할 수 있다.

셋째, 신물의 사용 과정에서 적극성이 두드러진다. 신량, 화진, 위인창은 모두 상층 계급의 남성인물로 해당 신물을 매우 적극적으로 사용한다. 그들을 신물을 사용함에 있어서 망설이거나 두려움을 느끼지 않는다. 이는 비취·비운 남매도 마찬가지이다. 비취와 비운은 신물을 사용하는 과정에서도 같은 비복인 능옥과는 달리 거침이 없다. 남성인 비운을 제외하고 능옥과 비취만을 비교해 보더라도 이 차이는

---

23 능옥은 규방 내에서 신물인 조마경과 홍금삭으로 금선불을 잡아 죽인다. "능옥이 임의 부인의 분부를 드른지라 담을 크게 ᄒᆞ고 급히 니러나 벽상의 홍금삭을 가지고 젹을 향ᄒᆞ여 더지니 그 노히 스ᄉᆞ로 젹을 긴긴이 결박ᄒᆞ여 닷고ᄌᆞ ᄒᆞ나 노히 몸의 박혀 버슬 길이 업ᄉᆞ니 더옥 황망ᄒᆞ여 평ᄉᆡᆼ 요법을 다ᄒᆞ여 ᄯᆞ흐로 ᄉᆞ못ᄂᆞᆫ 진언을 념ᄒᆞ더니 믄득 우레 은은ᄒᆞ며 신검이 스ᄉᆞ로 ᄂᆞ려와 냥적을 버히니 쇼위 금션불은 큰 ᄉᆞ슴이 되고 호션낭은 큰 여이 되여 머리 ᄢᅥ러져 죽으니" 〈화산선계록〉 권14, 35~36쪽.

24 신량과 화진은 위현의 수족과 같은 수하이고, 위인창은 위현과 이옥수의 아들이다.

명확하다. 요괴의 본 모습을 보여주는 조마경(照魔鏡)과 던지는 것만으로 요괴를 묶어 움직이지 못하게 하는 홍금삭(紅錦索)은 능옥과 비취 모두가 사용한다. 능옥은 조마경으로 인해 자객이 뱀으로 바뀌자 놀람을 감추지 못한다. 하지만 이와 달리 비취는 의연히 홍금삭과 조마경을 사용하고 손검을 구해낸다. 이후 모든 문제를 해결한 후에 손검에게 계교를 가르치고 비운에게 신물을 다시 이옥수에게 전하게끔 명하는 것도 비취이다.

이를 통해 '위부 내'에서 신물을 사용하는 능옥과 '위부 외'의 공간에서 신물을 사용하는 신량, 화진, 위인창 그리고 비취·비운 남매의 양상이 명확히 구분됨을 알 수 있다. 이를 통해 신물을 사용할 때 작중 인물이 보이는 적극성은 신물의 주인인 이옥수의 영향 범위 내인 위부 내에 있느냐 위부 외의 공간으로 확장되었느냐를 기준으로 나눌 수 있음을 짐작할 수 있다.

3) 조력의 공간과 능·수동 조력

앞서 신물을 사용할 때 보이는 적극성이 이옥수의 영향 범위를 기준으로 결정됨을 밝힌 바 있다. 비취·비운 남매는 모두 이옥수의 거처인 위부(魏府) 동창궁을 벗어난 공간에서 조력 행위를 한다. 비취는 양부(-府)에서, 비운은 전장(戰場)에서 이옥수의 명을 따르기 때문이다. 이들이 조력을 행하는 공간은 공통적으로 위부를 벗어나 있다는 점에서는 동일하나 엄밀히 그 공간은 규방과 전장으로 나뉘게 된다.

비취는 여성적 공간인 규방(閨房)을 중심으로 활동한다. 비취의 조력 공간은 위부 동창궁에서 가십랑의 거처인 양부로 변화하는데, 주로 여성주동인물인 이옥수의 명을 받아 계책을 시행한다. 비취의 행위 양상은 '이옥수의 하명(下命) → 비취의 수명(受命) → 가십랑의 하명(下命) → 이옥수에게 상달(上達) → 이옥수의 하명(下命)'의 형태로 반복 제시되는데, 대부분의 서사에서 비취는 여성적 공간인 규방을 벗어나지 않는다. 비취의 공간은 '동창궁(권51)[25] → 양부(권49) → 동창궁(권51) → 양부(권51) → 동창궁(권51) → 양부(권51) → 동창궁(권51) → 양부(권52) → 동창궁(권52) → 벽운산(권52) → 양부(권53) → 동창궁(권54) → 양부(권54) → 동창궁(권54) → 양부(권54) → 동창궁(권54) → 양부(권54)'으로 변화한다. 이를 통해 벽운산 손검을 찾아가는 권52의 일부분을 제외하고는 규방에서만 계교를 수행함을 알 수 있다.

첩자로 파견된 비취의 서사가 5권 정도의 길지 않는 분량임에도 비취의 공간 이동은 16번이나 발생한다. 해당 권수에 반동인물 영옥교의 서사가 할당되어 있고 권50에서는 비취의 서사가 전혀 언급되지 않는다는 점을 고려해본다면 16번의 공간 이동은 적지 않은 횟수이다. 비취가 이렇듯 공간을 끊임없이 이동한 이유는 가십랑의 계교를 이옥수에게 전달해 이를 해결 방법을 듣기 위해서이다. 이옥수는 '혹 그ᄉᆞ이 홀노 결치 못ᄒᆞᆯ 일이 잇거든 쇌니 와 고ᄒᆞ라(〈화산선계록〉 권51, 26면)'며 비취에게 홀로 결정할 수 있는 일은 스스로 하되, 결정하지 못할 일은 자신에게 알릴 것을 명한다. 이에 비취는 이옥수에게 양부의 상황을 전달하기 위해 16번에 걸쳐 공간을 이동한다. 하지만 그마저도 '규방–규방'의 이동일 뿐, 규방 외적 공간으로의 이동은 한 번에

25 서술자는 서사의 초반부에는 비취가 이옥수의 첩자인 것을 독자가 눈치 채지 못하도록 비취가 가십랑의 시비인 것처럼 묘사한다. 이로 인해 비취가 처음 등장하는 권49에서는 비취의 정체를 가늠치 못하게끔 하고는 이후 권51에서 과거의 상황을 다시 언급하며 사실을 밝히는 식으로 서사를 전개하고 있다.

지나지 않는다.

규방을 중심으로 활동하는 비취와는 달리 비운은 남성적 공간인 전장을 중심으로 활동한다. 비운은 권52에 등장하여 권73을 마지막으로 서사에 등장하지 않는다. 긴 분량 동안 언급되기는 하나 대부분의 활약은 군담서사가 집중된 권64에서 권69까지에 집중되어 있다. 이옥수는 팽기의 난을 진압하러 떠나는 진왕에게 인창·웅창 형제와 비운, 손검을 데려가라 명한다. 이후에도 설 소저가 위험에 처하자 이옥수는 비운에게 명해 설 소저를 호위하게끔 한다.

비운의 경우에도 공간의 이동이 있기는 하나, 비취와는 그 양상과 횟수에서 차이를 보인다. 이것은 비취와 비운이 공간에 배치된 상황과 역할이 상이하기 때문이다. 비취는 '첩자'의 역할로 양부라는 공간에 배치되었기에 이옥수와 지략을 공유하기 위해 끊임없는 공간 이동이 필요하다. 이에 반해 비운은 위웅창의 조력자로 전장에 배치되었으므로 특정한 사건이 발생되는 경우에만 필요에 따라 공간을 이동하게 되는 것이다. 이처럼 비취의 공간 이동이 비운에 비해 자주 나타나기는 하나, 비취는 실상 규방이라는 여성적 공간을 벗어나지는 않는다. 이는 비운 역시 마찬가지이다. 비운은 전장이라는 남성적 공간에서 주된 조력을 행하기 때문이다. 이 둘의 조력의 공간이 나누어진 것은 이들이 조력하는 양상에도 영향을 미친다.

비복이 주인의 조력자[26]로 형상화될 때 조력의 양상을 크게 능동

---

26 "고전 대하소설에 등장하는 시비의 역할은 주로 전달, 관찰, 조력 등으로 나눌 수 있다. 보통의 시비들은 이 역할들을 완전히 구분하지 않은 상태에서 공통적인 역할을 수행하며 상황이나 시비의 성격에 따라 기능의 강약이 달라지기도 한다." 김민정, 「〈성현공숙렬기〉에 나타난 내·외부 조력자로서의 시비(侍婢)」, 『한국고

조력과 수동 조력[27]으로 나눌 수 있다. 이 두 조력은 행위의 적극성이나 구체성의 정도와 관계없이 조력자가 스스로 자신의 행동을 결정하는지 여부에 따라 구분된다. 먼저 능동 조력은 조력자가 능동적으로 조력을 행하는 것을 말한다. 능동 조력을 행하는 비복의 경우에는 근본적으로 주인의 명을 따르고 주인을 위해 행동한다는 목적을 기본적으로 가지고 있더라도 행위의 중간에는 주체적 판단과 의지를 가지고 서사를 이끌어간다. 그러므로 조력 행위를 시행하는 중에 주인에게 직접적 명령을 전달받는 장면이 자세히 묘사되어 있지 않는 경우가 많으며, 스스로 상황을 판단하여 서사를 이끌어간다.

이에 반해 수동 조력은 주인의 명령에 따라 수동적으로 행위하는 조력자를 말한다. 이 경우에는 그 양상이 비록 적극적이고 구체적으로 묘사되더라도 주인의 명을 그대로 따르기에 주체적으로 상황을 판단하고 스스로 문제를 해결하는 상황은 나타나지 않는다. 수동 조력을 행하는 비복의 경우에는 세부적인 행위 양상까지 주인의 명을 그대로 따르는 경우가 많다. 이 경우는 주인과 비복의 관계나 물리적

전여성문학연구』 41, 한국고전여성문학회, 2020, 257쪽.

27 시비의 양상은 크게 적극적 유형과 소극적 유형으로 대분류할 수 있다. 적극적 유형은 시비가 행위의 주체가 되는 경우를 말한다. 적극적 유형의 경우에는 능동과 수동으로 다시 분류할 수 있는데, 능동 조력의 경우에는 시비가 스스로의 의지를 가지고 문제를 발생시키거나 해결하는 것을 말한다. 이 경우에는 보통 주인의 능력이 부족하거나 주인의 공간을 이탈하여 주인의 명을 직접 전달받기 어려운 경우에 발생한다. 수동 조력의 경우에는 그 양상의 적극성이나 구체성과 관계없이 주인의 명을 순응하는 경우를 말한다. 이 경우에는 주인의 능력이 뛰어나거나 주인의 공간 내에서 계교를 실행하는 경우에 발생한다. 이러한 적극적 유형과 달리 소극적 유형은 시비가 객체로 작용되는 경우를 말한다. 시비가 성적 대상으로 사용되거나 폭력의 대상으로 사용되거나 혹은 주인의 성향이나 능력을 설명하기 위해 도구화되는 경우가 이에 해당한다.

거리가 가깝게 묘사된다.

여기서 공간 이탈 여부는 능·수동 조력을 구분하는 하나의 기준이 된다. 비복이 주인의 공간을 이탈하게 되는 경우에는 물리적인 한계로 주인의 명을 따르기가 어려우므로 능동 조력자로 형상화되는 경우가 많다. 반대로 주인의 공간 내에서 비복이 활동하는 경우에는 주인의 명을 수행하기가 상대적으로 쉽기 때문에 수동 조력자가 되는 경우가 많다.

이에 비취는 수동 조력자로 형상화된다. 규방에서 이옥수의 명을 받아 조력 행위를 하는 비취는 이옥수의 영향력 아래에서 명령을 그대로 순응한다. 비취가 뛰어난 능력을 가지고 적극적인 양상으로 묘사되는 것과는 별개로 이옥수의 영향권을 벗어나지는 못한다. 비취는 자신의 판단으로 문제를 해결하는 것이 아니라 이옥수의 명을 그대로 따르기 때문이다. 이옥수가 공간을 수차례에 걸쳐 이동하는 것 역시 이옥수의 명을 원활히 전해받기 위함임을 밝힌 바 있는데, 이 과정에서 이옥수의 명을 그대로 순응하는 비취의 양상이 자세히 묘사되어 있다.

① 부인이 드ᄃᆡ여 획ᄎᆡᆨᄒᆞ여 취로 ᄒᆞ여금 져의 어미 화셤과 오라비 비운 취복으로 더부러 여ᄎᆞ여ᄎᆞᄒᆞ라ᄒᆞ니 (〈화산선계록〉 권51, 7~8쪽)

② 혹 그 ᄉᆞ이 홀노 결치 못ᄒᆞᆯ 일이 잇거든 ᄲᆞᆯ니 와 고ᄒᆞ라 (〈화산선계록〉 권51, 26쪽)

③ 어시의 셜ᄆᆡ 본부의 니르러 부인긔 뵈올ᄉᆡ 눈물이 여우ᄒᆞ니 부인이 연고ᄅᆞᆯ 뭇거ᄂᆞᆯ 양부 경상을 다 알외니 부인이 탄왈 이ᄂᆞᆫ 양 공 부ᄌᆞ

의 운ᄋᆡᆨ이 미진ᄒᆞ미라 오ᄅᆡ지 아냐 ᄋᆡᆨ이 진ᄒᆞ리니 말동을 그리게 말나 ᄯᅩ 숀검의 말을 듯고 닐오ᄃᆡ 아ᄎᆞᆷ의 영됴의 보ᄒᆞ무로 임의 아라시니 숀검을 가히 항복 바다쓸지라 네 ᄎᆞ물을 가지고 비운으로 더브러 인즉 양질의 화ᄅᆞᆯ 한 가지로 풀니라 (〈화산선계록〉 권52, 50~51쪽)

④ 셜ᄆᆡ 다시 오기ᄅᆞᆯ 니르고 도라올 ᄉᆡ 가녀의 셔간을 ᄀᆞ져 몬져 위부의 와 니 부인긔 뵌 후 머믈워 양 쳐ᄉᆞ긔 뵈려ᄒᆞ여 두고 도라ᄀᆞ (〈화산선계록〉 권54, 29쪽)

위의 본문은 스스로 해결하지 못할 문제가 생길 때마다 이옥수를 찾는 비취의 양상이 드러난 장면이다. 비취는 ①의 장면에서 처음 계교를 전해들은 이후에, 문제가 발생할 때마다 이옥수를 찾아 간다. ②의 본문에서 이옥수가 비취에게 해결하지 못할 일이 생기면 자신을 찾아오라고 이야기하자 비취는 위부 동창궁과 양부를 드나들며 상황을 전한다. 비취가 스스로 문제를 해결하지 못하는 양상은 ③과 ④의 본문에서도 찾을 수 있다. 이처럼 비취가 행하는 모든 계교는 이옥수의 영향권에서 이루어짐을 알 수 있다.

한편 이와 달리 비운은 능동 조력자로 형상화된다. 비운은 이옥수에게 명을 받아 전장에 나간 이후에는 능동적으로 문제를 해결하는 모습을 보인다. 남성적 공간인 전장에서 하층 계급의 남성이 남자 주인의 명을 받는 것이 통상적인데 반해 서사에서 비운이 남성 주인인 진왕이나 위인창, 위웅창의 명을 수행하는 장면은 나타나 있지 않다. 비운은 유일하게 여주인인 이옥수에게서만 명을 받으며, 이외의 남성 주인의 명을 수행하지는 않는다. 이는 전장에서도 마찬가지이다. 즉,

비운은 전장이라는 공간에서 '자신의 주인을 보호'한다는 기본적인 목적 외의 구체적 행위는 스스로 결정하여 실행하고 있는 것이다.

위웅창과 대등하게 적을 물리치는 장면이나 선두에 서서 적을 칼로 베는 장면에서 상층 계급의 남성 인물 못지않게 능동적으로 묘사되는 비운의 모습을 확인할 수 있다. 이처럼 비운은 이옥수의 영향권인 '위부'라는 공간을 이탈하면서 능동적으로 변모한다. 전장이라는 특수한 공간에서 이옥수는 자유롭게 비운을 부릴 수 없고, 비운은 비취보다 더욱 능동적인 모습으로 형상화되어 문제를 스스로 해결하게 되는 것이다. 이를 통해 주인의 영향권에 있는 조력자는 수동적 조력자로 형상화되고, 영향권을 벗어난 비복은 능동적 조력자가 됨을 알 수 있다.

3. 서사적 기능

위에서 살핀 것처럼 비취·비운 남매의 적극성은 다른 시비들과 비교해보았을 때에도 두드러진다. 비취·비운이 이옥수의 공간 내에 있는지 아닌지에 따라 행위가 표출되는 양상이 달라지기는 하나, 근본적으로 그 행위가 적극성 양상을 보이고 있음은 분명하다. 그들은 중심인물들의 양상과 다르지 않을 만큼의 다양한 양상[28]으로 형상화된다. 그렇다면 비취·비운 남매의 이러한 양상이 서사에서 기능하는 바

---

28 비취는 주변인물임에도 여성반동인물인 가십랑에 못지않은 적극적 면모를 보이고 비운 역시 남성주동인물인 위웅창과 어깨를 나란히 하여 전장을 누비는 모습을 보인다.

는 무엇인가?

1) 갈등의 증폭과 극적 재미의 구현

비취·비운 남매가 보이는 서사 내에서 보이는 다양한 양상은 〈화산선계록〉의 갈등을 증폭시키고 극적 재미를 고조시키는 역할을 한다.

이옥수는 비취에게 갈등을 확대시키고 이를 해결하는 중대한 역할을 맡긴다. 이에 비취는 반동인물을 유도해 의도적으로 갈등을 확대시킨 이후에 모든 사실을 밝힌다. 비취는 가십랑 주변의 여러 반동인물의 중심에 서서 그들이 악행을 저지르게끔 유도한다. 가십랑에게는 다른 남성과 정을 통하라 부추기고 김민에게는 양혜주를 납치할 것을 사주하는데, 이러한 행동은 비취가 반동인물을 저지하기 위해 한 행동임을 고려하더라도 사실상 매우 비윤리적 행위이다. 비취에 의해 짓지 않아도 될 죄까지 가십랑이 짊어지게 되었기 때문이다. 이는 비취를 만나기 전 가십랑의 주변 환경을 통해 더욱 명확히 알 수 있다.

가십랑은 금매[29]를 제외하고는 이렇다 할 시비(侍婢)를 소유하고 있지 않다. 많은 여성반동인물이 시비의 조력을 받아 계교를 만들어내는 것과는 상이한 모습이다. 비취는 반동인물인 가십랑의 비어있는 조력자 자리에 의도적으로 자리 잡는다. 비취는 이간질, 거짓말, 납치사주 등 반동인물의 시비가 할 법한 모든 악행을 동원하여 가십랑의 죄를 키운다. 가십랑이 창기(娼妓) 출신으로 그 신분이 미천하고, 생

29 가십랑의 시비로 금매가 등장하기는 하지만 처음에 비취를 길에서 데려오는 것 외의 금매의 역할은 특별히 서술되어 있지 않다. 가십랑의 입으로 금매가 도움이 되지 않는 인물이라고 서술하는 것으로 보아서는 길에서 비취를 데려오기 위해 서술자가 일회성으로 만들어낸 인물 정도로 추측할 수 있다.

득적인 능력이 뛰어나지 않음을 미루어 보았을 때 비취의 개입 이후 만들어진 가십랑의 모든 계교는 비취에 의한 것임을 알 수 있다.

이러한 양상은 단순히 비취의 능력이 뛰어난 것만을 강조하기 위한 것이 아니다. 근본적으로 비취의 행위는 이옥수의 명령에서 비롯된 것이기 때문이다. 이옥수와 같은 고귀한 상층 사대부가 여성이 윤리적이지 않는 반동인물을 처단하기 위해 비윤리적 행위를 하는 것은 얼핏 모순으로 보인다. 그렇기에 이옥수는 비윤리적 행위를 할 자신의 대리인으로 시비인 비취를 선택한다. 비취는 대리인으로서의 역할을 충실히 해내는데, 이옥수의 계획 하에 가십랑은 '용서하지 못할' 반동인물이 되는 것이다. 이처럼 상층인물인 이옥수가 하지 않거나 할 수 없는 비윤리적 행동을 하층민인 비취가 서슴없이 시행하는 모습은 극적 재미를 불러온다.

가십랑은 비취의 개입 없이는 일회성 반동인물에 지나지 않는다. 비취의 개입과 비윤리적인 행위로 인해 갈등이 증폭되자 비로소 가십랑은 진정한 의미의 반동인물이 된다. 양 선생의 마음을 돌릴 약을 먹이고, 양 선생과 양섬을 이간질하는 등 소극적 반동 행위를 했던 가십랑의 반동 행위는 비취가 개입하며 그 정도가 극대화된다. 양혜주를 납치해 죽이려고 하거나, 다른 남성과의 간통을 계획하는 등 반동 행위의 정도가 심해지기 때문이다.

이 외에도 비취는 여러 반동인물들의 관계를 하나로 묶어 그들의 연결 고리를 만든다. 비취는 그렇게 연결된 여러 반동인물을 일망타진한다.[30] 일회성 반동인물의 일회성 갈등으로 끝날 수 있는 서사를

30 비취가 가십랑의 계교를 밝혀내며 가십랑뿐만 아니라 가십랑과 연결되어 있던

더욱 증폭시키고 이로 인해 반동인물을 용서하지 못할 인물로 만들어 완벽히 처단하고 있는 것이다. 이처럼 비취의 여러 행위로 인해 갈등은 증폭되고, 서사는 다채로워진다.[31]

비운의 경우에도 구체적 양상은 다르나 그 근본은 같다. 비운은 이옥수의 조력자이자 위웅창의 조력자로 활약한다. 비운의 등장으로 인해 서사는 더욱 확장된다. 비운은 비취와는 달리 전장에서 활약하므로 주로 대적(對敵)하는 양상이 묘사된다는 점에서는 비취에 비해 상대적으로 단순하게 보인다. 하지만 서사의 중간에 등장하는 비운의 무력적 활약은 충분히 독자에게 흥미로운 읽을거리를 제시한다. 비운의 활약은 진왕, 위인창, 위웅창과 같은 남성주동인물의 활약을 보조하는 것에 그치지 않으며, 주요한 사건을 해결하는 주체가 되기 때문이다.[32] 이처럼 서사의 곳곳에서 극적 재미의 구현을 위한 역할을 비운이 담당하고 있는 것이다.

여러 반동인물이 한 번에 처리된다. 황제는 김민과 가십랑을 처참(處斬)하고 매파인 홍삼랑은 유배 보낸다. “김민의 뎐후 힝ᄉᆡ 가살이오 그 부형이 불인무도ᄒᆞ니 엇지 명셰의 머물니오 가십낭 쳔녀와 함긔 쳐참ᄒᆞ고 홍삼낭 등 무뢰빅ᄂᆞᆫ 즁형ᄒᆞ여 원지졍빅ᄒᆞ라 ᄒᆞ시니 왕상셰 슈명ᄒᆞ여 일일이 다ᄉᆞ리니 ᄉᆞ름마다 쾌히 넉이더라” 〈화산선계록〉 권54, 67쪽.

31 정선희(2015)는 고전 대하소설에 등장하는 보조 인물들의 수가 많아지면서 서사가 확장되고 갈등이 다양해짐을 밝혔다. “〈조씨삼대록〉이나 〈임씨삼대록〉에 이르면 여성보조인물이 늘어나고 활약도 많기에 서사를 늘리고 사건과 갈등을 다양하게 만들 수 있어 장편화가 용이해져 40권이나 될 수 있었을 것으로 생각된다.” 정선희, 「장편고전소설에서 여성 보조인물의 추이와 그 의미」, 『고소설연구』 40, 한국고소설학회, 2015, 189쪽.

32 비운은 이옥수의 계교에 방해가 될 인물을 모두 처단한다. 서사의 초반부에서 양혜주를 죽이려고 하는 건낭과 방승을 죽이는 것, 도인으로 변신한 요물을 죽이는 것, 곽륜이 황제의 군대를 치자 위웅창과 함께 적장을 죽인 것이나 야차(夜叉)를 죽이는 것 등이 이에 해당한다.

이처럼 갈등의 증폭과 이로 인한 서사의 확장은 자연스레 극적 재미를 고양하는 결과를 가져온다. 〈화산선계록〉은 특히 독자의 흥미성을 제고하고자 했던 작가의 서사 전략이 두드러진 작품이다.[33] 예컨대, 서술자는 첩자로 기능하는 비복이 등장할 때에 처음부터 사실을 밝히지 않고, 독자에게 호기심을 던져준 후 서술자가 이를 유도하는 질문을 던지는 식의 기법을 사용한다. 이때 독자는 이해하기 어려운 비복의 행동 등에 의문을 가지다가 이후 사실이 밝혀지자 이를 깨닫게 된다. 이러한 부분은 첩자로 기능하는 비복인 비취, 설란, 고정의 서사에서 모두 찾을 수 있다.

양월희의 시비인 설란은 이옥수의 명에 의해 영옥교의 첩자가 된다. 서술자는 이 사실을 처음부터 밝히지 않고 마치 설란이 영옥교의 꼬임에 넘어간 것처럼 서술한다. 이때 과도하게 갈등을 유발하는 설란의 모습에 서술자는 의문을 던진 이후 추후 첩자라는 사실을 밝힌다. 비취 역시 마찬가지이다. 서술자는 비취라는 본명을 처음부터 밝히지 않고 '설매'라는 이름을 먼저 언급하는데, 동창궁 위부를 넘나드는 '설매'에 대해 의문을 던진 이후 독자들에게는 추후에 설매가 '비취'라는 이름을 가진 첩자임을 밝힌다. 이는 일회성 등장인물인 고정

33 김정숙(2013)은 〈천수석〉과 〈화산선계록〉의 서사구조를 밝히며 〈천수석〉 연작에 나타나는 사건의 반복제시구조나 서사의 풀어내기, 묶어내기와 같은 서사구조가 독자가 텍스트에 흥미를 느끼게끔 하는 원동력이 됨을 밝혔다. "반복구조와 서사의 풀어내기, 묶어주기구조는 주제의 다양성, 재미와 몰입, 소설의 장편화에 큰 기여를 하고 있다. 서사구조는 역동성과 중독성을 띠고 있다. 이러한 특성은 독자가 텍스트를 애독하는 분위기를 만들었고, 이러한 독서 분위기가 확산되어 대하소설 성행의 원동력이 되었다고 본다." 김정숙, 「조선후기 대하소설의 서사구조 –〈천수석〉과 〈화산선계록〉을 중심으로」, 『반교어문연구』 34, 반교어문학회, 2013, 196쪽.

의 경우에도 마찬가지인데, 설란이나 비취에 비해 짧은 서사이고 밝혀지는 과정이 길지 않으나 고정 역시 인물의 행동에 의문점을 던진 이후 서술자가 사실을 밝히는 식으로 구성되어 있다. 이러한 일련의 과정은 모두 독자의 흥미를 제고하게끔 하기 위한 서술자의 서사 전략의 하나라 할 수 있다.

2) 적극적 비복의 형상화와 여주인 '이옥수'의 능력 부각

이옥수는 〈화산선계록〉의 가장 중요한 인물 중 하나이다. 남성주동인물인 위현이 있으나, 사실상 위현보다도 이옥수의 활약이 더욱 두드러진다. 이옥수의 능력은 남성주동인물이자 위부의 가부장인 위현보다도 뛰어나게 묘사되며,[34] 사실상 여성영웅적 성격을 띠고 있다

---

34 이옥수는 자신의 남편인 위현이 전쟁에 출전할 때에도 배후에서 이를 조종한다. 위현이 〈화산선계록〉의 가장 주된 남성중심인물임을 고려한다면 매우 특이한 양상이라 할 수 있다. 여성인물인 이옥수가 남성인물의 행동을 조종하고 있기 때문이다. 이는 〈화산선계록〉의 이옥수와 같이 탁월한 능력으로 묘사된 여타 고전 대하소설의 여성주동인물과 비교했을 때 더욱 명백히 드러난다. 일례로 〈성현공숙렬기〉의 여성주동인물 주숙렬과 양상을 비교할 수 있다. 주숙렬은 주현수라는 이름으로 남장을 하고 전장에 출전하는 영웅적 여성주동인물이다. 주숙렬은 대원수로 전쟁에서 승리를 이뤄냈음에도 불구하고 남편인 임희린에 의해 강제로 성관계를 맺거나, 남성으로 위장하여 출전한다는 사실이 인륜을 벗어나는 일이라며 한탄하기도 한다. "주숙렬은 단 한 번도 '사대부가 여성의 삶을 탈피'하고자 하지 않는다. 대원수로 전쟁에서 승리를 이뤄냈음에도 그에게 내려진 것은 '효문공주'라는 직첩뿐이며, 숙렬 또한 다른 것을 바라지 않는다. 또한 자신이 전쟁터에서 직접 구해낸 남편 임희린에 의해 강제로 성관계를 맺어야 했으며 결국은 다시 시가로 돌아와 여성으로서의 삶을 살아낸다. 주숙렬이 뛰어난 인물임을 반론할 여지는 없다. 하지만 여화위남(女化爲男)의 모든 과정은 주숙렬이 가진 능력과 관계없이 그의 영웅성에 의한 것이라기보다는 갈등 해결을 위한 과정의 일환(一環)으로 보는 것이 더욱 타당해 보인다." 김민정, 「〈성현공숙렬기〉에 나타난 내·외부 조력자로서의 시비(侍婢) -열영, 상운, 매송을 중심으로」, 『한국고전여성문학연구』 41,

고 해도 과언이 아니다.[35] 이처럼 이옥수는 여러 방면으로 자신의 영향력을 펼치며 〈화산선계록〉 갈등 해결의 주축이 된다.[36]

이옥수는 이부, 위부의 갈등뿐만 아니라 위부와 인척(姻戚) 관계를 맺고 있는 연부나 양부, 설부와의 갈등을 해결하는 것에도 일조한다. 또한 집안의 문제를 넘어서 국가의 전란에까지 그 영향력을 미치는데, 여러 갈등을 해결하기 위해 자신의 비복 외에도 주위의 많은 비복을 발탁해 사용한다. 앞일에 쓰일만하다면 그 출신에 관계없이 자신의 수족으로 이용하는 것이다. 일례로 백취랑의 노복(奴僕)인 고정은 원래 조정옥의 편에 서서 반동 행위를 돕던 인물이었으나 이옥수에 의해 이옥수의 첩자가 되어[37] 갈등을 해결한다. 같은 첩자인 비취와는 달리 그 행위가 간략히 서술되어 있으나 고정 역시 이옥수의 명을 받

한국고전여성문학회, 2020, 263쪽.

35 장시광(2006)은 이옥수가 여성영웅의 형상을 하고 있음을 밝힌 바 있다. 장시광, 앞의 논문, 197~238쪽.

36 "이옥수의 빼어남은 남성주동인물인 위현과 비교해보면 더욱 뚜렷이 부각된다. 위현은 이옥수의 남편으로서 위부의 가장으로 등장하는 인물이다. 위현이 능력이 아예 없는 인물은 아니다. 일단 위현은 작품에서 신명한 인물로 설정되어 있다. 이에 걸맞게 여섯 차례 정도 서달이나 거란 등을 정벌해 공을 세우기도 하며 집안의 기강을 세우기 위해 나름대로 노력을 한다. 그러나 이러한 면은 이옥수에 비하면 상대적으로 매우 빈약하다. 위현이 가장 큰 공을 세웠다고 할 만하고 작품에도 상세하게 묘사된 북한 잔당 정벌을 예로 들더라도 그가 그렇게 공을 세울 수 있었던 데에는 이옥수가 배후에서 조종을 한 덕분이다." 위의 논문, 223~224쪽.

37 "고졍 ᄌᆞ는 져 무리 복심이여ᄂᆞᆯ 엇지 녀홍을 ᄎᆞᆺᄂᆞᆫ고 이 ᄯᅩᄒᆞᆫ 니 부인 밀계ᄅᆞᆯ 녀상궁이 밧드러시미라 녀 상궁이 진왕긔 말ᄆᆡ바다 오라븨 집의 온 후 병을 탁ᄒᆞ고 슈삼 삭을 머물ᄉᆡ 남ᄆᆡ ᄃᆡᄒᆞ여 니 부인 맛진 ᄇᆡᄅᆞᆯ 진심봉힝ᄒᆞ니 녀홍이 길가의 물화ᄅᆞᆯ 버리고 산가와 ᄇᆡᆨ가의 문을 ᄇᆞ라 그 왕ᄂᆡᄒᆞᄂᆞᆫ ᄌᆞᄅᆞᆯ ᄉᆞᆯ피ᄂᆞᆫ지라 일ᄀᆡ 한ᄌᆡ 거름이 쾌졉ᄒᆞ여 ᄇᆡᆨ가로 됴ᄎᆞ 산가로 향ᄒᆞ고 산가로 됴ᄎᆞ 됴부로 왕ᄂᆡᄒᆞ니 이에 그 얼골을 보와 심ᄂᆡᄅᆞᆯ 안지라 숀검을 쳥ᄒᆞ여 여ᄎᆞ여ᄎᆞᄒᆞ게ᄒᆞ니" 〈화산선계록〉 권68, 23~25쪽.

아 갈등을 해결하고 있다는 점에서 그 근본은 다르지 않다.

이처럼 이옥수는 비복을 적재적소에 활용함으로 문제를 해결한다. 비취·비운 남매 역시 이러한 목적으로 이옥수에게 발탁된 이들이다. 주목할 점은 해당 비복들이 이옥수의 비복이 아니라는 점이다.[38] 이는 이옥수의 능력을 강조하는 또 다른 지표가 된다. 원주인이 누구인지 여부와는 관계없이 발탁됨과 동시에 이옥수를 위해 충성을 바쳐 일하는 여러 비복들은 〈화산선계록〉 전체 서사에 미치는 이옥수의 영향력을 짐작할 수 있게끔 한다. 반동인물의 노복이었던 고정을 제외하고는 비취와 설란의 원주인인 유 부인과 양월희의 경우에는 이옥수가 자신의 시비(侍婢)를 사용하는 일에 전혀 관여하지 않는다. 이옥수가 비복뿐만 아니라 비복들의 주인인 상층 계급에까지 영향력을 미치고 있음을 짐작할 수 있다.

---

38 자신의 시비가 아닌 이를 자신의 조력자로 활용하는 서사는 고전 대하소설에서 종종 등장한다. 하지만 보통의 경우에는 〈화산선계록〉의 양상과 그 방향이 다르다. 〈화산선계록〉의 이옥수는 다른 사람의 시비를 자신이 발탁하여 데려오지만, 보통의 경우에는 윗사람이 아랫사람에게 능력이 뛰어난 시비를 하사하는 방식으로 묘사되는 경우가 많다. 이러한 예를 〈성현공숙렬기〉와 그 속편인 〈임씨삼대록〉에서 예를 찾을 수 있다. 〈성현공숙렬기〉의 여성주동인물 주숙렬은 속편 〈임씨삼대록〉에서 자신의 며느리인 설성염이 위기에 처하자 자신의 시비인 열영, 상운, 매송을 조력자로 내어준다. 설성염은 시비들의 도움을 받아 갈등을 해결한다. 이를 통해 〈화산선계록〉에서 시비를 발탁하는 서사는 다른 고전 대하소설의 양상과는 차이가 있다는 점을 알 수 있다. "설성염은 주숙렬의 며느리로 관 부인이 주숙렬에게 열영을 내려준 것과 마찬가지로 며느리인 설성염에게 위기게 발생하자 열영, 상운과 매송을 설성염에게 내어준다. 열영, 상운, 매송은 설성염의 주된 심복들은 아니나 주숙렬에게 그러했던 것처럼 설성염을 위기에서 구해낸다. 주숙렬은 설성염이 옥선 군주에 의해 죽을 위기에 처하자 상운과 매송을 설성염에게 보내기도 하며, 황후의 부름을 받아 궐로 들어가게 된 설성염을 시호하고 방비할 것을 명하며 열영과 매송을 내어주기도 한다." 김민정, 앞의 논문, 256쪽.

비취·비운 남매의 적극성이 두드러지게 된 것 또한 이옥수의 이러한 형상과 무관하지 않다. 이를 증명하기 위해 비취·비운 남매의 양상을 재고해보자. 비취와 비운은 주인이 부재한 상황에서 신물을 자유자재로 사용할 만큼 능력이 뛰어나고, 그 능력을 여러 인물에게 거듭 인정받는 비복이다. 비복임에도 그 양상은 오히려 상층계급의 중심인물들과 흡사하며, 행동 양상 역시 매우 다채롭게 표현되어 있다. 하지만 적극적인 모습에도 불구하고 비취, 비운은 이옥수의 영향권 내에서 벗어나지 못한다.

앞 장에서 살핀 것과 같이 비취는 공간을 16번 가량 이동하며 이옥수의 명을 수행한다. 서술자는 이 과정을 통해 갈등 해결을 위한 모든 과정이 이옥수에 의해 시행된 것임을 나타내려 한다. 서술자의 의도는 모든 계교가 밝혀진 후에 명확히 드러난다. 이후 모든 갈등이 해결되자 양 선생이 비취의 의기를 칭찬하는데,[39] 양섬에 의해 이 모든 것은 비취가 아닌 이부인의 획책(劃策)임이 언급된다.[40] 갈등 해결을 위한 물리적 행위가 비취에 의해 이루어졌음에도 불구하고 비취의 공은 별달리 치하되지 않은 채 이옥수의 신명함만 강조되고 있는 것이다. 가십랑의 모든 계교가 밝혀지고 징치를 받자 비취는 별다른 언급 없이 서사에서 퇴장한다.[41]

---

39 “셜ᄆᆡᄂᆞᆫ 하동이ᄂᆡ완ᄃᆡ ᄂᆡ 집 위ᄐᆡᄒᆞ믈 붓드러 무ᄉᆞ케 ᄒᆞ고 흉적을 잡게ᄒᆞ고 용ᄉᆞᄅᆞᆯ 보ᄂᆡ미 다 셜ᄆᆡ의 은혜니 어느 날 맛나 갑흐리오 이ᄂᆞᆫ 다 현부의 지극ᄒᆞᆫ 셩효ᄅᆞᆯ 신명이 감응ᄒᆞ미니 엇지 치ᄉᆞ치 아니리오” 〈화산선계록〉 권55, 4쪽.

40 “공ᄌᆡ 위부의 ᄀᆞᆺ다가 ᄌᆞ연이 셜ᄆᆡ 지ᄉᆞᄅᆞᆯ 알고 위부 일긔ᄅᆞᆯ 비러 보ᄆᆡ 셜ᄆᆡ의 작ᄉᆡ니 부인의 명ᄒᆞ미요 건낭 방즁 모든 간당이 쥬멸ᄒᆞᆷ도 니 부인 획ᄎᆡᆨ이라 공ᄌᆡ 무슈 칭은ᄒᆞ고 한벌을 벗셔 ᄐᆡ야긔 드리니 쳐ᄉᆡ 크게 긔이코 감은ᄒᆞ여 위부ᄅᆞᆯ 바라 칭ᄉᆞᄒᆞ니라” 〈화산선계록〉 권55, 7쪽.

그럼에도 비취의 역할은 결코 작지 않다. 비취는 〈화산선계록〉의 중심이 되는 양부(-府)의 대표적 반동인물인 가십랑을 처단하는 데에 가장 큰 공을 세우는 인물이기 때문이다. 가십랑은 창기(娼妓) 출신으로, 그 배경이 변변치 않다. 보통의 반동인물이 자신의 가족이나 비복을 동원하여 계교를 행하는 것을 고려해 본다면 별다른 배경이 없는 가십랑은 계교 수행에 있어 한계가 많은 인물이다. 그렇기에 서술자는 김민, 환방, 송천과 같은 일회성 반동인물[42]을 만들어 내 그들이 결합하게끔 만든다. 반동인물과 반동인물의 결합은 계교를 확장시킨다.[43] 비취는 이러한 결합을 고속화하고 갈등의 정도를 심화시켜 최종적으로 갈등의 뿌리를 뽑는 인물이다. 이와 같이 비취의 역할이 적지 않음에도 시비(侍婢)라는 신분적 한계와 이옥수의 능력 부각을 위해, 비취는 이옥수의 명령을 수동적으로 받아들이는 수동적 조력자의 형태를 가질 수밖에 없는 것이다.

---

41 이후 권70에서 설부 계자와 성혼(成婚)하였다는 언급이 있기는 하나 비취의 구체적 양상이 묘사되는 것은 권55가 마지막이다.

42 "일회성 반동인물은 작품 중간에 잠깐 나왔다가 사라지는 반동인물이며, 지속적 반동인물은 몇 권에 걸쳐 반복적으로 등장하는 반동인물을 말한다." 장시광, 「〈화산선계록〉의 여성반동인물 연구」, 『국어국문학』 135, 국어국문학회, 2003, 308쪽.

43 반동인물과 반동인물이 결합하여 계교를 확장시키고 이로 인해 완전히 파멸하는 서사는 〈화산선계록〉 외의 작품에서도 쉽게 찾을 수 있다. 일례로, 〈이씨세대록〉에서는 반동인물 조귀비가 또 다른 반동인물인 시비 홍연과 결합하는데 이 둘은 이부(李府)의 파멸이라는 공통된 목적을 가지고 손을 잡는다. 이 두 명의 반동인물은 개별적으로 반동 행위를 할 때에는 이렇다 할 파급력을 가지고 오지 못한다. 하지만 결합으로 인해 갈등의 양상이 확장된다. 이후 사실을 밝혀진 후 조귀비의 집안인 조부는 완전히 파멸하고 홍연 역시 처형당하게 된다. 김민정, 「〈이씨세대록〉 시비(侍婢)의 역할 변화와 그 의미 -홍연을 중심으로-」, 『고소설연구』 49, 한국고소설학회, 2020, 181~217쪽.

이옥수의 공간이 아닌 곳에서 조력 행위를 하는 비운이 비취에 비해 능동적으로 형상화되어 있는 것은 앞서 밝힌 바 있다. 하지만 그럼에도 비운 역시 비취와 마찬가지로 이옥수의 영향권을 벗어나지는 못한다. 이는 비운과 다른 남성 주인과의 관계에서 그 근거를 찾을 수 있다. 보통의 경우라면 하층민은 같은 성별의 주인에게 명을 받는 것이 일반적이다. 전장이라는 남성적 공간이라면 더욱 그러하다. 그러나 전장에서 비운에게 명을 내리는 남성인물은 찾기 어렵다. 비운이 명을 따르는 장면은 출전(出戰)하기 전 '이옥수와의 대면 장면'에서만 등장한다.

이옥수는 자신의 양자(養子)인 진왕을 보호하기 위해 위웅창과 위인창 형제와 비운, 손검을 전장으로 함께 보낸다. 이옥수가 전장에 가는 비운에게 명을 내리는 것은 이 시기뿐인데, 이후 남성 인물의 명령을 받는 장면은 서술되어 있지 않다. 전장에서 남성 인물의 명령 없이 주체적으로 행동하는 비운의 양상이 나타난다는 것은 실질적으로 비운의 능동적 행위가 초반부 이옥수의 명에 의한 것임을 의미한다고 할 수 있다. 즉, 비운이 근본적으로는 이옥수의 명을 따르고 있되, 공간의 한계로 인해 위부 내에 있는 비취보다 능동적인 양상으로 형상화된 것이라 볼 수 있다.

이러한 여러 양상을 통해 비취·비운 남매의 적극성이 의미하는 바를 종합할 수 있다. 〈화산선계록〉에 등장하는 비복들은 이옥수의 대리인이며, 그들의 적극성은 이옥수의 뛰어남을 부각하기 위해 설정된 서사적 장치로 보인다. 적어도 서술자는 이옥수의 능력 부각을 목적으로 비취·비운 남매의 서사를 묘사한 것으로 보인다. 이옥수가 비복들의 뛰어난 면모를 알아차리고 발탁해내는 과정에서부터 계교를 지시하는 과정과 이로 인해 갈등이 해결되는 과정에서 비취·비운 남매의 적극성과 뛰어남이 강조될수록 이옥수의 능력이 부각되기 때문이다. 하지만 그럼에도 비복들의 역할은 전혀 미미하지 않다. 신분의 한계로 서술자의 선택에서 배제되기는 하였으나 그들 역시 갈등 해결의 주축에 있기 때문이다.

4. 맺음말

이 글은 고전 대하소설 〈화산선계록〉에 나타난 조력자로서의 비복과 그 서사적 의미를 알아보기 위한 연구이다. 위부의 비복인 비취·비운 남매의 양상은 단순한 조력자로 보기에는 그 양상이 매우 적극적으로 묘사되어 있다.

이러한 비취·비운 남매의 적극적 조력 양상 및 특징을 크게 세 가지로 나눌 수 있다.

첫째, 이들은 탁월한 능력의 소유자이다. 비취와 비운의 능력은 수차례에 걸쳐 서사 내에 언급된다. 서술자는 황제, 양섬, 양혜주, 가십랑과 같은 여러 인물들의 입을 빌려 이들의 뛰어남을 언급한다. 이옥수 역시 그들이 반동인물의 행위를 저지하는 일에 쓰일 만한 가치가 있다고 판단하였기에 자신의 비복이 아님에도 이들을 발탁하여 사용한다. 이들의 활약은 매우 적극적이고 다양하게 묘사되어 있다. 권54 전체에 걸쳐 비취가 반동인물 간의 갈등을 증폭시키고 이를 해결하는 모습이나, 비운이 전장에서 주인인 위웅창과 대등한 위치로 역당을 저지하는 모습에서 이를 알 수 있다.

둘째, 이들은 신물(神物)을 자유자재로 사용한다. 이옥수는 자신의 세 가지 보배인 조마경, 홍금삭, 신검을 자신의 주위 사람들에게 하사하여 이를 적절히 사용하도록 한다. 비취·비운 남매 역시 이옥수에게 신물을 하사받아 문제를 해결한다. 주목할 점은 그 사용 양상이 다른 하층 계급의 사용자의 양상과 상이하고 오히려 상층 계급의 사용자의 양상과는 흡사하다는 점이다. 비취·비운 남매는 상층 계급인 위인창, 신량, 화진과 마찬가지로 이옥수의 공간이 아닌 외부 공간에서 신물을 자유자재로 사용한다. 이옥수의 공간인 위부 태을전에서 이옥수의 명에 따라 소극적으로 신물을 사용하는 시비(侍婢) 능옥과는 다른 양상이라 할 수 있다.

셋째, 조력의 공간이 나누어진다. 비취는 여성적 공간인 규방에서, 비운은 남성적 공간인 전장에서 조력을 행한다. 이 과정에서 비취는 공간을 이동하는데, 이는 이옥수의 명을 원활하게 수행하기 위한 과정 중 하나이다. 이에 반해 비운은 공간의 이동이 많지 않은데, 이는 비취와 비운의 상황과 역할이 상이하기 때문으로 보인다. 비취는 '첩자'의 역할이었기에 이옥수의 끊임없는 조언이 필요했을 것이고 비운은 전장에서 진왕을 조력해야 하는 역할을 수행하는 것이 주된 역할이므로 이외에는 특정한 사건이 발생할 때에만 공간을 이동하게 되는 것이다. 세부적인 공간 이동의 양상을 고려하더라도 비취가 이옥수의 공간인 규방을 벗어나지 않고 비운은 이를 벗어나 외부 공간에서 조력을 행함을 알 수 있다. 이 과정에서 비취·비운 남매의 조력의 양상에 차이가 발생하게 된다. 비취가 이옥수의 명령을 그대로 순응하는 모습을 수동적 조력자의 모습을 보인다면 비운은 출전(出戰) 전에 이옥수에게 명을 받은 이후에는 따로 누군가의 명을 수행하는 모습을 보이지 않는다. 전장이라는 특수한 공간에서 이옥수가 비운을 자유롭게 부릴 수 없기에 능동적으로 변모한 것으로 보인다.

이후 비취·비운 남매의 이러한 적극성이 서사 내에서 기능하는 바를 두 가지로 나누어 살펴보았다. 먼저, 이들은 갈등을 증폭시키고 이로 인해 극적 재미를 구현해낸다. 비취가 '주동인물-반동인물' 사이의 갈등을 증폭시켜 반동인물들을 일망타진하거나 비운이 역당(逆黨)인 곽륜을 처단하기 위해 신묘한 능력을 보이는 것 등이 이에 해당한다. 이러한 과정들은 극적인 재미를 불러일으키기에 충분하다.

다른 하나는 비취·비운 남매의 적극적 양상이 오히려 여성주동인물인 이옥수의 능력을 부각하고 있다는 점이다. 이옥수는 〈화산선계록〉의 중심에 있는 인물이다. 비취·비운 남매가 적극적으로 형상화되는 일련의 과정은 여성주동인물 이옥수와 밀접하게 연관되어 있다. 모든 물리적 행위가 비취에 의해 이루어졌음에도 불구하고 양부의 인물들은 이옥수의 신명함을 감탄할 뿐이다. 이후 비취는 별다른 언급 없이 서사에서 퇴장한다. 비운 역시 마찬가지이다. 비운은 이옥수의 명을 수행할 뿐이며 다른 남성 인물의 명을 받지 않는다. 이 역시 이옥수의 신명함을 강조한 결과라 할 수 있다.

〈화산선계록〉은 특히 비취·비운 남매와 같은 비복의 활약이 두드러진 작품이다. 하지만 서술자가 하층 계급의 뛰어난 활약을 강조하기 위해서 이러한 서사를 진행한 것으로 보이지는 않는다. 서술자는 과도할 정도로 이옥수의 능력만을 강조하며 '적극적으로 형상화되는 비복'이 적극적으로 행동하는 것조차 이옥수에 의한 것임을 수차례에 걸쳐 강조하기 때문이다. 이는 남성주동인물인 위현이나 그의 아들인 진왕, 위웅창, 위인창 등도 예외는 아니다. 하지만 그것을 염두에 두더라도 비복의 적극적 형상화를 무시할 수는 없다. 서술자의 의도와 별개로 하층 계급의 적극적 형상화는 독자에게 충분히 흥미롭기 때문이다.

경남 진주의 여성 한글 제문 연구

진주 지역 창자의 제보 자료를 바탕으로

김정호

1. 머리말

제문은 상사(喪事)나 제사(祭祀)라는 제의에서 사용되는 의식적인 기능과 제문 작성자가 대상을 애도하는 마음, 죽은 사람을 잃은 상실감, 살아남은 자의 슬픔과 안타까움 등의 심정을 표출하는 정서적 기능을 담는 문학양식이다.[1] 제문은 낭독에 적합하도록 짜여진 문장이며, 시공의 제약성, 상투어 사용, 획일적인 문장이나 어법 등을 바탕으로 하는 특유의 규범적인 요소가 있다. 예술성보다는 기능성이 우선시되는 의식문이며 실용문이어서 문학적 가치나 의의를 밝히는 데는 소홀히 한 점이 있다. 제문 연구를 하면서 한문 제문에 대한 연구는

---

1 황수연, 「17세기 지망실문과 제망여문 연구」, 『한국한문학연구』 30, 한국한문학회, 2002, 41쪽.

많이 진행되었다. 개별 작품에 대한 연구뿐만 아니라 한문 제문을 역사적으로 살펴본 논의도 있었다.[2] 한글 제문에 대해서는 개별 제문을 해제하거나 분석한 논문들이 있다.[3] 여성 제문을 대상으로 연구한 논문도 많이 있는데, 서정성을 드러낸 점을 찾거나 문학적 성격을 규명한[4] 글들이 있다. 여성이 쓴 한글 제문 22편을 발굴하여 제문 자료를 풍부하게 제공하였을 뿐만 아니라 한글 제문이 지닌 구조와 표현, 내용 등을 구체적으로 다루고 있는 본격적인 글도 있다.[5]

이 글에서 대상으로 삼은 제문은 진주에서 거주하고 있는 분이 소장하고 있던 한글 제문이다.[6] 소장자는 제문 읽기를 잘했다고 알려져

---

2 한문 제문에 대한 연구업적은 많으며, 개별 작가나 작품에 대한 연구도 많이 진행되었다. 제문을 전체적으로 조망한 논문은 두 편이 있다. 전일재, 「고려시대 애제문 연구」, 한국교원대학교 석사학위논문, 2000; 이은영, 「조선 초기제문 연구」, 이화여자대학교 박사학위논문, 2001; 이은영, 『제문, 양식적 슬픔의 미학』, 태학사, 2004.

3 강전섭, 「연안이씨제문에 대하여」, 『어문학』 39, 한국어문학회, 1980; 구수영, 「사백년 시신 위에 덮힌 기적의 한글문학」, 『문학사상』 77, 1979; 김동규, 「제문가사 연구」, 『여성문제 연구』, 1994; 김상홍, 「진남 박남수의 애제문학 연구」, 『한국학논집』 12, 근역한문학회, 1994; 김일근, 「충무공 윤숙의 한글제문」, 『상명사대』 3, 상명여자사범대학, 1971; 안동민속박물관, 「안동의 한글 제문」, 안동민속박물관, 1998; 홍재휴, 「딸이 쓴 아버지 제문」, 『문헌과 해석』 17, 한문학연구학회, 2001.

4 고연희, 「17세기 남성의 여성 재현:김창협의 여성애제문을 중심으로」, 『퇴계학과 한국문화』 32, 경북대학교 퇴계학연구소, 2003; 김미영, 「죽은 아내를 위한 선비의 제문 연구:아내를 위한 사랑의 다면성」, 『실천민속학 연구』 8, 실천민속학회, 2006; 박무영, 「18세기 제망실문의 공적 기능과 글쓰기」, 『한국한문학 연구』 32, 한국정치학회, 2005; 유미림, 「조선시대 사대부의 여성관:제망실문을 중심으로」, 『한국정치학보』 39-5, 한문학연구학회, 2002; 이영호, 「관습적 글쓰기와 창의적 글쓰기: 조선 후기 제문양식을 중심으로」, 『작문연구』 2, 2006; 정수미, 「조선시대 제망실제문 연구」, 경성대학교 석사학위논문, 1999; 황수연, 「17세기 제망실문과 제망녀문 연구」, 『한국한문학 연구』 30, 한문학연구학회, 2002; 황수연, 「조선 후기 제망매문 연구」, 『열상고전연구』 19, 열상고전연구회, 2004.

5 류경숙, 「조선조 여성 제문 연구」, 충남대학교 박사학위논문, 1996.

있으며, 제문 읽기가 본인에게는 힐링(healing)[7]의 한 방법이었다고 한다. 제문을 잘 읽는 분이 있다는 제보를 듣고 찾아가서 보관하고 있는 제문을 읽어달라고 부탁을 했으며 한지 종이가 부스러질까봐 손에 쥐고 있기도 조심스러운 제문을 펼쳤더니 3편의 한글 제문이 필사되어 있었다. 흘림체로 쓰여 있었으며, 오자나 탈자는 첨자의 형태로 고쳐 쓴 것도 있었다. 제문을 쓴 필자와 창자가 일치하지는 않았으며, 제문 읽기를 즐겼던 창자는 노래하듯이 제문을 읽었다. 힘든 일이 있거나 적적할 때는 제문을 읽으면서 스스로를 위로 했다고 한다. 문학의 효용성이라는 관점에서 볼 때 제문의 창자는 제문을 읽음으로써 죽은 자에 대한 연민과 죽음에 대한 공포를 통해 카타르시스를 얻었을 것이다. 특히 한글 제문이 과거로부터 유용하게 창작되고 있던 글쓰기의 한 형태이며 조선 후기 이후에는 실용적 글쓰기로 자리잡아 집안의 상사나 제례에서 많은 사람들이 쓰고 낭독했다는 것을 알 수 있다.

6 2015년 22일 제문 소장자이자 창자인 하만우(89세, 여, 진주시 대곡면 단목리 406번지)어르신을 사천 도립요양병원에서 만나 제문 읽기를 부탁드렸다. 딸(하중자, 64세)이 어르신이 살던 옛 집에서 찾은 제문은 한지가 많이 상해 있어서 확대 복사를 했더니 읽기가 편하다고 하셨다. 이 글의 자료는 두루마리 하나로 묶인 제문을 대상으로 한 것이다.

7 최근에 우리 사회는 '힐링'이라는 단어가 많이 쓰이고 있다. 이것은 물론 서구에서 들어온 것이다. 제문에 이 용어를 쓴 것은 제문을 쓰고 읽는 것이 '자기 치유'의 한 방법이었기 때문이다. 죽은 자를 위한 것이 아니라 살아있는 사람들이 마음을 다잡고 마음을 치유하기 위한 자기 고백의 글이다.

2. 제문의 기원

제문은 문학과 제의가 결합되어 있는 실용문이다. 가족이나 친지 혹은 친구의 죽음 이후 장례나 제례에서 망자에게 바치는 글이다. 망자의 삶을 돌아보며 추도하고 살아있는 사람들이 스스로를 위로하고 잃은 사람들에 대한 상처의 아픔과 슬픔을 치유하고자 하는 목적도 있다. 근대 이전에는 한문학의 한 영역으로 자리 잡고 있었으며, 오랜 역사를 갖고 있는 문장의 한 양식이 제문이었다. 동양에서는 『예기(禮記)』「郊特牲」에 '천자는 여덟 신에게 제사를 드린다. 이 제사는 伊耆氏가 처음 시작했다.'[8]라는 기록이 있다. 제사의 기도문에서는 "제방은 견고하고 물은 넘치지 말라. 벌레는 들끓지 말고, 초목은 우거져라"[9]라고 기록하고 있다. 농경사회에서 농사를 주관하는 신에게 올리는 제사는 삶의 생존에 관련된 것이었으며 자연신에게 올리는 제사에서 드렸던 기도문이 제문의 시작이었다고 본다. 그러나 망자를 대상으로 추도하는 글로서의 제문은 춘추시대에 기록된 것이 가장 오래되었다. 秦穆公이 죽고 나서 대부 子車氏의 세 아들이 순장되자 사람들이 애도하여 지어 불렀다고 알려진 『詩經』「秦風」의 「黃鳥」편이다.[10] 이 후부터 유교식 제사가 확립되고 나서부터는 망자에 대한 제

---

8 "天子大伊蜡八, 伊耆氏始爲蜡"(『禮記)』「郊特牲」)

9 "土反其宅 水歸其壑 昆蟲無作 草木歸其澤"(『文心雕龍』, 「祝盟」)

10 왕의 陵에 신하를 산 채로 매장하는 풍속에 따라 이 세 사람도 강요에 의해 죽었다고 한다. 이 시는 그러한 풍속을 비난하고 있다. "交交黃鳥 꾀꼴꾀꼴 꾀꼬리/止于棘 가시나무에 앉는다/誰從穆公누가 목공을 따라 죽는가/子車奄息자거씨 아들 엄식이로다/維此奄息이 엄식이란 분은/百夫之特백사람 중의 특별한 사람/臨其穴그가 무덤에 임하여/惴惴其慄그 두려움에 부르르 떨었을 것인저/彼蒼者天저 푸른

문이 더욱 발달하게 되었으며, 한문 산문의 문장형식으로 자리잡게 되었다. 우리나라에서는 신라 때 최치원이 남긴 제문을 최초의 글로 본다. 「제초주진망장사문(祭楚州陳亡將士文)」과 「寒食祭陳亡將士文」은 전사한 장병들을 위한 제문이다.

제문의 목적은 제사를 지낼 때 낭독하여 망자의 영혼이 와서 祭需를 흠향하기를 기원하는 데 있다고 한다. 그러나 제문이 지닌 참된 목적은 망자에 대한 위로뿐만 아니라 살아있는 자들의 슬픔을 함께 나누고 풀어내는 공식적이 자리에서 행해지는 낭독의 행위이다. 함께 모여 슬픔을 나누는 것은 슬픔을 치유하는 목적도 있다. 제문이 제사에서 의식적 기능의 한 축을 담당하면서 관습화된 형태를 띠게 되면서 조선 후기로 들어서면서부터는 망인에 대한 애도의 정서가 강화되면서 다양한 제문이 쏟아져 나오게 되었다.

조선시대에는 죽은 자에 대한 예법인 상제례(喪祭禮)가 중시되었기 때문에 제문이 제사지내는 의식과 함께 활발하게 창작된다. 조선 초기까지는 제문에서 보편적인 이념을 개인의 정서보다 중시하고 많이 드러냈다면 16세기 이후부터 제문에는 애도의 정서를 중심으로 가까운 사람의 죽음을 맞아 상처받고 있는 남은 이들의 마음을 드러내는 내용이 많아지게 되었다.[11]

하늘이여/殲我良人우리의 어지신 분을 죽이시려하시나/如可贖兮되사서 바꿀 수만 있다면 /人百其身백 사람이 그 분의 몸을 재신하련만 (『시경(詩經)』「국풍(國風 – 陳風)131, 황조(黃鳥)」)

11 제문 내용 중에서 문학성이 뛰어나고 낭독했을 때 감정 전달이 풍부한 경우에는 전사되어 널리 유통되는 단계를 거쳤다고 한다. 따라서 특정 제문은 여러 이본군을 형성시키는 데 이르기도 했다. 널리 알려진 제문으로는 한문 제문인 김창협의 〈祭亡妹文〉, 송시열의 〈祭亡室李氏文〉 등이 있다. 한글 제문으로는 숙종의 〈민비

제문은 그 표기방식에 따라 한문 제문과 한글 제문으로 나눌 수 있는데, 한문 제문이 제문의 발생과 전개라는 측면에서 역사적 전통을 지니고 있다. 따라서 한글 제문은 한문 제문의 범주에 귀속될 수밖에 없다. 일반적으로 제문은 세 부분으로 나누어진다. '維歲次年月日'로 시작하는 제문 읽기의 동기와 제문 창작의 배경을 밝히는 도입 부분, 망자의 공적을 치하하고 위로하며 살아있는 자들의 슬픔을 드러내는 전개 부분, 마무리에 해당하는 종결 부분으로 이루어져있다. 한문 제문의 일반적 형식을 토대로 하여 한글 제문도 형식적 틀을 갖추게 되었다. 한글 제문은 한글 편지와 더불어서 여성들을 위한 실용적인 글쓰기로 자리잡게 되었다. 17세기 이후부터 여성 작품이 등장하면서 제문이 지닌 보편 이념은 개인 정서로 확대되었다.

3. 제문의 형식과 내용

제문은 의식을 위한 실용문이다. 낭독을 전제로하는 식사문이라고도 할 수 있다 공공성과 의식성을 기반으로 하여 엄격한 규범과 투식성(套式成)을 기반으로 망자를 칭송하고 슬퍼하는 글이다. 한글 제문도 한문 제문이 지닌 형식적이 틀을 벗어나지는 못했다. 이 글에서 대상으로 삼은 한글 제문의 경우에도 일반적인 제문의 형식적인 틀을 벗어나지는 않았다.

제문〉, 박남수의 〈을미구월제문〉 등이 있다. (류경숙, 「조선조 여성 제문 연구」, 충남대학교 박사학위논문, 1996.)

일반적으로 제문은 세 부분으로 이루어져있다. '維歲次○年○日'로 시작하는 告饗의 동기와 제문 창작의 배경을 밝히는 도입부분, 망자의 공적을 치하하고 위로하며 살아있는 사람들의 슬픔을 드러내는 전개 부분, '嗚呼哀哉尙饗' 하는 격식을 쓰는 종결 부분이다. 한문 제문의 경우에는 도입부와 종결부가 형식구로서 문집에 실릴 때는 생략되는 경우가 많다. 본문에 해당하는 전개 부분은 죽은 사람의 행적을 기술하고 그 공적을 찬양하는 부분과 살아있는 사람들의 슬픈 마음을 알리는 부분으로 나뉘어진다. '칭송→관계부각→애도'의 형식을 지니면서 화자가 망인과 생전에 맺었던 관계에 따라 칭송과 슬픔의 비중은 조금씩 달라지는 것이 일반적이다.[12]

진주지역 창자로부터 제보된 제문도 일반적인 형식의 틀에서 크게 벗어나지는 않았다.[13]

12 제문의 경우 한 인물의 행적이 드러난다는 점 때문에 가전이나 행장 등과의 유사성을 언급하고 망자의 생애를 엿볼 수 있다는 점에서 서사성이 높은 전기문학 작품으로 논의하기도 했다.(류경숙, 「조선조 여성 제문 연구」, 충남대학교 박사학위논문, 1996.) 그렇지만 제문을 서사성을 갖춘 문학작품으로 보기에는 한계가 있다. 제문을 서사성 있는 이야기 갈래로 보게 되면, 제문이 지닌 본래 기능에서 멀어진 갈래가 되기 때문이다. 제문의 목적은 망자에 대한 애도와 칭송에 있다. 서사성을 갖춘 인물담이라고 보면 제문이 지닌 내용은 망자의 에피소드를 소개한 글이 될 것이다.

13 한지에 풀로 붙여서 길게 이어진 제문은 흘림체로 썼을 뿐만 아니라 오자나 오기가 많았다. 원문을 그대로 옮겨서 분석해 보았다.

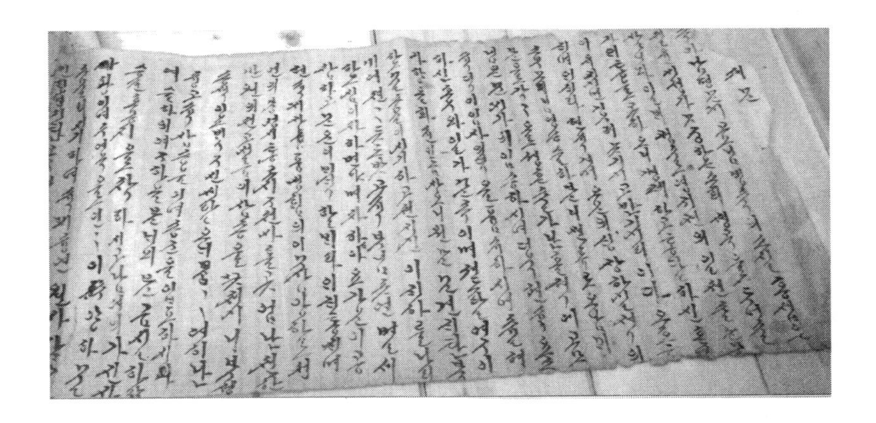

제문1.

처음 : 축아 남평문씨 고모님 빙축의 소신 홍섭은 제윤제정가 무궁하온손에 성곡으로 두어줄 살외아 일배 정으로 영지전의 일천자리를 맞자와 고하오니 병제하고 홍달하신 혼영이 유재시면 기하여 주시고 반기시리이다 오호통ᄌᆡ여 애ᄌᆡ라

중간 : 조부모님 영영승하하시고 젼후로 오남ᄆᆡ 각각으로 셩혼 충가 난훌적에 고모님은 문씨가의 임승하시어 정숙형숙으로 적덕이 임사의 덕으로 품으시어 자애하신 호우와 일가가족이며 정도하실 가향을 화천이 돕시오니 원만한 것이 견ᄌᆡ한못하고 천지사물이 시기하고 천지신이 나리꺼려 젼젼듯도밧고 쉬박이니 초연 별세하오심이 슬프고 요가슴이 공창하고 간간이 ᄇᆡᄉᆡᆨ할ᄇᆡ라 이ᄌᆡ통ᄌᆡ여 …… 고진감ᄂᆡ 홍진이ᄅᆡ 일노도고이라미라 오호통ᄌᆡ여 무ᄉᆞ원수연심으로 우리보고겨신 유명하신 동기우ᄋᆡ …… 엇지다 알외릿가잇가

끝 : 정회를 다 알외자면 진묵이진갈하고 통ᄒᆡ하며 …… 명쾌하고 통한하신 ᄒᆡᆼ금셩ᄒᆡᆼ을 다 기록하지못하압고 소질의 무궁하온 정성으로 혼영은 자자소강하옵소서 오호상ᄒᆡᆼ 끗

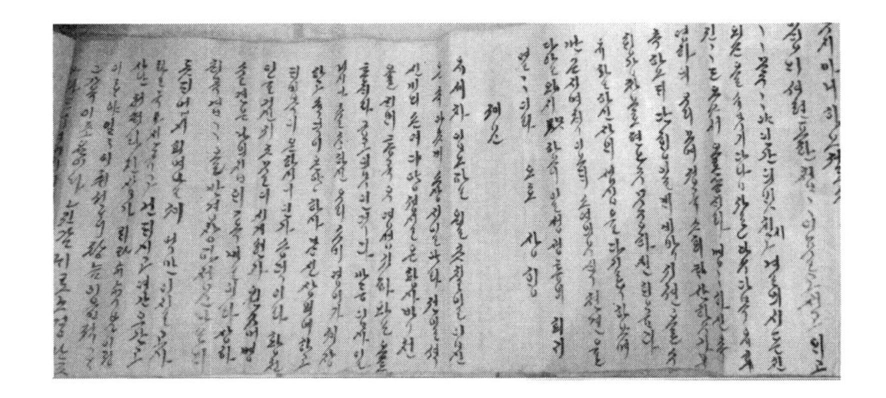

제문2.

처음 : 유세ᄎᆞ 임오팔월 초칠일 배인ᄉᆡᆨ 초칠일 임신은 돌아가신 날저 종상지일야 전일 석전지어 청주한잔 올려서 일ᄇᆡᆨ청주로 올려 드리고 두어줄살외어 일천글로도 고금에 업ᄉᆞ온말로 알외도 …… 오호통ᄌᆡ여

중간 : 참으로 갖은 고생한 그 광경을 엇지다 형언하리오며 우리를 혈혈이 여식이 삼제유지하리오니 천지가 개명통천하고 산천이 오열이라 본ᄃᆡᆨ으로 반강ᄒᆞ실적에 조부님슉질 분잡은일이 삼가시며 겹겹이 일 있으니 이지경을 낏치신고 오호통ᄌᆡ여 인생일ᄉᆞ 만자제방 과정정고 겪고나면 오호라 오호라 …… 세상은 한번가면 영결종결 하시는데 이리저리 회락중에 겨시는거 보여시고 ᄉᆡᆼ각가지나 병ᄉᆡᆨ을 하직하고 ……

끝 : 명명하신 축영하의 우리모여 정곡소ᄒᆡ ᄒᆡ살앗가못축하오ᄃᆡ 안ᄒᆡᆼ 일ᄇᆡᆨ비방지션을 수ᄒᆡᆼ감창ᄒᆞ오며 현슉무궁하신 ᄒᆡᄒᆞ심과 유활하신 자ᄇᆡᆨ셩심을 다 기억하오며 만근지 여칙이 오ᄃᆡ소여의 무ᄉᆡᆨ쳔견을 다 알외지 못하오되 일성정홍의 회ᄀᆡ열열이라 오호 상ᄒᆡᆼ

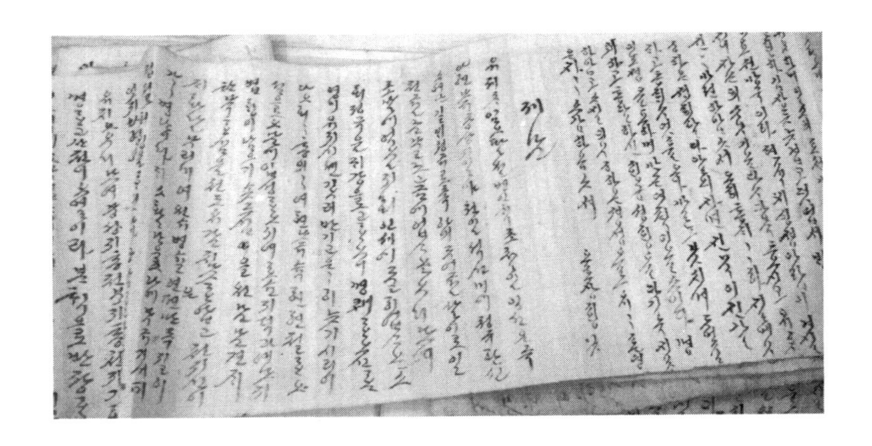

제문3.

처음 : 유세ᄎᆞ 임오팔월 초칠일 임신은 축 아ᄎᆞ비 종상 제일이라 전일적 신기의 손여다양 정실은 황사 박천을 ᄌᆡᄇᆡᆨ통곡 영성지하옵고 오호통ᄌᆡ라……
황천으로 가신거시 조물이 시기헌가 원수의 병질은 나의집ᄋᆡ 혹멸하야 상하할것없이겹겹으로반경창하여서 돗ᄃᆡ업시 뢰여알제 억만이실 힘든일을 견ᄃᆡ시고 연간으로 간거간난 처러하게 삼가리라……설상ᄋᆡ 가상으로 가난조ᄎᆞ 점낙ᄒᆞ와 셍로발리 비일비ᄌᆡ 백ᄉᆞ노경 낙을ᄇᆡᄂᆞ 현언현식 아니시니

중간 : 다시ᄇᆡ올 기약이 막연하시어 골수지리 산출노조차 ᄂᆡ나버티면 설곳업을 우리 우기하올적에 망극하신병청을 하직하암고 근ᄃᆡᆨ에 입승하여 종종 존젼의 승ᄋᆡ업산 홍은을 ᄒᆡ산가치 반가와 숙ᄇᆡᆨ인심을 변하여 일신을 호화로이 지ᄂᆡᆻ으나……통ᄌᆡ통ᄌᆡ여

끝 : 소회정극을 다알뢰지 못하오며 만천이 분하오며 동힝으로 엿으오되 무식쳧경으로 다알외지 못하오니 일성ᄋᆡ 통곡하며 오호존영은 실로 ᄌᆡ행하옵소서 오호 애ᄌᆡ상힝

세 편의 제문을 지은 사람은 같으며 제문에서 대상으로 삼고 있는 망자는 다르다. 제보자이자 창자인 하만우 어르신은 세 편의 제문을 언니가 썼으며, 언니의 제문들을 모아두었다가 읽기를 즐겼다고 한다.

〈제문1〉은 남평 문씨 고모님의 제문을 쓴 것이라고 첫머리에서 밝히고 있다.[14] 조카나 손자 또는 아들이 쓴 제문은 망인이 베푼 은혜나 망인과 생전에 지녔던 기억을 두드러지게 함으로써 슬픔의 감정을 표현하고 있다. 제문2와 제문3은 망자의 딸이 어머니를 위해서 지었다고 한다. 그렇다면 제문 세 편은 모두 하만우 어르신의 언니가 지었으며, 〈제문1〉은 고모님이 돌아가셨을 때 지은 것이다. 〈제문2〉는 망자인 지은이의 어머니 종상 때 지은 것이고 〈제문3〉은 어머니 소상 때 지었다.[15] 글씨체는 한 사람의 것이어서 비슷하나 분량은 다르다. 〈제문1〉이 가장 짧아서 2000자쯤 되고, 〈제문2〉는 3000자 가량 되며, 〈제문3〉은 글자가 크고 세로줄 사이의 간격이 넓어서 1600자 정도이다. 내용은 거의 비슷하나 대상이나 대상자에 대한 의례의 종류에 따라서 분량이 달라짐을 알 수 있다.

세 편의 제문은 한문 제문에서 형식을 가져온 서두로 시작하면서

---

14 고모님의 제문을 조카가 썼으나 낭독은 소장자인 하만우 어르신이 했다고 한다. 제문을 지은 사람과 읽은 사람이 같지는 않으며, 창자인 하만우 어르신은 제문을 보관해두었다가 기분이 울적하거나 혼자 있는 시간에는 간혹 제문을 낭독했다고 한다.

15 소상은 죽은 지 일 년 만에 지내는 제사이고, 종상은 삼년상을 마칠 때 지내는 제사이다. 그렇다면 하나의 두루마리로 길게 연결된 제문은 순서로 지은 봐서 소상 때 쓴 것이 먼저 와야겠으나 종상 때 지은 것이 제문2이고 소상 때 지은 것은 제문3이다. 제문을 읽고 나서 모아두었다가 나중에 이어붙인 것으로 보인다. 제문 내용의 길이로 보아서는 종상 때 지은 것이 1.5배 쯤 길다.

산문과 운문이 뒤섞인 문장 표현으로 이루어져있다. 조선 후기에 많았던 한글 제문이나 제문 가사의 영향을 받은 것이다. 특히 한글 제문이 지닌 구성과 표현은 한문 제문과는 차별화되는 특징이 있다. 한글 제문은 산문으로 구성되거나 산문과 운문이 섞이거나 운문으로 구성된 것이 있다. 조선 후기로 오면서 운문의 성격을 강하게 드러낸다.[16] 율격적인 부분이 반복적으로 강화되는 양상을 띤다. 있었던 사실을 있는 그대로 기술하거나 나열하는 것은 죽은 사람을 기리고 슬픔의 감정을 솔직하게 드러내기에는 적절하지 않았을 것이다. 한글 제문을 향유했던 여성들에게는 규방가사가 지닌 율격적인 반복구조가 감정 표현에 더 좋은 방법이었을 것이다. 조선후기를 지나면서 한글 제문은 산문의 속성을 지닌 한문 제문이 갖추고 있었던 기본적인 형식적 틀에서 변형되어 가사체의 율문양식이 혼합되었다.

처음 제문을 시작하는 부분에서는 "유세차/ ○년○일 / ○○일/우리○○ / 소상지일이라"로 시작하고 중간 부분을 시작하면서 죽던 날을 묘사하는 부분에서는 "오호 통직여/ 오호통직여 /금석은 / 하셕인고 / 월색은/ 희미하고 /야색은 고요한듸/ 경건한 초불하에…"로 이어진다. 망인의 부재를 아쉬워하고 돌아올 수 없음을 한탄하는 부분에서는 "적적성음이 / 영렬하고 / 위형이 / 젹져하니 / 아모리 / 헤아려도 / 이제는 / 영결이라" 애도의 정을 표출한 내용은 "황쳔길은 / 무션길노 / 한번가면 / 그뿐인고 무졍할사 / 기신이요 / 영악할사 / 염왕이라"로 이어지다가 끝부분에서는 "술은부어 / 잔에차고 / 무궁하온 / 졍성으로 / 혼영은/ 자자소강 / 하옵소서 / 오호상힝 끗"으로

16 류경숙, 「조선조 여성 제문 연구」, 충남대학교 박사학위논문, 1996.

마무리 된다.

정서 표현의 관점에서 보면 슬픔이 과잉 분출되기도 하는데, 가까운 사람의 죽음이라는 충격적인 상황을 제재로 하는 제문 양식이 지닌 본질적 특성이다. 세 편의 제문도 가족이 지은 것이기 때문에 슬픈 감정의 과잉된 표현은 "오호통직여 애직라"의 반복표현으로 드러난다. 단락의 마무리를 "오호통직여 애직라"로 표현하거나 "오호 통직여 통직여"로 반복하여 표현하기도 한다.[17]

유사한 단락의 반복적인 구성은 한문 제문이나 한글 제문에서 공통적으로 표현되는 것인데, "오호 통직여 통직여"는 각 문단을 이끄는 구실을 하고 있다. 한 단락의 시작이나 끝을 나타내는 지표가 된다. 서사적으로나 논리적으로 단절되어 있는 각각의 단락을 슬픔이라는 감정을 폭발시키면서 연결하고 있다. 단락과 단락 간에 내용이 전환하면서 투식어인 "오호 통직여 통직여"를 사용하여 내용전개의 구체적인 실상을 드러내고 있다. 즉, 망자와 혈연적으로 깊은 관계를 맺은 가족들을 제시하면서 망자의 덕을 칭송하고 슬픔을 고양시킨다.

여성가사 즉 규방가사의 내용과 형식을 많이 닮은 점도 있다.[18] 그것은 실용적인 차원에서 문학적인 변화를 시도한 것이다. 망자에 대

---

17 "오호 통직여 통직여" "오호 통직여 익직여"를 반복하는 문장이 제문2에서 더 많이 보인다. 제문2는 종상 때지은 것이라서 망자를 완전히 다른 세상으로 떠나보낸다는 생각에 제문을 쓰면서 애통한 마음을 간절히 표현했으며, "오호 통직여 통직여"를 더 자주 반복하고 있다.

18 규방가사의 갈래에 속해 있는 것으로 보고 '제문가사'로 보고 논의를 전개한 논문도 있다. 규방가사 중에서 제문이 갖추고 있는 내용으로 '망자를 애도하거나 축원하는 내용의 가사를 규방가사 장르에만 있는 가사의 일종'이라고 규정하고 있다.(김동규, 「제문가사연구」, 『여성문제연구』, 효성여대 여성문제연구소, 1979, 122쪽)

한 칭송과 슬픔의 정조를 지향하면서 여성적 미의식을 드러내고, 여성적인 삶의 일상성을 근거로 하여 표현양식에서는 다양하게 확장을 하고 있는 것이다. 제문을 읽은 창자인 제보자는 읽을 때 가사에 가까운 음보로 읽어 내려갔다. 내용에서도 제문 가사에서 보이는 문장들이 많았다.

"가련하다 / 인생이여 / 한번가면 / 것뿐이라 / 아무리 / 헤아려도 / 인지는 / 영결이라 / 심중가득한 / 정회를 / 기록하기 / 젼혀업닉"

중간 부분에서는 죽음으로 되살아난 망인에 대한 기억들을 통해 괴로운 일과 생활고를 겪은 일들을 엮어 나갔다. 문장 표현으로는 "설상의 가상으로"라는 구절을 자주 썼다. 또한 망인이 세상을 떠나고 나서 제문을 읽는 날까지의 세월이 빠르다는 것과 다시는 돌아올 수 없는 세상으로 가버린 망인을 아쉬워하는 마음이 표현되어 있다. 그런 부분에서는 일반적으로 많이 볼 수 있는 상투적인 문장이 많이 쓰였다. "오호통지 / 오호애지 / 겨울가면 / 봄이와서 / 초목군생 / 만물더러 / 다시환생 / 하는거시 / 천도이수 / 사연이요 / 출생하면 / 자연늙고 / 늙어지면 / 영영죽어 / 다시환생 / 목할거선 / 우리인사 / 변천이라……"와같이 조선 후기 이후 한글 제문이나 제문가사에서 상투어처럼 쓰던 문장들이 많다.

마무리에서도 "오호 애지상힝"으로 마무리 하면서 대부분의 제문과 차별화된 부분은 없다.

4. 제문의 문학적 가치와 의의

제문은 기본적으로 '망자에게 건네는 말이다.' 그러나 의례에서 공개적으로 낭독하는 글이기 때문에 망자 이외에 청자를 고려해야한다. 청자에게는 망자에 대해 이야기할 때 망자를 추상화하고 전범화하지 않을 수 없다. 자식들 잘 키워서 훌륭하게 만들고 집안일을 현명하게 처리하는 모습을 통해 살아있을 때 망자가 했던 삶의 구체적인 내용과 관련이 있는 글이다. 구체화 된 생활 속의 모습과 함께 관념적이고 추상적인 언어로 망자의 삶을 서술하기도 한다. 제문만의 문학적 구조와 특징이 있다.

18세기 후반으로 오면 제문에 대한 비판이 제기되기도 하는데, 개인의 삶을 빌미로 하여 부녀 규범에 필요한 요목들이 망자의 삶의 진행과정과 함께 제시되기도 한다. 그 점을 비판한 글도 있다. 다음은 심노승의 「書告祭文後」라는 글이다.

> 나는 제문은 가송(歌頌)·지장(誌狀)과는 다른 것이라고 생각하였는데, 세상에선 행록(行錄)을 써 고하니 그 슬픔이 신을 감동시키는 것을 보지 못하였다. 이는 비유하자면 먼 길 떠난 이에게 편지를 부치면서 그 혼자 떨어져 있는 쓸쓸함을 말하지 않고 그 나그네 된 고충을 위로하지 않은 채, 평일 언행의 착함과 재덕의 높음만을 장황하게 말하면서 '이와 같은 까닭에 잊을 수 없다.'고 하는 꼴과 같으니, 그 사람이 어찌 발끈 노하여 '이는 나를 업신여기는 것이다. 이렇지 않다면 과연 나를 잊을 것인가'라 하지 않겠는가?[19]

---

19 김영진, 『눈물이란 무엇인가?』, 태학사, 2001, 37쪽.

제문 글쓰기 갈래에 대해 비판하는 글이다. 그에 의하면 제문 글쓰기는 '슬픔을 표백함으로써 신을 감동시키는' 것으로서 편지와 비슷하다는 것이다. 비지류 같은 종류의 제문을 비판하면서 "평일 언행의 착함과 재덕의 높음만을 장황하게 말하면서"라고 평가하고 있다.

17세기 이후 제문은 여성을 대상으로 한 작품이 급속하게 증가하고 대상이나 작가가 확대되고 문학성을 보이는 한글 제문이 보편화되면서 정서적 기능까지 갖추어 오랜 생명을 유지하는 문학 양식으로 정착하게 되었다.[20] 제문이라는 양식이 망인을 윤리적으로 이상화하여 칭송하는 의례적 기능을 위주로 하다가 17세기 무렵부터는 글쓴이의 정서 표현과 낭독하는 이의 감정 표현에 비중을 두는 서정성 짙은 작품들이 많이 나타나게 된 것이다. 제문의 서정성 강화는 제문 자체를 독자층을 가지는 문학 작품으로 자리잡게 했으며, 다양한 작품들을 필사하는 이들도 많아지게 되었다.

이 글에서 대상으로 삼은 제문도 창자가 필사한 것이다. 목소리가 낭랑하여 집안 어른들이 상사가 있거나 제례가 있는 날에는 할머니에게 제문낭독을 부탁했다고 한다. 결국 제문의 내용은 망자에 대한 화자의 정을 표현하는 부분에서 성취되는데, 제문 글쓰기에서 글 쓰는 이는 고인의 어떤 점을 부각시키고 그에 대해 어떤 점을 부각시키고 슬픔을 나타내는가에 달려 있다. 제문은 낭독을 전제로 하고 쓰여졌으며 글쓰는 이는 망자와 대화를 나누는 화자에 해당하고, 읽는 이는 창자이며, 제사나 제례에 참가한 가족들은 청자가 된다. 여성이 망자

20 황수연, 「17세기 '祭亡室文'과 '祭亡女文' 연구」, 『한국한문학연구』 30, 2002. 18~20쪽.

인 경우에는 한문 제문을 통해서 소통하려는 시도가 허망한 것임을 말한 글도 있다.

> 쓸쓸한 종지조각에 당신이 알지 못하는 문자로, 소리를 알아듣지도 못할 것을 가지고 그대에게 들려주어 슬픔을 막으려 하다니 또한 어리석지 아니하오[21]

또한 민우수는 다른 견해로 한문 제문의 효과를 말하고 있다. 망자가 여성이라면 한문 제문을 베껴 쓴 손자의 글씨나 그것을 읽는 손자의 음성을 보고 들으며 기뻐할 수 있을 뿐, 한문 제문의 내용은 알아들을 수 없다는 것이다.[22]

한문으로 제문을 지으면서 망자가 여성일 때는 망자보다는 현실적인 청자들 즉 의례에 참석하고 있는 자손들을 향해 읽고 있음을 알 수 있다. 의례에 참가한 자손들을 실질적인 청자로 하는 경우에는 행장류나 규훈서의 내용과 비슷할 수도 있다. 따라서 제문은 의례 현장에서 교육적 기능을 담당하기도 했다. 자식들에게는 어머니에 대한 추억을 남긴다는 목적을 내세워서 망자의 실체감이 살아있지 않은 이상적인 부녀상을 교육하고자 하는 목적으로 쓴 것이다. 특히 아내의 제문을 남편이 지은 경우, 아내가 시부모를 얼마나 잘 모시고 제사를 잘 받들었는지 내조를 잘 했는지에 대해서 고마움과 칭송과 회한을

21 이종휘, 『修山集』 권9. 『祭亡室文』 한국문집총간 247, 민족문화추진회, 2000, 471쪽.

22 민우수, 『貞菴集』 권14. 『祭亡室文』 한국문집총간 216, 민족문화추진회, 2000, 71쪽.

표현하면서 한 집안의 역사를 드러내고 있다. 제사를 지내는 시기, 망자의 행적과 인품, 망자와 남편과의 관계 및 가족사, 남편 자신의 미래에 대한 비탄 등이 중심을 이룬다. 4언으로 이루어진 전형화된 운문체도 있고, 산문과 운문이 섞인 정해진 틀이 없이 쓴 것도 있으나 어떤 형식으로 이루어졌든 제문이 지녀야 할 '애도'와 '칭송'의 두 가지 기능을 갖추고 있다.[23]

여성들이 주로 지었다는 한글 제문도 부녀자가 지녀야 할 도리나 그들의 삶을 표현하는 데는 차이가 없다. 가계와 인적사항, 결혼 전의 자질과 결혼 후에 겪어낸 며느리, 어머니, 아내로서의 역할이나 수행과정, 거기에 가족만의 특별한 경험이나 고통을 기록하고 있다. 가난한 살림을 맡아서 꾸려나가는 책임감이나 극한 상황에서도 집안을 위해 개인을 희생했던 모습이 주로 기록되고 있다. 세 편의 제문에서도 비슷한 내용들이 표현되어 있다. 〈제문2〉와 〈제문3〉은 딸이 어머니를 위해 지은 것이라 자식들을 위해 희생했던 어머니의 삶을 더 구체적으로 기록했다. 〈제문2〉에서 어머니를 영원히 보낼 수밖에 없는 심정을 적은 내용에 " … 그 광경을 엇지 다 형언하리오며 혈혈이 여식이 삼제유지 오우리날에 통천하기 가이없고 산천이 오열이라 … "라는 표현들이다.

동양에서는 문학의 가장 원형적인 개념을 '詩言志'라 했다. 시는 뜻이 가는 바이며, 정이 마음에서 움직여 말로 형용되는 것이며, 말이 부족할 때는 탄식하는 것이다.[24] 문학에 대한 원론적인 이 말은 서양

---

23 황수연, 「17세기 '祭亡室文'과 '祭亡女文' 연구」, 『한국한문학연구』 30, 2002. 45쪽.

24 '詩者, 志之所之也. 情動於中, 而形於言. 言之不足, 故嗟嘆之'(『毛詩大序』)

에서 문학의 효용을 말할 때 자주 쓰이는 '카타르시스'와 통한다. 비극의 효과가 카타르시스에 있다면 제문을 쓰고 읽을 때 느끼는 비극은 연민과 공포를 기반으로 하는 카타르시스를 느끼기에 가장 효과적인 글인지도 모른다.

한글 제문을 문학의 관점에서 본다면 인간이 지닌 슬픔과 아쉬움의 감정을 표현한 것이며, 낭독을 전제로 하여 쓴 글이다. 글을 쓴다는 것은 의사소통을 위한 것이며, 글로써 표현되는 문학이 존재하는 이유는 인간이 지닌 본질적인 표현 욕구이다. 가슴 속에 가득하여 주체할 수 없는 정을 글로 쏟아내는 것, 또는 그런 글을 읽고 감정을 씻어내는 것을 '카타르시스'라고 한다면 제문을 쓰는 필자나 그것을 읽어나가는 창자는 카타르시스의 효과를 가장 구체적으로 경험하는 사람들이다. 망자에 대해 마음의 빚이 있다면 제문을 읽으면서 고백하고 무거운 짐을 내려놓게 된다. 또한 자기 자신이 처한 안타깝고 힘든 삶에 대해 서러움을 쏟아내는 것이다. 쓰거나 읽는 것만으로 슬픔이나 고통이 해결되는 것은 아니지만 망자에 대해 생각하고 자신의 처지를 돌아보면서 서러운 맘을 토하고 나면 카타르시스를 얻게 된다. 제문을 읽고 쓰고 듣는 이들이 얻게 되는 것은 문학의 효용론을 두고 말할 때 가장 효과적인 교훈과 감동의 가치를 지닌 것인지도 모른다. 실제로 제문을 채록하러 갔을 때, 제보를 해주었던 딸은 어머니께서 늘 기분이 울적하거나 혼자 있는 시간에 제문을 꺼내서 읽으셨다고 한다. 망자와의 관계에 상관없이 창자는 제문을 읽는 시간에는 스스로 연민과 공포를 통해 삶이 주는 짐들을 풀어내는 카타르시스를 체험한 것이다. 제문을 읽으면서 창자는 다른 사람에 의해서 자신의 마음을 추스르는 것이 아니라 스스로를 위로하고 치유하는 자기 치유의

의식을 치르는 시간이었다고 본다.

5. 맺음말

이 글은 제문을 잘 읽으시는 분이 있다는 얘기를 듣고 한글 제문을 최근에도 읽는다는 것이 어떤 의미가 있는지, 최근까지 읽은 제문의 내용에 대해 밝히고자 쓴 것이다. 진주에 살다가 지금은 요양병원에 계시는 할머니를 만나러갔을 때, 제문을 쓴 필자는 언니이며, 창자는 모아놓은 제문을 가끔씩 즐겨 읽으신다고만 했다. 창자의 딸이 집에 보관하고 있던 제문을 전달 받아 분석하였을 때, 내용에는 조선 후기 이후 많이 쓰였던 한글 제문의 상투적인 표현과는 큰 차이가 없었다. 창자인 할머니는 언니들이 제문을 많이 썼으며 본인은 쓰고 읽고 하고 싶었으나 부친께서 셋째 딸에게는 무슨 이유인지 그런 것을 못하게 했다고 한다. 그래서 언니들이 써놓은 것을 옆에서 따라 읽어보거나 흉내 내보다가 제문 읽기에 재미를 붙였다고 한다. 제문을 쓰는 것 못지않게 제문을 읽으면서 얻었을 위로와 치유의 효과에 대해서 생각하게 했다.

제문은 망자와 가까운 인간관계를 가졌던 필자가 죽음을 애도하고 그의 삶에 대해 해석 작업을 수행하는 글쓰기이다. 제문의 양축을 이루는 칭송과 애도의 비중은 망인과 필자가 맺고 있던 관계망과 망인의 삶을 바라보는 필자의 태도와 표현의도에 따라 다르게 나타난다. 망인과 필자의 관계가 혈연으로 친밀감을 갖고 있을 때는 슬픔과 애도의 내용이 중심이 된다. 한글 제문의 필자와 창자들은 주로 여성들이었다. 문학과 의례가 결합된 제문을 통해 정해진 틀과 양식, 혹은 상투적인 문장들을 쓰고 읽으면서 삶에 대한 회한이나 슬픔을 토로하는 방편으로 삼았다. 조선 후기 이후 한글 제문의 유통이 여성을 중심으로 증여되거나 주고받았음을 알 수 있다. 근대에까지 여성들이 필사한 제문들은 집안 사람들을 중심으로 유통되었으며 때에 따라서는 의례가 끝난 뒤에 태워 없애기도 했으나 보관해두었다가 울적하거나 외로운 때 읽으면서 스스로 힘든 삶에 대한 위안으로 삼기도 했음을 알 수 있다.

남성성의 관점에서 살펴본 『창선감의록』의 형제 다툼의 양상과 의미

윤정안

1. 머리말

17세기는 한국 소설사에서 매우 이채로운 시기이다. 이전 시대와 비교하여 엄청난 양의 소설들이 쏟아져 나왔으며, 질적으로도 새로운 소설들이 등장하기 시작했다. 또한 이 시기는 왜란과 호란이라는 두 차례의 큰 전란이 있었으며, 이로 인해 생긴 사회적 혼란과 변화가 소설사에도 영향을 주었다.[1]

이 가운데 『창선감의록』은 17세기를 대표하는 작품의 하나로, 고전소설 가운데 작가가 밝혀진 몇 안 되는 작품 가운데 하나[2]이며, 이

1 17세기 소설사와 관련하여서는 다음과 같은 연구 성과들을 주목할 수 있다. 이종필, 「朝鮮中期 戰亂의 小說化 様相과 17世紀 小說史」, 고려대 박사논문, 2013; 민족문학사연구소 고전소설사연구반, 『서사문학의 시대와 그 여정』, 소명출판, 2013; 정길수, 『17세기 한국 소설사』, 알렙, 2016.

전 소설들이 남녀 관계에 초점을 맞추고 있었다면 『창선감의록』에 와서야 비로소 가문이 등장하게 되었다는 점[3]에서 주목을 받았다. 또한 가문의 적장자를 둘러싼 갈등 역시 『창선감의록』에서 새롭게 등장한 모티프[4]이며, 많은 인물들이 등장하여 다양한 갈등을 일으키고 있음은 물론 다른 작품에서는 보기 힘든 매력적인 인물의 등장도 이 작품의 인기를 끌어올리는 한 요인이라 할 수 있다.[5]

이러한 점들로 인해 『창선감의록』은 많은 연구자들의 주목을 받았으며, 그와 관련된 연구들도 다양한 방면에서 많은 양이 축적되었다.[6]

---

2 『창선감의록』의 작자를 조성기로 확정하는 것이 대체적인 학계의 견해이지만, 이에 대한 반론 역시 존재한다. 정길수의 논의(정길수, 「『창선감의록』의 작자 문제」, 『고전문학연구』 23, 한국고전문학회, 2003.)가 대표적이다.

3 고전소설들에서 가족이 등장하는 것은 「최척전」에서 비로소 시작된다고 볼 수 있다. 「최척전」 이전의 애정전기소설은 남녀 주인공이 결연을 맺는 과정과 이별을 다루고 있다면, 「최척전」에서는 최척과 옥영이 작품이 시작된 지 얼마 지나지 않아 결연을 맺는다. 정유재란을 맞은 부부의 이별과 기적 같은 재회가 「최척전」의 줄거리를 이룬다. 그런데 『창선감의록』에서는 남녀의 결연보다는 가문 내의 갈등에 서사의 초점이 맞춰지며, 이는 이후 등장하는 장편가문소설에서 볼 수 있는 설정이라는 점에서 주목을 요한다.

4 『유효공선행록』 등 가문의 적장자를 다투는 서사 역시 『창선감의록』에서 처음 등장하는 모티프이다.

5 예를 들어 윤여옥은 여타의 작품들에서 보아 왔던 이념적인 인물과는 전혀 다른 모습을 보인다. 여장을 하고 악인인 조씨의 뺨을 때리며 엄세번을 농락하는 등 이념에 구애되지 않는 통쾌한 행동을 보여주는데, 이를 통해 이념의 틀대로 행동하는 화진의 답답함을 풀어주기도 한다. 당대인들의 윤여옥에 대한 관심과 인기는 『창선감의록』의 한 이본으로 볼 수 있는 「윤여옥전」의 존재를 통해서 가늠할 수 있다. 「윤여옥전」에 대해서는 조상우의 논의(조상우, 「「윤여옥전」 연구」, 『동양고전연구』 58, 동양고전학회, 2015.)를 참조할 수 있다.

6 『창선감의록』의 연구는 워낙 많이 축적되어 다 열거하기 어려울 정도이다. 『창선감의록』과 관련된 연구사는 김정환의 논의(김정환, 우쾌제 편, 「『창선감의록』 연구사」, 『고소설연구사』, 월인, 2002.)를 참조할 수 있으며, 최근의 논의에 대해서

이본의 문제[7]부터 작자 논쟁, 장편소설의 형성 과정까지 다양한 논의들이 지속되고 있다. 무엇보다도 이 작품에서 내세우는 '효(孝)'와 관련하여 작품의 주제를 탐색하는 연구가 가장 많이 이루어졌다. 주로 교화적 관점에서 논의되었지만, 최근에는 실질적 이익[8]이나 보상의 관점[9]에서 화진의 행동을 다루기도 하였다.

이 글에서는 '남성성'의 관점에서 화춘과 화진의 갈등 양상을 살펴보고자 한다. 남성성이란 남성의 젠더 정체성을 일컫는 용어로, 남성이 단일한 존재가 아니라는 점에 주목한 개념이다. 기존의 젠더 연구에서 남성성은 "암묵리에 사회생활의 모든 장면을 일관된 남성우위의 젠더 질서에 의해 구성된 것처럼 상정하는 경향"[10]을 보인다. 그러나 이 글에서의 남성성은 "남자의 다양성"[11]을 전제한다. 이는 가부장제

는 조현우(조현우, 「『창선감의록』에 나타난 천정(天定)과 승부(承負)의 의미」, 『고소설연구』 44, 한국고소설학회, 2017.)와 조광국(조광국, 「『창선감의록』의 적장자 콤플렉스」, 『고전문학과 교육』 38, 한국고전문학교육학회, 2018.)의 논문에 정리되어 있다. 여기서는 각 연구 영역에 대한 대표적인 논의들을 거론하고, 이 글에서 다루려고 하는 것과 관련된 연구사를 중심으로 살피면서 논의를 이어 나가고자 한다.

7 이지영, 「『창선감의록』의 이본 변이 양상과 독자층의 상관관계」, 서울대 박사논문, 2003, 38~49쪽. 『창선감의록』의 여러 이본을 함께 거론한 논문으로는 이지영의 이 논의가 있고, 이외에는 대체로 개별 이본에 대한 논의이다.

8 이지영, 「규범적 인간의 은밀한 욕망 – 『창선감의록』의 화진」, 『고소설연구』 32, 한국고소설학회, 2011.

9 박길희, 「『창선감의록』의 효제담론과 보상의 교화성」, 『한국고전연구』 28, 한국고전연구학회, 2013. 박길희는 '보상'을 통한 교화가 작품의 목적으로, 화진의 행동은 보상을 전제로 한 것으로 보고 있다. 교화를 위해 '보상'이 전면에 나타난다는 점에서 기존 논의와 차별성이 있다.

10 다가 후토시, 책소사 옮김, 『남자문제의 시대』, 들녘, 2017, 222쪽.

11 위의 책, 220쪽.

에 대해서 기존의 가해자 남성, 피해자 여성의 대립 구도에 이의를 제기하는 것이기도 하다.

남성성은 헤게모니적 남성성, 종속적 남성성, 공모적 남성성, 주변화된 남성성으로 구분할 수 있다.

헤게모니적 남성성은 "가부장제의 정당성 문제에서 현재 수용되는 답변을 체현하는 젠더 실천의 배치 형태"[12]를 나타낸다. 이는 실제로 존재한다기보다는 당대 사회가 생각하는 이상적인 남성성을 말한다. 그러므로 헤게모니적 남성성은 문화적, 제도적 권력을 차지하여 남성 지배의 체제를 정당화하고 유지하는 수단으로 활용된다.

공모적 남성성과 종속적적 남성성은 헤게모니적 남성성에 도달하지 못하지만 그것을 지탱하는 데 기여하는 남성성이다. 공모적 남성성은 비록 헤게모니적 남성성을 체현하지는 못하지만 그에 공모하여 "가부장적 배당금"[13]을 얻는 경우를 말한다. 이들은 헤게모니적 남성성을 동경한다. 그러면서 스스로가 헤게모니적 남성성을 획득하기 위해 노력하고 경쟁하며 그것을 체현하기 위한 경쟁에 참가함으로써 종속적인 입장이 되는 것을 면하기도 한다.[14] 즉, 공모적 남성성은 헤게모적 남성성을 획득하지는 못하더라고 그것을 지향함으로써 헤게모니적 남성성에 공모하게 되어 남성 지배의 체제를 유지하는 데 기여하게 된다.

종속적 남성성은 헤게모니적 남성성을 체현하지 못하여 "경멸을

---

12 R. W. 코넬, 안상욱·현민 옮김, 『남성성/들』, 이매진, 2013, 124쪽.

13 위의 책, 127쪽.

14 다가 후토시, 앞의 책, 59쪽.

받거나 차별적인 대우를 받는"[15] 남성성을 의미한다. 이들은 남성으로 '계집애 같다'거나 '게이' 혹은 '호모'처럼 남성 지배의 사회에서 남성으로서 '경멸'적인 취급을 받는데, 이들의 존재는 헤게모니적 남성성이 우월하다는 것을 방증하는 것으로 활용된다. 그런 점에서 종속적 남성성 역시 공모적 남성성과 마찬가지로 헤게모니적 남성성을 유지하는 수단으로 활용된다.

공모적 남성성과 종속적 남성성이 남성 지배에 협력하고 있다면, 주변화된 남성성은 "남성성을 덜 가진 것으로 인식되는 것이 아니라 아예 무성으로 취급"[16]되는 경우를 가리킨다. 그러므로 주변화된 남성성을 체현하는 자들은 구성원으로 인정받지 못하는 존재들이다.[17]

남성성은 "역사적 산물"[18]로써, 시대의 다양한 요소들과 결합하여 결정된다. 조선시대의 이상적인 남성상은 유교적 가부장제가 제시하고 있다. 『창선감의록』에서 화씨 가문의 가부장으로서 헤게모니적 남

---

15 위의 책, 58쪽.

16 정인혁, 「주변화된 남성성과 가부장제의 균열」, 『한국고전연구』 52, 한국고전연구학회, 2021, 178쪽.

17 이러한 남성성의 관점으로 고전문학 작품을 해석한 경우는 많지 않다. 『심청전』의 심봉사를 남성성으로 해석한 논의(이채은, 「『심청전』 속 심봉사의 남성 젠더 실천 양상과 그 의미」, 『구비문학연구』 53, 한국구비문학회, 2019.)와 「세경본풀이」의 문도령과 정수남을 남성성의 관점으로 파악하여 작품 분석에 활용한 논의(이소윤, 「헤게모니적 남성성의 교체와 남성성들로부터의 탈주 -「세경본풀이」를 중심으로-」, 『구비문학연구』 53, 한국구비문학회, 2019.), 그리고 계모형소설에서 아버지를 가해자가 아니라 남성성의 관점에서 가부장제의 희생자일 수 있음을 논증한 논의(윤정안, 「계모형소설의 아버지 재론」, 『배달말』 66, 배달말학회, 2020.) 정도가 보인다. 남성성의 관점 가운데 특히 주변화된 남성성을 활용한 예로는 서유석(서유석, 「실창판소리 남성성 연구」, 『구비문학연구』 53, 한국구비문학회, 2019.)과 정인혁(정인혁, 위의 논문.)의 논의를 들 수 있다.

18 R. W. 코넬, 앞의 책, 112쪽.

성성을 체현하는 것으로 보이는 화욱을 정점으로 화춘과 화진은 적장자, 즉 차세대 가부장의 자리를 두고 갈등을 빚고 있다.

이 글에서는 이러한 화춘과 화진의 갈등을 가부장제 아래서 겪는 질곡에서 비롯된 것으로 보려고 한다. 기존의 논의들은 『창선감의록』에서 화진이 지독하게 효를 실천하는 것을 유교적 이념의 전파와 관련하여 해석해 왔다.[19] 그러므로 화진의 행동은 가부장적 이데올로기를 수행하는 것이며, 이를 방해하는 대상으로 화춘이 설정된다. 이러한 구도는 화진과 화춘의 관계를 선악 혹은 적대 관계로 바라보게 한다. 그러나 화춘 역시 그러한 행동을 한 사정이 있었으며, 이는 가부장적 이데올로기 때문이라는 것이 이 글의 전제이다. 또한 화진의 행위 역시 이념의 실천 이면에 도사리고 있는 유교 이데올로기의 부정적인 측면을 드러내는 것으로 이해하고자 한다. 이를 위해 앞서 살핀 남성성의 개념을 활용할 것이다. 이를 통해 가부장제가 남성을 분류하고 관리함으로써 가부장제를 공고히 하는 양상을 복합적으로 살필 수 있을 것으로 기대된다.

이와 유사한 관점으로 한길연의 논의를 주목할 수 있다. 한길연은

---

19 한편으로는 그 반대편에서 『창선감의록』의 효가 오히려 유교적 이념에 균열을 드러내는 것으로 이해하기도 했다. 이지영(이지영(2011), 앞의 논문.)의 논의가 대표적이다. 이지영은 극단적인 효의 실행이 오히려 규범의 이탈을 드러낸다고 보았다. 한편 조현우는 『창선감의록』이 "교화를 위해 유교적 이념을 전파하는 데 활용된 것이 아니라 세속적 복록에 대한 욕망을 유교적인 이념으로 합법화하는 소설"(조현우, 앞의 논문, 158쪽.)로 파악하고 있어 주목을 요한다. 소설의 본령인 '흥미'를 합법화시키기 위해 유교적인 이념을 활용했다는 것이다. 이는 소설적 흥미에 유교적 이념이 어떻게 삽입될 수 있었으며, 소설이 어떻게 유교적 이념의 외피를 입고 교훈성을 내세워 소설을 천시하는 조선 사회에서 살아남을 수 있었는가를 잘 설명하고 있다.

『완월회맹연』의 폭력적인 가부장인 정인성을 살피면서 가부장제를 일종의 페르소나로 파악하여 가부장의 페르소나가 정인성을 억압하는 것으로 해석하였다.[20] 방법론은 차이가 있지만, 가부장제가 남성을 억압하는 기제로 파악했다는 점에서 이 논의와 유사한 면모를 보인다.

조광국의 논의는 이 논의와 더 밀접하게 연관된다. 조광국은 『창선감의록』을 적장자 콤플렉스라는 개념으로 풀어내고 있다.[21] 화춘과 화진 두 형제의 갈등을 성경 속 카인과 아벨의 갈등과 비견한다. 화춘의 적장자 콤플렉스가 화진에게 전가되면서 가문의 문제로 부각되는 양상과 그것이 해결되는 양상을 살펴보면서 "종법주의 이면에 도사린 근원적 죄의식과 심리적 고통"[22]을 다각도로 분석하였다. 그리하여 화진은 물론 화춘과 화춘의 어머니인 심씨 모두를 종법주의의 피해자로 보고 있다. 이러한 분석은 방법론의 차이는 있지만 이 논의의 방향과도 매우 밀접하게 연관되어 있다. 또한 조광국의 논의는 화춘의 콤플렉스가 발현되는 양상과 이에 대한 해소에 초점을 맞추고 있기 때문에 화춘에게 좀 더 분석의 방향이 맞춰져 있다. 그러나 남성성의 개념으로 이들의 갈등을 바라본다면 보다 선명하게 화춘과 화진의 갈등이 가부장제의 질곡 안에서 겪는 고통을 보여줄 것이다.

이러한 전제 아래서 이 글은 다음의 순서로 진행될 것이다. 먼저 적장자의 자리를 두고 화춘과 화진의 갈등이 어떻게 점화되는가를 고

20 한길연, 「『완월회맹연』의 정인광 폭력적 가부장의 가면과 그 이면」, 『고소설연구』 35, 한국고소설학회, 2013.

21 조광국, 앞의 논문.

22 위의 논문, 94쪽.

찰할 것이다. 다음으로는 화춘과 화진이 가부장제 아래서 겪는 질곡이 어떻게 형상화되고 있는가를 들여다볼 것이다. 동생을 괴롭히는 화춘은 불의한 인물로 보이지만, 다른 한편으로는 화춘이 당하는 고통의 표현으로도 볼 수 있다. 화진의 경우 유교적 이데올로기인 효를 실천하고 있으나 그것의 어려움, 더 나아가 불가능성을 고찰함으로써 화진에게 씌워진 굴레를 드러낼 것이다. 마지막으로 앞서 분석한 화춘과 화진의 모습이 어떤 의미를 갖는지 분석해 보고자 한다. 이를 통해 『창선감의록』의 의미와 더불어 가부장제가 남성을 어떤 방법으로 관리하여 억압하는가를 고찰할 수 있으리라 판단된다.[23]

2. 위계화된 형제 관계로 인한 갈등

조선 사회는 유교를 국가 운영의 기조로 삼으면서 유교적인 질서에 따라서 국가와 사회를 운영하고자 했다. 이에 따라 가문은 가부장을 중심으로 운영되었다. 아버지는 가부장으로서 가문의 대소사를 결정하고 책임을 지며, 큰아들은 적장자가 되어 가문을 이을 후계로 지목되었다. 이러한 제도는 유교적인 예법에 의거하여 마련된 것으로, 조선의 건국 때부터 시행되어 17세기 이후 더욱 가속화된다.[24] 이

---

23 대상 텍스트로는 이지영의 번역본(이지영 역, 『창선감의록』, 문학동네, 2010.)을 활용한다. 이하 인용할 때는 작품명과 쪽수만 밝힌다.

24 이이효재는 가부장제를 "17세기 이후 조선조 사회에 뿌리내린 친족제도는 부계와 모계를 엄격하게 구별하여 부계조상의 제사를 받들기 위해 조직된 남계자손 중심이 친족제도"(이이효재, 『조선조 사회와 가족』, 한울아카데미, 2003, 64쪽.)로

로써 조선 사회에서 가문의 적장자는 맏아들이 승계하는 것으로 굳어진다.[25]

적장자가 되기 위해서는 우선 맏아들이라는 생물학적 조건을 충족해야 한다. 그런 이후 유교의 덕목을 수양하여 그것을 실천하고 과거에 급제하여 가문을 빛내야 한다. 적장자가 되기 위해 필요한 조건 가운데 맏아들이라는 생물학적인 조건은 일면 지극히 합리적이다. 기준이 명확하여 이견이 있을 수 없기 때문이다. 그러나 맏아들이 무능하여 가문을 경영할 만큼의 능력이나 품성이 없다면 오히려 가문에 해를 끼칠 수 있다는 문제가 있다. 그렇다고 능력이나 품성만을 내세울 수도 없다. 만약 능력이나 품성이 비슷하다면 기준이 모호해져 갈등이 생기기 쉽고, 모든 아들이 가문을 경영할 만큼의 능력을 갖지 못한 경우에도 적장자를 정하기가 어렵다.

『창선감의록』에서 화춘과 화진의 갈등은 바로 이러한 사회적 배경, 특히 적장자의 문제와 밀접하게 연관되어 있다. 가부장인 화욱은 명문거족의 후예로 과거를 거쳐서 높은 관직에 있으며 명망이 높은 인물로 묘사된다. 그의 두 아들 가운데 화춘은 맏아들이니 당연히 화춘이 적장자가 되어야 할 것이다. 그러나 사정이 꼭 그러지만은 않았다.

설명한다. 여기에서 핵심이 되는 제도 가운데 하나가 바로 큰아들이 적장자가 되어 가문을 승계한다는 것이다.

25 맏아들이 적장자가 되는 것은 조선 건국 직후 혼란한 상황과도 연관된다. 두 차례에 걸친 왕자의 난은 아직 유교적인 가족제도가 자리잡지 못한 사정을 알려준다. 이에 대한 자세한 사항은 윤형숙의 논의(윤형숙, 「적장자 개념의 도입과 왕권의 강화」, 최홍기 외, 『조선 전기 가부장제와 여성』, 아카넷, 2004, 136~139쪽.)에서 자세하게 다루었다.

> 아! 어떤 사람이든 덕에는 감화되기 마련이다. 그런데 저 화춘이란 놈은 도대체 무슨 심사란 말인가? 춘은 아버지를 대신하여 가장이 된 후로 눈을 부릅뜨고 포악한 짓을 일삼으며 여린 누이와 병든 아우를 잡죄는 데 온 힘을 다 쏟았다. 그러나 하인들을 매질하여 입을 막으며 위엄을 세웠으므로 하인들은 두려워서 감히 성부인에게 이 사실을 알리지도 못했다. 다만 화춘은 성부인을 어려워하였으므로 인륜에 크게 벗어난 행동은 하지 못했다.[26]

작품의 서술자는 화욱이 죽고 난 이후 화춘이 누이인 화빙선과 남동생 화진을 괴롭히는 것은 물론 하인들에게도 매질을 하는 등 패악한 짓을 일삼는다고 서술한다. 다만 고모인 성부인 때문에 인륜에서 크게 벗어난 행동을 하지 못할 뿐이다. 화춘은 맏아들로서 적장자의 자격을 갖추고 있지만, 유교 윤리에 부합하는 품성을 지니지 못한 존재로 등장한다. 더구나 화춘은 상춘정에서 지은 시로 화욱에게 "어린 자식이 이리도 막돼먹었으니 우리 집안이 망할 징조다."[27]라는 폭언을 듣기도 했다. 화춘의 시작 능력은 형편없었을 뿐 아니라 시의 내용으로 드러난 화춘의 심성은 가부장으로서 부적절했다. 반면 화진은 화춘과는 정반대이다.

> 『시경』에 '무지개가 동쪽에 있으니 사람들이 감히 말하지 못한다'는 말이 있습니다. 또한 공자께서는 '조짐을 보고 떠난다'고 하셨습니다. 남어사가 소인배의 잘못을 비판하다가 스스로 화를 입게 되었으니, 지금이 바로 그때입니다.[28]

---

26 『창선감의록』, 35쪽.

27 『창선감의록』, 24쪽.

위의 인용문은 엄숭이 조정을 어지럽히고 이로 인해 상소를 올린 남표가 오히려 귀양을 가게 되었다는 아버지 화욱의 이야기를 듣고 어린 화진이 하는 말이다. 화진은 어리지만 경전을 인용하면서 화욱에게 조정에서 물러날 때임을 아뢴다. 이에 크게 놀란 화욱은 성부인과 상의하여 관직을 그만 두고 낙향한다. 그러면서 화욱은 화진 덕분에 만년을 편안하게 보낼 수 있었다고 말한다.[29] 그러하니 화진을 향한 화욱의 총애는 당연해 보인다.

화진은 비록 어리지만 경전의 구절을 통해서 아버지에게 물러날 때를 알려주는 모습은 화진의 능력이 적장자로서 잘 어울린다는 점을 알려준다. 그러나 화진이 아무리 뛰어난 자질을 지녔다고 해도 맏이 화춘이 있는 이상 적장자가 될 수는 없다.

이처럼 화춘은 맏이라는 생물학적 조건을 갖고 있지만 능력과 품성이 부족하고, 화진은 맏이는 아니지만 유교적 품성과 능력이 뛰어났다. 이러한 화춘과 화진의 모습을 남성성의 관점에서 분석해 보도록 하자.

화춘은 맏이라는 점에서 공모적인 남성성을 갖추고 있다고 볼 수 있다. 그는 곧 적장자가 될 위치에 있으므로 헤게모니적 남성성에 적극적으로 공모해야 하며, 또한 맏이로서 자신이 적장자가 되는 것을 당연하게 생각한다. 이 공모적 남성성은 공모에 그치지 않고 화욱의 사후에 헤게모니적 남성성으로 전환될 것이다. 그러나 화춘의 자질은

28 『창선감의록』, 22쪽.

29 공은 자주 "내가 만년에 편안한 것은 진이 덕분이야"라고 말하곤 했다(『창선감의록』, 24쪽).

가부장이 되기에, 헤게모니적 남성성을 갖기에는 품성과 능력이 부족하여 아버지에게 꾸지람을 듣는다는 점에서 종속적이다. 화춘은 유교적 이데올로기가 원하는 남성상과는 거리가 멀었으니 화욱으로부터 질타를 받았다. 이 종속적인 면모가 화춘의 공모적 헤게모니가 적장자로 전환되는 것을 방해하고 있다.

반면 화진은 차자라는 이유로 차별을 받고 있다. 둘째의 위치에 있는 화진은 헤게모니에 종속적이며, 이 종속적인 남성성이 화진이 적장자가 되는 것을 막고 있다. 그러나 화진은 유교적인 이데올로기를 내면화하고 그에 걸맞은 능력과 품성을 배양하면서 그것을 실천하고 있다. 그러므로 화진은 헤게모니에 공모적이며, 그 능력이 압도적이어서 적장자가 되어 헤게모니적 남성성을 성취해야 하는 것처럼 보인다.

이처럼 화춘과 화진은 적장자가 될 조건을 하나씩 갖고 있으면서, 혹은 하나씩 결핍하고 있으면서 종속적이고도 공모적인 남성성을 구현하고 있다. 화춘과 화진 모두 적장자가 되기에 어느 한 부분이 부족하다. 그러나 가부장인 화욱이 살아 있으므로 두 아들 모두 헤게모니적 남성성을 획득할 수 없기에 이들의 갈등은 겉으로 드러나지 않는다.

이 아슬아슬한 긴장 관계는 상춘정 사건으로 인해 분출되고 만다.

> "우리 집안은 대대로 충효와 법도를 전통으로 하고 있다. 오로지 바른 도로써 마음을 단속하여 혹 술 마시고 농담하는 자리라도 음란하거나 예의에 어긋나는 말은 하지 않았다. 그런데 너는 지금 아버지와 형 앞에서조차 이처럼 어지럽고 방탕하니 참으로 경악할 일이다. 이후로는 마음

을 고쳐먹고 행실을 닦으며 일거수일투족 모두 네 아우를 본받아 화씨 집안에 네 손에서 엎어지지 않도록 해라."

춘은 무안하고 창피했다. 그래서 물러가 그날 밤 어머니 심씨에게 말했다.

"소자가 지나치게 사랑을 받았던 탓에 노느라고 학업에 소홀히 하였으니, 책망하시는 것도 당연합니다. 그렇지만 오늘 대인께서는 지나치게 노여워하시면서 '화씨 집안이 네 손에서 망한다'고까지 하셨습니다. 자식으로서 어찌 마음 상하지 않을 수 있겠습니까? 또 대인께서 소자로 하여금 진이에게 무릎을 꿇고 매사를 배우라 하시는데, 진이가 비록 재주가 유달리 뛰어나고 행실이 볼 만하다고는 해도 세상에 어떤 형이 아우에게 배운단 말입니까?"[30]

상춘정에서 화욱은 화춘과 화진, 조카에게 봄날에 대한 시를 지으라고 이르고 그 시를 품평한다. 이때 화춘은 아버지 화욱에게 크게 꾸지람을 받게 된다. 그런데 그 꾸지람은 14살밖에 안 된 화춘이 감당하기에 버거운 것이었다. 심지어 화욱은 화춘에게 동생인 화진에게 모든 것을 배우라고까지 한다. 사촌형은 물론 4살 어린 동생 앞에서 아버지에게 이런 심한 꾸지람을 듣게 되었으니 화춘은 어찌 마음이 상하지 않겠는가. 화욱의 입을 통해 화춘은 자신이 이끌어야 할 화진보다 못하다는 것이 공공연하게 드러나게 되었다.

마음이 상한 화춘은 어머니인 심씨에게 가서 자신의 분한 마음을 털어놓는다. 자신의 능력이 부족한 것은 사실이지만 가문을 망하게 한다는 말, 그리고 동생에게 모든 것을 배우라는 아버지 화욱의 말은

---

30 『창선감의록』, 26쪽.

화춘이 견디기에 어려웠다. 만약 화춘이 아버지의 말대로 화진에게 모든 것을 배우게 된다면 이는 "적장자로서 모든 것을 포기하는 셈이고, 자신의 존재 가치를 스스로 부인하는 것"[31]이 되므로 도저히 따를 수는 없었다. 동생이라도 뛰어난 능력을 갖고 있다면 배우고 협력해도 나쁠 것은 없다. 그러나 가부장제 질서 안에서 그것은 장자의 위상을 깎아내리는 처사이므로 화춘이 그 말을 받아들인다면 헤게모니에 종속적이라는 것을 인정하는 꼴이 된다. 화춘에게 화욱의 말은 모욕적일 수밖에 없으니 화춘은 화진을 미워하게 될 수밖에 없다. 이러한 화춘의 미움은 아버지의 잘못된 처사에서 기인하는 것이며, 그 배후에는 수직적인 가부장적 질서가 자리하고 있다.

물론 화욱의 지나친 언사는 화춘에 대한 기대감으로 읽을 수도 있다. 예비 가부장인 화춘의 능력이 나아지기를 바라는 아버지의 마음으로 볼 수도 있다. 그리하여 화욱은 충격요법으로 화춘에게 더욱 엄격한 잣대를 적용하고 능력을 고양할 수 있도록 모진 언사를 퍼부었을지 모른다. 하지만 화춘에게는 아버지의 언사가 폭력이었을 뿐이었다.[32]

---

31 서유석, 「상상적 동일시와 상징적 동일시의 차이와 그 의미-가족로망스로 『창선감의록』 읽기」, 『고소설연구』 41, 한국고소설학회, 2016, 90~91쪽.

32 벨 훅스는 "남자아이들의 감정에 상처를 주는 것은 가부장 문화에서 사회적으로 용인되며 심지어 요구되기도 한다."(벨 훅스, 이순영 옮김, 『남자다움이 만드는 이상한 거리감』, 책담, 2017, 264쪽.)고 한 바 있다. 고전소설의 가부장들은 대체로 사랑보다는 엄격함으로 아들을 대한다. 특히 장자에 대해서는 더욱 엄격하다. 아버지의 엄격함을 벨 훅스는 "가부장적 아버지들은 자신의 아들을 사랑할 수가 없다. 가부장제의 규칙에 따라 그들은 아들과 늘 경쟁하면서 자신이 진짜 남자, 제일 힘 있는 사람이라는 것을 언제든 증명해야 하기 때문"(위의 책, 95쪽.)으로 설명한다. 화욱 역시 화춘을 엄격함만으로 대하는데, 그래야만 화욱은 화춘이 차

상춘정 사건으로 인해 화춘과 화진의 능력이 너무나도 명확하게 드러났다. 화진은 적장자가 될 화춘이 배워야 할 만큼 뛰어난 능력을 갖고 있으나, 화춘은 그렇지 못하다. 화춘은 맏이라는 생물학적 조건만을 가졌을 뿐 적장자가 되기에는 능력이 부족하며, 이를 화욱의 입을 통해 확인하게 되었다.[33] 이에 분한 마음을 갖게 된 화춘은 화욱이 죽자 동생 화진을 괴롭히기 시작하면서 형제의 다툼은 시작된다. 다음 장에서 형제 다툼의 양상을 구체적으로 살펴보겠다.

세대 가부장으로서 제대로 된 훈련을 받을 수 있다고 여기는 듯하다. 그러나 화욱의 이러한 행동은 역효과를 부르고 말았다.

33 기존의 연구들은 상춘정 사건에 대하여 둘로 의견이 나뉜다. 한쪽은 화욱이 화춘의 자리를 박탈하려는 의도가 있는 것으로 읽는다. 이지영은 상춘정 사건뿐 아니라 집안 대대로 내려오는 보배인 홍옥 팔찌와 청옥 노리개를 화진의 아내인 윤옥화와 남채봉에게 주는 것이 화진을 적장자로 내세우려는 화욱의 의도에서 비롯된 것으로 보고 있다(이지영(2011), 앞의 논문, 142~143쪽 참고). 박길희는 "심씨 모자는 상춘정 사건을 통해 가문의 종통을 화진에게 계승하려는 가부장 화욱의 의도를 인지"(박길희, 앞의 논문, 340쪽.)하였기에 화춘이 화진을 시기, 질투하면서 괴롭힌 것으로 본다.
반면 상춘정 사건이 적장자의 교체를 염두에 둔 것은 아니라는 견해도 있다. 박일용은 상춘정의 사건을 "최고의 권위를 확보한 가부장 화욱으로서도 어쩔 수 없는 당대의 장자 중심의 종통 계승 관행의 질곡을 드러내기 위해 설정된 구성적 장치"(박일용, 「『倡善感義錄』의 구성 원리와 미학적 특징」, 『고전문학연구』 18, 한국고전문학회, 2000, 331쪽.)라고 설명하면서 적장자는 바뀔 수 없는 것으로 해석한다. 정충권은 "상춘정에서의 부친의 질책도 계후자를 바꾸겠다는 것이 아니라 동생을 본받으라는 조언에 해당하는 것"(정충권, 「형제 갈등형 고전소설의 갈등 전개 양상과 그 지향점 -『창선감의록』, 『유효공선행록』, 「적성의전」, 「흥부전」을 대상으로-」, 『문학치료연구』 34, 한국문학치료학회, 2015, 289쪽.) 정도로 보고 있다.
화욱이 비록 화춘에게 화춘이 견디기 어려울 정도의 심한 언사를 했지만 적장자를 화진으로 바꾸려 했다고 볼 수는 없다. 당대의 질서는 적장자가 되기 위해서는 가문의 맏이여야 하기 때문이다. 헤게모니적 남성성에 충실한 화욱이 당대의 질서를 어기면서까지 적장자의 자리를 화진으로 교체하려 했다고 보기는 어렵다.

3. 형제 다툼의 양상

1) 강박에 시달리는 무능한 형

화욱의 사후 화춘은 맏이라는 지위 덕분에 적장자의 자리를 차지했다. 그러나 상춘정 사건 직후 화춘과 심씨는 화진과 화진의 어머니 정씨를 미워하였고,[34] 화진이 급제하자 화진을 집에 머물게 하여 괴롭히면서 상춘정의 원한을 갚으려고 할 정도[35]로 이 사건은 화춘과 심씨에게 상처로 남았다. 상춘정에서 화춘에게 망신을 주고 꾸지람을 한 것은 화욱이고, 어린 화진은 아버지가 시키는 대로 시를 지었을 뿐, 아무런 잘못도 없다. 그렇지만 화춘의 분노는 화진과 화진 주변의 사람들을 향했다.

상춘정 사건 이후 화춘과 심씨는 화춘이 가부장이 될 수 없을지도 모른다는 불안에 휩싸이게 된다. 화춘은 맏이이니 "제도상으로는 자신들이 우위에 놓여 있지만 그 실제적 위상은 여전히 불안하다고 생각"[36]했기 때문이다. 화진은 화춘보다 뛰어난 능력을 갖고 있었고 화욱이 그것을 상춘정에서 공식화했으니 화춘은 자존심에 상처를 입은 것은 물론 이러한 질책이 적장자의 교체를 위한 과정으로 느껴졌을 수도 있다. 화진은 그래서 존재 자체로 화춘에게 위협적이다.[37]

---

34 이후로 심씨와 춘은 공연히 정부인 모자를 원망하면서 자나 깨나 이를 갈았다(『창선감의록』, 27쪽).

35 그러니 이곳에 머물게 해놓고 괴롭히면서 상춘정의 원한을 갚는 것이 좋지 않겠느냐?(『창선감의록』, 110쪽.)

36 정충권, 앞의 논문, 302쪽.

37 화춘의 이러한 불안에 대하여 이지영은 "화진이 항상 심씨 모자를 효와 우애로 섬겼음에도 불구하고 심씨 모자의 미움이 커진 까닭은, 종족들이 화춘에 비해 훌

화진이 화춘을 대신하여 적장자의 자리를 차지하게 된다면 화춘은 모든 것을 잃게 되므로 화춘이 적장자의 자리를 지키기 위해 화진을 핍박하는 것은 현실적인 이유가 있다고 볼 수 있다. 또한 아버지의 인정과 사랑을 갈망했던 화춘은 그것을 독차지하고 있는 화진에 대한 질투로 화진을 핍박했다고 이해할 수도 있다.

화진이 자신의 자리를 빼앗을지 모른다는 불안은 화진에 대한 강박적 태도로 이어진다. 화춘은 강박적으로 화진을 괴롭힌다. 화춘의 눈에는 화진의 모든 행동이 자신의 자리를 노리는 것으로 보일 뿐이다. 화춘이 화춘의 아내인 임씨를 내쫓으려 하자 화진이 그것을 말리는 장면에서 화춘의 강박은 잘 드러난다. 임씨를 내쫓으려는 형을 말리는 화진에게 화춘은 "오라, 지금 너는 형이 자식을 못 낳게 하여 장차 네가 종통을 이을 속셈인 게로구나."[38]라고 반응한다. 이는 전혀 근거가 없는 주장이지만, 화춘은 이미 확신하고 있다.[39]

그런데 이러한 화춘의 강박과 분노는 아버지에 대해서는 전혀 드러내지 않고 오로지 화진에게만 향해 있다. 실상 상춘정에서의 모욕은 화욱 때문에 발생한 것이지, 화진은 아무런 잘못이 없다. 그러나 화춘

륭한 화진을 대신 적장자로 세울지 모른다는 불안감에서 비롯"(이지영(2011), 앞의 논문, 143쪽.)된 것으로 지적한 바 있으며, 조광국은 "부모가 동생에게 우호적인 태도를 보이자 자아존중감이 낮은 장남이 부모에 대한 기대감을 저버린 채 장자권이 빼앗길지도 모른다는 염려와 불안감에 휩싸여 동생에게 적대감을 표출하고 악행을 저지르는 장남 콤플렉스"(조광국, 앞의 논문, 73쪽.)로 해석하였다.

38 『창선감의록』, 114쪽.

39 조광국은 이에 대해 "화진이 계후 욕망을 품었다고 확신하는 상태에서 심부인과 화춘은 자신들에게 유리한 사태가 발생하면 그 진위를 가리지 않고 사실로 받아들였다. 일종의 "확증 편향"의 형태를 보인 것이다."(조광국, 앞의 논문, 79쪽.)라고 언급한 바 있다. 화춘의 강박은 자신의 눈을 멀게 만들었다.

은 아버지에 대한 분노를 보이지 않으며, 심씨 역시 그 문제를 화진 모자에게 돌린다.[40] 이것은 화춘이 감히 아버지의 법에 대항하지 못하기 때문이며, 화춘이 가부장적인 수직적 질서를 내면화하고 있음을 보여준다. 또한 화춘은 비록 자신의 자리를 위협받는 상황이지만, 자신의 자리를 포기하지 않았다. 즉, 화춘은 곧 가부장이 될 것이므로 가부장의 횡포를 탓하지 못한다. 그리고 화춘은 아버지가 자신에게 폭력을 가했던 것처럼 화진에게 폭력을 휘두른다.

그러나 화욱의 폭력과 화춘의 폭력은 다르다. 화욱은 화춘이 적장자가 되기에 부족한 지점을 문제삼고 있으며, 비록 그 표현이 거칠고 과한 것이지만 그 의도 자체가 틀린 것은 아니다. 반면 화춘의 폭력은 정당성이 없다. 화춘은 오로지 화진이 자신의 자리를 위협한다는 불안으로 인해 강박적으로 화진을 핍박하고 있을 뿐이다. 마치 제 역할을 하지 못하는 아버지가 아내와 아이들에게 폭력을 휘두름으로써 자신의 권위를 내세우려 하는 것처럼 화춘 역시 화진에게 폭력을 행사하면서 화진보다 우위에 있음을 확인하려 한다. 그런 점에서 화춘의 폭력은 가부장제가 부여한 의무를 다하지 못한 화춘의 강박의 표현이자 몸부림이라 할 수 있다.

선한 화진에게 폭력을 휘두르는 화춘은 작품 내에서 악인의 역할을 맡는 듯 보인다. 그런데 자세히 살펴보면 화춘의 악행은 그의 의지라기보다는 화씨 가문의 불화를 이용하여 이익을 얻으려는 범한과 장

40 상공께서 원래 요망스런 정씨 년과 간사스런 아들 진이에게 미혹된 나머지 오래전부터 춘추시대 진헌공과 원소가 그랬던 것처럼 맏아들의 자리를 빼앗으려 했지(『창선감의록』, 26쪽).

평, 조씨의 조종에 의해 이뤄지고 있음을 알 수 있다.[41]

> "경옥은 참 못났구려. 대장부가 자기 집안일을 스스로 처리 못 하고 어찌 다른 집안의 과부에게 조종당하고 사시오?"
>
> 장평도 따라 웃으며 말했다.
>
> "경옥은 얼굴이 예쁘장하게 생겼으면서도 못생긴 여자에게도 사랑받지 못하고, 또 어린 나이가 아닌데도 늙은 할멈에게 구속당하면서 마음에 둔 미인이 동쪽 담장 밑에서 비웃고 야유하도록 하는구려. 경옥은 관을 쓰고 갓끈을 매고는 스스로 남아라고 하기에 부끄럽지도 않소?"[42]

위의 인용문에서 범한은 화욱이 없는 집안에서 화춘의 고모인 성부인이 대리 가부장의 역할을 수행하여 화춘이 집안의 일을 마음대로 하지 못하도록 억제하고 있는 상황을 비꼰다. 장평도 옆에서 거드는데, 임씨에게 무시당하는 화춘의 처지를 부각시키면서 성부인 때문에 조씨를 취하지 못하는 것을 비웃는다. 화춘은 범한과 장평의 말에 부끄러움을 느낀다.

범한과 장평은 화춘을 충동질하여 화춘이 못된 짓을 하도록 만든다. 조씨는 화춘의 첩으로 들어온 이후 이에 가세한다. 범한, 장평, 조씨의 존재는 화춘이 그렇게 나쁜 사람은 아니라는 인상을 준다. 화춘은 비록 동생 화진과 제수씨들을 죽이려고 하는 파렴치한이지만,

---

41 서유석은 "화춘은 상상적 동일시를 제대로 이루지 못해, 공격적인 성향을 보이게 되며, 자신의 욕망이 무엇인지도 모르고 스스로 주체화시키지 못한다."(서유석(2016), 앞의 논문, 93쪽.)라고 언급한 바 있다. 화춘은 그의 불안과 강박을 이용한 범한, 장평, 조씨에게 조종되고 있다.

42 『창선감의록』, 44쪽.

그것은 화춘이 악해서가 아니라 범한이나 장평과 같은 무뢰배들이 화춘을 충동질해서 생긴 일이라는 것이다. 엄세번에게 윤씨를 바치자는 범한과 장평의 충동질에 화춘은 "돈과 보물은 아깝지 않으니 마땅히 일러주는 대로 하리다. 그러나 윤씨를 바치는 일은 차마 못 하겠소."[43] 라고 하는 장면은 화춘이 파렴치한이 아니며 윤리적 의식은 있지만, 범한과 장평, 조씨와 같은 무뢰배들의 농간 때문으로 비춰진다. 그러므로 그러한 무뢰배들을 화춘의 주변에서 내쫓고 반성한다면 화춘은 윤리 의식을 회복하여 충분히 가부장의 위치로 돌아올 수 있다는 논리가 성립된다. 이는 화씨 가문의 적장자로 돌아갈 수 있는 기반이 된다. 이처럼 화춘은 범한과 장평, 조씨의 존재로 인해 악인이 되지는 않는다. 악인의 역할은 범한, 장평, 조씨가 맡는다.[44]

그러나 화춘이 악인들에게 속는 장면은 필연적으로 화춘의 무능을 드러낼 수밖에 없다. 범한과 장평, 조씨가 불안과 강박에 휩싸인 화춘의 약점을 파고들었다 해도 화춘이 이 무뢰배들에게 속아서 못된 짓을 한 것이니, 악한 것은 아니더라도 무능한 것은 분명하다.

> 화춘이 보니 장평이었다. 그러나 화춘은 장평 또한 한범의 고소로 잡혀왔다고 생각하고 장평을 돌아보며 말했다.
>
> "나하고 자네 모두 한범에게 미움을 사서 이처럼 몹쓸 일을 겪네그려.

---

43 『창선감의록』, 143쪽.

44 정충권은 "화춘이 모해의 빌미를 제공하기는 하나 그 주동자는 어디까지나 범한, 장평 등"(정충권, 앞의 논문, 292쪽.)이라 언급하였고, 강상순은 범한과 장평, 조씨의 역할이 "상징적 가족에 통합되지 못한 잉여, 상징적 법의 한계를 넘어서는 과잉된 상상적 증오를 떠맡은 것"(강상순, 「조선후기 장편소설과 가족 로망스」, 『한국고전여성문학연구』 7, 한국고전여성문학회, 2003, 56쪽.)이라고 한 바 있다.

참으로 분하고 원통하지 않은가?"
장평이 팔꿈치로 치면서 말했다.
"내가 이미 바른대로 말했으니 쓸데없이 여러 말 말게."
정공이 이 모양을 보고 손뼉을 치며 크게 웃었고, 옆에 있던 형부 관원들도 모두 입을 가리며 웃었다.[45]

위의 인용문은 화춘이 화진을 모함한 일이 밝혀져 관부에 잡혀와 장평을 만나는 장면이다. 화춘은 어리석게도 일이 어떻게 돌아가는지 몰라 장평이 잡혀온 것이 범한 때문이라 여긴다. 그래서 장평에게 범한의 행동이 분하고 원통하지 않느냐고 묻는다. 그러나 화춘의 일을 고해바친 것은 이름을 감춘 장평의 짓이었다. 그걸 알고 있던 정공과 형부의 관원들은 모두 화춘의 어리석음을 비웃는다.

이처럼 화춘은 악하다기보다는 어리석다. 이 어리석음의 근원에는 적장자의 위치를 동생에게 빼앗길지 모른다는 불안과 강박이 자리한다. 화춘은 가부장이 되어야 한다는 생각에 집착하여 강박적으로 화진을 비롯한 주변 인물들을 핍박하였으며, 이 강박은 화춘의 눈을 가려 어리석게도 장평, 범한, 조씨 등의 악인들에게 속아 화춘의 무능함을 드러내었다. 그로 인해 화춘은 모든 것을 잃게 된다.

2) 극단적이고 불가능한 이념을 수행하는 동생

화진은 유교적인 지식을 체득하고 있으며, 효라는 유교적 이념을 완벽하게 실천하는 인물로 등장한다. 화춘과 심씨가 아무리 화진을

45 『창선감의록』, 197쪽.

핍박해도 그는 화춘과 심씨를 원망하지 않는다. 오히려 그들을 그리워하기까지 한다. 작품 내에서 화진은 절대적으로 선한 인물로 등장한다. 그런데 화진의 형상을 자세히 살펴보면 꼭 그렇지만은 않다.

화진은 화춘에 의해 모진 핍박을 받게 되는데, 그러다가 화진이 남채봉과 모의하여 심씨를 죽이려 했다는 거짓 소장으로 인해 감옥에 갇히는 신세가 되고 만다. 어머니를 죽이려 했으니 화진은 목숨을 부지하기 어려운 상황에 놓인다. 그러므로 자신이 한 행위가 아님을 적극적으로 변호해야 하지만, 화진은 그러지 않는다. 화진은 이대로라면 죽을 상황이지만 "이건 운명이야, 운명! 내가 허위로 자백하지 않으면 어머니와 형이 어떻게 되겠는가?"[46]라면서 오히려 자신이 진실을 밝히면 심씨와 화춘이 처벌받을 것을 걱정한다. 그래서 화진은 이를 운명으로 받아들이고 죄를 뒤집어쓰고자 한다. 화진은 "가부장제 이념을 철저하게 고수하면 고수할수록 그의 수난은 더욱 가혹해지는 역설적 상황"[47]에 놓이게 된다.

이것은 유교 윤리가 가진 모순을 드러내는 장면이다. 이데올로기에 충실했음에도 화진에게 닥친 현실은 죽음이라는 극단적인 상황일 뿐이다. 그런데 작품에서는 효의 윤리로 포장되어 화진을 철저한 유교 윤리의 실천자로 묘사하면서 이념이 가진 문제를 가리고 있다. 화진은 자신이 죽을 상황에서도 효를 위해 기꺼이 죽음을 선택하는데, 이를 통해 자신의 윤리성이 얼마나 대단한 것인가를 증명한다.

이는 남채봉에게 청원이 "특별히 심한 고난을 겪지 않는다면 세상

---

46 『창선감의록』, 134쪽.

47 박일용, 앞의 논문, 333쪽.

은 부인이 있는지조차 모를 것입니다."[48]라고 했던 말이 그대로 드러난 장면이라 할 수 있다. 또한 윤여옥이 유배를 가는 화진에게 "하늘이 장차 큰 임무를 내릴 때에는 먼저 그 마음을 괴롭게 합니다."[49]라고 말하는 장면의 실현이기도 하다. 이 정도의 어려움이 아니라면 화진은 차자이지만 적장자의 위치를 차지할 수 있는 인물임을 증명할 수 없다. 장자가 아닌 자가 적장자가 되기에 충분하다는 것을 증명하려면 목숨을 걸 정도는 되어야 하는데, 화진이 바로 그런 인물이라는 것이다. 그러나 자신의 죽음에 별다른 걱정을 하지 않는다는 것은 납득하기 어려운 처사이다. 이러한 화진의 모습은 유교적 이데올로기에 충실한 것으로 보이지만, 과도하게 이념에 경도된 상황을 드러내기도 한다.[50]

그런데 사건을 담당하는 최지부는 "죄인의 사정이 참 딱하구려. 어머니가 이미 고발장을 냈으니 효자 된 도리로 어떻게 발명할 수 있겠소? 그렇지만, 한나라 때 동해의 효성스런 며느리가 시어머니를 죽였다고 죄 없이 허위 자백하는 바람에 처형된 뒤 삼 년 동안 그 땅에 비가 오지 않았고, 그 태수된 자는 후세에 어리석다는 말을 듣게 되었

48 『창선감의록』, 126쪽.

49 『창선감의록』, 166쪽.

50 이지영은 화춘의 모진 핍박에도 화진이 참는 이유를 "근본적으로는 그가 집안 내에서 약자이기 때문"(이지영(2011), 앞의 논문, 132쪽.)이라고 해석했다. 그러나 차자라는 열등한 위치에 있는 화진은 화춘에 비해 아주 높은 수준의 도덕성을 보여주어야 화춘과의 대결이 가능하다는 점을 염두에 두어야 한다. 그래야만 차자인 화진이 차자이지만 적장자가 될 만하다는 인식을 갖게 할 수 있다. 극단적인 상황으로 화진을 몰고 가는 것도 이러한 이유 때문으로 보인다. 그래서 화진은 "철저히 그 내면의 욕망을 무화시키면서 장자를 선의 길로 이끌어야 하는 사명감이 부여"(정충권, 앞의 논문, 305쪽.)된 존재로 그려진다.

소. 지금 나 최형도 그렇게 되면 억울하지 않겠소?"[51]라고 한다. 조사도 해보지 않고 '효자'라는 이유로 화진의 죄를 믿지 않는다. 이러한 장치들을 통해 화진의 행동은 정당화되고 장려된다. 또한 화진의 죽음으로 인해 발생할 문제들을 가려 버린다. 이로 인해 유교 이데올로기는 완전무결한 것으로 비춰진다.

한편 화진의 유모 계화는 고을의 부자 유이숙의 아내가 되었는데, 화진의 소식을 듣고 자결하려다가 계화를 의롭게 여긴 남편 유이숙의 도움을 받아 옥에 갇힌 화진을 돕는다. 뇌물로 옥졸들이 함부로 화진을 죽이지 못하게 막고, 음식 역시 유이숙이 직접 먹어본 후에야 독이 없음을 확인하고 들여보낸다. 이는 화진을 보호하는 충직한 유모 계화와 그에 감화된 유이숙의 모습을 그리고 있지만, 한편으로는 화진이 자신의 몸조차 스스로 돌볼 수 없는 처지임을 보여준다.

문제의 해결은 "가문 외부로부터 마련"[52]된다. 윤여옥이 범한과 장평을 잡아들여 화진을 둘러싼 음모가 밝혀진다. 이는 달리 말하면 화진 스스로는 이 위기를 돌파할 수 없음을 의미하는 것이기도 하다. 화진이 사건의 진상을 밝히게 되면 심씨와 화춘의 죄를 들추게 되는데, 이는 아들이 어머니의 치부를, 동생이 형의 잘못을 드러내는 꼴이 되기에 효에 어긋나기 때문이다. 현실적으로 이 상황은 "화진의 죽음을 통해 끝날 수밖에 없을 것"[53]이지만, 윤여옥으로 인해 화진의 무능은 효를 실천하면 복을 받는다는 교훈으로 수습된다.

---

51 『창선감의록』, 134쪽.

52 정충권, 앞의 논문, 292쪽.

53 박일용, 앞의 논문, 334쪽.

화진의 효행은 자신의 목숨을 거는 것에만 그치지 않는다. 주변 사람들의 희생을 요구하는데, 특히 화진의 아내인 남채봉과 윤옥화는 목숨과 정절을 내놓아야 하는 극단적인 상황에 놓인다. 그런데 이를 마주한 화진의 태도는 너무나도 냉정하다.

> 그러나 한림은 남달리 어질고 효성과 우애가 지극한 사람이었다. 밥을 먹다가도 어머니 생각이 나고 경치를 구경하다가도 형을 그리워했다. 어머니를 걱정하며 눈물을 흘렸고, 꿈속에서도 형을 그리워하는 시를 지었다. 또 하늘의 흰구름을 보면 고향에 가고팠고, 잠자리에 들면 형제가 함께하지 못하는 이부자리가 허전했다.
> "단 하루만이라도 어머니와 형님의 사랑을 받을 수만 있다면 그날 저녁에 죽는다 해도 여한이 없겠다."
> 그 밖에는 부귀를 누리고 싶은 마음도 처자식과 즐겁게 살고 싶은 마음도 없이, 모든 게 뜬구름 같고 허공에 떠도는 티끌만 같았다. 이런 까닭에 촉 땅에 온 지 한 해가 다 되도록 남부인을 생각할 겨를이 없었다.[54]

유배를 떠난 화진은 심씨와 화춘을 그리워하면서 눈물을 흘리고 꿈에서 형을 그리워하는 시를 짓는가 하면 형과 함께하지 못하는 이부자리를 허전하게 여긴다. 그러면서 단 하루라도 심씨와 화춘의 사랑을 받고 싶다는 소망을 드러낸다. 그래서 자신 때문에 생사를 알 수 없는 아내 남채봉을 생각할 겨를도 없다고 말한다.

이는 화진의 지극한 효심을 보여주는 장면이지만, 동시에 남편으로서는 매우 무책임함을 드러내기도 한다. 남채봉은 자신 때문에 아

---

54 『창선감의록』, 176~177쪽.

무런 죄도 없이 해를 당하여 생사조차 알 수 없는데 그녀에 대해 전혀 생각도 하지 않는 화진의 모습은 냉혹해 보이기까지 한다. 이는 윤옥화에 대해서도 마찬가지이다. 윤옥화는 엄세번에게 정절을 잃을 뻔했으며 이는 가정을 잘 돌보지 못한 화진에게도 책임이 있다. 그러나 이에 대해서는 별다른 설명 없이 지나가며, 『창선감의록』의 서사는 온통 화진의 효에 집중할 뿐이다.

화진의 행동은 매우 극단적이다. 그는 오로지 자신의 부모와 형제만을 그리워하고 안타깝게 여길 뿐이다. 자신만을 바라보고 화씨 가문의 며느리가 된 남채봉과 윤옥화에 대해서는 남편으로서의 역할을 전혀 하지 못한다. 또한 자신과 자신의 부모 형제 때문에 고초를 겪는 아내에 대한 안타까움이나 미안함을 표현하지 않는다. 심지어 남채봉과 윤옥화조차도 효를 가장 가치 있는 행동으로 여기고 행동할 뿐이다. 모든 극단적인 상황은 효를 행한다는 명분 앞에서 아무것도 아닌 것이 된다.

『창선감의록』에서 화진은 극단적이고도 실행이 불가능해 보이는 효를 실천했다. 효를 지키기 위해서라면 다른 가치는 지킬 필요가 없었다. 죄가 없는 아내들이 고난에 빠져 있어도 화진은 오로지 심씨와 화춘만을 생각할 뿐이다. 이처럼 가부장제에 경도된 화진의 행동은 목숨을 내놓아야 할 만큼 위험한 것이다. 화진 역시 화춘과 마찬가지로 가부장제에 의해 억압받고 있다. 하지만 작품 내에서 누구도 이의를 제기하지 않는다. 오히려 화진의 효는 긍정되면서 보상이라는 결말로 끝남으로써 그것이 가진 문제들을 감춰버렸다.

4. 억압받는 남성(들)

적장자가 되기 위해서는 생물학적 조건과 유교적 이데올로기의 수행이라는 두 가지 조건을 모두 충족시켜야 한다. 두 가지 조건이 모두 충족된 사람만이 헤게모니에 공모적이 되어 적장자가 되고 아버지인 화욱 다음으로 화씨 가문의 가부장이 될 수 있다. 그러나 화씨 가문의 두 형제는 두 조건 모두에서 공모적이지 못했다. 한 가지 조건이 미달되어 헤게모니에 종속적인 두 형제는 모두 적장자가 되기에 부족한 인물들이다. 화춘은 장자이므로 생물학적 조건에는 공모적이고, 화진은 유교적인 덕목을 내면화하여 그 누구보다도 철저하게 수행한다는 점에서 공모적이다. 반대의 것에서 두 형제는 종속적이므로 헤게모니를 성취하기에는 부족한 존재들이다. 이 부조화로 인해 적장자가 되어야 했던 화춘은 강박적으로 동생을 핍박했고, 이 강박은 결국 스스로의 어리석음을 세상에 드러내는 꼴이 되어 버렸다. 화진은 효의 실천에서 그 누구보다도 철저했지만 자신과 자신의 아내를 지키지 못하는 무능함을 노출하였다. 하지만 화진의 뛰어남을 드러내기 위해 고난을 준 것이며, 결국에는 보상을 받아 모든 것이 잘 되었다는 설정으로 끝을 맺는다. 그러나 이 복록은 유교적 질서와는 무관하다는 점[55]

---

55 조현우는 "유교적인 삶을 사는 주인공과 유교적이지 않은 앎을 제공하는 도교와 불교의 조력자를 구분함으로써 필연적 보응과 현실적 복록에 대한 관심을 유교적인 것처럼 보이게 만들어낸 것이야말로 『창선감의록』의 중요한 창안"(조현우, 앞의 논문, 178쪽.)이라고 지적한 바 있다. 복록을 바라고 선한 행동을 하는 것은 유교 윤리에 어긋난다. 그렇게 생각해 본다면 화진의 복록은 유교적인 윤리와는 전혀 무관하다.

에서 화진의 행동은 허망한 것이며, 오히려 유교 이데올로기의 균열을 보여준다는 점에서 문제적이다. 그러나 이데올로기를 유지하기 위해서는 화진을 통해 드러난 균열은 감춰져야 하며, 그래야 헤게모니는 계속 유지될 수 있으므로 화진 주변의 인물들은 화진의 효를 칭송하고 그를 보호한다. 그런 점에서 화춘과 화진 모두 맥락은 다를지언정 가부장제에 억압을 받고 있다.[56]

이러한 화춘과 화진의 갈등에는 가부장적 가족질서, 즉 적장자의 문제가 놓여 있다. 만약 장자인 화춘이 적장자가 될 만한 품성과 자질을 갖추고 있었다면 화춘은 화진을 미워하지 않았을 것이다. 가부장이 될 만한 최소한의 자질만 보였어도 화욱은 화춘을 나무라지 않았을지도 모른다. 그러나 불행히도 화춘은 그러지 못했고, 화춘에 비해 화진의 품성과 능력은 너무나도 뛰어났다. 이러한 사태는 화춘과 화진에게만 일어나는 특수한 경우라고 할 수는 없다. 언제나 첫째가 다른 남동생들보다 뛰어날 수는 없다. 그러나 가부장제는 언제나 아들보다는 아버지가, 다른 형제들보다는 첫째가 뛰어나기를 요구한다. 불행은 여기에서 배태된다.

그렇다면 화욱은 어떠한가? 그는 헤게모니적 남성성을 체현하는 인물로 완전무결한 존재처럼 보인다. 하지만 그는 아들인 화춘을 너무 심하게 다루는 바람에 가문의 위기를 발생시키는 장본인이다. 그

56 조광국은 "화진의 고통은 종법주의 이면에 도사리고 있는 고통이다. 종법주의적 사고가 팽배한 사회가 아니었다면 그 고통은 훨씬 약화되거나 생기지 않았을 수도 있다"(조광국, 앞의 논문, 92쪽.)라고 지적한 바 있다. 이지영 역시 "효의 강조는 이념적 억압일 수 있다. 이런 점에서 화진이 겪는 고난은 제도적인 모순과 얽혀 있다."(이지영(2011), 앞의 논문, 135쪽.)라고 언급한 바 있다.

런 점에서 화욱은 형제 갈등의 가해자이다.[57] 그러나 그 역시 가부장적 가족질서로 인해 장자인 화춘을 다그칠 수밖에 없었다. 화욱의 훈육 방법은 올바르지 못했지만, 그 역시 가부장제의 압박으로 인해 화춘을 다그쳤다. 그런 점에서 화욱은 헤게모니적 남성성을 가진 인물이 아니다. 헤게모니적 남성성을 구현하는 사람은 "영화배우 같은 전형적 인물이나 영화 캐릭터로 등장하는 판타지의 인물"[58]로, 화욱 역시 실은 헤게모니에 공모적이면서 종속적일 뿐이다. 그는 가부장제에 공모하면서 자신의 자리를 공고히 하고 있지만, 제대로 된 적장자를 세우지 못했다는 점에서 헤게모니에 종속적이며 이로 인해 화춘을 심하게 다루었고, 이것은 다시 아들들의 갈등으로 이어졌다.

화씨 가문의 남성들은 가부장제라는 헤게모니에 의해 움직이고 있다. 가부장제는 화욱에게는 "제대로 된 차세대 가부장을 세우라."는 압력을 가한다. 그리하여 화욱은 가부장제가 원하는 대로 화춘을 만들고자 하며, 그것이 제대로 되지 못하자 화춘을 심하게 꾸짖어 형제 갈등의 원인을 제공한다. 화춘은 장자이니 마땅히 적장자가 되어야 하지만 부족한 품성과 능력으로 인해 헤게모니적 남성성을 갖기에 부족한 인물로 낙인찍힌다. 그는 품성과 능력을 기르는 대신 동생을 제거할 계획을 세운다. 혹시라도 화진이 자신의 자리를 넘볼까봐 화춘은 전전긍긍하며 화진에게 폭력을 가한다. 화진은 형의 모진 핍박에도 오로지 가부장제가 요구하는 덕목을 실천하는 데만 골몰할 뿐이

57 조광국은 "화욱이 종법주의 이념에 사로잡혀 장남을 그르치게 한 가부장이었다는 것을 부인하기 어렵다"(조광국, 앞의 논문, 93쪽.)라고 지적한 바 있다.

58 R. W. 코넬, 앞의 책, 124쪽.

다. 자신이나 자신의 아내가 극단적인 상황에 빠지더라도 그는 결단코 가부장제가 허용하는 행동만을 할 뿐이다. 이러한 극단적인 화진의 행동은 주변 사람들의 지지를 받는 요소가 되며, 그것은 곧 당대 사회가 허락하는, 혹은 강요하는 이념과 실천을 보여주는 것이기도 하다.

이렇게 본다면 『창선감의록』은 적장자의 자리를 두고 벌어지는 갈등을 통해 가부장제가 어떻게 남성들을 관리하고 통제하는가를 보여준 작품이라 할 수 있다. 화춘과 화진은 물론 화욱까지도 가부장제에 의해 분류되고 관리되고 있다. 가부장제라는 헤게모니에 공모적이냐 종속적냐에 따라서 이들은 적장자에 적합하느냐, 그렇지 않느냐가 결정된다. 이에 따라 이들의 위치가 주어지고 불일치한 공모성과 종속성으로 인해 갈등은 발생한다. 화욱과 화춘, 화진 세 사람은 가부장제라는 헤게모니에 의해 그 존재 양태가 결정되고 있으며, 개인의 처지나 상황에 관계없이 가부장제라는 제도에 맞게 행동하고 교정되기를 요구받는다. 그런 점에서 이들은 모두 가부장제에 의해 억압되고 있다고 볼 수 있다. 화춘의 폭력과 무능도, 화진이 겪는 고난들과 그 안에서 드러나는 무능함도 결국은 가부장제가 남성들을 관리하고 통제한 결과물이라 할 수 있다.

후대의 가문소설에서도 『창선감의록』에서처럼 가정 내의 남성 인물들이 가부장제의 억압에 시달리고 있다.[59] 이러한 면모는 이전 소설에서는 찾아볼 수 없는 현상이다. 주로 남녀의 애정 문제나 정치적

---

59 후대의 가문소설에서 가부장제가 남성을 억압하고 있는 모습은 한길연의 논의(한길연, 앞의 논문.)를 통해 확인한 바 있다.

우의가 소설의 주제였기 때문이다. 그러나 가문 내의 갈등을 다룬 『창선감의록』의 등장은 가문 내의 갈등이 소설사의 주된 소재로 등장하게 되는 시초인 동시에 가부장제가 남성을 통제하고 억압하는 모습을 보여주는 작품의 효시로서 문학사적인 의미가 있다. 그리하여 흔히 가부장제는 남성이 여성을 억압하는 수단으로 생각하지만, 실은 여성과 마찬가지로 남성 역시 가부장제에 의해 억압되고 있음을 보여준다. 다만 그로 인해 받은 불이익은 여성보다 더 많은 가부장적 배당금을 챙기고 있다는 점, 그리고 윤여옥이나 최지부, 유이숙과 같이 화진을 돕는 사람들에 의해 가려질 뿐이다.[60]

이런 관점에서 적장자의 위치를 바꾸지 않고 화춘으로 종통을 잇게 한 것은 적장자를 장자로 삼는다는 질서를 어기지 않겠다는 의도로 이해할 수 있다.[61] 화춘이 악인보다는 무능한 것으로 표상한 것도 이

---

60 이와 관련하여서는 "동시대인들이라면 누구나 공감할 만한 '현실에 대한 일반화된 환상'에 기반하고 있다는 점이다. 여기서 환상이란 주체가 가부장적 가족구조의 실재적 균열을 회피하고 하나의 정합적인 현실상을 만들기 위해 구축한 심리적 현실을 말하는 것으로, 우리가 경험하는- 보다 엄밀히 말하면 '경험했다고 믿는'- 일상의 현실이란 실재의 존재조건 그 자체가 아니라 환상이라는 시나리오를 통해 재구성된 것이라고 할 수 있다."(강상순, 앞의 논문, 46쪽.)라는 강상순의 논의를 참고해 볼 수 있다. 효는 가장 중요한 가치이며, 이를 실현하는 것이 가치 있다는 것은 당대인들이 품은 일반화된 환상이라 할 수 있다. 여기에 그것이 현실적인 복록을 가져다준다는 세속적인 논리가 결합되면 유교 윤리에 대한 하나의 환상이 만들어진다고 할 수 있다. 이는 각주 55에서 봤던 조현우의 논리, 즉 보응의 논리를 유교적인 것으로 보이게 만들어 유교적 가치의 준수를 최고의 가치로 여기게 한다는 것과도 같은 맥락으로 읽힌다.

61 이에 대해서 정충권은 "계후 문제에 있어 아무리 능력과 인품이 뛰어나더라도 차자는 특별한 일이 없는 한 장자의 자리를 대신할 수 없다고 본다."(정충권, 앞의 논문, 293쪽.)라고 지적하였으며, 박길희는 "화진의 효행에 대한 평가나 그에게 주어진 보상 등이 결코 화춘과 심씨의 그것을 넘어설 수 없도록 제한하고 있는데,

러한 이유 때문으로 볼 수 있다. 스스로 동생을 해하려고 하는 악인을 적장자로 내세울 수는 없었던 것이다. 그래서 악하지는 않은, 무능한 인물로 형상화하고 이후 자신의 잘못을 깨우치고 유교적 윤리에 따른 삶을 살아가는 인물로 만든 것이다. 그렇게 되면 장자이지만 능력이 부족한 화춘이 적장자가 되더라도 그 품성에는 문제가 없으니 그럭저럭 적장자가 될 수 있다는 논리가 성립하게 된다.[62]

하지만 화춘이 화진의 아들 천린을 양자로 맞아 계후로 세우는 것은 이러한 적장자 제도의 불완전한 부분을 보완하려는 시도로 볼 수 있다. 화춘에게는 아들이 있었으니 화춘의 장자를 적장자로 삼는 것이 당연하다. 그러나 화춘은 화진의 아들 천린을 양자로 맞아 천린에게 적장자의 자리를 잇게 한다. 이는 화춘에게는 없는 유교적인 능력을 천린을 통해 보완하려는 것으로 볼 수 있으며, 이것은 화진이 마땅히 적장자가 되어야 하지만 그렇게 되지 못한 불만을 화진의 아들 천린을 통해 해소한 것으로 볼 수 있다.

그러나 이것은 어정쩡한 결론이라 할 수 있다. 천린은 양자의 형식을 통해서 화춘의 장자가 되었고, 이를 통해 적장자가 되었다. 천린이 화씨 가문의 적장자가 되는 과정은 여전히 가부장제 안에서 이루어진 것이다. 이것은 뛰어난 화진이 적장자가 되지 못한 것에 대한 불만이

이는 실천적 효라는 미명하에 수직적 위계질서를 분명히 함으로써 이데올로기를 실현시키고 재생산해내려는 작자의 치밀하고도 은밀한 '구별짓기' 논리가 은폐되어 있는 것"(박길희, 앞의 논문, 337쪽.)으로 평가하였다.

62 성부인은 회개한 화춘에 대하여 "이 사람이 심성은 본래 착했기에 이렇게 달라진 게야"(『창선감의록』, 271쪽.)라고 평가한다. 즉, 능력은 다소 부족하지만 품성은 본래 착하므로 회개하였다면 적장자가 될 수 있는 자격을 갖췄다는 것이다.

지만 제도를 넘어서면 안 된다는 압력이 만든 봉합이라 할 수 있다. 여전히 『창선감의록』의 남성들은 가부장제의 관리와 통제를 받고 있는 것이라 할 수 있다. 가부장제의 압력은 여전히 지속되고 있으며, 그것은 언제든 다시 돌아와 아들들을, 남성들을 억압할 것이다.

5. 맺음말

이 글은 『창선감의록』을 통해 가부장제가 남성들 역시 억압한다는 것을 보여주었다. 장자가 적장자가 된다는 원리에 따라서 화춘은 자신이 적장자가 되는 것을 의심하지 않았지만, 상춘정의 사건을 통해 그것은 불안으로 바뀐다. 차자인 화진은 너무나도 뛰어난 품성과 능력을 보여주었고, 화욱이 상춘정에서 이를 공식화함으로써 화춘은 혹시 화진으로 적장자가 교체될지 모른다는 불안에 휩싸인다. 화춘의 이러한 불안은 강박적으로 화진을 괴롭히는 원인이 되었다.

화춘이나 화진은 장자와 유교적 품성과 능력이라는 적장자의 조건을 모두 갖추지 못한다. 그래서 이들은 헤게모니에 공모적이고 종속적이다. 그래서 화춘은 폭력적인 수단을 통해 화진에 대한 우위를 확인하고자 하며, 극단적인 유교적 이념의 실천을 행하는 화진은 이를 참고 견딜 뿐이다. 그러나 이로 인해 화진은 목숨을 잃을 뻔했다. 화춘 역시 화진을 핍박하는 과정에서 무능함이 노출되면서 웃음거리가 된다. 가부장제 안에서 화춘과 화진은 관리되고 통제받고 있으며 억압받고 있다.

『창선감의록』에 등장하는 모든 인물은 화춘과 화진 형제처럼 모두 가부장제의 억압에서 자유롭지 못하다. 심지어 헤게모니적 남성성을 구현할 것으로 보이는 화욱조차도 형제 다툼의 원인을 제공하고 있으며, 그 기저에는 장자가 뛰어난 능력을 갖도록 해야 한다는 가부장제의 억압이 있었다.[63]

이러한 『창선감의록』의 서사는 가부장제가 남성을 분류하여 관리하고 통제하는 것을 보여주고 있으며, 여성과 마찬가지로 가부장제에 의해 남성 역시 억압받고 있음을 보여준다.[64] 이러한 서사는 후대의 가문소설에서도 다양한 모습으로 반복된다는 점에서 『창선감의록』의 문학사적 의의를 찾을 수 있다. 또한 후대의 가문소설에 등장하는 남성 인물들을 분석할 때 하나의 시사점을 마련한 것이라 할 수 있다.

하지만 남성들은 그들이 가부장제로 인해 얻은 배당금으로 인해 자신들이 억압받고 있다는 사실을 알아채지 못하거나 부정한다. 그들은 자신의 자리를 지키기 위해 많은 것을 희생당하고 있지만, 결코 그 자리를 포기하지 않으려고 한다. 그러나 벨 훅스의 말처럼 "가부장

---

63 더불어 이 글은 남성에 초점을 맞추고 있어 여성이 핍박받고 있는 사정에 대해서는 언급하지 못하였다. 당연하게도 이 작품에 등장하는 윤옥화, 남채봉 역시 가부장제의 피해자이다. 이들은 화춘과 심씨 때문에 죽을 위기에 놓였지만, 효행을 내면화하면서 자신이 당하는 고초를 인과응보의 질서로 내면화한다. 이로 인해 이들은 현실을 바꿀 대안을 갖지 못하게 된다. 심씨의 경우에는 화춘과 마찬가지이다. 아들이 적장자의 자리를 차지하지 못한다면 받을 비난과 손해 때문에 발생한 불안이 심씨의 행동을 유발한다. 그런 점에서 심씨 역시 가해자 이외에도 피해자로서의 면모를 지닌다고 할 수 있다.

64 그러나 억압의 정도는 차이가 있다. 대체로 여성이 남성보다 더 많은 차별과 억압을 받는다. 그러나 그것이 일률적인 것도 아니다. 여성이라고 해도 집안에서의 지위에 따라서 가부장제가 배당하는 이익은 다르다. 대체로 여성이 더 많은 차별과 억압을 받게 되지만, 집안의 어른 자리에 있는 여성은 '효'라는 명목으로 아들들보다 더 많은 가부장제의 배당금을 얻는다.

제가 미치는 해악과 그 때문에 초래된 고통을 우리가 다 함께 인정할 때에야 비로소 우리는 남성의 고통을 다룰 수 있"[65]을 것이다. 가부장제는 "어떤 남성들이 다른 남성들과 대부분의 여성들을 지배하는 시스템",[66] 아니 더 나아가 여성과 남성을 각기 다른 방식으로 억압하는 시스템이라 할 수 있다. 헤게모니적 남성성은 "다른 패턴의 남성성에 대한 우월을 통해 성취"[67]되며, 이 과정에서 여성은 물론 남성 역시 희생당하고 억압된다. 가부장권을 둘러싼 『창선감의록』의 화춘과 화진 형제의 다툼은 권력을 쟁취하기 위한 다툼이 아니라, 가부장제가 자신을 지키기 위해 두 형제를 희생시키는 서사이며, 이러한 장면은 현재에도 반복되고 있다. 그런 점에서 『창선감의록』은 현재의 젠더 갈등을 읽어내는 데 하나의 시각을 열어줄 수 있으며, 『창선감의록』의 의미가 현재에도 유효한 이유일 것이다.

65 벨 훅스, 앞의 책, 69쪽.
66 다가 후토시, 앞의 책, 59~60쪽.
67 위의 책, 57쪽.

3장

언어 속의 젠더 권력

핵심어 분석을 통한 성별 발화 특성 연구

강민정

1. 머리말

화자의 '성(gender)'은 오래전부터 언어에 영향을 주는 중요한 외적 요인으로 분석되어 왔다. 사회언어학에서도 사회적 변인 중 성별에 따른 언어 사용 차이에 대한 연구가 활발하게 이루어져 왔다. 초기에는 민현식(1997) 등에 의해 방송, 드라마와 같은 준구어 자료를 대상으로 하여 연구가 이루어졌고 점차 구어 코퍼스가 구축되면서 양적 분석 방법을 활용하여 성별에 따른 특정 품사류의 사용에 대한 연구가 이루어졌다. 예컨대 성별에 따른 부사 연구(김혜영:2009, 전지은:2010), 성별 담화표지(임규홍:2004), 보조용언 연구(권순구:2007) 등이 있다. 최근에는 강범모(2013)에 의해 남성과 여성을 판별하는 연구로까지 이어졌다. 전지은(2014)에서는 핵심어를 분석하여 공적/사적 상황에 따라 성별 발화의 차이를 연구하였다. 핵심어는 대상 말뭉치와 비교하는 참조 말뭉치의 어휘 목록을 비교하여 대상 말뭉치에서 특징적으로 빈번하게 나타나는 어휘를 말하는데, 성별 발화 특성과 같이 비교해야 하는 대상에는 유용한 방법이라 생각된다. 따라서 이 연구에서도 핵심어 분석을 통해 성별 발화의 특성을 살펴볼 것이다. 이 연구는 그동안 다양한 장면을 담은 말뭉치를 통해 분석한 성별 발화의 차이는 장면의 주제나 상황 등 다른 변인에 의한 것은 아닐까 하는 의문에서 시작하여 과연 '같은 주제로 비슷한 상황에서 대화할 때도 성별 발화에 차이가 있을까?' 하는 의문에 대한 답을 찾고자 시작한 것이다. 이에 최근에 공개된 '모두의 말뭉치' 중 '일상 대화 말뭉치'를 대상으로 분석하였다. '일상 대화 말뭉치'는 '스포츠/레저'라는 고정된 주제로 비슷한 시간으로 자유 발화한 자료이므로, 같은 주제로 발화했을 때에도 성별 발화에 어떠한 차이가 있는지에 대해 살펴볼 수 있는 적절한 자료 판단된다. 요컨대 이 연구에서는 그간 직관적으로 기술되어 오던 성별 발화의 차이에 대해서 실제적인 자료로 검증하고자 하였고, 성별 발화의 차이로 발화 장면, 발화 주제, 발화의 총 시간 등과 같은 변인이 비슷한 자료로 분석하여 실제적인 성별에 따른 발화 차이를 살펴보고자 하였다.

2. 연구 대상 및 연구 방법

1) 연구 대상

이 글에서 활용한 자료는 최근 국립국어원에서 공개한 '모두의 말뭉치[1]' 중 '일상 대화 말뭉치'로, 남성 110명이 발화한 165,046어절, 여성 114명이 발화한 171,965어절을 대상으로 하였다. 모두의 말뭉치에는 10년간의 신문 기사와 책 2만 188종의 자료가 포함되어 있을 뿐만 아니라 음성 대화와 메신저 대화, 방송 자료, 대본, 블로그·게시판 자료 210만 건 등 실제로 언어 생활이 이루어지는 다양한 상황에 대한 자료가 포함되어 있다.[2]

그중 '일상 대화 말뭉치'[3]는 두 명의 화자가 하나의 주제에 대해서 자유롭게 대화를 나눈 일상 대화 자료를 전사하여 구성한 말뭉치로, 연령, 성별, 관계, 직업, 학력, 출생지 등 화자의 변인이 제시되어 있어 구어 연구로 활용할 가치가 높아 보인다.

일상 대화 말뭉치의 대화 주제는 15개로 나뉘는데, 주제별 성별 분포는 아래 〈표 1〉과 같다.

〈표 1〉 주제별 성별 분포

[단위: 명]

주제	남성	여성	합계
스포츠/ 레저	110	120	230
여행지	53	237	290
계절/날씨	65	171	236
회사/학교	66	202	268
먹거리	57	205	262
방송/연예	29	191	220
영화	94	172	266

1 '모두의 말뭉치'는 2020년 8월에 공개되었다.

2 모두의 말뭉치는 언어학적 연구로 활용할 수 있는 자료로서 가치가 높아 보이나 국내 대화형 인공지능 산업을 위한 핵심 자산을 확보하기 위해 구축한 것이어서 언어 연구를 위해서는 연구자가 원시 말뭉치 또는 형태 분석 말뭉치로 다시 구축하여 사용해야 한다는 어려움이 있다.

3 일상 대화 말뭉치는 2021년 3월 30일에 공개되었다.

건강/다이어트	53	163	216
선물	27	183	210
꿈(목표)	55	161	216
연애/결혼	46	216	262
반려동물	41	207	248
아르바이트	72	194	266
성격	49	163	212
가족	45	189	234
합계	817	2,585	3,402

이 연구에서는 '스포츠/레저' 주제로 대화한 남녀 발화를 분석하여 '같은 주제로 같은 상황에서 발화할 때 성별에 따라 그 특징이 다를까?' 하는 의문에 대한 답을 해 보고자 한다.

2) 연구 방법

이 글의 목적은 남성과 여성의 발화를 서로 비교하여 성별 발화의 특징을 살펴보는 것이다. 이를 위해 '핵심어'를 추출하여 분석하였다. 핵심어는 사용되는 분야에 따라 다양한 의미로 사용되고 있지만 말뭉치 언어 연구에서는 대체로 '참조가 되는 텍스트와 연구 대상이 되는 텍스트를 비교하여, 대상 텍스트에서 특징적으로 빈도가 높거나 낮은 단어들'을 의미한다.[4] 즉 두 개의 말뭉치에서 각각 추출한 단어 목록의 빈도를 비교하여 통계적으로 유의미한 차이를 보이는 단어들 즉 특징적으로 두드러지는 단어를 일컫는다. 핵심어를 분석하면 그 텍스트의 두드러지는 특성을 파악할 수 있다. 보통 텍스트에서 사용된 고빈도 어휘를 추출하여 텍스트의 특성에 대해 이야기하기도 하는데 이

4 이러한 정의는 'WordSmith Tools'를 만든 Mike Scott의 정의를 따른 것이다.

는 대상 텍스트에서 두드러지는 특성이라 보기 어렵다. 다른 텍스트에서도 고빈도 어휘로 출현할 가능성이 있기 때문이다. 따라서 핵심어 분석은 비교하고자 하는 대상에서 두드러지는 특징을 파악하는 데 유용한 방법으로 생각된다. 이 연구에서는 핵심어 분석을 위해서 'Word Smith 7.0 Tools'를 사용하였다.

두 개의 코퍼스를 비교하는 방법으로 '표준비교'와 '맞비교'가 있다. 전지은(2011)에서는 맞비교는 크기가 비슷한 두 개의 코퍼스를 서로 비교하는 것이고, 표준비교는 일반적인 언어 현상을 모두 포괄할 만한 대규모 코퍼스와 비교하는 것이라고 하였다. 이 글에서는 각 성별 발화의 특징을 살펴보기 위한 것이므로 '맞비교'의 방법으로 핵심어를 추출하였다.

'Word Smith 7.0 Tools'를 활용하여 핵심어를 추출하기 위해서 아래와 같은 과정을 거쳤다.

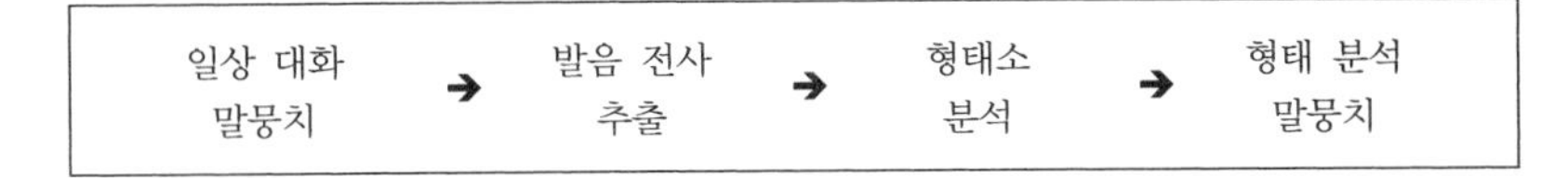

'일상 대화 말뭉치'는 아래와 같이 '철자 전사(form)'와 '발음 전사(original_form)'로 구성되어 있는데 이 연구에서는 실제 발화를 분석하기 위해 발음 전사를 추출하였다.

"id": "SDRW2000000019.1.1.97",
"form": "조금 군살도 빼고 싶고 좀",
"original_form": "쫌 군살도 빼고 싶고 좀",
"speaker_id": "SD2000032",
"start": 148.18004,
"end": 150.00605,
"note": ""

"id": "SDRW2000000019.1.1.102",
"form": "그래서 스쾃을 하루에",
"original_form": "그래서 스쿼트를 하루에",
"speaker_id": "SD2000032",
"start": 157.50807,
"end": 159.29704,
"note": ""

〈그림 1〉 일상 대화 말뭉치의 구성

추출한 발음 전사는 형태소 분석기를 이용하여 '형태 분석 말뭉치'로 구축하였다. 'Word Smith 7.0 Tools'를 이용하여 구축한 성별 발화 형태 분석 말뭉치의 성별 '어휘 목록'을 만들고, 그 '어휘 목록'을 서로 맞비교하여 '핵심어'를 추출하였다.[5]

3. 성별 핵심어

핵심어 추출 결과 남성 44개, 여성 42개의 핵심어가 추출되었다. 아래는 성별 핵심어를 품사[6]별로 정리한 것이다.

---

5 핵심어를 추출할 때 추출 조건인 통계식과 유의도를 설정해야 하는데 이 글에서는 Word Smith 7.0의 초기 설정인 'Log-likelihood' 식과 유의도는 p=0.05부터 p=01000001까지를 따랐다. 통계식은 'Log-likelihood' 또는 'Chi=square' 중 선택할 수 있는데 Word Smith 매뉴얼에서는 'Log-likelihood' 식이 더 유의미한 결과를 제공한다고 제시하기도 하였다.

6 이 글에서 지칭하는 '품사'는 형태소 분석한 뒤 부착할 때 분석하는 '접미사, 어미' 등의 문법 정보를 포괄하는 의미로 사용하였다.

〈표 2〉 성별 핵심어

품사	남성	여성
일반 명사	팀, 리그, 형, 우승, 프로, 투수, 뽈, 골, 님, 역할, 포지션, 진행, 인기, 메이저, 세계, 게임, 관중, 영입, 성적, 플레이, 기업	언니, 엄마, 수영, 아빠, 남편, 영화, 요가, 신랑, 딸, 오빠, 살, 물, 에어로빅, 옆, 고기, 라인, 수영장, 오이지, 아이, 땐스, 줄넘기, 피겨, 필라테스, 선생님
대명사		우리
의존 명사	님	
고유 명사	호날두, 롯데, 메시, 토트넘, 바르셀로나, 한화, 류현진, 미국, 손흥민, 이글스, 리버풀	김연아, 여수
동사	열리다, 던지다	걷다, 찌다, 돌다, 만나다
형용사	이렇다	맛있다, 아프다, 싫다, 무섭다
일반 부사	가장, 특히, 인자, 상당히, 현재	맨날
종결 어미	-습니다, -습니까	-야, -더라고요, -죠
연결 어미		-더니
접미사	-적	
담화표지	~	

남성 핵심어는, '일반 명사, 의존 명사, 고유 명사, 동사, 형용사, 일반 부사, 종결 어미, 접미사, 담화표지'로 추출되었고, 여성 핵심어는 '일반 명사, 대명사, 고유 명사, 동사, 형용사, 일반 부사, 종결 어미, 연결 어미,'로 추출되었다.

성별에 관계없이 가장 많은 핵심어로 추출된 품사는 '일반 명사'이다. 성별에 관계없이 일반 명사가 가장 많은 핵심어로 추출된 것은 일반 명사가 발화의 주제와 관련한 내용어이기 때문이다. 이 글에서 활용한 말뭉치는 '스포츠/레저'라는 같은 주제로 이야기한 말뭉치이기 때문에 남성과 여성 각각에서 특징적으로 사용하는 내용과 관련한 일반 명사 핵심어가 많지 않을 것으로 추측했으나 추측과 달리 이 연구에서도 일반적인 성별 발화의 경향에 따라 일반 명사 핵심어가 가장 많이 추출되었다. 강범모(2013)에 따르면 기존 연구에서는 일반 명사를 여성보다 남성이 더 많이 사용하는 것으로 알려져 있다고 하였다. 그런데 이 연구에서는 여성이 일반 명사를 더 많이 사용하는 것으로 나왔다. 하지만 이는 '스포츠/레저'라는 주제의 특성 때문인 것으로 보인다. 주제의 특성상 유명한 스포츠인 등 고유 명사를 언급하게 되어 남성 발화에서의 일반 명사의 비율이 여성 발화에서보다 낮게 나온 것으로 보인다. 고유 명사와 일반 명사는 주로 내용과 관련된 어휘이므로 묶어 생각하면 남성이 여성보다 내용과 관련한 명사를 더 많이 쓰는 성별 발화 특징을 이 연구에서도 살펴볼 수 있었다.

핵심어로 추출된 동사와 형용사도 성별에 따라 대비됨을 알 수 있다. 남성은 주제인 '스포츠/레저'와 관련하여 '(스포츠 대회/행사가) 열린다'는 동사와 공을 가지고 하는 스포츠를 언급하면서 '던지다'라는 동사를 특징적으로 사용하였다. 여성은 '스포츠/레저'의 중심 의미보다는 '스포츠/레저'의 넓은 의미인 '운동'에 초점을 두어 '걷다, 돌다'의 동사가 특징적으로 나타났으며, 나아가 운동을 해야 하는 상황과 연관된 '(살이) 찌다'와 같은 동사가 특징적으로 사용되었다. 여성 발화에서 '맛있다, 아프다, 싫다, 무섭다'와 같은 형용사가 핵심어로 추출되었고 남성 발화에서는 상태 형용사 핵심어가 추출되지 않았다.

다른 품사에서도 성별에 따라 특징적인 면을 볼 수 있는데, 남성 발화에서는 여성에 비해 일반 부사 핵심어가 많이 추출되었고, 여성 발화에서는 형용사, 종결어미, 연결어미 등이 핵심어로 많이 추출되었다. 이에 대해서는 다음 장에서 살펴보겠다.

4. 성별 발화 특성

이 장에서는 4장에서 추출한 핵심어를 통해 성별 발화 특성에 대해 살펴보겠다.

1) 남성 발화 특성

(1) '격식 갖춤' 발화

남성 발화 핵심어로 '-습니다', '-습니까'와 같은 격식체가 추출되었다.

(1) ㄱ. 저는 류현진 선수에 대해서 관심이 아주 많고 저는 류현진 선수의 팬이기 때문에 류현진 선수의 모든 경기를 메이저 리그 간 이후부터 하나도 놓치고 놓치지 않고 보고 있습니다.

ㄴ. 요즘에 사실 모르는 사람들이랑 나이가 들면 들수록 이렇게 새로운 관계를 맺기가 되게 어려운데 그런 걸로 인해서 막 제가 이~ 지금 대학교도 졸업한 상태지만 그~ 초등학생들이랑도 같이 축구 할 때도 있고 아저씨랑도 축구 할 때가 있고 또 그냥 또래들이랑 축구 할 때도 있고 그런 게 되게 즐거웠던 거 갈습니다.

ㄷ. 어~ 경기 관람을 하시거나 뭐 티비로 방송을 하시거나 스포츠를 보실 때 좋아하는 팀이 예를 들어서 경기를 지거나 쫌 경기를 생각하는 거보다 못했을 경우 어~ 어떤 생각을 갖고 계시고 또 다음 경기에 또 어떻게 영향을 주는지 뭐 그런 것들에 대해서 많이 생각을 하 해 보셨습니까?

ㄹ. 여성: 좋아하시는 거 있으신가요?

남성: 저는 스포츠는 완전 어릴 때부터 보는 거는 다 좋아해

가주구 그까 티비를 틀면 스포츠 하면 그냥 그것만 계속 보고 그랬었습니다.

ㅁ. 그 &name& 님이 올림픽의 어떤 그~ 이~ 엘리트성에 대해서 지적을 하셨으니까 아~ 그거에 이어서 어~ 저도 비슷한 생각인데 아 제 생각을 한번 말씀드려볼게요.

위는 남성 발화에서 격식체인 '-습니다/습니까'의 예인데, 남성은 사적으로 편하게 하는 일상 대화임에도 격식체인 '-습니다, -습니까'를 많이 사용하는 것을 알 수 있다. 이는 지금까지 성별 발화에 대한 연구에서도 남성은 격식체를 사용을 즐기고, 여성은 비격식체를 선호한다고 언급된 내용이나 실제 말뭉치를 활용한 성별 발화 분석, 성별 발화 핵심어 분석 등에서는 도출되지 않았었다. 이에 이 연구에서는 실제 대규모 말뭉치를 통해 남성은 격식을 갖추어 발화한다는 것을 증명해 낸 것이라 할 수 있을 것이다. 특히 예문 (1ㄹ)에서와 같이 여성과의 대화에서 여성이 비격식체로 질문을 했음에도 남성은 격식체로 대답하는 경우도 많이 볼 수 있었다. 남성과 남성이 대화할 때도 발화 중간에는 비격식체인 준말 사용 등으로 구어체의 성격을 보이지만 발화의 끝은 격식체인 '-습니다'로 사용하는 것을 알 수 있었다. 남성 발화에서 격식체가 핵심어로 추출된 것은 남성은 여성보다 '상하 관계'를 엄격하게 따지는 문화의 영향인 것으로 보인다. 남성은 여성보다 학교, 군대, 회사 등에서 상하 관계를 엄격하게 따져 우위를 나누는데 이러한 영향이 상하 관계가 적용받지 않는 사적인 대화를 할 때도 영향을 미치는 것으로 보인다.

남성 발화 핵심어에는 (1ㅁ)과 같은 '님'이 추출되었는데, 이도 남성이 격식을 갖추어 발화를 하는 특성이 반영된 것으로 보인다. 여성은 친밀감을 표현하며 대화를 이어가는데 남성은 친밀감보다는 격식을 갖춤으로써 대화 상대방에게 존중하는 마음을 표현하며 대화를 이어나가는 것으로 보인다.

(2) '정도성' 발화

남성 발화 핵심어로 아래와 같이 '가장, 특히, 상당히'가 추출되었다.

(2) ㄱ. 내가 가장 좋아하는 축구팀은 잉글랜드의 아스날과 스페인의 바르셀로나야.

ㄴ. 선생님도 꼴푸를 몇 번 접해보셨다 하지만 연습장에 가셔서 공을 맞추는 스윙을 하지 마시고 빈 스윙을 많이 하시는 게 가장 좋은 방법입니다. 그래서 그 빈 스윙으로 해가지고 제가 한 이천 번 뭐 삼천 번 뭐 새벽부터 해가지고 그렇게 연습을 한 적도 있었는데 어~ 꼴프 같은 경우에 가장 인제 좋흔 그~ 운동의 효과라고 할 수 있는 게 아까도 말씀드렸지만....

ㄷ. 그다음에 또 특히 야외에서 했을 때는 신선한 공기를 마시면서 어~ 정신이 맑아지죠. 그다음에 또 땀을 많이 뺄 수가 있어요. 짧은 시간 안에 해서 근강관리 됐을 때는 배드민턴 참 좋은 운동이라 생각합니다.

ㄹ. 저는 특히 예전에 이천오 년도 경에 이제 박지성 선수의 경기를 정말 즐겨봤고 그때 프리미어로 프리미어리그로 리거로 진출한 어~ 유일한 한국인이었기 때문에 되게 자랑스러워 했습니다.

ㅁ. 그래서 이제 롯데 같은 경우에는 이제 전국구 팀이라고 해 가지고 인기가 전국에서 상당히 많습니다.

ㅂ. 다른 스포츠보다는 상당히 어~ 다가가기가 좀 쉬운 그런 종목 이에요.

'가장, 상당히'는 다른 것보다 정도가 높음을 의미할 때 사용하는 부사이고, '특히'는 '다른 것과는 다르게 특출나는 것'을 이야기할 때 사용하는 부사이다. 이러한 부사가 핵심어로 추출된 것은 남성은 주제와 관련된 내용 중에서도 정도가 높은 것을 이야기하거나 다른 것과 다른 특출나는 것을 이야기하는 것을 선호한다는 특징이 있음을 알 수 있다. 위의 예에서도 알 수 있듯이 남성은 자신이 해 본 경험 중에 정도성이 높은 것을 청자에게 추천하거나 청자가 경험한 정도성이 높은 상황 등을 질문하고 듣는 특징이 있다는 것을 알 수 있다. 전지은(2010)에서는 여성이 남성보다 정도 부사의 쓰임이 현저하게 드러난다고 밝혔다. 결과로 보면 이 연구와 반대되는 것으로 생각할 수 있으나 전지은(2010)에서 밝힌 여성이 남성보다 많이 사용하는 정도 부사는 '되게, 너무, 정말, 막, 진짜, 너무너무, 많이 약간, 굉장히'와 같은 것으로, 이들은 단언문의 의미를 강화시켜 주는 강조 부사로 쓰인다고 하였다. 즉 주제와 관련하여 정도가 높은 것, 다른 것과 다른 특출나는 것을 이야기하는 것을 선호하는 남성 발화와는 다른 것이다.

(3) 담화표지 사용

이 글의 연구 대상인 모두의 말뭉치 중 일상 대화 말뭉치에는 동일한 형태로 기존 품사의 의미, 기능을 가지지 않는 것은 담화표지로 보고, 물결표(~)를 이용하여 표시하고 있다. 하지만 실제 발화에서 담화표지로 사용되는 어휘를 판별해 내지는 못한 것으로 보이고 표시한 담화표지는 모두 '아, 어, 음. 에, 머' 등과 같은 것들이었다. '아, 어, 음, 에, 머' 등은 주로 아래 (3)과 같이 발화 내용을 생각하는 시간을 버는 기능을 한다. 따라서 이 연구에서는 발화에서 성별에 따른 시간을 버는 기능의 담화표지 사용을 살펴보았다. 살펴본 결과 담화표지의 사용이 남성 핵심어로 추출될 만큼 여성보다 남성 발화에서 활발하게 사용되었다.

(3) ㄱ. 그러면은 어~ 올림픽 말고 지금 올림픽이라는 스포츠 대회의 어떤 그 정치성이나 뭐 어떤 그~ 이~ 어떤 불평등성 같은 거를 어~ 지금 지적하셨는데 뭐 불평등이 여러 가지가 있습니다마는 이제 그~ 이~ 뭐 남녀 간의 불평등도 세계적으로 아주 큰 문제가 됐 되고 또 스포츠에서도 마찬가집니다.

ㄴ. 에~ 특히 저는 축구를 좋아해요. 아~ 일단 야구는 너무 정적이고 서 있고 아~ 공이 오면은 타격을 하고 달려가고 어~ 뭐 구 회 말까지 이렇게 가는 거지만 어~ 역시 스포츠 하면 아~ 저는 축구라고 생각을 합니다.

남성은 발화를 하면서 다음 발화를 생각할 시간을 벌기 위해 담화표지를 활발하게 사용하는 것으로 보인다. 임규홍(2004)에서는 성별에 따른 담화표지 사용에 대해 연구하였는데 남성이 여성보다 담화표지를 더 많이 사용함을 밝혔다. 이는 남성이 여성보다 담화 주도권을 더 적극적으로 사용하기 위함이라고 하였다. 즉 남성은 담화표지를 사용하여 시간을 벌면서 대화의 주도권을 잡고 계속 발화하기 위한 것으로 보인다.

2) 여성 발화 특성

(1) '가족 연결' 발화

여성 발화의 핵심어 중에는 아래와 같이 가족 관련 일반 명사가 많이 있다.

(2) ㄱ. 저희 집이 삼 남매인데 언니랑 남동생이랑 이렇게 셋이 제주도 간 적이 있어요.
ㄴ. 나름대로 또 아빠가 열심히 또 인제 뭐 건강 전도사니까 그래도 음식 이것저것 많이 안 먹고 몸에 좋은 것만 먹어서 그나마 다행인 거 같애요.
ㄷ. 저희 남편은 운동을 굉장히 좋아해요. 볼링도 좋아하고 배드민턴도 좋아하고 그런데 저는 그런 거를 전혀 안 하기 때문에 애가 시험을 봐야 되는데 나보고 저보고 해 달라는 거예요.
ㄹ. 그래서 계속 나는 운동을 앞으로도 할 꺼고 더 늘려서 계속 할 껀데 남편한테 자전거 타자니까 핀잔만 주고 너나 타라고 그러드라고.
ㅁ. 난 지금도 기억나는 게 나 어릴 때 우리 아빠랑 우리 오빠 둘이 일어나 가지고 티비를 보는 거야.
ㅂ. 엄마 아빠가 한번 차 싣고 그~ 화순 가 가지고 자전거 한번 탔을 때 나 그때도 진짜 솔직히 엄청 하기 싫었는데 아~ 진짜 그~ 운동해 가지고 좋은 걸 느꼈을 때 자기 기분이 좋고 그런 거지 무조건 강제로 해라 해라 해 가지고는 나 정말 하나도 난 지금까지 그래서 운동을 안 하잖아.

지금까지의 연구에서는 주로 여성 화자가 '언니, 엄마'와 같은 가족 어휘를 선호한다고 밝혔다. 하지만 여성 화자가 가족 관련 어휘를 선호해서 사용한다기보다는 여성은 남성과 다르게 이야기를 가족과 관련하여 이끌어 간다고 볼 수 있다. 여성과 남성이 발화하는 주제가 동일함에도 여성 발화 핵심어로 가족 관련 명사가 추출되었다는 것은 여성 화자들은 어떠한 주제로 이야기를 하더라도 남성보다 주제를 가족과 연관 지어 이야기한다는 것으로 볼 수 있고 이는 남성과 대비되는 여성 발화의 특징이라 할 수 있을 것이다.

전지은(2014)에서도 사적인 상황에서는 일반 명사 핵심어가 성별에 따라 여성은 '언니, 오빠, 엄마, 아빠, 집' 등과 같이 가족 관련 명사가 주로 나타나고 남성은 '군대, 공군, 나라, 정치, 전쟁' 등 국가 관련 명사와 '형, 술, 새끼, 동아리, 동기' 등 친구와의 친목 관련 명사가 특징적으로 나타난다고 하며 여성 발화에서 일반 명사 '엄마'는 공적/사적 상황에 관계없이 여성이 선호한다고 하였다. 이 연구에서 대상으로 삼은 자료도 공적이 아닌 사적 담화이지만 정해진 주제에 대해서 이야기를 나누는 상황[7]이다. 즉 '가족과 관련된 주제'가 아님에도 주제 관련 내용어가 아닌 가족 관련 일반 명사가 핵심어로 추출되었다는 것은 여성은 어떤 주제에 대해서 발화하더라도 그 주제를 자신의 '가족과 관련 지어 발화'한다는 것을 알 수 있으며, 이는 남성과 대비되는 여성 발화의 특징이라 할 수 있을 것이다. 이러한 여성 발화의 특징의 영향으로 (1ㅁ)과 같은 대명사 '우리'가 여성 발화에서 핵심어로 추출된 것으로 보인다. '우리'는 '우리 엄마, 우리 아빠, 우리 오빠'와 같은 예로 사용되었다. 황병순(2016)에서는 '우리 아빠'와 같이

7 이 연구에서 활용한 일상 대화 말뭉치는 주제와 관련한 기사 등을 읽고 그것에 대해 이야기를 나눈 주제 대화 자료로 볼 수 있다.

사용하는 것은 우리민족의 집단 중심 문화의 영향 때문이라고 하며 '우리 아빠'는 '우리 집의 아빠'를 의미하는 것으로 '우리'는 '말하는 사람을 포함한, 여러 사람으로 구성된 집단'을 가리킨다고 하였다. 즉 여성 발화에서 '우리'가 핵심어로 추출된 것은 여성이 이야기를 가족과 연결 지어 이끌어 가면서 그 집단인 '우리'를 함께 발화하기 때문으로 보인다.

(2) '경험 전달' 발화

여성 발화에서는 아래와 같은 '-더라고요'와 '-더니'가 많이 사용되는 것을 핵심어 분석을 통해 알 수 있었다.

(2) ㄱ. 저희 언니도 집에서 혼자서 운동을 하겠다고 지 혼자서 막 영상을 보고 난리를 치더라고요.
ㄴ. 근데 그게 자격증 따는 게 생각보다 어렵더라고요.
ㄷ. 요가 강사 되게 많이 인기가 많아졌더라고요.
ㄹ. 그래서 그 사람이 하도 잘해서 아 저 사람 해외에 진출할 수도 있겠다 싶었더니 미국으로 갔드라구요.
ㅁ. 차를 타고 갔더니 사람이 너무 많아 갖고 차가 엉켜서 난리가 난 거예요.
ㅂ. 그니까 인제 지금도 체육계도 그렇게 억압적이고 막 이렇게 그런 게 다 없어진 줄 알았더니 똑같이 있는 거 같애.

'-더라고요'는 종결어미 '-더라'에 인용의 어미 '-고'가 함께 쓰인 것으로, 과거에 직접 경험하여 새로 알게 된 사실에 대해 상대방에게 전달할 때 쓴다. '-더니'는 여성 발화에서 대부분 '았/었더니'의 형태로 쓰였는데, '았/었더니'는 과거의 사실이나 상황과 다른 새로운 사실이나 상황이 있음을 나타낼 때 쓴다. 자신이 경험한 사실을 전달하면서 '-더라고요'를 사용했고, '-았/었더니'를 사용하여 과거에 생각한 것이나 경험한 사실을 알리고 그 뒤에 생각한 것과는 다른 사실이나 상황이 있음을 말한다. 이러한 것이 핵심어로 추출된 것으로 보아 여성은 이야기를 이어갈 때 과거에 경험한 것에 대해서 전달한다는 특징이 있음을 알 수 있다. 주제와 관련하여 자신이 과거에 경험한 것을 이야기하면서 상대방의 공감도 받고 상대방도 이와 비슷한 경험을 이야기하면서 대화를 이어간다.

(3) '친밀감 형성' 발화

여성 발화 핵심어로 아래와 같은 종결 어미 '-야'도 추출되었다.

(2) ㄱ. 운동 스포츠는 <u>등산이야</u>.
ㄴ. 이제 물 먹고 막 이러니까 사람들이 한 달째 포기하고 아니면은 지나갔어두 삼 개월에 또 포기가 온단 <u>말이야</u>.
ㄷ. 나무 터널 이렇게 나무 숲길을 가거든. 그러면 진짜 냄새가 너무 <u>좋은 거야</u>.

'-야'는 말하는 사람의 생각이나 사실을 서술할 때 쓰는데 주로 친한 사이에 친밀감을 드러낼 때 쓴다. 남성은 격식체를 써서 격식을 갖추어 표현하는 것이 특징이었는데 여성은 친밀감을 드러내는 표현을 사용하는 것은 대비적인 특징이다. 일반적으로 여성은 남성에 비해 친소 관계가 많은 영향을 미치는데 이러한 이유로 여성은 발화를 효과적으로 이끌기 위해서는 친밀감을 형성하는 것으로 보인다.

5. 맺음말

이 글에서는 핵심어를 분석하여 일상 대화에서의 성별 발화 특성에 대해서 살펴보았다. 먼저 같은 상황에서 같은 주제로 발화한 말뭉치를 활용하여 핵심어를 추출하였다. 그 결과 남성 핵심어의 품사는 '일반 명사, 의존 명사, 고유 명사, 동사, 형용사, 일반 부사, 종결 어미, 접미사, 담화표지'로 추출되었고, 여성 핵심어는 '일반 명사, 대명사, 고유 명사, 동사, 형용사, 일반 부사, 종결 어미, 연결 어미,'로 추출되었다. 내용어와 관계된 일반 명사와 고유 명사를 살펴보면 내용 관련 핵심어는 여성보다 남성의 발화에서 더 많이 추출되었다. 핵심어로 추출된 동사, 형용사도 성별에 따라 대비됨을 알 수 있다. 남성은 주제인 '스포츠/레저'와 관련한 동사를 특징적으로 사용하였다. 여성은 '스포츠/레저'의 좁은 의미보다는 넓은 의미인 '운동'에 초점을 둔 동사가 특징적으로 나타났다. 여성 발화에서 형용사가 핵심어로 추출되었지만 남성 발화에서는 상태 형용사 핵심어가 추출되지 않았다. 다른 품사에서도 성별에 따라 특징적인 면을 볼 수 있는데, 남성 발화에서는 여성에 비해 일반 부사 핵심어가 많이 추출되었고, 여성 발화에서는 형용사, 종결어미, 연결어미 등이 핵심어로 많이 추출되었다. 추출된 핵심어를 바탕으로 아래와 같이 성별 발화의 특징이 보였다.

남성 발화의 특징
1) ‘격식 갖춤’ 발화 2) ‘정도성’ 발화 3) 담화표지 사용

여성 발화의 특징
1) ‘가족 연결’ 발화 2) ‘경험 전달’ 발화 3) ‘친밀감 형성’ 발화

향후 세대, 친소 관계, 직업 등 더 다양한 변인에 따른 성별 발화 특징에 대한 연구가 과제로 남아있다.

남녀 관련 신어의 변화에 대한 고찰

2005년부터 2019년까지의 신어를 대상으로

강현주

1. 머리말

우리가 쓰는 말에는 우리의 인식이 반영된다. 매일 사용하는 말에서도 이를 확인할 수 있지만, 사용자가 새로운 의도를 표현하고자 생성해 낸 신어에는 대상에 대한 인식과 가치 판단이 더욱 명확하게 드러난다.

(1) ㄱ. 꿀강(2013), 갓물주(2017)
　　ㄴ. 설명충(2015), 비트페인(2018)

(1ㄱ)의 '꿀강'은 학생들이 손쉽게 학점을 받을 수 있는 강의를 뜻하며 '갓물주'는 건물주를 신(갓, god)에 빗댄 말이다. 이 두 신어의 의미를 정확히 모르더라도 '꿀'에서 '꿀강'이 긍정적인 의미일 것이라는 점과 '갓'에서 '갓물주'가 대단한 대상을 의미할 것이라는 점은 쉽

게 추측할 수 있다. 특히 '갓물주'에는 건물을 소유하는 것이 현실의 노력만으로는 되기 어렵다는 인식, 건물주가 세입자의 모든 것을 결정하는 절대자와 같다는 인식 등이 반영된 것으로 볼 수 있다. (1ㄴ)의 '설명충'은 '설명'에 '–왕(王), –꾼, –쟁이' 등이 아닌 '–충(蟲)'을 결합했다는 점에서 설명을 많이 하는 사람을 부정적으로 바라보는 인식을 확인할 수 있다. '폐인'을 결합한 '비트폐인'에서는 코인 시장에 몰두하는 사람들을 '비트코인에 집중하는 열정적인' 사람이 아닌 '비트코인으로 몸이나 일상을 망친' 사람으로 보고 있음을 추측할 수 있다. 밤을 새워 공부하는 사람을 일반적으로 '공부폐인'이라 하지 않는다는 점에서 그 부정적인 인식이 뚜렷이 확인된다.

이처럼 말에는 대상에 대한 인식과 가치 판단이 반영되어 있다. 이 글은 이러한 관점에서, 언어 사용자가 만들어낸 신어의 '종류와 그 양의 변화'는 곧 언중들의 '인식의 변화'를 나타낼 것이라는 기대에서 시작되었다. 이에 지난 15년간의 신어를 살펴 한국어 사용자가 남녀 관련 신어 어휘를 생성해 내고 의미를 담는 경향과 그 변화를 확인하고 그 변화가 시사하는 바를 추정해 보고자 한다. 요컨대, 언어의 변화와 인식의 변화를 기록하는 것을 이 글의 목적으로 한다.

2장에서는 남녀 또는 사람을 지칭하는 신어를 분석한 연구들을 살펴 이 글이 나아가야 할 방향을 살필 것이다. 3장에서는 15년간 생성된 남녀 관련 신어의 현황을 살피기 위하여 수와 비율, 각각의 의미를 보이고자 한다. 4장에서는 생성 측면과 의미 측면에서 보이는 남녀 관련 신어의 특성과 이들 특성에 담긴 함의를 도출해 내고자 한다.

2. 선행 연구

남녀 관련 신어에 대한 연구는 사람 관련 신어의 연구 안에서 함께 이루어진 경우가 많았다. 대표적으로 손춘섭(2012), 김정아 외(2013), 강희숙(2015), 남길임(2015), 이선영(2016), 이진성(2017), 이수진(2018), 박선옥(2019ㄱ), 박선옥(2019ㄴ) 등에서는 [+사람] 신어를 대상으로, 정성미(2020)에서는 [X-족], [X-남], [X-녀] 신어를 대상으로 하여 이들의 형태 또는 의미적 특성을 살피거나 이를 통해 사회문화적 특성을 분석해 내었다. 대부분이 '사람'에 초점을 맞추었으며 그 속에서 특정 주제를 분류해 내었기에 이를 통해 한국인의 정서와 사회·문화적 특징을 폭넓게 확인할 수 있었다.

"유행어들이 당대 대중의 정서를 매개하는 정서의 담론이자 해당 시기의 사회와 문화의 모습을 민감하게 반영함으로써 시대의 모습을 이해하는 중요한 자료가 될 수 있(강희숙, 2015: 10)"으며 "새로운 어휘의 출현은 사회의 변화와 깊은 관련이 있다(남길임 외, 2015: 39)"는 논의들에서도 알 수 있듯이 신어를 통해 사회·문화적 특성을 분석해 낼 수 있다는 점은 익히 인정되어 왔다. 이 글에서는 이러한 관점에 동의하면서 그 대상을 더욱 좁혀 남성과 여성을 지칭하는 신어로 삼고자 한다.[1] 젠더에 대한 인식이 하루가 다르게 변화하고 있는 현 시대에는 서로 대응되는 대상인 '남성'과 '여성'을 지칭하는 신어에서

1 이와 함께 남성과 여성을 칭하는 신어로 [X-대디], [X-맘], [줌마-X] 등도 확인된다. 그러나 이는 '아버지'와 '어머니'라는 특정 역할이 의미 형성에 개입하며 복잡한 이해 관계와 사회적 현상이 반영되므로 이 글에서는 연구 대상으로 삼지 않는다. 이를 통해 이 글에서는 보다 무표적인 남성과 여성의 차이를 살피고자 한다.

한국어 사용자의 인식과 태도 변화가 더 두드러지게 나타날 것으로 보았기 때문이다.

이와 관련하여 김정아 외(2013)에서는 연구 대상으로 삼은 신어들이 생성된 해당 기간 동안 남성보다 여성 관련 신어가 많음을, 강희숙(2015)에서는 박동근(2012)의 연구 결과와 더불어 2012년에 비해 2014년에 그 수가 줄어든 것을 통해 남녀 관련 신어 증가가 다소 주춤하고 있음을 지적한 바 있다. 특히 박동근(2012)에서는 [X-남], [X-녀] 신어의 생성과 사용 양상, 인지도 분석을 살폈으며 정성미(2020)에서는 [X-족], [X-남]과 [X-녀]의 생성 추이에 따른 형태, 의미적 양상을 살핀 점이 참고할 만한다. 다만 대부분이 형태적 특성이나 주제 분류를 통해 사회적 의미를 분석해 내는 데에 집중하였으며, 남녀 관련 신어의 일부 특성 또는 특정 해의 특성을 밝히는 데에 그쳤다. 또는 그 변화의 조짐을 포착하였으나 깊이 있는 관심을 두지 않았다.

이에 이 글에서는 앞서 관심이 미치지 못하였던 남녀 관련 신어의 '변화', 그리고 그 변화에 함의된 언어 사용자의 '인식 변화'를 살펴보고자 한다. 이처럼 언어 생활의 '변화'를 포착하고 그 속에 담긴 우리 사회의 모습을 확인하기 위해서는 신어의 특성을 거시적인 관점에서 바라볼 필요가 있다. 이에 최대한 긴 기간을 설정하고자 2005년부터 2019년까지 15년치의 국립국어원 신어 조사 자료를 분석하였다.[2]

---

2 국립국어원에서는 1994년부터 최근 2019년까지 1년에 한 번씩 정기적으로 신어 자료집을 내고 있으나, '새로 생긴 말'로서의 신어와 '미등재어'를 구분하여 조사하기 시작한 것은 2002년부터이다. 그리고 2004년 조사까지는 수작업으로 이루어진바, 웹기반 말뭉치를 구축하기 시작한 2005년 자료부터를 연구 대상으로 삼기로 한다. 참고로 2007년과 2011년에는 조사가 이루어지지 않았으므로 실제 수집

국립국어원의 신어 조사 자료는 매년 생산되는 모든 신어를 담고 있지는 않다. 그러나 공신력을 가지는 매체에 일정 횟수 이상의 빈도로 등장한 신어만을 기록한다는 점에서 연구 대상으로서의 객관성이 확보된다. 이에 이 글에서 대상으로 삼은 남녀 관련 신어가 한국어 사용자의 언어 생활 전반을 대표할 수는 없으나 객관적인 지표를 통해 '신어'로 인정된 자료로서 거시적인 관점에서 변화와 경향성을 살필 수 있을 것이라 본다.

3. 남녀 관련 신어의 현황

1) 남녀 관련 신어의 연도별 생성 현황

남성을 지칭하는 신어는 [X–남], [X–맨]의 형태로, 여성을 지칭하는 신어는 [X–녀], [X–걸], [X–퀸], [X–순이]의 형태로 나타난다.[3, 4] [X–퀸]에 대응하는 것으로 보이는 [X–킹]이 확인되나 이는 남성이 아닌 일반 사람을 지칭한다. 2005년부터 2019년까지 이와 같은

한 자료집의 수는 총 13개이다.

3 접사로 등재되어 있거나 접사에 준하는 것으로 보고 있는 '–남, –맨, –녀, –걸' 등을 접미사로 분리하여 칭하지 않고 [X–남]형, [X–녀]형 등으로 지칭하는 것은 '–남, –녀' 등이 '어떠어떠한 남자' 또는 '어떠어떠한 여자'를 줄인 말로 사용된 경우가 다수 있기 때문이다. '–맨, –킹, –걸, –퀸, –순이'는 의미상으로는 그렇지 않으나 기술의 통일을 위하여 모두 [X–a]형과 같이 표기하기로 한다.

4 공순이, 짠순이, 식순이 등이 사전에 등재되어 있으나 '–순이'는 사전에 따로 등재되어 있지 않다. 국립국어원 '온라인 가나다'에서 '–돌이'를 설명하는 과정에서 '–순이'를 '여자의 의미를 더하는 것'으로 설명한 것을 보아 '–녀', '–걸' 등과 같이 접미사의 성격을 가지는 것으로 보고 논의의 대상에 포함하기로 한다.

형태로 생성된 신어는 아래와 같다.

〈표 1〉 연도별 남녀 관련 신어 목록

연도	형태	신어
2005년	[X-남]형	몰상남, 스폰남, 짝벌남, 펼칠남, 추접남, 떨남
	[X-맨]형	빅맨, 목청맨
	[X-녀]형	스폰녀, 개똥녀, 떨녀, 덮녀, 생뚱녀
	[X-순이]형	사순이
2006년	[X-남]형	고추장남, 된장남, 머슴남, 어좁남, 완소남, 훈남
	[X-녀]형	고추장녀, 된장녀, 완소녀, 훈녀, 개풍녀, 귀족녀, 대사관녀, 망치녀, 백쪽녀, 쌈장녀, 엘프녀, 오크녀, 저기녀, 치우녀, 흔들녀
	[X-걸]형	잇걸
2008년	[X-남]형	경제력남, 주부남
	[X-맨]형	중계맨, 철거맨, 투잡맨, 팔짱맨, 푸틴맨
	[X-녀]형	교태녀, 냉정녀, 노랑머리녀, 농촌녀, 다방녀, 독설녀, 사고뭉치녀, 사색녀, 삽질녀, 신상녀, 출렁녀
	[X-걸]형	파자마걸, 파티걸, 고고걸
2009년	[X-남]형	간지남, 꽃중남, 맵시남, 명품몸매남, 무직남, 미중남, 엣지남, 육식남, 젠틀남, 초식남, 촌빨남, 판타지남, 품절남,
	[X-맨]형	고배당맨, 분양맨, 입담맨, 가탤맨
	[X-킹]형	코믹킹
	[X-녀]형	가슴녀, 갈매기녀, 거식증녀, 건강녀, 건조녀, 공감녀, 과소비녀, 관능녀, 광란녀, 귤껍질녀, 깜찍발랄녀, 납치녀, 다산녀, 당선녀, 땅콩녀, 땡녀걸, 레드카펫녀, 매끈녀, 맨손녀, 맵시녀, 명가녀, 무술녀, 미마녀, 민폐녀, 보들녀, 봉춤녀, 삐삐녀, 야구녀, 얼음녀, 엉성녀, 엣지녀, 완숙녀, 이슈녀, 이중녀, 인상녀, 잇몸녀, 자국녀, 잡독녀, 종아리녀, 지뢰녀, 짐승녀, 쭉빵미녀, 캔디녀, 쾌속녀, 품절녀, 철벽녀, 청정녀, 호피녀
	[X-걸]형	엣지걸, 완판걸
	[X-순이]형	공방순이, 안방순이
2010년	[X-남]형	능청남, 도시락남, 중견남, 질서남, 차도남, 차조남, 퍼펙트남, 혼빙남
	[X-맨]형	공기업맨, 변태맨, 영맨, 토마토맨
	[X-녀]형	바이러스녀, 베이글녀, 시니컬녀, 악질녀, 엔도르핀녀, 예측불허

		녀, 완가녀, 절구녀, 차도녀, 철부지녀, 철판녀, 초식녀, 크리녀, 택시녀, 투표녀
	[X-걸]형	팡팡걸
2012년	[X-남]형	가싫남, 능청남, 돌직구남, 매너어깨남, 수발남, 열공남, 완도남, 운도남, 잉여남, 족쇄남, 헉남, 힐링남
	[X-킹]형	호광킹
	[X-녀]형	간장녀, 깔도녀, 닥빙녀, 만찢녀, 생강녀, 썸녀, 열혈욱녀, 운도녀, 잉여녀, 크로스라인녀, 해돋녀, 화떡녀, 힐링녀
	[X-걸]형	록시크걸
2013년	[X-남]형	날도남, 냉온남, 들짐승남, 등도남, 럭싱남, 먹방남, 시지(CG)남, 앰불남, 오피스남, 절식남, 캐훈남, 혼자남
	[X-맨]형	오글맨, 이트맨, 짱짱맨
	[X-킹]형	케미킹
	[X-녀]형	감초녀, 국민흔녀, 등도녀, 말근육녀, 먹방녀, 백도녀, 베이근녀, 산도녀, 청글녀, 파도녀, 포텐녀
	[X-걸]형	복도걸, 블테걸, 짱짱걸
	[X-퀸]형	오글퀸, 먹방퀸
2014년	[X-남]형	꼬돌남, 뇌섹남, 메뉴판남, 소금남, 와친남, 츤데레남, 키큰남
	[X-맨]형	복도맨
	[X-킹]형	머글킹
	[X-녀]형	섬녀, 혼자녀, 금사빠녀, 껌딱지녀, 바이어트녀, 반도녀
2015년	[X-남]형	사이다남, 요섹남, 인테리어남, 탄산남, 해먹남, 혼밥남
	[X-녀]형	머슬녀, 사이다녀, 심쿵녀, 뇌섹녀, 런피스녀
2016년	[X-남]형	강된장남, 뇌순남, 문명남, 연타남, 주백남
	[X-녀]형	마섹녀, 목공녀, 믿보녀, 연타녀, 요섹녀, 혼사녀, 뇌순녀
	[X-순이]형	가방순이
2017년	[X-남]형	만뚫남, 졸혼남
	[X-녀]형	만뚫녀, 미코녀
2018년	[X-남]형	키링남
	[X-맨]형	도믿맨, 반다보스맨

[X-남], [X-맨], [X-킹]의 형태는 총 106개가 확인된다. [X-남]의 형태는 2018년까지 매년 나타나며, 모두 남성을 지칭한다. 반면 [X-맨]과 [X-킹]의 형태는 2014년까지 적은 수가 비정기적으로 확

인된다. 이들 중 [X-킹]의 형태 전부를 포함한 20개는 남성이 아닌 일반 사람을 지칭한다. 이 경우 성별을 구분해 낼 수 없으므로 연구 대상에서 제외하고자 한다. 해당 신어는 다음과 같다.

(2) 연구 대상 제외 신어

가텔맨(가수이면서 각종 드라마에 출연하여 탤런트처럼 활동하는 사람을 이르는 말), 고배당맨(배당을 많이 받거나 받게 해 주는 사람을 낮잡아 이르는 말), 도믿맨('도를 믿는 사람'을 줄여 이르는 말), 머글킹(팬이 아니었던 사람을 매혹하여 자신이나 자신이 속한 팀의 팬이 되도록 만드는 연예인), 목청맨(운동 경기장 따위에서 목청 높여 응원을 하는 사람), 반다보스맨(스위스의 다보스에서 개최되는 다보스 포럼에 반대하는 사람), 복도맨(버스나 기차 따위에서 통로석에 앉는 사람), 분양맨(사람들에게 분양에 관련한 사항들을 상담해 주는 일을 하는 사람), 빅맨(능력이 뛰어나서 집단 내에서 큰 비중을 차지하는 사람), 영맨(회사에서 영업을 담당하는 사원), 이트맨(가게에서 계산을 하기 전에 음식을 먹어 버리는 손님), 중계맨(운동 경기 따위를 중계하는 사람), 철거맨(건물 따위를 철거하는 사람), 케미킹(어떤 사람과도 이질감 없이 잘 어울리는 사람을 비유적으로 이르는 말), 코믹킹(남을 가장 잘 웃기는 사람), 토마토맨(외계인으로 추정되는 사진 속 인물이 토마토를 닮았다고 해서 붙여진 이름), 투잡맨(한꺼번에 두 가지의 직업에 종사하는 사람), 팔짱맨(이웃의 어려움이나 위급한 상황을 보고 모른 척하거나 방관하는 사람을 비유적으로 이르는 말), 푸틴맨(러시아 전 대통령 블라디미르 푸틴의 재직 시절 고락을 함께 해 온 사람들이나 그를 추종하는 사람), 호광킹(호감형 광고 킹, 광고에 나오는 사람 중에서 가장 호감형인 사람)

[X-녀], [X-걸], [X-퀸], [X-순이]의 형태는 155개가 확인된다. 남성 관련 신어와 달리 모든 형태가 여성을 지칭하며 [X-남], [X-

맨], [X-킹]과 대응되는 [X-녀], [X-걸], [X-퀸] 외에도 [X-순이]가 확인된다.

아래의 〈표 2〉는 일반 사람을 지칭하는 신어를 제외한 241개의 남녀 관련 신어의 생성 현황을 수치화한 것이다.

〈표 2〉 15년간의 남녀 관련 신어의 수와 비율

해	전체 신어 (명사)	남녀 신어		남성		여성	
		수	㉠비율(%)	수	㉡비율(%)	수	㉢비율(%)
2005	297	12	4.04	6	50.00	6	50.00
2006	303	23	7.59	7	30.43	16	69.57
2008	274	16	5.84	2	12.50	14	87.50
2009	418	66	15.79	14	21.21	52	78.79
2010	240	26	10.83	10	38.46	16	61.54
2012	262	26	9.92	12	46.15	14	53.85
2013	293	30	10.24	14	46.67	16	53.33
2014	240	13	5.42	7	53.85	6	46.15
2015	177	11	6.21	6	54.55	5	45.45
2016	246	13	5.28	5	38.46	8	61.54
2017	187	4	2.14	2	50.00	2	50.00
2018	220	1	0.45	1	100.00	0	0.00
2019	218	0	0.00	0	·	0	·
총(수)	3,375	241	·	86	·	155	·
평균	259.62	20.08	6.44	7.16	·	14.09	·

위 표에서 ㉠은 전체 신어 명사에서 남녀 관련 신어가 차지하는 비율이며, ㉡과 ㉢은 남녀 관련 신어 안에서 남성 관련 신어와 여성 관련 신어가 차지하는 비율을 뜻한다. 신어 명사는 2005년부터 2019년까지 평균 259개 전후로 생성되었으며, 2019년에 이르러서는 한 건도 확인되지 않는다. 이 중 남녀 관련 신어는 해에 따라 차이가 크게

나지만 평균 20개 전후로(20.08개, 6.44%) 생성되었으며 15년간 생성된 여성 관련 신어는 남성 관련 신어의 2배에 가깝다.

2) 남녀 관련 신어의 의미

앞서 연구 대상으로 설정한 남녀 관련 신어 241개의 의미를 '긍정'과 '부정', '중립'으로 나누어 살피고자 한다. 낱말의 의미에는 주관성이 반영될 수 있으나, 국립국어원의 신어 조사 자료에서 제시한 의미와 예시를 바탕으로 하여 객관성을 높이고자 하였다. 또한 해당 신어가 사용된 뉴스 기사에서의 사용 맥락을 함께 살펴 판단하였다. 그 제시 순서는 가나다순이다.

(3) 긍정의 의미가 담긴 남성 관련 신어

간지남(스타일이 좋고 폼이 나는 남자), 경제력남(경제력이 있는 남자), 공기업맨(공기업체에 다니는 남자), 꽃중남(잘생긴 중년 남성), 날도남(날씬한 도시 남자), 냉온남(행동은 냉정하지만 마음은 따뜻한 남자), 뇌섹남(뇌가 섹시한 남자), 능청남(능력 있고 청소도 잘 하는 남편), 도시락남(경제 상황과 건강을 고려해 도시락을 싸 가지고 다니는 미혼 남자나 아내를 대신해 자녀의 도시락으로 요리 실력을 발휘하는 아빠), 럭싱남(럭셔리한 싱글 남자), 만뚫남(만화를 뚫고 나온 듯한 남자), 매너어깨남(주변 사람이 어깨에 기댈 수 있도록 배려해 주는 남자), 맵시남(옷을 맵시 있게 잘 입어 보기 좋은 남자), 메뉴판남(음식에 대하여 정통한 남자), 명품몸매남(뛰어나게 잘 다듬어진 몸매를 가진 남자), 문명남(가부장적인 생각에서 벗어나 세련된 생각을 가진 남자), 미중남(미소년보다 빛나는 피부와 몸매, 매너까지 두루 갖춘 중년의 남자), 사이다남(복잡하고 해결하기 어려운 상황을 시원하게 해결해 주는 남자), 소금남(소금처럼 하얗고 담백한 느낌을 주는 남자), 시지남(비현실적으로 얼굴이 잘생긴 남자), 쌈장남(합리적으로 소비하는 남성), 엣지남(차림에 세련되고 멋있는 남자), 연타남(연금 타는 남자), 열공남(열심히 공부하는 남자), 오피스남(사무직 남자), 와친남(와이프 친구 남편), 완도남(완전히 도도한 남자), 완소남(완전 소중한 남자), 요섹남(요리를 하는 섹시한 남자), 운도남(정장에 운동화를 신고 출퇴근하는 도시 남자), 입담맨(말하는 것을 전문적으로 하는 사람처럼 말솜씨가 능한 남자), 젠틀남(예의 바르고 매너 있는 남자), 주백남(주말에 백화점 가는 남자), 주부남(양육과 미용 등 여성적 특징을 두루 갖춘 남성), 중견남(어떤 단체나 사회에서 중심이 되는 남자), 질서남(질서를 잘 지키는 남자), 짱짱맨(어떤 면에서 최고인 남자), 차도남(차가운 도시 남자), 차조남(차가운 조선 시대 남자), 츤데레남(겉으로는 퉁명스럽지만 따뜻한 마음을 가진 남자), 캐훈남(최고로 멋진 남자), 키큰남(키가 큰 남자), 탄산남(복잡하고 해결하기 어려운 상황을 시원하게 해결해 주는 남자), 판타지남(현실적으로 발견하기 힘든 완벽한 남자), 퍼펙트남(흠이 없이 완벽한 남자), 훈남(훈훈한 외모의 남자), 힐링남(지치고 상처 입은 몸과 마음을 치유해 주는 남자)

(4) 긍정의 의미가 담긴 여성 관련 신어

간장녀(실속형 소비를 하는 여성), 감초녀(어느 일에나 빠지지 않고 꼭 들어가는 여자), 건강녀(건강한 여자), 공감녀(다른 사람에게 공감을 느끼도록 행동하는 여자), 깔도녀(깔끔한 도시 여자), 깜찍발랄녀(몸집이나 생김새가 작고 귀여우면서 행동이 밝고 활기가 있는 여자), 뇌섹녀(뇌가 섹시한 여자), 닥빙녀(아주 닮고 싶은 여자), 런피스녀(원피스를 입고 러닝화를 신은 여자), 레드카펫녀(영화제의 붉은 카펫에서 의상으로 가장 돋보인 여자), 마섹녀(마음이 섹시한 여자), 만뚫녀(만화를 뚫고 나온 듯한 여자), 만찢녀(만화를 찢고 나온 여자, 아주 예쁜 여자), 말근육녀(근육이 많고 탄탄한 여자), 맵시녀(옷을 맵시 있게 잘 입어 보기 좋은 여자), 머슬녀(근육질의 몸매를 가꾼 여자), 먹방퀸(방송에서 음식을 아주 맛깔스럽게 먹거나 많이 먹는 여자), 목공녀(나무를 다루어서 물건을 만들거나 집을 짓는 일을 잘하는 여성), 미마녀(중년의 나이지만 20대처럼 젊게 보이는 여성), 믿보녀(믿고 보는 여자), 백도녀(백팩을 맨 도시의 여자), 베이근녀(아이처럼 어려 보이는 얼굴과 근육질의 탄탄한 몸매를 가진 여자), 사색녀(생각하는 것을 즐기는 여자), 사이다녀(복잡하고 해결하기 어려운 상황을 시원하게 해결해 주는 여자), 산도녀(산을 좋아하는 도시 여자), 생강녀(생활력이 강한 여자), 심쿵녀(심장이 쿵쿵거리며 세게 뛰거나 쿵 하고 내려 앉을 정도로 아주 아름답거나 귀여운 여자), 쌈장녀(합리적으로 소비하는 여성), 썸녀(실제로 사귀는 관계는 아니지만 서로 호감을 느끼는 관계의 여성), 얼음녀(차가운 냉정 속에 뜨거운 열정을 품고 사는 여자), 엔도르핀녀(항상 즐겁게 생활하는 여자), 엣지걸(= 엣지녀), 엣지녀(개성이 뚜렷하며 최신 스타일을 추구하는 여자), 연타녀(연금 타는 여자), 완소녀(완전 소중한 여자), 완숙녀(생각이나 행동이 어리지 않고 성숙한 여자), 완판걸(드라마나 광고 때 협찬을 받아 입은 여배우의 옷이나 구두 등의 소품들이 완전히 팔려 나갔을 때, 그 배우를 이르는 말), 요섹녀(요리를 하는 섹시한 여자), 운도녀(정장에 운동화를 신고 출퇴근하는 도시 여자), 이중녀(이중적인 매력을 가진 여성), 잇걸(유행을 이끌어 가는 여성), 잡독녀(다양한 종류의 책을 두루 읽는 여자), 저기녀(길을 가다가 마음에 드는 이성에게 '저기요' 하면서 먼저 말을 건네는 여성), 짱짱걸(어떤 면에서 최고인 여자), 차도녀(차가운 도시 여성), 청정녀(성격이나 외모가 맑고 깨끗한 여자), 치우녀(월드컵의 거리 응원이 끝난 뒤 쓰레기를 열심히 치우는 모습이 포착되어 인터넷에서 화제가 된 여성), 캔디녀(언제나 착하고 밝으면서 어려움이 와도 꿋꿋하게 이겨내는 여자), 크로스라인녀(얼굴 양쪽의 광대와 코를 잇는 선이 아름답게 대칭을 이루어 이목구비가 조화롭고 자연스러운 얼굴선을 가진 여성), 크리녀(남을 홀릴 정도로 매력을 지닌 여자), 포텐녀(어떤 일을 할 수 있는 잠재력을 가지고 있는 여자), 훈녀(훈훈한 외모의 여자), 힐링녀(지치고 상처 입은 몸과 마음을 치유해 주는 여자)

긍정적인 신어는 사람의 행동이나 생활 방식을 칭찬 또는 찬양하는 ‘운도녀’, ‘능청남’ 등과 외모를 포함한 겉모습을 찬양하는 의미를 담은 ‘만뚫녀, 엣지남’ 등과 같은 것들이 주를 이루었다. 이때 칭찬과 찬양의 의미를 담은 신어라 할지라도 ‘베이글녀’와 같이 성적인 표현이 담겨 있거나 ‘육식남’, ‘가싶남’과 같이 사람을 음식이나 소유물로 보아 불쾌감을 유발할 수 있는 것은 긍정적인 신어에서 제외하였다.

(5) 부정의 의미가 담긴 남성 관련 신어

가싶남(가지고 싶을 정도로 매력이 있거나 잘생긴 남자), 강된장남(명품 소비를 맹목적으로 지향하며 과시형 소비를 자주 일삼는 남성을 비하하여 이르는 말), 고추장남(멋을 부릴 줄 모르고 사소한 것에도 돈을 아끼는 남자), 꼬돌남(꼬시고 싶은 돌아온 싱글 남자), 뇌순남(뇌가 순수한 남자), 능청남(속으로는 엉큼한 마음을 숨기고 겉으로는 천연스럽게 행동하는 남자), 돌직구남(상대방의 입장을 고려하지 않고 직설적으로 말하거나 행동하는 남자), 된장남(사치를 즐기고 허영이 많은 남자), 들짐승남(근육질 몸매에 매우 강한 야성미를 풍기는 남자), 머슴남(사치를 즐기고 허영이 많은 여자가 아내나 여자친구라서 경제적 부담이 큰 남자), 몰상남(성추행 가해자를 옹호하고 피해자를 비난하는 남자), 무직남(직업이 없는 남자), 변태맨(변태적인 성향을 가진 남성), 수발남(여자친구의 모든 수발을 들어 주는 남자), 스폰남(젊은 여성을 후원해 주는 조건으로 계약적 성 매매를 하는 부유층 남성), 앰불남(앰플을 부르는 남자), 어좁남(어깨가 좁은 남자), 오글맨(남들이 보기에 민망한 말과 행동을 하는 남자), 육식남(남성다움을 강하게 드러내면서 이성과의 연애에도 적극적인 남자), 잉여남(결혼 적령기에 배우자를 찾지 못한 남자), 절식남(이성과의 교제나 결혼을 꺼리고 피하는 남자), 족쇄남(여자친구의 일거수 일투족을 옭아매는 남자), 쩍벌남(지하철 등에서 다리를 쩍 벌리고 앉는 남자), 초식남(남성다움을 강하게 드러내지 않으면서 자신의 취미 활동에 적극적이지만 이성과의 연애에는 소극적인 남자), 촌빨남(세련됨이 없는 외모를 가지거나 그러한 옷차림을 한 남자), 추접남(지하철 따위에서 다른 사람들의 몸에 접촉을 시도하여 성적 불쾌감을 주는 여자), 키링남(열쇠고리에 달아서 가지고 다니고 싶을 정도로 귀엽고 사랑스러운 외모나 태도를 가진 젊은 남성), 펼칠남(지하철 따위에서 신문을 펼치고 읽어 다른 사람에게 불편을 주는 남자), 품절남(이미 결혼한 남자), 혼빙남(혼인을 빙자해 이성을 사귀는 남자)

(6) 부정의 의미가 담긴 여성 관련 신어

가방순이(결혼식에서 신부 곁에서 축의금을 받고 식권을 나누어 주어가 신부의 짐을 들어 주는 등의 역할을 하며 신부를 돕는 사람), 가슴녀(가슴이 큰 여자를 속되게 이르는 말), 갈매기녀(부산 사투리를 잘 구사하는 여자를 속되게 이르는 말), 개똥녀(지하철에서 애완견의 배설물을 치우지 않은 것이 인터넷을 통해 알려져 사회적 물의를 일킨 여성을 낮잡아 이르는 말), 개풍녀(온라인 동영상에서 자신의 강아지를 백여 개의 헬륨 풍선에 매달아 날려 보낸 여자), 거식증녀(먹을 것을 거부하거나 두려워하는 병적 증상이 있는 여자를 속되게 부르는 말), 건조녀(연애에는 전혀 관심이 없는 여자, 피부가 건조한 여자), 고추장녀(멋을 부릴 줄 모르고 사소한 것에도 돈을 아끼는 여자), 공방순이(스타의 공개 방송과 콘서트를 찾아다니는 여자를 낮잡아 이르는 말), 과소비녀(지나치게 씀씀이가 큰 여자), 관능녀(보는 이에게 성적인 감각을 자극하는 여자), 광란녀(광기 어린 행동을 하는 여자를 낮춰 부르는 말), 교태녀(교태를 잘 부리는 여자), 귤껍질녀(중국 지하철에서 귤을 까먹고 그 껍질을 지하철 바닥에 버려서 창피를 당한 여자), 금사빠녀(금방 사랑에 빠지는 여자), 껌딱지녀(다른 사람에게 들러붙어 한시도 떨어지지 않는 여자), 냉정녀(태도가 정다운 맛이 없고 차가운 여자), 뇌순녀(뇌가 순수한 여자), 다방녀(다방에서 일하는 여자), 대사관녀(탈북자의 도움 요청을 거부한 주중 대사관의 여직원), 덮녀(인터넷 유머사이트에서 자신의 게시물을 인기 목록에 올리기 위하여 누리꾼에게 추천을 요구(덮친다며 강요)하며 자신의 사진을 올린 여성), 독설녀(모질고 악독스러운 말을 많이 하는 여자), 된장녀(사치를 즐기고 허영이 많은 여자), 땅콩녀(키가 작은 여자를 낮잡아 이르는 말), 땡녀걸(12시가 되면 섹시한 춤을 추는 여자), 망치녀(버스 소음이 시끄럽다며 망치로 시내 버스 기사를 무차별 공격하여 인터넷상에서 화제가 된 여성을 이르는 말), 매끈녀(피부가 흠이나 거친 데가 없이 부드럽고 반드러운 여자), 민폐녀(우왕좌왕하거나 상황 판단을 제대로 하지 못하여 일이나 상황을 어렵게 만드는 여자), 바이러스녀(텔레비정과 인터넷을 통해 급속도로 확산돼 세간의 이목을 집중시키는 여자), 반도녀(한국 국적을 가진 여자), 백쪽녀(일본 서적 대리 번역 의혹을 받은 아나운서가 하루에 100쪽을 번역했다고 한 인터뷰 발언을 비꼬아 이르는 말), 베이글녀(동안의 외모와 글래머 몸매를 가진 여성을 이르는 말), 복도걸(쉬는 시간마다 복도에서 무리를 지어 다니는 여학생), 봉춤녀(기다란 막대기를 잡고 춤을 추는 여자), 사고뭉치녀(늘 사고나 말썽을 일으키는 여자를 낮잡아 이르는 말), 사순이(여자 사수생을 낮잡아 이르는 말), 삽질녀(엉뚱한 짓이나 의미 없는 짓을 하는 여자를 낮잡아 이르는 말), 생뚱녀(행동이나 말이 상황에 맞지 않고 엉뚱한 여자), 섬녀(일본 국적을 가진 여자), 스폰녀(남성을 후원해 주는 조건으로 계약적 성 매매를 하는 여성), 시니컬녀(냉소적인 여자), 신상녀(새로 나온 명품을 재빠르게 구입하는 여성), 악질녀(못된 성질을 가진 여자를 가리키는 말), 안방순이(주로 텔레비전이나 인터넷을 통해 자신이 좋아하는 인기인들의 소식을 접하고 그들을 응원하는 팬), 엉성녀(꽉 짜이지 아니하여 어울리는 맛이 없고 빈틈이 많은 여자), 엘프녀(섹시한 응원복을 입고 월드컵 응원을 하여 인터넷상에서 인기를 얻었던 여성), 열혈욱녀(열정에 불타는 의기를 가지고 앞뒤를 헤아리지 않는 격한 마음이 불끈 일어나는 여자), 예측불허녀(미리 헤아려 짐작할 수 없는 여자), 오글퀸(남들이 보기에 민망한 말과 행동을 하는 여자), 오크녀(못생긴 여자), 이슈녀(논쟁거리가 될 만한 것을 만들어 내거나 낸 여자), 잇몸녀(웃을 때 윗잇몸이 과도하게 드러나는 여자), 잉여녀(결혼 적령기에 배우자를 찾지 못한 여자), 종아리녀(종아리가 두껍거나 휘어져 각선미가 아름답지 않은 여자), 지뢰녀(행동이 예측되지 않아 위험한 여자를 속되게 이르는 말), 짐승녀(근육질 몸으로 야성적인 매력이나 성적인 매력을 강조하는 여자), 쭉빵미녀(날씬한 키와 풍만한 몸매를 가진 여자를 속되게 이르는 말), 철벽녀(의식적으로 남자가 다가오는 것을 막거나 연애 기술을 몰라 남자를 튕겨내는 여자), 철부지녀(철없는 또는 그렇게 보이는 어리석은 여자), 철판녀(체면이나 염치를 돌보지 아니하는 여자), 청글녀(청순하면서도 글래머인 여자), 초식녀(남자들에게 매력을 느끼지 못하고 개인적인 취미나 생활에만 몰입하는 여자), 출렁녀(출렁거릴 정도로 풍만한 가슴을 가진 여자), 팡팡걸(중국에서 미군을 상대로 성을 접대하는 여성), 해돋녀(해변에서 돋보이는 여자), 화떡녀(화장으로 떡칠한 여자), 흔들녀(온몸을 흔들며 섹시한 춤을 추는 여자)

부정적인 신어는 '된장남·된장녀', '민폐녀' 등과 같이 사람의 부정적인 생활 태도나 성향을 표현하거나 '종아리녀', '어좁남' 등과 같이 외모의 부정적인 부분을 부각하는 것들이다. 지칭하고자 하는 행위가 부정적인 행위가 아님에도 낮잡고자 하는 의도로 생성된 '가방순이, 안방순이'와 같은 경우 역시 부정적 신어로 보았다. 또한 성적인 부분을 강조하여 불쾌감을 유발하는 '출렁녀', '베이글녀', 사람을 음식이나 물건으로 대상화하거나 낮은 가치의 대상으로 바라본 '육식남', '품절녀', '머슴남' 등도 부정적인 것으로 판단하였으며, '대사관녀'와 같이 특정한 사건을 계기로 만들어진 신어로서 부정적 상황이나 태도를 반영한 것 역시 부정적인 신어로 보았다.

(7) 중립의 의미가 담긴 남성 관련 신어

등도남(등산화를 신고 출퇴근하는 도시의 남자), 떨남(온몸을 격렬히 떨며 추는 춤을 잘 추는 남성), 먹방남(방송에서 음식을 먹는 행위를 보여 주는 남자), 인테리어남(실내를 장식하는 일을 하는 남자), 졸혼남(이혼을 하지 않은 상태에서 부부 사이의 결혼 생활을 그만두는 남자), 해먹남(음식을 직접 해서 먹는 남자), 헉남(포옹하는 남자), 혼밥남(혼자 밥을 먹는 남자), 혼자남(부인이나 여자친구 없이 혼자 사는 남자)

(8) 중립의 의미가 담긴 여성 관련 신어

고고걸(고고음악에 맞추어 춤을 추는 여자), 국민흔녀(국민 대다수가 인정할 만큼 평범한 여자), 귀족녀(부유층 자녀로 교육 수준이 높고 전문직에 종사하며 자신의 품위를 유지하는 데에 지출을 아끼지 않는 여자), 노랑머리녀(금발이거나 머리카락을 노랗게 염색한 여자), 농촌녀(농촌에 사는 여자), 다산녀(아이를 많이 낳은 여자), 당선녀(선거에서 뽑힌 여자), 등도녀(등산화를 신고 출퇴근하는 도시의 여자), 떨녀(온몸을 격렬히 떨며 춤추는 동영상이 인터넷에 올려져 유명해진 여대생), 록시크걸(록을 부르는 사람처럼 어두운 색상과 거친 느낌의 옷을 입은 여자), 맨손녀(타자가 친 공을 야구 글로브 없이 맨손으로 잡은 여자를 이르는 말), 먹방녀(방송에서 음식을 먹는 행위를 보여 주는 여자), 명가녀(명품을 믹서기에 넣고 간 여자), 무술녀(무기 쓰기, 주먹질, 발길질, 말 달리기 따위의 무도에 관한 기술을 가진 여자), 미코녀(미니 백과 에코 백을 모두 가지고 다니는 여자), 바이어트녀(자전거를 타면서 다이어트를 하는 여자), 블테걸(블라인드 테스트 걸), 삐삐녀(무선 호출기를 가지고 다니는 여자), 야구녀(야구를 좋아해 경기장을 자주 찾고 야구와 관련한 지출을 아까워하지 않는 여성), 완가녀(가을의 분위기를 물씬 풍기는 여자), 자국녀(자기 나라의 여자), 절구녀(절구를 찧는 여자), 쾌속녀(사라지는 속도가 매우 빠른 여자), 택시녀(교통수단으로 택시를 이용하는 여자), 투표녀(국민들의 투표 참여율을 위해 프리 허그 운동한 여자), 파도녀(파자마 차림의 도시 여자), 파자마걸(잠옷을 입은 여자), 파티걸(파티를 좋아하거나 파티에 참가할 때 입을 만한 옷을 즐겨 입는 여자), 호피녀(호피 무늬가 있는 옷을 입은 여자), 혼사녀(혼자 사는 여성), 혼자녀(남편이나 남자친구 없이 혼자 사는 여자)

신어가 표현하고자 하는 의미와 사용 맥락에서 긍정 또는 부정을 파악하기 어려운 경우 '중립'적인 것으로 보았다. 중립적인 신어는 '파자마걸', '노랑머리녀'와 같이 겉모습을 나타내거나 '인테리어남', '택시녀'와 같이 사람의 특성을 나타내지만 의미와 사용 문맥에서 편향적 가치 판단이 드러나지 않는 경우이다. 또한 '맨손녀', '명가녀' 등과 같이 특정한 사건을 계기로 만들어진 신어 중에서도 긍정 또는 부정의 의미가 드러나지 않는 경우에는 중립적인 것으로 보았다. 이는 어휘 자체에서는 드러나지 않지만, 사건 속에서 부정적 인식을 확인할 수 있는 '대사관녀'와 차이를 보인다.

4. 남녀 관련 신어의 변화

1) 생성 측면에서 본 남녀 관련 신어의 변화

앞서 3장에서 15년간 조사된 남녀 관련 신어를 살폈다. 15년간 평균 260여 개(259.62)의 신어 명사가 조사되었고, 남녀 관련 신어는 10% 내외의 비중을 차지한다(평균 6.44%). 이러한 생성 현황과 15년간의 추이를 통해 확인할 수 있는 현상은 다음과 같다. 첫째, 신어 명사 내에서 남성 또는 여성을 지칭하는 신어가 차지하는 비율이 줄어드는 모습을 보인다.[5]

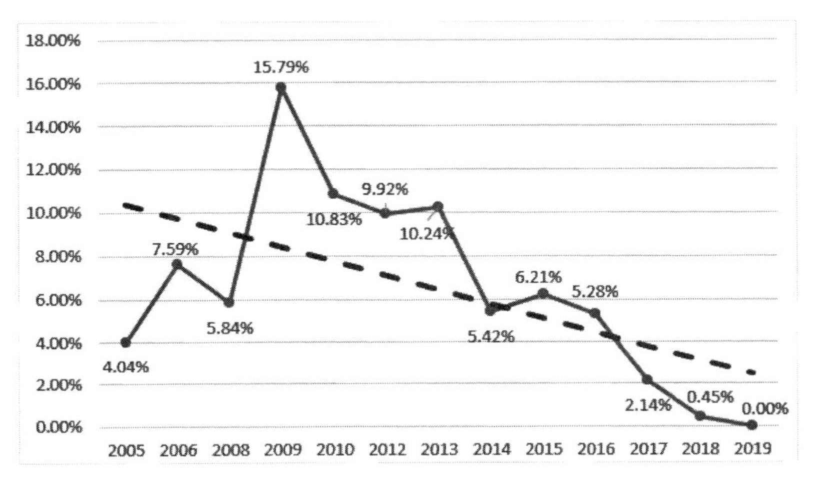

〈그림 1〉 전체 신어 명사 대비 남녀 관련 신어의 비율

〈그림 1〉을 통해 남녀를 가리키는 신어가 2010년을 시작으로 꾸준히 감소하는 것을 확인할 수 있다.[6] 의미는 차처하고 남녀 관련 신어 자체가 줄어들었다는 사실은 남성과 여성, 곧 사람을 가치 평가의 대상으로 삼거나 특정한 잣대로 가르던 태도에 변화가 생겼음을 반영한다고 볼 수 있다. 특히 2009년에 가장 높은 수치를 보이다가 10년

5 강희숙(2015), 박동근(2012)에서도 2012년에 비해 2014년에 남녀 관련 신어가 줄어들고 있음을 지적한 바 있다. 〈그림 1〉의 그래프를 통해 2012년 대비 2014년은 물론이고 2010년부터 2019년까지 역시 전반적으로 감소하는 모습임을 확인할 수 있다.

6 〈그림 1〉의 점선은 '추세선'이다. '추세선'은 주식에서 주로 활용되는 것으로, 주가가 어느 기간 동안에 움직이는 방향을 알기 쉽게 표시하기 위해 일정한 범위 안에서의 정점과 바닥을 이루는 두 점을 이은 선이다. 이는 해당 기간 동안의 '일정하지 않은 수치' 속에서 전반적인 수치의 흐름, 방향성을 확인하는 데에 유용하게 사용된다. 매년 다소간 오르내림을 보이는 상황 속에서 거시적인 측면의 경향성을 살피기 위하여 이 '추세선'을 활용하였다.

후인 2019년에는 한 건도 생성되지 않았다는 것은 사람들이 새로운 말을 만들어 내는 방식과 유형, 그리고 인식에 변화가 있었음을 추측하기에 충분해 보인다. 여론을 쉽게 드러낼 수 있는 사회 분위기를 의식하여 뉴스 기사에 사용하는 어휘에 제약이 커지고 있다는 점, 그리고 여러 사회·문화 현상 등 역시 이러한 수치 변화에 영향을 끼쳤을 것이므로 남녀 관련 신어가 감소한 것에 대한 원인을 속단하기에는 이를 것이다. 그럼에도 불구하고 적어도 2009년과 2019년의 언중의 태도는 확실한 차이를 보인다고 할 수 있으며, 사용하는 어휘에 가해지는 제약이 생겼다는 사실 역시 언중의 인식 변화에서 기인한 것이라고 할 수 있다.

예를 들어 과거에는 운동화를 신고 출근하는 사람을 '운도남, 운도녀'라고 칭했다면 지금은 사람들의 출근 복장을 '자유'라고 생각할 뿐 특별히 '새롭게 지칭해야 할 특이한 복장'이라고 생각하지 않는다. 즉, 새로운 속성의 사람이 등장하였으나 '새롭게 지칭하지 않는' 것이다. 또한 못생긴 사람을 '오크녀', 키가 작은 사람을 '땅콩녀'라 칭했다면, 최근에는 키가 작은 사람에게 맞는 치수를 '요정 사이즈', '아담 사이즈' 등이라 하는 등 키가 작은 것을 또 다른 아름다운 요소로 보이도록 한다. 이처럼 새로운 대상에 대한 지칭의 필요성은 항상 대두되며 인간은 언제나 새로운 즐거움을 추구한다.[7] 그러나 '지칭'과 '즐거

---

7 '새로운 대상에 대한 지칭의 필요성'과 '새로운 즐거움의 추구'는 신어의 생성 목적으로 볼 수 있다. 신어 생성의 목적을 고려한 정의로 다음과 선행 연구가 참고된다. 남기심(1983)은 '이미 있었거나, 새로 생겨난 개념이나 사물을 표현하기 위해 지어 낸 말'이라고 하였으며, 김광해(1993)은 '언어 사회의 물질적·사회적 변동에 따라 새로운 개념이 등장하였을 때, 이를 표현해야 할 필요성에 의하여 만들어진 어휘'

움 추구'를 사람을 대상으로 하는 데에서 변화된 모습을 확인할 수 있는 것이다.

둘째, 2010년 이전에는 성별에 따른 신어 수의 차이가 큰 편이었으나 그 차이가 점차 줄어드는 모습을 보인다.

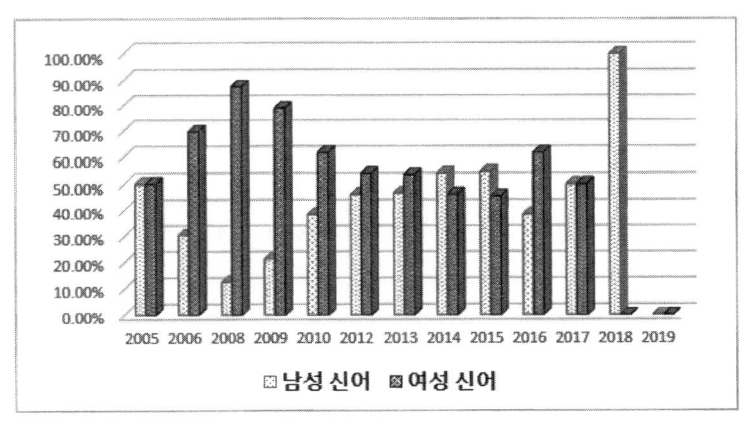

〈그림 2〉 남녀 관련 신어의 비율 차이

〈그림 2〉는 남녀 관련 신어 전체를 기준으로 하여 남성 관련 신어와 여성 관련 신어 각각이 차지하는 비율을 그래프로 나타낸 것이다. 인접한 두 기둥을 합하면 100의 수치가 도출된다.

로 정의하였다. 반면 남길임 외(2014)는 '새로운 개념이나 사물을 표현하거나, 기존의 말을 새로운 느낌으로 표현하기 위해 생성된 어휘'로 정의하여 신어의 범위를 넓게 보았다. 이미 있는 대상을 새롭게 표현하고자 하거나 즐거움을 목적으로 하는 신어가 다수 확인되므로 남길임 외(2014)와 같이 신어를 넓게 볼 필요가 있다고 본다.

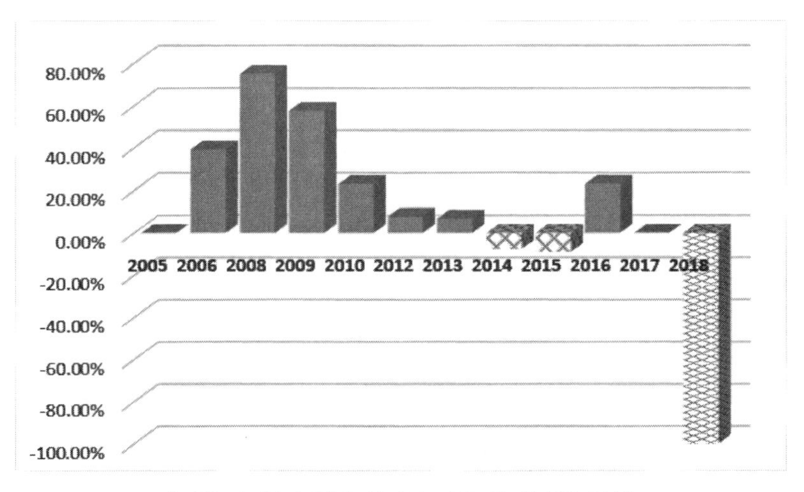

〈그림 3〉 남녀 관련 신어의 비율 차이(여성-남성)

〈그림 3〉은 〈그림 2〉에서 확인되는 수치의 '차이'만을 제시한 것이다. 그래프 속 기둥이 나타내는 수치는 여성 관련 신어의 비율에서 남성 관련 신어의 비율을 뺀 수치이다. 2006년부터 2009년까지는 여성 관련 신어가 남성 관련 신어에 비해 월등이 많이 생성되어 그 차이가 큰 것을 알 수 있다.[8] 이때 여성 관련 신어의 많은 부분을 차지하는 것이 '교태녀', '출렁녀', '관능녀' 등과 같이 부정적인 것과 '농촌녀', '노랑머리녀', '삐삐녀' 등과 같이 중립적인 것들이다. 그리고 중립적인 남성 관련 신어는 해당 기간에 한 건도 확인되지 않는다. 즉 특정한 사건에서 비롯된 소수의 예를 제외하고는 남성도 가질 수 있는 일반적인 '사람'의 특성을 여성을 대상으로만 명명하고 있다는 특성이 있

8 김정아 외(2013)에서도 2002년, 2003년, 2004년, 2005년, 2012년의 신어에 남성보다 여성 관련 신어가 많다는 사실을 확인한 바 있다.

다.[9] 그리고 2012년에 그 차이가 현저히 줄기 시작하며, 2014년부터는 2016년을 제외하고는 남성 신어가 오히려 많이 생성되거나 남녀 관련 신어가 같은 수치를 보였다. 이때 더 많이 생성된 남성 관련 신어는 위의 '교태녀, 노랑머리녀' 등과 달리 남성의 외모나 태도의 긍정적인 특성을 부각하기 위한 '키큰남, 뇌섹남, 사이다남, 요섹남' 등이라는 차이가 있다.

남성을 지칭하는 긍정적인 신어가 증가한 것이 사람을 특정 가치로 판단하는 인식이 줄어든 것이라 볼 수는 없을 것이다. 이 역시 외모나 성향에 대해 어떠한 잣대를 대어 평가하는 것이기 때문이다. 그러나 한쪽 성별에만 편향적으로 생성된 (사람 자체의 특성을 지칭하는)중립적인 신어나 부정적인 신어가 상대적으로 줄었다는 점에서 우선적으로 그 의의를 찾아야 할 것이다. 한 예로 최근 코로나19로 마스크로 얼굴을 가리고 다니는 것이 일상이 되면서 마스크 속 얼굴이 상상과 다른 사람들을 '마기꾼('마스크'와 '사기꾼'의 결합)', '마기꾼남', '마기꾼녀' 등이라 칭한다. 노랑머리를 한 사람, 농촌에 사는 사람은 성별을 가리지 않음에도 불구하고 '노랑머리녀, 농촌녀'만 생성되었던 이전과 달리 여성에게만 '마기꾼'의 프레임을 씌우고 있지 않은 것이다. 외모를 비하하는 의도는 드러나나, 그 대상이 편향적이지 않다는 점이 이전과의 차이점이라 할 수 있다.

9 이와 같은 신어로 2006년에 '귀족녀', 2008년에 '노랑머리녀, 농촌녀, 파자마걸, 파티걸, 고고걸', 2009년에 '다산녀, 당선녀, 맨손녀, 명가녀, 무술녀, 삐삐녀, 야구녀, 자국녀, 쾌속녀 호피녀'가 확인된다. 반면 이와 같은 남성 신어는 2006년부터 2010년까지 한 건도 확인되지 않는다.

2) 의미 측면에서 본 남녀 관련 신어의 변화

서론에서 언급하였듯이 새로운 말을 만들 때에는 그 속에 가치 판단이 담기게 된다. 그렇기에 어떠한 가치 판단이 어떤 대상에 얼마나 반영되는지의 문제는 곧, 지칭하고자 하는 대상에 대한 사용자의 인식과 태도의 문제이다. 그 대상이 남성과 여성일 경우 이러한 특성이 더욱 두드러질 것이며 남녀 관련 신어가 줄어 가는 상황 속에서는 이러한 변화들이 더욱 유의미할 것이다. 이러한 관점에서 아래에서는 앞서 3장에서 정리한 '긍정, 부정, 중립'의 신어들의 수치가 15년간 어떠한 변화를 보이는지 살피고자 한다.

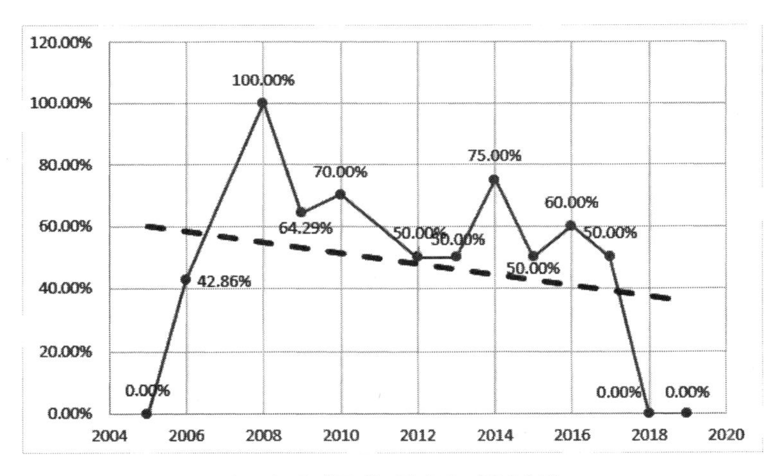

〈그림 4〉 '긍정' 신어의 비율(남성)

〈그림 4〉는 남성 관련 신어 중 긍정적 신어가 차지하는 비율의 변화이다. 다소 오르내림이 있으나 전반적으로 50% 내외의 비율을 보이며[10] 추세선을 통해 감소하는 방향임을 알 수 있다.

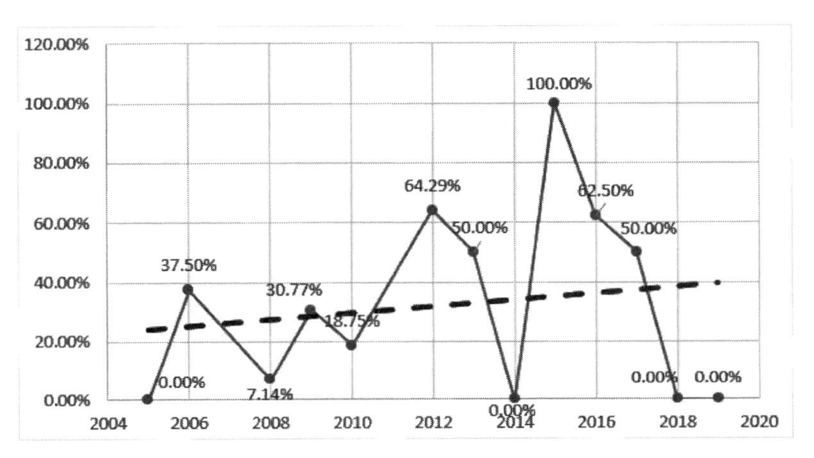

〈그림 5〉 '긍정' 신어의 비율(여성)

〈그림 5〉는 여성 관련 신어 중 긍정적 신어가 차지하는 비율의 변화이다. 남성 신어에 비해 큰 폭으로 오르내림이 있으나 상대적으로 적은 비율을 보이며[11] 추세선을 통해 소폭 증가하는 방향을 보임을 알 수 있다.

---

10 긍정 신어가 생성된 해의 비율만을 대상으로 할 경우 평균 63%, 모든 해를 대상으로 할 경우 평균 48.46%의 비율로 나타난다.

11 긍정 신어가 생성된 해의 비율만을 대상으로 할 경우 평균 46.77%, 모든 해를 대상으로 할 경우 평균 32.38%의 비율로 나타나 상대적으로 남성 관련 신어에 비해 그 비율이 적음을 알 수 있다.

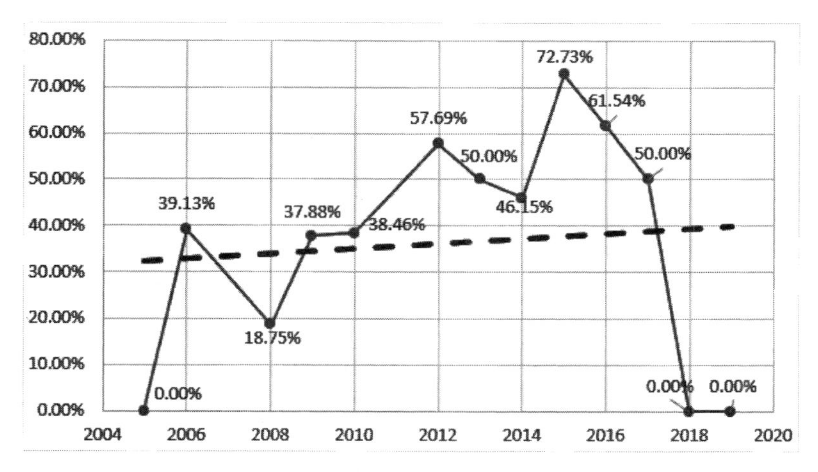

〈그림 6〉 '긍정' 신어의 비율(전체)

〈그림 6〉은 남녀 관련 신어 전체를 대상으로 한 수치를 그래프로 나타낸 것이다. 〈그림 4〉에서 남성 긍정 신어는 감소하는 모습을 보였으나 그 변화의 폭이 큰 여성 신어 수치의 영향으로 전체적인 수치는 이처럼 증가하는 모습을 보인다. 〈그림 1〉에서 보았듯 남녀 관련 신어는 절대적인 수가 지속적으로 감소하는 모습을 보이며, 〈표 1〉에서 보았듯 결국에 2018년부터는 여성 관련 신어가, 2019년에는 남녀 관련 신어 모두가 생성되지 않는다. 이처럼 남녀 관련 신어의 수 자체가 감소하는 상황에서 오히려 긍정적인 의미를 내포하는 신어의 비율이 증가한 것은 대상에 대한 사용자들의 긍정적인 인식이 증가한 것으로 볼 수 있다. 언어 표현을 통해 '부각'된 대상의 속성은 곧, 사용자가 표현하고자 의도한 속성이기 때문이다.

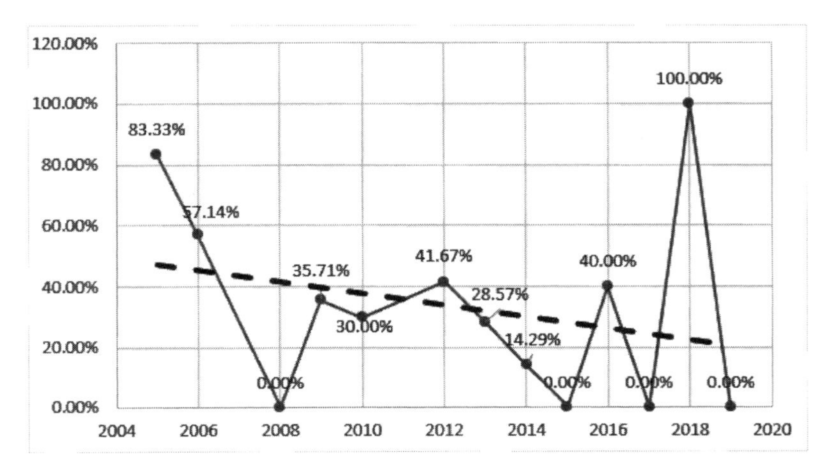

〈그림 7〉 '부정' 신어의 비율(남성)

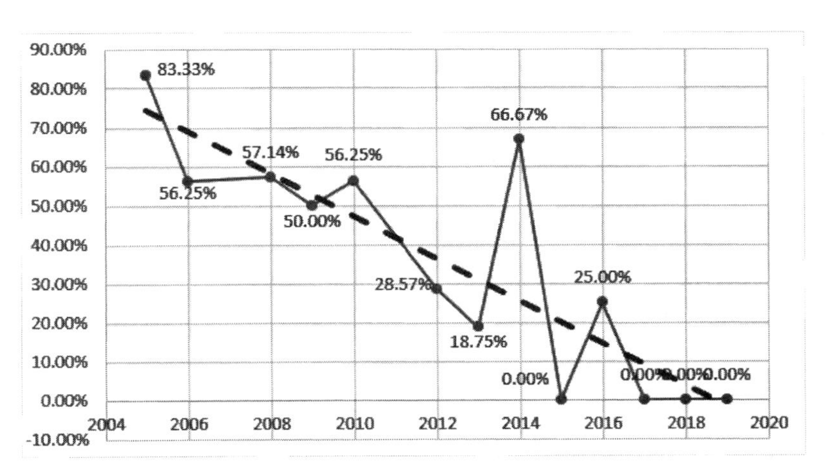

〈그림 8〉 '부정' 신어의 비율(여성)

〈그림 7〉, 〈그림 8〉은 각각 남녀 관련 신어 중 부정적 신어가 차지하는 비율의 변화이다. 다소 오르내림이 있으나 추세선을 통해 남성

관련 신어는 완만하게, 여성 관련 신어는 가파르게 감소하는 모습을 보인다.[12]

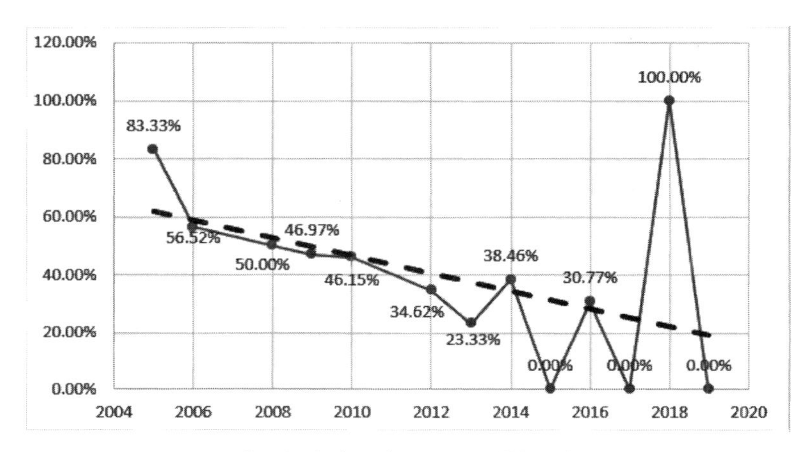

〈그림 9〉 '부정' 신어의 비율(전체)

3장에서 보았듯이 남녀 관련 신어 자체가 줄어들고 결국 사라지는 모습을 보이는 것은 남성과 여성을 가치 평가의 대상으로 삼거나 특정 잣대를 기준으로 평가하고자 하는 태도가 줄어드는 긍정적인 모습이라고 할 수 있다. 그런데 이때, 의미적으로도 부정적인 표현이 큰 폭으로 줄어드는 것은 남성과 여성 즉 사람을 대하는 인식과 태도에 변화가 생긴 것이라 할 수 있다. 특히 2014년부터 생성된 부정적 의미의 신어는 '금사빠녀, 섬녀, 강된장남, 뇌순남·녀, 가방순이' 등으로 그 이전에 비하여 성적인 표현이 내포된 신어가 보이지 않는다는 특

12 〈그림 6〉에서 100%의 수치를 보이는 2018년의 남성 신어는 실제로는 1건이다. 2018년부터 여성 관련 신어가 생성되지 않아 이와 같은 수치가 도출되었다.

징이 있다.[13] 이는 부정적 신어의 수치가 줄어드는 현상과 함께 긍정적인 변화로 볼 수 있다.

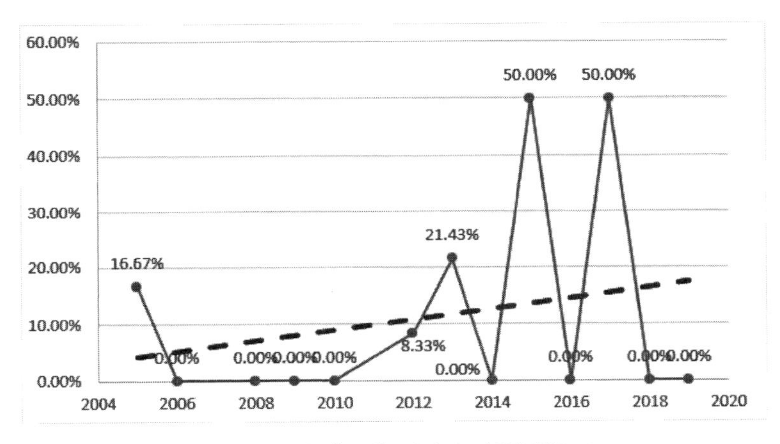

〈그림 10〉 '중립' 신어의 비율(남성)

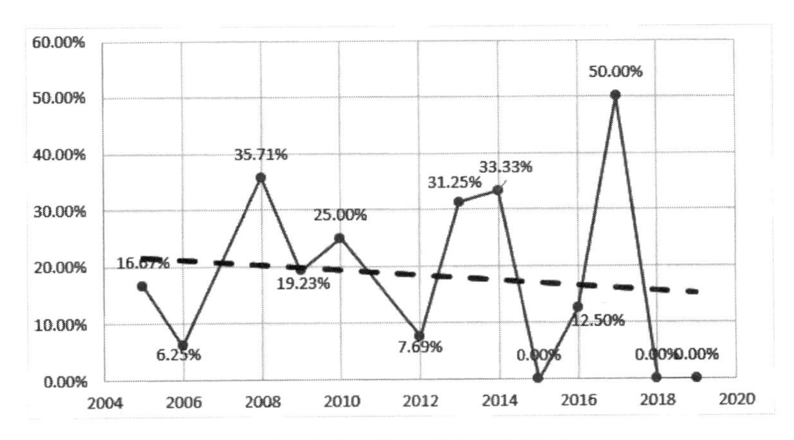

〈그림 11〉 '중립' 신어의 비율(여성)

13 세부 목록은 〈표 1〉을 참고할 수 있다.

〈그림 10〉, 〈그림 11〉은 각각 남녀 관련 신어 중 중립 의미의 신어가 차지하는 비율의 변화이다. 남성 관련 신어의 경우 2010년까지는 0%에 가까웠으나 그 이후 다소 증가한 모습을 보이며 여성 관련 신어의 경우는 다소 오르내림이 있으나 추세선을 통해 완만하게 감소하는 모습을 보인다.

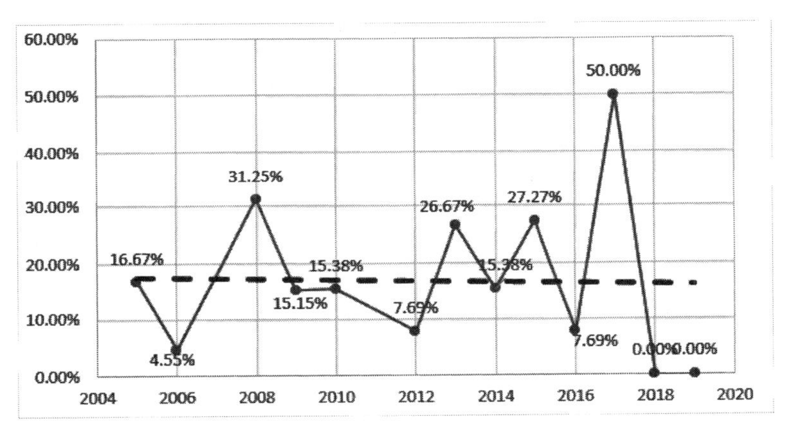

〈그림 12〉 '중립' 신어의 비율(전체)

〈그림 12〉는 중립 의미의 남녀 관련 신어 전체의 비율인데 추세선에서 큰 변화를 확인하기는 어려우나 미세하게 감소하는 모습을 보인다. 이는 남성 관련 신어에서 가파른 증가세를 보인 것이 크게 작용한 것으로 보인다. 그러나 추세선에 영향을 준 높은 수치의 2015년과 2017년의 경우 아래와 같이 절대적인 수치가 극히 적다는 사실을 감안해야 한다.

〈표 3〉 남성 관련 신어 중 '중립' 의미 신어의 수치

연도	남녀 관련 신어	남성 관련 신어	중립 의미	비율
2015	11	6	3	50.00%
2017	4	2	1	50.00%

중립 의미의 신어는 내포하는 의미가 편향적이지는 않으나, 생성된 수의 차이는 편향적인 모습을 보인다. 예를 들어 '노랑머리녀, 농촌녀, 호피녀, 택시녀' 등은 새롭게 등장하여 지칭의 필요성이 대두된 속성이 아니며, 여성만이 지니는 특성도 아니다. 그럼에도 불구하고 여성만을 대상으로 하여 명명하고 있으므로 신어의 의미와 사용 맥락은 중립적이나 이들의 존재 자체가 중립적일 수도 없다고 본다. 따라서 이러한 성격의 신어가 적게나마 줄어들었다는 것 역시 변화의 긍정적인 방향이라고 할 수 있다.

또한 상대적으로 증가하는 모습을 보인 2015년, 2017년의 남성 신어는 '인테리어남, 해먹남, 혼밥남, 졸혼남' 등과 같은 신어인데 이는 새로운 사회·문화 현상을 지칭하고자 하는 필요로 생긴 신어이며 실제로는 남성 신어만 생성된 것이 아니다. 특히 '인테리어녀, 해먹녀, 혼밥녀, 졸혼녀'는 기사문 등에서의 사용 빈도가 적어 국립국어원의 신어 조사에는 조사되지 않은 것으로 보이나 실제로는 포털사이트 검색으로 쉽게 찾을 수 있다. 이처럼 지칭의 필요성과 유희성 모두를 찾을 수 없으며 여성에게만 한정하여 지칭하는 '노랑머리녀, 호피녀, 택시녀' 등과 같은 유형의 신어가 줄어든 점에서 긍정적인 의의를 찾을 수 있을 것이다.

이상에서 남녀 관련 신어가 내포하는 의미별로 이들의 생성 비율을

살폈다. 남성과 여성에 따라 차이를 다소 보였으나, 전체적으로는 긍정적인 의미의 신어가 증가했으며 부정적인 신어와 중립적인 신어가 감소하는 모습을 확인할 수 있었다. 앞서 생성 측면에서 확인했듯이 남녀 관련 신어의 수가 많다는 점, 남성 신어와 여성 신어의 차이가 큰 점, 특히 그 차이를 만들어 내는 신어 중 여성만을 지칭의 대상으로 삼는 신어가 많았다는 점 등이 우리 언어 생활의 부정적인 모습이었다면 남녀 관련 신어의 전체 수와 남녀의 차이가 모두 감소하는 속에서 긍정적인 신어만이 증가하는 모습은 긍정적인 변화의 방향이라고 볼 수 있을 것이다.

5. 맺음말

이상에서 국립국어원의 15년치 자료를 활용하여 남녀 관련 신어의 생성 현황과 의미의 변화를 확인하였고, 그 속에서 변화된 인식을 확인할 수 있었다. 먼저 생성의 측면에서는 다음의 두 가지 변화를 확인할 수 있다. 첫째, 남녀 관련 신어의 수가 15년간 줄어드는 모습을 보이며 둘째, 남녀 관련 신어의 '차이'가 줄어드는 모습을 보인다. 이때 여성만의 특성이 아님에도 불구하고 여성만을 지칭의 대상으로 삼은 신어들이 두 신어 수의 차이를 크게 만드는 요인이었다. 그렇기에 이 차이가 줄어든 것과 남녀 관련 신어의 절대적인 수가 줄어드는 현상은 남녀를 특정한 가치 평가의 대상으로 삼거나 특정한 잣대로 가르던 태도에 변화가 있었기 때문일 것이라 추측해 볼 수 있다.

'긍정, 부정, 중립'으로 나누어 살핀 의미의 측면에서는 긍정적인 신어가 증가하고 부정적인 신어와 중립적인 신어가 감소하였다. 남녀 관련 신어의 수 자체가 감소하는 상황 속에서 긍정적인 신어만이 증가하는 것은 사람을 낮잡거나 사람의 가치를 절하하려는 의도가 감소한 것으로 볼 수 있을 것이다. 특히 이성 또는 이성의 신체 일부를 성적으로 대상화하는 표현이나 낮잡는 표현이 현저히 줄어든 것 역시 남성과 여성을 대하는 성숙해진 태도를 보여 주는 것이다.

이 글은 우리의 언어 생활의 흐름 일면을 기록하고자 한 노력의 하나로서 남성과 여성을 대하는 사람들의 인식과 태도, 그리고 그 변화를 살피고자 한 것이다. 이 글만으로는 신어를 만들고 사용하는 사용자들의 인식을 모두 밝히는 데에 무리가 있을 것이다. 그러나 언어 표현에는 사용자의 인식이 반영되어 있다는 관점, 그리고 언어 생활의 일면을 기록해 나간다는 관점에서 다양한 분야의 신어를 대상으로 연구를 지속해 나간다면 한국어 사용자의 인식 변화를 추적하고 기록할 수 있을 것이다.

여성어의 의미 가치 하락

박시은

1. 머리말

이 연구는 가치 하락을 경험한 한국어 여성어를 연구 대상으로 하여 통시적으로 그들의 의미 손상과 가치 하락이 어떠한 흐름으로 진행되었는지를 추적하는 데에 목적을 둔다. 여성어의 가치 하락은 이미 타 언어권에서도 확인된 현상으로 이견이 없다. 이 연구에서는 여성어의 가치 하락이 일반적인 언어 현상으로 받아들여지는 것을 넘어서 실제 개별 언어의 가치 하락 양상을 파악해 보고자 한다. 이를 통해 여성어의 가치 하락이 여성에 대한 비존중을 바탕으로 특정 기대치에 미치지 못하는 실망, 비하 표현, 성적대상화 등 '평가 결과'에 대한 내용을 담으며 진행되는 경향이 있음을 보이고 이러한 의미 변화가 여성의 사회적 지위와 관련이 있음을 고민해 볼 수 있는 기회로 삼고자 한다.

우리 사회는 오랫동안 남성 지배 체계 아래 놓여 있었고 그 흔적이

언어에 남아 있다. 양성 간의 여러 언어적 특징들은 결국 일상생활에서의 성별 위계가 언어에 반영된 결과이며 이것이 전승·강화되어 온 것이다(강현석 외 2014). 이전에는 성 중립적이었거나 여성에 대한 긍정의 의미를 가졌던 표현들이 폄하의 의미로 쓰이게 되는 경우가 있는데, 이때에 '성적(sex)' 의미가 더해진 경우가 많다(Bonvillain 2003; Schulz 1975).[1] 한국어에서는 '아줌마'와 '아가씨'가 성적 의미를 함축[2] 한 가치 하락을 겪은 대표적인 여성어이다.

(1) ㄱ. 아가씨: 존칭 〉 친족어-시누이 〉 평칭 〉 성매매 여성
ㄴ. 아줌마: '아주머니'를 친숙하게 이르는 말 〉 '아주머니'를 낮추는 말 〉 (성적 매력이 없는) 늙은 여성

여성어에 대한 초기 연구로는 유창돈(1966), 민현식(1995)이 있으며 그 외 여성어를 연구 대상으로 포함한 것들이 다수 있다(이정복 2007, 2014, 2018; 임규홍 2003; 서민정 2008, 조남민 2010). 개별 여성어를 다룬 연구가 몇 있는데, '마누라'에 대한 연구로는 조남호(2001), '아주머니' 계열 호칭어에 대한 연구로는 조남민(2009), '아가씨'에 대

---

1 이러한 현상은 한국어에서만 발견되는 것이 아니다. 'sir'과 'master'이 지난 세월 동안 별다른 가치 하락 없이 그대로 전해져 온 것에 비해 'madam', 'miss', 'mistress'는 눈에 띄게 의미 손상을 입었다. '높은 여성'을 뜻하는 'madam'은 '사창가를 운영하는 사람'으로, 미혼 여성을 뜻하는 'miss'는 '매춘부', '여주인'을 뜻하는 'mistress'는 '불륜하는 여자' 등의 의미를 완곡하게 나타내는 표현이 되었다(Schulz 1975: 66)

2 이 글에서 사용하는 '성적 의미 함축'이란 표현은 단순히 남녀 성별을 기준으로 의미하는 것이 아니라 성희롱적인 의미가 강한 의미를 담고 있을 때를 가리키는 표현이다.

한 연구로는 박시은(2020)을 참고할 수 있다. 위 선행 연구들을 참고하여 현대 사회에서 확인할 수 있는 한국어에서의 여성어 가치 하락 양상을 전체적으로 재검토해 볼 것이다.

이를 수행하기 위한 연구 방법과 말뭉치를 바탕으로 연구 대상을 한정한 과정을 2장에 제시할 것이다. 3장에서는 남성어와의 비교를 통해 여성어의 지위를 파악하고 4장에서는 가치 하락을 겪은 여성어들의 의미 변천을 정리한다. 그 내용을 바탕으로 5장에서는 개별 여성어들이 어떤 흐름으로 가치 하락을 겪었는지를 파악해 보고자 한다.

2. 연구 방법 및 연구 대상

'여성어'는 사회언어학 연구에서 흔히 사용하는 표현이지만 연구자마다 다소 다르게 사용하고 있다(서진숙 2010: 16). 본고의 '여성어'는 '여성을 대상으로 하는 말'로 지칭어 및 호칭어로 쓰이는 표현을 가리킨다. 성별 배타적 표현(gender-exclusive)만을 연구 대상으로 삼으며 그 외의 남녀에게 모두 사용할 수 있는 표현 또는 성별 선호적 표현(gender-preference)은 다루지 않는다.[3]

개별 단어의 기존 의미를 파악하기 위해선 중세 및 근대 국어 자료를 먼저 찾아보아야 하며 이때 이용한 프로그램은 유니콩크(uniconc)

3 성별 배타적 표현(gender-exclusive)과 성별 선호적 표현(gender-preference)에 대한 내용은 Bonvillain(2003: 216)을 참고.

이다. 현대 국어 자료로는 국립국어원에서 구축한 말뭉치를 활용하였다. 자료 분석의 내용은 4장에 제시할 것이며 각 개별 표현들의 사전적 정의를 우선적으로 정리하여 보이고 그 외 기록물을 바탕으로 당시 쓰임을 확인해 볼 것이다. 개별 여성어들의 전반적인 의미 변천과 그 흐름 속에서 일어난 가치 하락 현상을 포착하여 어떤 모습으로 가치 하락이 나타나는지, 어떤 시기에 나타나는지 등을 파악하고자 한다.

한국어에는 매우 많은 여성어가 있기 때문에 한국어의 모든 여성어를 살펴 보는 것은 불가능하다.

(2) 가시나, 각시, 계집, 계집애, 고명딸, 고모, 과부, 기녀, 기생, 년, 누나, 딸, 딸내미, 딸년, 딸아이, 딸애, 딸자식, 마누라, 막내딸, 맏딸, 미망인, 부인, 사모님, 새댁, 새색시, 새아가, 새어머니, 새언니, 소녀, 손녀딸, 수녀, 숙녀, 숙모, 시어머니, 시할머니, 아가씨, 아낙(네), 아내, 아씨, 아주머니, 아줌마, 양어머니, 어머니, 어미, 언니, 여경, 여고생, 여공, 여교사, 여군, 여동생, 여비서, 여사, 여사장, 여성, 여승, 여승무원, 여식, 여신, 여아, 여의사, 여인, 여자, 여장군, 여직공, 여편네, 외할머니, 이모, 작은어머니, 작은할머니, 젖어미, 제수, 조카딸, 증조할머니, 창녀, 처녀, 처제, 처형, 친정어머니, 큰어머니, 할머니, 형수

(2)의 단어 외에도 현대에는 많은 표현들이 있다. 우선적으로 21세기 세종계획 말뭉치(2020. 11.)의 '문어 형태 분석' 말뭉치를 대상으로 각 표현들이 사용된 빈도를 정리하면 아래 표와 같다.

〈표 1〉 문어 형태 분석 말뭉치에서의 여성어 사용 빈도[4]

여성어	사용 빈도	여성어	사용 빈도	여성어	사용 빈도
각시	131	시어미	4	여의사	19
계집	319	아가씨	639	여인	1,785
고모	688	시어머니	593	여아	69
과부	201	아낙(네)	464	여자	13,020
기녀	21	아내	4,489	여장군	1
기생	282	아주머니	989	여직공	21
년	210	아줌마	492	여편네	155
누나	976	양어머니	8	외할머니	135
딸	3,079	어머니	9,549	의붓어미	4
마누라	551	어미	1,246	이모	277
미망인	34	언니	1,600	작은어머니	9
부인	2,722	여경	11	작은할머니	21
사모님	109	여공	109	젖어미	30
새댁	237	여교사	92	제수씨	12
새색시	32	여군	55	조카딸	9
새아가	0	여비서	9	증조할머니	5
새어머니	41	여사	444	창녀	160
새언니	13	여사원	34	처녀	1,041
소녀	1,111	여성	7,927	친정어머니	49
수녀	228	여승	7	큰어머니	19
숙녀	78	여승무원	10	할머니	3005
숙모	85	여신	163	형수	163

4 〈표 1〉에서 일부 표현들은 제시된 형태뿐 아니라 '수식+형태'의 쓰임도 함께 계산하였다. 예를 들어서 '언니'의 사용 빈도는 '큰/작은/친+언니' 등을 포함한 것이고 '누나'도 '큰/작은+누나'의 쓰임이 포함된 수치이다. 위 표현들 모두 나이에 따라 위계를 구분한 것이기에 동일한 형태인 '언니', '누나'에 포함하여 사용 빈도를 제시하였다.

〈표 1〉의 사용 빈도를 보면, 최소 0회부터 최대 13,020회까지 상당히 큰 사용 빈도 차이가 나타남을 알 수 있다. 이에 최소 150회 이상의 사용 빈도를 보이는 표현들을 일상에서 흔히 쓰이는 것으로 간주하여 100회 미달인 것들을 소거하였다. '여경, 여의사, 여비서'와 같이 직업군에 '여성'을 유표적으로 나타내는 표현들은 그 자체가 고유의 여성어라기보다 해당 어휘가 지니고 있는 기존 의미에 유표적 표시를 했을 뿐이기에 연구 대상에서 제외했다. 남은 표현들 중에서도 '기생, 아낙, 여공, 젖어미' 등의 현대 구어에서는 잘 쓰이지 않는 표현, 중세국어에서의 의미와 현대 국어에서의 의미 차이가 두드러지지 않거나 현대 국어 생활에서 부정적인 의미로 쓰이지 않는 표현들은 연구 대상에 포함하지 않았다.

위 과정을 거쳐 남은 표현들 중 현재 쓰임에서 어휘적 의미 또는 함축적 의미에서 부정적인 의미가 두드러지는 것에는 '계집, 년, 마누라, 아가씨, 아줌마, 여편네' 등이 있다. '계집, 년'은 비칭, 더하여 욕칭로 분류되는데 이들은 원래 '여성 일반 평칭'이었다. '처'를 가리키는 여러 표현들 중 가장 많이 쓰인 것은 '아내, 부인'이며 최근에는 외국어 '와이프'도 선호된다. '마누라, 여편네'가 쓰이는 문장에는 대체로 상대를 존중하거나 높이기 위한 의도가 보이지 않는다. '아가씨'는 상황에 따라 [+높임] 자질을 가질 수 있는 동시에 전혀 다르게 [+낮춤] 의미로도 쓰일 수 있다. 식당에서 우리는 직원에게 '아줌마'라고 하기보다 '사장님, 이모님' 등으로 부르는 것을 선호한다.

이에 이 글에서 다룰 연구 대상은 '계집, 년, 마누라, 아줌마, 아가씨, 여편네' 여섯 가지가 되는데 여기에 '언니'를 추가할 것이다. Kim(2008)과 조남민(2010)에서는 '언니'가 가치 하락을 겪은 표현으로 제시되는데, 이는 비교적 최근의 주장이며 충분한 양의 용례를 보여 주지 못했다. 이에 그 주장을 검토해 보기 위해 연구 대상에 포함하고자 한다. 결과적으로 이 글에서 다룰 개별 표현은 '계집, 년, 마누라, 아줌마, 아가씨, 여편네, 언니'로 총 일곱 가지이다.

3. 여성어의 지위

성 중립적 용어가 여성어가 될 때 가치 하락이 발생할 확률이 높으며(Lakoff 1973: 57) 여성형 표현이 남성형 표현보다 의미 손상을 쉽게 입는 데에는(Schulz 1975: 69; 강한석 외 2014: 179) 여성어가 기존부터 갖고 있던 지위와 관련이 있을 것이다. Bonvillain(2003: 239)에서도 남녀 언어에 존재하는 차이를 설명하기 위해선 남녀의 사회적 역할과 그들 관계에 있는 불평등 요소를 바탕으로 고려해야 한다고 보았다. 이 장에서는 남성과의 비교를 통해 여성어의 지위가 어떠한지를 살펴볼 것이다.

사람은 일평생을 살아가면서 무수히 많은 표현으로 불리고 가리켜진다. 누군가를 나타내는 가장 기본적인 것은 바로 '이름'이다. 그런데 (3)에서 보듯이 여성의 이름은 남편에게 또는 주변 관계에 묻히곤 한다.[5] '그녀'의 정체성이 뚜렷하지 않다는 점, 남편에게 귀속된 존재로 나타난다는 점을 알 수 있다.

---

5 2020년에 방영된 드라마 〈며느라기〉에선 출산을 한 첫째 며느리네를 보러 간 둘째 며느리가 형님의 이름을 몰라 아주버님의 이름을 대 아기를 확인한다.

(3) ㄱ. 아때는 애기라고 합데, 크니까 큰애기라 합데, 시집가이 애애기라 합데, 늙으니까 노덕이라 합데' (최정희 1939, 여자 된 슬픔)

ㄴ. 구멍가게 주인은 미현 엄마의 이름을 알지 못했다. 그저 동네 사람들이 부르는 대로 고물장수 마누라 혹은 미현 엄마라고만 늘 불러 왔던 탓일 것이다. (송하춘 2000, 소설발견 송하춘 교수의 창작교실 2)

여러 언어에 나타난 성 이미지를 보면 남성형이 양성 전체를 대표하는 경우가 많다. 'man, he, mankind'는 인류 전체를 나타낼 수 있는 남성형이며 불어에는 인칭은 물론 사물에도 문법적 성이 부여되어 있는데 남녀 혼성 집단을 지칭할 때는 남성형인 'ils'이 사용된다(강현석 외 2014: 178). 한국어의 중세 국어에서도 이러한 예가 있는데, 현대에는 일반적으로 '남성'을 의미하는 비칭인 '놈'이 당시 '사람'을 의미했다.[6]

(4) 제 쁘들 시러펴디 몯 홇 노미하니라 (훈민정음 '세종어제서문')

여성어와 남성어의 위계는 두 성별을 모두 일컫는 표현에서도 확인된다.

(5) ㄱ. 남녀, 아들딸, 신사숙녀

ㄴ. 연놈, 애미애비

6 지금도 〈표준국어대사전〉에는 '놈'의 뜻으로 '남자를 낮잡아 이르는 말, 사람을 홀하게 이르는 말'이라 정의하고 있다.

ㄷ. 자웅, 암수

좋은 것이 선행하고 나쁜 것이 후행하는 건 일반적인 현상이다. 화자는 '나 먼저 원리(me-first principe)'에 따라 자신과 관계가 깊을수록 말의 앞에 그 표현을 두기 때문에 앞의 말이 뒤의 말보다 더 우선적이다(임규홍 2003: 235). 결국 남성에 대해서는 긍정적으로, 여성에 대해서는 부정적으로 여기는 인식이 언어에 반영된 것이다. 이때 '성(sex)'에 대한 표현에서는 여성이 앞서 나옴을 보이는데, '성적'인 것을 터부시하는 인식에서 여성에게 우선적으로 성적 프레임을 씌우는 것으로 볼 수 있다.

유표성과 무표성에서도 여성어와 남성어의 차별적 현상을 볼 수 있다. 많은 직업명에서 '여류 시인, 여의사, 여검사'와 같이 '여성'을 유표적으로 표시한다. 서민정(2008: 337)에 따르면 60년대에 접두사 '여-'가 쓰인 호칭·지칭어가 많이 보였으나 2000년대 자료에서는 많이 사라졌다. 그러나 현재 '여의사'와 '여경'은 〈표준국어대사전〉에 등재된 단어인 반면 '남의사'와 '남경'은 등재되어 있지 않다. 여성이 해당 직업을 가진 것이 일반적이지 않다는 인식이 깔린 것을 알 수 있다.

남녀 표현이 한 쌍을 이루는 것을 보자. 여성어와 남성어의 대응 관계가 분명하지 않거나 부정적인 의미를 가진 여성형에 대응하는 남성형이 따로 상정되지 않은 경우가 많다. 아내를 낮추어 부르는 '여편(네)'는 어원적으로는 '남편'과 함께 쓰였으나 '남편' 또는 '*남편네'는 남편을 낮추어 부르는 말로 쓰이지 않는다.[7] 이정복(2014: 124)에서는 사전 내의 남녀 성차별을 세세하게 분석했는데, '헌계집'은 있지만 '헌

사내/헌남자'는 없음을 지적했다.

또한 이정복(2007: 266)에선 〈표준국어대사전〉의 정의에 대해 '노총각'은 '나이가 지나도록 장가를 가지 않은 총각', '노처녀'는 '결혼할 나이가 지난 처녀'라고 하여 능동성과 의지에 있어 차별적 설명임을 지적하였다.[8] 이정복(2007)에서 지적했듯이 '노처녀'에겐 결혼에 대한 수동적인 태도를 보인 정의를 보면 그 여성은 결국 결혼을 하지 않은 게 아니라 하지 못한 사람으로 바라보는 사회적 시선이 은연 중에 내포되어 있었음을 알 수 있다.

'어머니'와 '아버지'와 같은 부모님을 가리키는 표현들은 서로 같은 위계의 쌍을 이룬다. 박정운(2015: 80)에서는 친족호칭어를 기본형 '아버지', 높임형 '아버님', 친근형 '아빠'로 분류하였다. 정해경(2003: 124)에서는 2003년도에 방영된 드라마 〈옥탑방 고양이〉에서 "엄마는 어머니라고 부르면 섭섭해하시고, 아빠는 아버지라고 부르면 좋아하시거든."이라는 대사에 주목했다. '엄마-아빠', '어머니-아버지'를 쌍으로 두고, 후자를 더 높은 위계로 보는 체계에서 여성인 어머니는 오히려 더 낮은 위계의 표현을 선호한다. 여성인 어머니는 친근감과

---

7 남녀 표현의 대응쌍을 살펴보면 한국어뿐 아니라 다른 언어에서도 비슷한 모습을 보인다. 영어의 성별 대상어 짝을 보면 'dame', 'mistress', 'queen'은 성적인 함축을 드러내고 'governess'는 'governor'보다 하찮다는 암시를 준다(조남민 2009: 527; 강한석 외 2014: 179). 'bachelor/spinster'는 둘 다 '결혼을 하지 않았다'라는 의미를 가졌는데 그 세부적인 내용에 차이가 있다. 'bachelor'은 남편이 될 가능성이 있는 바람직한 남자를 의미하고 'spinster'은 짝으로 바람직하지 못하는 여자를 의미한다(조남민 2009: 527).

8 현재는 뜻풀이가 수정되어 '혼인할 시기를 넘긴 나이 많은 여자/남자'로 동일한 형식으로 설명되어 있다.

인자함을 중시하고 남성인 아버지는 권위의 인정을 중시하기 때문에 이러한 차이가 나타나는 것이다.

비하 표현에서도 남녀 차별이 드러난다.

(6) 된장녀, 김여사, 김치녀, 맘충

'된장녀'는 자신의 능력으로 소비를 즐기는 것이 아니라 부모 또는 애인의 능력에 기대는 여성을 말하고 '김치녀'는 '된장녀'의 의미를 포함하여 '무개념한 여자'를 의미할 때 사용한다. '맘충'이라는 표현은 아이를 데리고 나온 엄마가 무개념한 행동을 할 때 쓰이는 말인데, 이들의 남성 대응어인 '된장남, 김치남', '파파충' 등은 일상에서 잘 쓰이지 않는다.

'김여사'는 운전을 잘 하지 못하는 여성에게 쓰이던 것이 확대되어 예의가 없는 여성 운전자에 더해 일상에서 이상한 행동을 하는 여성이라는 뜻으로 쓰인다. 원래 '여사'는 '女士' 또는 '女史'를 의미하여 [+높임]을 가진 표현이다. '비꼼'의 의도로 '여사'에서 파생되었으나 '박여사', '황여사' 등의 다른 성씨가 붙은 경우는 기존의 [+높임]의 의미가 있는 '여사'의 쓰임이지 비하의 표현으로 쓰인 것은 아니다. 정확히 따지자면 '여사'의 의미가 손상되었다기보다 한국에게 가장 많은 성씨인 '김'을 붙여 탄생한 '김여사'라는 새로운 단어가 부정적인 의미를 지니는 것으로 볼 수 있을 것이다.

'남자는 늑대, 여자는 여우'란 말은 노래 가사에도 흔히 나타날 정도로 한국에서의 일반적인 인식으로 "저 여우가 그렇게 좋을까?"에서 여우는 실제 동물이 아닌 여성을 의미한다. '여우-곰'은 기본적으로 여성의 성적 매력을 평가하는 쓰임이 주된다. 여성을 '꽃뱀'이나 '여왕벌'이라고 지칭하기도 하는데, 이러한 쓰임은 교활하고 남자의 돈을 목적으로 하고 많은 남자를 거느리는 화려한 여자를 가르키기 위해 자주 쓰인다.

지금까지 여성어는 남성어에 비해 부정적인 의미를 부각하기 위해 쓰이는 표현들이 다수 있음을 확인하였다.

4. 한국어 여성어의 의미 변천

이 장에서는 일곱 가지의 개별 표현에 대해 통시적인 관점에서 그 의미 변천을 살펴볼 것이다. 말뭉치 자료도 활용할 것이지만 그 외에 실제 언어 생활을 잘 보여 주는 드라마 등의 대중매체 자료, 사전 자료[9]도 함께 다루었다.

1) 계집

'계집'은 현대 국어에서 비칭으로 쓰인다. 지금의 〈표준국어대사전〉에서는 '여자 또는 아내를 낮잡아 이르는 말'이라고 정의하고 있

---

9 사전적 정의가 해당 단어의 의미 변천을 기민하게 보여 주지는 못한다. 사전을 편찬하는 데에 오랜 시간이 걸리고 어느 지역에서 수집했느냐에 따라 지역 간 불균형도 있었을 것이다. 사전에 기록된 그 뜻이 언제부터 쓰였는지는 정확히 알 수 없고 사전엔 오르지 못한 함축적 의미가 있을 수도 있다. 하지만 '사전'은 우리가 사용하는 '말'을 수록한 책으로, 사적적 정의로 기록된 것은 곧 이미 그 뜻으로 널리 쓰이고 있다는 것을 의미한다. 그렇기에 최소한 당시 자리 잡은 의미가 무엇인지 아는 데 도움이 된다.

다. 귀엽다는 의미를 담아 '계집애' 또는 '기집애'라고 부르기도 하지만 이러한 쓰임도 화자가 청자보다 나이가 더 많을 때 쓸 수 있다. 이처럼 한정된 일부 상황에서의 쓰임이긴 하지만 그러한 사용이 가능한 것은 원래 '계집'이 가지고 있는 '여성 일반 평칭'으로써의 쓰임이 남아 있기 때문이다.

'계집'의 옛 형태는 '겨집'으로, 당시에는 여성 일반을 나타내는 표현이자 처의 뜻으로 많이 쓰였다(유창돈 1966: 40).

(7) ㄱ. 民ᄋᆞᆫ 百姓이오 僮ᄋᆞᆫ <u>겨집</u> 죠이오 僕은 남진 죠이라 (월인석보 1459)
ㄴ. 어마님도 ᄒᆞ마 죽고 <u>겨집</u>도 다ᄅᆞᆫ 남진 어르니 (삼강행실도 1481)
ㄷ. 죵비ᄂᆞᆫ 청도군 사ᄅᆞᆷ이니 고을 아젼 김군산의 <u>겨집</u>이라 (동국신속 1671, 종비설당)

(7ㄱ)의 '겨집'은 '여성'을 의미하고 (7ㄴ, ㄷ)의 '겨집'은 '처'를 의미한다. 이처럼 15세기, 17세기 때의 문헌에 남은 자료를 보면 '겨집'은 여성을 낮추어 이르는 단어가 아니었음을 알 수 있다. 이후 '계집'의 형태로 바뀌었는데 당시 비하의 의미가 드러나진 않았다.

(8) ㄱ. 제 남진 제 <u>계집</u> 아니어든 일홈 뭇디 마오려 (경민편 1658)
ㄴ. ᄒᆞᆫ 사나희와 ᄒᆞᆫ <u>계집</u>으로 ᄒᆞ여곰 (유육도윤음 1783)

(8)의 문장을 보면, 17세기와 18세기에도 '계집'은 평칭으로 쓰였음을 알 수 있다. 이어서 사전에 나타난 '계집'이 어떤 의미로 설명되

었는지를 살펴보겠다.

(9) ㄱ. 〈한불자전〉(1880)
女
ㄴ. 〈국한회어〉(1895)
女兒
ㄷ. 〈수정증보조선어사전〉(1942)
1. 부녀를 낮추어 일컫는 말 2. 천한 사람의 안해를 낮추어 일컫는 말
ㄹ. 이희승, 〈국어대사전〉(1982, 1994)
1. 여자 2. 여편네 3. 낮은 사람의 아내
ㅁ. 〈표준국어대사전〉(1999)
1. 여자를 낮잡아 이르는 말 2. 아내를 낮잡아 이르는 말

사전의 내용을 보면 원래 '계집'은 여성 일반 평칭이었다가 점점 여성을 낮추어 이르는 말이 되고 그렇다보니 '처'의 의미도 '천한 사람의 아내'를 일컫는 말로 의미가 달라진 것을 알 수 있다. 이를 보면 20세기 초·중반에는 이미 '계집'의 가치 하락이 일어난 것으로 추측된다. 원래 '여자'를 뜻하다가 의미가 특수화되어 '아내'의 뜻으로 쓰이게 된 것이 현대 국어에서는 여자를 낮잡아 가리키는 말이 된 것이다(윤평현 2020: 245). '겨집'의 대응어는 '남진'인데 중세 국어에서 평칭으로 기능하던 것(유창돈 1966: 14)이 현대에는 '남편'이나 '남자'에 편입되어 쓰이지 않는다(조남민 2010: 149). 의미 손상을 입어 가치 하락을 겪은 '계집'과는 다른 모습이다.

〈탁류〉(1937)에서는 '박제호의 계집'이라는 표현이 나오는데 이처럼 누군가의 여자 또는 아내를 가리킬 때 쓰이는 '계집'은 결국 소유의

대상이며 상대 여자의 의사는 크게 중요하지 않은 상황에 자주 쓰인다. 이러한 쓰임은 '계집'의 의미를 손상시키기 매우 쉬웠을 것이다.

(10) ㄱ. 젠장, 며칠간 계집 속살 맛 보기는 다 틀렸네요.
(김지용 1993, 보이지 않는 나라)
ㄴ. 술 파는 곳에선 술과 계집 말고는 존재의 당위성이 없어.
(남정욱 2001, 나는 액션영화를 보면 눈물이 난다)

(10)의 예문에 쓰인 '계집'은 모두 '성적 대상'인 여성을 가리키기 위해 의도적으로 선택된 것이다. '계집년'이라는 결합형은 욕설로 자주 쓰이는데 의미 손상을 입은 두 표현이 더해져 [+여성성]과 [+부정성]을 매우 부각한다. '계집'은 남성을 욕할 때에도 쓰이는데 흔히 "이 계집(년) 같은 놈"과 같이 쓰인다. '남자답지 않다'는 뜻과 더불어 여자가 가지는 '부정적인 특성'을 가진 남자라는 것을 드러내기 위한 것으로, 눈물이 많고 감수성이 풍부하거나 신체적으로 허약한 사람에게 자주 쓴다.

'계집'의 의미 변천 흐름은 아래와 같이 정리할 수 있다.

〈표 2〉 '계집'의 의미 변천

형태	시기	쓰임	비고
겨집	15세기	여성 일반	중세 어원
		아내	의미 특수화
계집	17세기	여성 일반, 아내	
	20세기 초반	천한 이의 아내, 여성 또는 아내를 낮춤	가치 하락, 성적 대상

2) 년

'년'은 현대 국어의 대표적인 욕설이다. 그런데 이 '년'이 이전에는 '여성 일반'을 가리키는 평칭으로 쓰였던 일부 예가 확인된다.

(11) 언년: 손아래 어린 계집애를 귀엽게 부르는 말 ↔ 언놈
(12) 제주도 방언
첫째 아들: 큰놈, 둘째 아들: 셋놈, 셋째 아들: 말잿놈, 넷째 아들: 작은놈
첫째 딸: 큰년, 둘째 딸: 셋년, 셋째 딸: 말잿년, 넷째: 작은년

제주도 방언에서 아들과 딸은 '놈, 년'으로 불린다. 훈민정음 서문에서 '놈'이 일반 백성을 가리킨 만큼 '놈'은 욕설로 쓰이지 않았음을 알 수 있고[10] 그에 대응하는 '년' 역시 '놈'과 비슷한 위계의 말로 쓰였을 것이다. 사전에서 확인할 수 있는 '년'의 정의를 아래에 제시하였다.

(13) ㄱ. 〈한불자전〉(1880)
女
ㄴ. 〈수정증보조선어사전〉(1942)
1. 여자를 하대하는 말 2. 여자를 별시하여 일컫는 말
ㄷ. 이희승, 〈국어대사전〉(1982, 1994)
1. 여자를 멸시하거나 하대하여서 일컫는 말
2. 여자 아이를 귀엽게 이르는 말: "고 년 참 예쁘기도 하다"

---

10 세종대왕이 일반 백성을 가리키는 표현이므로 자신보다 아래의 사람을 가리킬 때 쓰는 표현일 수도 있다. 유창돈(1966)에서도 설명했듯이 임금이 백성들에게 어떤 내용을 알릴 때 굳이 그들을 욕하는 표현을 선택하진 않았을 것이기에 평칭 또는 평칭보다 조금 아래 위계의 표현으로 여겨진다.

ㄹ. 〈표준국어대사전〉(1999)
여자를 낮잡아 이르는 말

〈한불자전〉(1880)에선 '놈'을 '常漢(상한: 신분이 낮은 남자를 낮잡아 이르는 말)'으로 제시하여 '놈'이 비칭임을 알 수 있는데, '년'은 그저 '女'로만 제시하고 있다. 하지만 다른 기록물을 보면 '년'은 17세기에도 비칭으로 해석할 수 있는 쓰임이 확인된다.

(14) 그년들의 와서 침실에 올라 앉으며 니로대 (계축일기 17세기)

계축일기에서 가리키는 '그년들'은 화자가 호의적으로 보는 인물이 아니기에 평칭이 아닌 비칭을 선택하였을 가능성이 있다. 그러나 단순히 '그 여자들이'라는 서술로도 볼 수 있어 당시 '년'에 부정적 의미가 포함되어 있었는지는 정확하지 않다.

(15) 그 무당년을 법샤에 고 ᄒᆞ고 일률노 시힝케 ᄒᆞ려 ᄒᆞᆫ다더
(독립신문 1899)

이후 19세기의 신문을 보면 거친 어조로 특정 여성을 고발하는 내용에 '년'이 사용되었음을 확인할 수 있다. 관련 내용에 '그 무당년을 그ᄂᆡ로 두엇다가ᄂᆞᆫ 다른 어리셕은 사ᄅᆞᆷ들도'라는 문구가 있는데, 피해자인 이들에게는 '사람'이라는 단어를 쓰고 가해자에겐 '년'이라는 단어를 쓴 것으로 보아 의도적인 선택으로 생각되며 평칭보다는 비칭의 의미로 쓰였을 가능성이 있다.

현대 국어에서 '년'은 주로 상대를 모독하기 위해 또는 정신이 이상한 사람을 가리키는 등의 부정적인 의미와 결합하는 일이 많으며 성적 희롱을 드러내는 장면에도 자주 나타난다.

(16) ㄱ. 저 년은 무슨 복으로 저런 남자랑 결혼을 한대?
ㄴ. 은행 금리는 바닥이고 증시도 미친년 널뛰듯 하니 마땅히 투자할 데가 있는 것도 아니고(유애숙 2005, 장미 주유소
ㄷ. 난년이네, 난년이야.

(16ㄱ)은 친구 사이에 친밀감을 담은 가벼운 욕설 또는 상대를 아니꼽게 여기면서 사용한 욕설로 해석할 수 있다. (16ㄴ)의 '미친년'은 비유적으로 쓰였는데 '정신에 이상이 생긴 여자를 욕하는 말'로 쓰인 예이다. (16ㄷ)의 '난년'은 크게 두 가지로 해석될 수 있으며 '잘난 여자' 그리고 '성적으로 문란하고 능숙한 여자'이다. '무언가에 두드러지는 능력이 있다'라는 건 공통되지만 그 범주에서 차이가 나며 이 역시 성적 함축이 더해진 가치 하락의 결과이다.[11] '년'의 의미 변천 흐름은 아래와 같이 정리할 수 있다.

〈표 3〉 '년'의 의미 변천

형태	시기	쓰임	비고
년	17세기	여성 일반	함축적 비하 의미
	20세기	여성을 낮춤	비칭 또는 욕칭

---

11 구글 트렌드에 '난년'을 검색해 보면 관련 주제로 '노출', '노예제', '몸매' 등의 성적 요소가 드러나는 검색어들이 함께 제시된다. 또한 성인 웹툰의 제목으로도 자주 검색됨을 확인할 수 있었다.

3) 마누라

현대 국어에서 '마누라'는 자신의 아내를 일컫는 말로, 비격식적인 표현이다. 현재 〈표준국어대사전〉에선 '중년이 넘은 아내를 허물없이 이르는 말' 또는 '중년이 넘은 여자를 속되게 이르는 말'로 정의하고 있다. '마누라'의 어원은 '마노라'이며 조항범(1997)과 조남호(2001)에서 자세히 다루었다. 이때 두 연구 사이에는 '상전'의 뜻이 먼저인지(조남호 2001: 210), '궁궐말'이 먼저인지(조항범 1997: 28)에 대해 이견이 있다. 통시적 분석에서 정확한 순서의 의미 변화를 파악하는 것은 중요하지만, 이 글의 목적은 '마누라'의 가치 하락이므로 '상전'과 '궁궐말' 모두 '존칭'임은 틀림없기에 이에 대한 논의는 깊이 다루지 않을 것이다.

〈역어유해보〉(1775)를 보면 '마노라(太太)'라 나타나 있는데, 유창돈(1966: 14)에서는 이 자료를 근거로 18세기부터 '처'의 의미로 쓰였다고 보았다. "太太"의 해석은 조남호(2001: 203)를 참고할 수 있는데, "漢語大詞典이나 漢和大字典에 따르면 '太太'는 남의 부인을 높여 말할 때 사용한 말로 볼 수 있다"고 하였다. 이를 통해 18세기에 부인을 가리키는 말로 '마노라'가 사용되었음을 알 수 있다.

조남호(2001: 217-218)에서는 '마누라'의 쓰임이 '집안일을 하는 여자 〉 아내'의 순으로 이동을 거치면서 그 때의 [+낮춤] 의미가 그대로 이어졌으리라 보았다. 이미 '아내, 부인' 등의 표현이 있어 '마누라'는 완전한 평칭으로서의 지위는 갖지 못한 것으로 보인다.

(17) ㄱ. 〈한불자전〉(1880)

林樓下

ㄴ. 〈국한회어〉(1895)
抹樓下主
ㄷ. 〈수정증보조선어사전〉(1942)
1. 안해의 속어 2. 늙은 여자
ㄹ. 이희승, 〈국어대사전〉(1982, 1994)
1. 나이 지긋한 아내를 허물 없이 부르는 말
ㅁ. 〈표준국어대사전〉(1999)
1. 중년이 넘은 아내를 허물없이 이르는 말.
2. 중년이 넘은 여자를 속되게 이르는 말.

19세기 후반의 사전에서 '마누라'는 본인의 아내가 아니라 '귀인의 아내를 존대하여 이르는 말'로 나타난다. 당시에는 여전히 [+높임] 자질이 남아있었던 것으로 보인다. 20세기에 발간된 〈수정증보조선어사전〉(1942)에서는 '속어'라는 설명이 더해져 낮추는 말로 쓰임이 드러나 있고 '늙다'라는 형용사를 통해 나이가 많은 여성에게 한정해서 쓰는 말이 되었음을 알 수 있다.

(18) ㄱ. "여보, 마누라, 우리 딸년한테 무슨 불상사라도 생기지 않았을꼬?" (김선풍 1993, 속담이야기)
ㄴ. 이놈의 마누라 또 어디 갔다냐?
(최인석 2003, 이상한 나라에서 온 스파이)

(18ㄱ)은 '허물없이' 아내를 부르는 쓰임으로, 평칭에 가깝고 (18ㄴ)은 자신의 아내를 낮추어 부른 것으로 수식어인 '이놈의'를 통해 상대를 전혀 존중하지 않고 있음을 알 수 있다. 이로써 원래 성별 제약없이 [+높임]을 가졌던 '마누라'가 [+여성성]을 얻게 되고 초기에

는 [+높임]이 유지되었으나 점차 [-높임]과 [+낮춤]을 얻게 되었음을 확인하였다. '마누라'의 의미 변천 흐름은 아래와 같이 정리할 수 있다.

〈표 4〉 '마누라'의 의미 변천

형태	시기	쓰임	비고
마노라	17세기	상전, 왕 또는 왕비	중세 어원
	18세기	상전, 남의 아내를 높임	
마누라	20세기 초반	중년의 아내를 허물없이 이름, 중년의 여성을 낮춤	가치 하락

4) 여편네

기혼 여성의 뜻을 가진 '여편네'는 현대에 '결혼한 여자 또는 자기 아내를 낮잡아 이르는 말'이다. '여편네'는 한자어 '女便'에 복수 접미사 '-네'가 결합한 것으로 알려져 있다. 15세기에는 '녀편'으로 쓰였으며 16세기에 '녀편네'로 나타난다(조남민 2010: 150).

(19) 俱夷ᄂᆞᆫ ᄇᆞᆯᄀᆞᆫ 녀펴니라 ᄒᆞ논 ᄠᅳ디니 (월인석보 1459)

(20) ㄱ. 금조이ᄂᆞᆫ 보셩군 사ᄅᆞᆷ이니 현감 니심일의 쳡이라 임진왜란의 녀편네 적봉의 주금을 듯고 (동국신속삼강행실도 1617)

ㄴ. 뎡경부인 노시ᄂᆞᆫ 셔울 사ᄅᆞᆷ이니 부ᄉᆞ 노경닌의 ᄯᆞᆯ리오 찬셩니이의 안해라 본ᄃᆡ 녀편네 덕이 읻더니 (동국신속삼강행실도 1617)

〈월인석보〉(1459)에서의 문장을 보면 '녀편'은 '여인'을 가리킴을 알 수 있다. (20ㄱ)의 '녀편네'는 '본처'의 의미로 쓰인 것으로 상대를 낮추어 가리키는 쓰임이 아니고 (20ㄴ)은 '열녀'에 대한 내용이기에 상대를 낮추는 의도가 아니다. 17세기의 '녀편네'는 단지 '아내'를 의미하는 쓰임으로 쓰였다. 이후 18세기까지는 '남편'과 '여편네'는 비교적 동등한 자격을 갖고 있었으나 19세기에 이르러 '여편네'에 [+낮춤]이 더해지고 20세기에 들어서는 자신의 아내뿐 아니라 나이 든 여성을 낮추는 말로 쓰임이 확장되었다(조남민 2010: 151). 우선 '여편네'의 사전에서의 기록을 살펴보겠다.

(21) ㄱ. 〈한불자전〉(1880)
　　녀편네 女人
　ㄴ. 〈국한회어〉(1895)
　　녀편네 女人
　ㄷ. 〈수정증보조선어사전〉(1942)
　　1. 혼례를 지낸 여자 婦女 女人
　　2. '안해'를 낮게 일컫는 말
　ㄹ. 이희승, 〈국어대사전〉(1982, 1994)
　　1. 결혼한 여자, 부녀, 여인　2. 아내의 비칭
　ㅁ. 〈표준국어대사전〉(1999)
　　1. 결혼한 여자를 낮잡아 이르는 말.
　　2. 자기 아내를 낮잡아 이르는 말.

(21)에서 가장 먼저 '여편네'를 '낮추는 말'이라 명시적으로 보인 것은 〈수정증보조선어사전〉(1942)이다. 19세기 사전에서는 그저 '여인'으로 보이고 있다. 그러나 실제 기록물을 살펴보면 '녀편ᄂᆡ'가 부정적인 의미를 지닌 수식어와 함께 쓰인 문장을 확인할 수 있다.

(22) 한중록(19세기)
ㄱ. 녀편ᄂᆡ 유약ᄒᆞᆫ 소견이지
ㄴ. 내 아모리 무식ᄒᆞᆫ 녀편ᄂᆡ라도 그만 의리ᄂᆞᆫ 아ᄂᆞᆫ 거시니

(22)에서 '녀편ᄂᆡ'는 '유약하다'와 '무시하다'라는 말의 수식을 받고 있는데 당시 '녀편ᄂᆡ'가 평칭으로 쓰였더라도 이처럼 부정적인 표현과의 결합이 잦아지면서 그 부정적인 의미가 전염되었을 가능성이 있다.

(23) 독립신문(1896)
ㄱ. 우리가 오ᄂᆞᆯ날 이 불샹ᄒᆞᆫ 녀편네들을 위ᄒᆞ야
ㄴ. 부인이란 말은 다만 놉흔 녀편네 ᄲᅮᆫ 아니라

(23)에서의 쓰임은 '여성'에 대한 내용을 담으며 그녀들의 상황을 드러내기 위해 의도적으로 '녀편네'를 선택했을 것으로 여겨진다. 또한 '부인'과 '녀편네' 사이에 위계 차이가 있음을 알 수 있는데, '부인'은 존칭으로 쓰였으나 그와 상반되는 대상인 '녀편네'는 평칭 또는 비칭으로 쓰였을 것이다.

(24) ㄱ. 하여간, 내가 여편네 말을 듣는 게 아니었지. 내가 미쳤지… 이 빌어먹을 여편네야! (조두진 2008, 유이화)
ㄴ. 자슥 있고 여편네가 멀쩡히 살아 있는 사내를 호려서 제멋대로 새끼까지 낳은 년이! (이기희 2009, 찔레꽃 1)
ㄷ. 저 여편네 옷 입은 꼬라지 좀 보이소. 서방도 없는 년이 회장 달린 저고리까지 입고. (이기희 2009, 찔레꽃 1)

(24ㄱ)의 '여편네'는 자신의 '아내'를 낮추어 이르는 말이며 (24ㄴ)은 '여편네'는 '아내'를 이르는 말이고 (24ㄷ)은 남편과 사별한 중년 여성을 가리키는 말이다. '여편네'는 '결혼한 여성'을 가리키기에 [+나이]로 인한 '매력이 부족한 여성' 또는 '기혼 여성이 지켜야 할 품위가 없는 여성'에 대한 함축 의미를 지니는데 '여편네가 주책맞게, 여편네 꼬라지 하고는' 등의 표현으로 나타난다. 즉, 해당 여성에 대한 존중이 드러나지 않으며 어떤 기대치에 대한 평가를 내리는 것이다. '여편네'의 의미 변천 흐름은 아래와 같이 정리할 수 있다.

〈표 5〉 '여편네'의 의미 변천

형태	시기	쓰임	비고
녀편	15세기	여인	중세 어원
녀편네	17세기	아내	
여편네	19세기	여성, 아내를 낮추는 말	가치 하락
	20세기	결혼한 여성 또는 아내를 낮추는 말	매력이 부족한 여성, 기혼 여성이 지켜야 할 품위가 없는 여성

5) 아가씨[12]

'아가씨'는 [+높임]의 의미가 매우 두드러진 표현이었다. 오늘날 〈표준국어대사전〉에서는 젊은 여성의 평칭으로 설명하고 있지만 '높임'의 인식은 현대에도 계속 이어지고 있다. 그러나 성매매 여성[13] 또

12 이 장은 박시은(2020)을 바탕으로 수정·보완하였다.

13 구글 트렌드에서 '아가씨'를 검색해 보면 관련 주제로 드라마 또는 영화의 제목과의 관련성을 제외하고는 '다방', '안마', '홍등가' 등의 유흥 업소와 관련한 검색어

는 젊은 여성에 대한 무시를 드러내는 표현이라는 인식이 더해지면서 의미 손상을 입고 [+낮춤] 의미가 분명해졌다. 김태경·이필영(2018)의 설문조사에서 많은 여성들이 '아가씨' 호칭에 불쾌감을 표시한 것을 알 수 있다. 또한 이현희(2019: 83)의 설문 조사 결과에서 '부정적인 의미로 사용되기도 하는 표현인 '아가씨'를 시누이에 대한 표현으로 사용하는 것에 거부감이 든다'는 응답이 있을 정도로 '아가씨'의 의미 손상은 일상에서의 쓰임에도 큰 영향을 미치고 있다.

'아가씨'의 어원은 '아기씨'이며 명사 '아기'에 접미사 '-씨'가 붙어서 '아기씨'로 표기되던 것이 '아가씨'가 된 것으로 알려져 있다. 〈월인석보〉(1459)에서 그 쓰임을 확인할 수 있는데 당시 '아기씨'는 남녀 성별 제약이 없었다.

(25) 그 어믜그에 닐오ᄃᆡ 아기씨 오시ᄂᆞ이다다 그 어미 무로ᄃᆡ 네 엇뎨 안다 對答호 ᄃᆡ 益利 門 알ᄑᆡ 올ᄊᆡ 아기씨 오시ᄂᆞᆫ ᄃᆞᆯ 아노이다 (월인석보, 1459)

(25)에서 가리키는 '아기씨는 '남성'이며 그를 높여 부르고 있다. '大君阿只氏'(정조실록 1798), '女阿只氏'(승정원일기 1873) 등에서도 성별 제약이 없음을 알 수 있다(박시은 2020: 80). '아가씨' 형태는 20세기에 나타나며 〈목단화〉(1911)나 이광수의 〈흙〉(1932)에서 그 쓰임을 확인할 수 있다(조항범 2009). '아가씨'는 '아기씨'의 의미를 그대로 이은 것으로 보이는데, 20세기 때부터의 사전을 살펴보겠다.

가 다수 제시된다.

(26) ㄱ. 〈수정증보조선어사전〉(1942)
처녀의 존칭
ㄴ. 〈조선말 큰사전〉(1957)
– 아기씨: 1. 시집갈 만한 나이가 되거나, 또는 갓 시집온 이에 대하여 아랫계급 사람이 이르는 말.
2. 계집애에 대하여 남이 대접하여 이르는 말.
3. 오라버니댁이 손아래 시뉘를 높여 일컫는 말
– 아가씨: 계집아이, 또는 젊은 여자를 대접하여 부르는 말
ㄷ. 이희승, 〈국어대사전〉(1982, 1994)
1. 여자 아이 또는 젊은 여자를 대접해서 부르는 말
2. 손아래 시누이를 가리키는 말
ㄹ. 〈표준국어대사전〉(1999)
1. 시집갈 나이의 여자를 이르거나 부르는 말
2. 손아래 시누이를 이르거나 부르는 말=아기씨
3. 예전에, 미혼의 양반집 딸을 높여 이르거나 부르던 말

사전적 정의로만 보면 '아가씨'는 20세기에 [+낮춤]의 의미를 가지고 있지 않으며 [+높임]에서 [–높임]이 되었을 뿐이다. 즉, 여성 일반의 평칭으로 정의하고 있으며 실제 일상에서도 '아가씨'는 금기어가 아닌 20대에서 30대의 여성을 가리키는 말로 오늘날 흔히 사용되고 있다. 그러나 함축적 의미로 부정적인 의미가 더해지면서 주의해야 할 호칭어라는 인식은 존재한다. 20세기의 문학 작품을 살펴보면 '아가씨'가 유흥 업소에 종사하고 있는 이를 가리키는 말로 쓰이고 있음을 확인할 수 있다.

(27) ㄱ. 헤헤, 아저씨. 이리 들어오세요. 여기 예쁜 아가씨 많아요.

끝내주는 아가 씨들이에요. (정종명 1993. 숨은 사랑)

ㄴ. 그게 아니고, 절대로 한 번 옆에 앉힌 아가씨를 두 번은 안 앉히잖아. (은희경 2001, 마이너리그)

ㄷ. 마침 손님이 없어 아가씨 8명과 마담까지 합석 거나하게 먹었다. (소진섭 2009, 서울은 내꺼다)

'아가씨'가 '성매매 여성'을 가리키는 쓰임으로 나타난 것은 20세기 후반부터이다. '아가씨'의 [+여성성]과 [+젊음]이 부각되어 발생한 문제인데, [+젊음]은 그녀의 '아름다운, 꾸밈' 등을 기본값으로 다루고 곧 성적인 프레임을 씌우면서 특정 직업을 나타내는 표현으로 이어진 것으로 생각된다.[14] 또한 [+젊음]은 곧 [+어림]을 의미하며 해당 여성을 동등한 사회 동료로 대하지 않는 인식이 바탕된 쓰임도 있다. '어린 아가씨'라는 표현도 그러한 인식에서 기인한 쓰임이다.

〈조선말큰사전〉(1957)에서는 '아기씨'에 대해 '시누이'의 뜻을 적어 두었으나 '아가씨'에는 '시누이'의 뜻을 두지 않았다. '아가씨'는 '아기씨'의 뜻을 점차 이어받아 간 것으로 보이는데, 20세기 중·후반 사이에 '아가씨'도 '시누이'를 가리키는 말로 쓰였을 것으로 추측된다. '아가씨'의 의미 변천 흐름은 아래와 같이 정리할 수 있다.

---

14 비슷하게 '처녀'는 [+여성성]과 [+젊음], [−결혼] 자질을 가진 단어인데 미혼 여성보다는 '숫처녀'의 의미로 더 흔히 쓰인다.
피고인이 티셔츠와 러닝 브래지어들을 들추며, 너 처녀야, 하고 물었지요? 그렇다고 대답하자 피고인이 증인의 유방을 들여다보면서, 처녀 가슴이 아닌데, 하였지요? (조성기 1992, 통도사 가는 길)

〈표 6〉 '아가씨'의 의미 변천

<table>
<tr><th>형태</th><th>시기</th><th>쓰임</th><th>비고</th></tr>
<tr><td>아기씨</td><td>15세기</td><td>왕실 아이, 양반집 아이</td><td>중세 어원</td></tr>
<tr><td>아기씨</td><td>20세기 초반</td><td>여자아이, 새색시, 시누이를 높임</td><td>의미 축소</td></tr>
<tr><td rowspan="4">아가씨</td><td>20세기 초반</td><td>여자아이, 젊은 여성을 높임</td><td></td></tr>
<tr><td>20세기 중·후반</td><td>여자아이, 젊은 여성을 높임, 시누이</td><td></td></tr>
<tr><td rowspan="2">20세기 후반</td><td>미혼 여성, 시누이</td><td>가치 하락</td></tr>
<tr><td>성매매 여성</td><td>함축적 의미</td></tr>
</table>

6) 아줌마

'아줌마'는 '아주머니를 낮추어 이르는 말'이면서 '어린아이의 말로, 아주머니를 이르는 말'이다. 말뭉치를 보면 '주인아주머니-주인아줌마'와 같이 서로 쌍을 이루는 쓰임이 있는데, 이처럼 '아주머니'와 '아줌마'는 일부 문맥에서 서로 대체될 수 있다. 그러나 현대에는 중년 여성 스스로가 자신을 친밀하게 이르기 위해 '아줌마'라고 칭하기는 하지만, [+낮춤] 의미가 강해지면서는 화자가 먼저 청자를 '아줌마'라고 부르는 일은 드물어지고 다른 친족어인 '이모'를 선호하는 경향이 생겼다.

조남민(2009)에 따르면 '아줌마'가 새로운 의미 영역을 갖게 되면서 '아주머니' 보다도 더 먼저 친족어로서의 지위를 잃은 것으로 보인다. 자신이 부릴 수 있는 사람에게 '아줌마'라고 부르는 일이 많고, '아줌마'에 연상되는 것에는 '억척스러운, 뻔뻔한' 이미지가 있다. '유행에 뒤쳐진', '지나치게 아끼는' 등의 부정적인 의미도 가진다. '(결혼을 했을 만큼) 나이가 많다'는 뜻도 있어 미혼 여성은 '아줌마'라는 소리를 들으면 화를 내기도 한다.

(28) 〈펜트하우스 2〉(2021) 9화 중
(세신사라는 직업을 숨기고 있을 때 목욕탕 용품이 널린 건조대가 거실에 있는 걸 보고 가사 도우미를 부르며) 아줌마, 미쳤어. 어? 아니 제니 보면 어쩌려고 이걸 거실에서 말려. 이 아줌마. 아이 아줌마!

(29) 〈남자친구〉(2018) 5화 중
남자: 아, 이상한 아줌마야.
여자: 뭐? 아줌마? 아줌마?
남자: 아, 노처녀 아니라면서요. 그럼 뭐 아줌마겠지.
여자: 나 아가씨거든요, 아줌마 아니거든요.

성적 매력에 대한 부정적인 평가도 드러난다. '아줌마'는 목이 늘어난 티셔츠를 입고 배가 나와 있고, 뽀글뽀글한 아줌마 파마 머리를 한다.[15]

중세 국어 자료를 살펴보면 '아ᄌᆞ미, 아ᄌᆞ마, 아ᄌᆞ마님' 등 여러 형태를 볼 수 있는데 긴 세월동안 매우 다양한 형태 변화를 겪었음을 알 수 있다.[16] '아주머니'의 형태는 20세기에 자리를 잡았는데 '아줌마'

15 '아줌마 파마'는 중년 이상의 여성들이 '오래 가는 머리' 또는 '탈모'를 감추기 위해 하는 머리 모양이라는 인식이 있다. 2005년에 방연된 드라마 〈장밋빛 인생〉에서 여주인공은 파마 머리를 하고 품이 큰 티셔츠를 주로 입는 억척스러운 아줌마로 등장한다. 2014년에 개봉한 영화 〈수상한 그녀〉에서는 찜질방에 모여 TV 드라마를 보는 노년 여성들이 모두 '아줌마 파마'를 하고 있으며 그를 '브로콜리'라고 말하는 장면이 나온다.

16 조남민(2009) 참고.

의 형태는 20세기 후반의 사전에서 확인된다.

(30) ㄱ. 〈수정증보조선어사전〉(1942)

- 아주머니
  1. 부모와 같은 항렬되는 여자 곧 아저씨의 안해
  2. 고모(姑母)와 같음
  3. 형제 또는 자기와 같은 항렬 되는 남자의 안해

ㄴ. 이희승, 〈국어대사전〉(1982, 1994)

- 아주머니: 1. 부모와 같은 항렬의 여자
  2. 한 항렬이 되는 남자의 아내
  3. 부인네를 높이어 정답게 부르는 말
- 아줌마: 아주머니를 홀하게 또는 친숙하게 일컫는 말

ㄷ. 〈표준국어대사전〉(1999)

- 아주머니
  1. 부모와 같은 항렬의 여자를 이르거나 부르는 말.
  2. 남자가 같은 항렬의 형뻘이 되는 남자의 아내를 이르거나 부르는 말.
  3. 남남끼리에서 나이 든 여자를 예사롭게 이르거나 부르는 말.
  4. 형의 아내를 이르거나 부르는 말.
  5. 손위 처남의 아내를 이르거나 부르는 말.
- 아줌마: 아주머니3을 낮추어 이르는 말

〈수정증보조선어사전〉(1942)를 보면, '아주머니'는 '숙모, 고모' 등으로 대체할 수 있다. '아주머니'가 여성 일반 평칭으로 널리 쓰인 것은 20세기 중·후반으로 추측되는데,[17] 당시 '아줌마'는 '친숙하게 부르는' 평칭으로서의 지위와 '홀하게 이르는' 비칭으로서의 지위를 모

두 가지고 있었을 것이다. 〈표준국어대사전〉(1999)에서 '아줌마'는 친족어로서의 지위를 완전히 잃은 것으로 나타난다. '아줌마'의 의미 축소와 의미 손상의 흐름은 아래 표와 같다.

〈표 7〉 '아줌마'의 의미 변천

형태	시기	쓰임	비고
아ᄌᆞ미	15세기	친족어	
아주머니	20세기	친족어	
아주머니	20세기 중반	친족어, 여성 일반 평칭	의미 확대
아줌마	20세기 중·후반	'아주머니'의 친근형, 낮춤형	가치 하락
아줌마	20세기 후반	'아주머니(비친족어)'의 낮춤형, 아이말로써의 친근형	가치 하락, 의미 축소

7) 언니

한국어는 친족어가 발달한 언어인데, 그 중에서도 '언니'는 손위 형제에게 쓰거나 오빠의 아내에게 쓰는 말이다.[18] 이는 비친족어로도

17 조남민(2009: 520)에서는 '아주머니' 계열 어휘가 19세기 후반과 20세기 초반에 일반 여성 호칭어로 쓰였다는 예로 아래의 문장들을 제시하였다. 〈남원고사〉의 정확한 제작 연대가 전해지지 않으나 1860년대로 추정하는 경우도 있기에 19세기 중·후반으로 추정해 볼 수 도 있을 것이다.

(i) '잠간이라 총총 거러 관문으로 드러갈 제 관속드리 절ᄒᆞ며 아ᄌᆞ마니 그 ᄉᆞ이 안령ᄒᆞ옵시오'〈18XX남원고사5,35a〉

(ii) '형님네들과 아ᄌᆞ머니 ᄐᆡ평ᄒᆞ시고'〈18XX남원고사3,14b〉

(iii) '막동네 아지머니가 그러는데'〈19XX어머니1,124〉

(iv) '그는 나의 안해를 보며 "아지머니 좀 구경하시랍니까?"하더니'〈1921빈처,168〉

18 정확하게 말하자면 '언니'는 남성끼리도 쓸 수 있다. 1960년대에 남동생은 형을

두루 쓰인다. 서로 남인 여자들이 나이가 많은 여자를 높여 정답게 이르는 말로 쓰이는 것인데, 손윗사람에게 [+높임]을 드러내고 친족만큼이나 [+친밀성]을 가지고 있음을 나타내기 위해선 기존 친족어 '언니'가 유용했을 것이다.

(31) 〈태양의 계절〉(2019) 14화 중
A: 언니!!
B: 누가 네 언니야! 난 너 동생으로 생각한 적 없어.

이때 (31)의 문장을 보면, B가 A의 '언니'라는 호칭에 제지를 가하며 자신은 상대를 그렇게 친밀하게 여기고 있지 않음을 드러낸다. 비친족어 '언니'의 쓰임에 [+친밀성]이 매우 중요함을 알 수 있다.

조항범(1996)에서는 '兄'을 의미하는 친족 어휘 중 가장 늦게 나타난 것이 '언니'의 어원형으로 보이는 '어니'라 하였다. 가장 늦게 나타난 것인만큼 '언니'는 20세기 사전에서부터 등장한다.

(32) ㄱ. 〈수정증보조선어사전〉(1942)
- 언니: '형'(兄)과 같음
- 형: 1. 동기 중에서 자기보다 나이가 많은 사람
2. 자기와 같은 항렬에서 나이가 많은 사람

ㄴ. 〈조선말큰사전〉(1957)
'형(兄)'을 친근하게 부르는 말

'언니'라 불렀으며(조항범 1996: 269, 조항범 2009: 79), 지금도 〈표준국어대사전〉에서는 '동성의 손위 형제를 이르거나 부르는 말'이라고 하여 남성 간에도 쓸 수 있는 표현으로 여지를 남겨 두었다.

ㄷ. 이희승, 〈국어대사전〉(1982, 1994)
1. 형(兄)을 정답게 부르는 말
2. 여자가 자기보다 조금 연상인 여자를 대접하여 정답게 부르는 말

ㄹ. 〈표준국어대사전〉(1999)
1. 동성의 손위 형제를 이르는 말. 주로 여자 형태 사이에 많이 쓴다.
2. 남남끼리의 여자들 사이에서 자기보다 나이가 위인 여자를 높여 정답게 이르거나 부르는 말.
3. 오빠의 아내를 이르거나 부르는 말.

(32)를 보면 '언니'는 20세기 중·후반에 이미 비친족어로 쓰였을 것이다. Kim(2008: 165-168)에서는 1990년대 중반부터 남녀 화자 구분 없이 젊은 여성 청자에게 사용하는 표현이 되었다고 보았다.[19] '친밀감'을 드러내기 위한 긍정적인 쓰임이었으며 중년 남성들 오해의 소지가 있는 '아가씨' 대신 '언니'를 선택한 것이다(Kim 2008). 그렇게 일상에서 '아가씨'를 대체하던 쓰임이 이내 성매매 업계에도 이어지게 되어 오히려 '언니'에도 '성매매 여성'이라는 의미가 전이되었다는 주장이다.[20] 이처럼 함축된 부정적인 의미를 피하기 위해 선택된 '완

19 강희숙(2002: 12)에서는 쇼핑몰, 미장원, 주점 등의 서비스업에서 일하는 사람들이 손님을 '언니'라고 부르는 일이 많다고 하였다. 또한 남자 종업원들 역시 여자 손님을 '언니'라고 부르는 것에 주목하였다.

20 조남민(2010: 170)에서도 '언니'를 호칭하는 중년의 남녀 화자가 증가하고 있으며 '아가씨'라고 부를 대상에게 '언니'로 대체한 것이라 하였다. 이에 대해 '언니'가 의미의 일반화에 대해 의미 손상의 단계로 넘어간 것으로 보았는데 이 '언니'가 대체하는 '아가씨'의 의미가 함축적인 비칭의 의미로 분석했기 때문이다.

곡 표현'이 오히려 그 기능을 잃고 피하려고 했던 의미를 그대로 가지게 되어 의미 하락이 일어나기도 한다(윤평현 2020: 245).

(33) ㄱ. Customer: wuli yeyppun enni-nun ilum-i mwe-n-ka?(Kim 2008: 16)

ㄴ. '언니들(성매매 여성을 이렇게 호칭함)의 신변보호나 의료, 법률지원 등 고속도로를 타고 타지역으로 가는 일도 잦기 때문에 ….'(네이버 카페글)[21]

실제 언어 생활을 보면 젊은 여성을 중년의 남녀가 '언니'라고 칭하는 경우가 있는데 이런 쓰임이 대중화되면서 점차 손윗사람에 대한 높임의 의미가 약화되었다고 추정된다.

(34) (헬스장에 새로 온 젊은 여성 직원에게 중년의 고객이) 새로운 언니가 왔네?

위 쓰임은 '언니'의 '두루높임'이 아니라 '두루낮춤'의 쓰임으로 볼 수 있는데, [+친밀감]이 과도하게 사용된 것이다. 이때 고객은 여성일 수도 있고 남성일 수도 있으며 청자는 대부분 불쾌감을 느끼지만 '성적 함축'이 느껴지는 쓰임은 아니다. '언니'가 '성적 함축'을 갖는 것은 특정한 상황에서 사용될 때로, 술집 또는 식당 등의 한정적인

21 네이버의 '심리상담 대학원입학부터 청소년상담사, 진로상담심리사' 카페글로, 게시물 제목은 〈여성인권센터 면접 후기입니다.〉이다.(2021년 글, 2021. 7. 15.에 검색 https://cafe.naver.com/7counseling/34866)

영향권을 가지고 있는 것으로 여겨진다.[22] '언니'의 의미 변화를 표로 정리하면 아래와 같다.

〈표 8〉 '언니'의 의미 변천

형태	시기	쓰임	비고
언니	20세기	친족어, '형'과 같음	
	20세기 후반	친족어, 비친족어	[+두루높임]
	21세기	친족어, 비친족어	[+두루높임], [+두루낮춤]
		성매매 여성	가치 하락, 함축적 의미

5. 여성어의 가치 하락 양상

4장에서 우리는 한국어 여성어 일곱 가지 표현의 의미 변천을 살펴보았다. 중세 국어 자료를 함께 다루어 보면서 일부 여성어가 당시에는 여성어가 아니었거나 [+높임]이 강한 말이었음을 확인하였는데 '아가씨, 마누라'가 그러하다. 각 어원인 '아기씨'와 '마노라'는 궁궐에서 쓰던 표현으로 [+여성성]을 얻게 된 후 가치 하락을 겪게 되었다. '아줌마'와 '언니'는 원래 친족어로 쓰였는데 '고모-고모님'과 같이 친족어에서도 평칭과 존칭 표현이 따로 상정될 수 있으나 '친족어'라는

22 '언니들에게 희망을', '언니들 내음'이라는 성매매 피해 여성들을 위한 콘서트나 전시회에 쓰인 '언니'는 그녀들이 유흥업소에 종사했었다는 걸 드러내기 위해서 선택되었다기보다 두루높임의 쓰임이면서 동시에 친근한 표현인 '언니'를 선택하여 우리의 관심을 끌면서 이들이 우리에게 아주 가까운 이들임을 드러내기 위해서일 것이다.

것 자체에서 다른 표현들보다는 조금 더 대우한다는 느낌이 있다. '계집', '년', '여편네'는 여성 일반 평칭으로 쓰였다가 현재는 비칭으로 쓰이는 가치 하락을 겪었다.

(35)[23] 계집: 여성 일반 평칭, 아내 〉 천한 이의 아내 〉 여성 또는 아내의 비칭, 성적 대상
년: 여성 일반 평칭, 여성의 비칭 〉 성적 대상
마누라: 상전 또는 왕, 왕비 〉 남의 아내에 대한 존칭 〉 중년의 아내를 허물없이 이름, 중년 여성의 비칭
여편네: 여성 일반 평칭 〉 아내의 평칭 〉 기혼 여성 또는 아내의 비칭, 매력이 부족한, 기혼 여성으로서의 품위가 없는 여성
아가씨: 왕실의 아이 〉 양반댁 여성 〉 존칭: 여자아이, 새색시, 시누이 〉 젊은 여성의 존칭 〉 미혼 여성의 평칭 〉 성매매 여성
아줌마: 친족어 〉 여성 일반 평칭 〉 '아주머니'의 친근형 또는 낮춤형 〉 아이말 〉 매력없는 늙은 여성
언니: 친족어 〉 여성 일반 평칭 〉 성매매 여성

각 표현들이 처음 쓰이고부터 현재까지 이들의 형태와 의미는 시간

23 익명의 심사자께서 위 여성어의 의미 가치 하락 양상을 정리함에 있어서 그에 대응되는 남성 대상 지칭어 및 호칭어의 의미 변화에 대한 대비가 함께 제시되면 더 심화된 논의가 가능할 것이라고 제안해 주셨다. 지적해 주신바와 같이 여성을 가리키는 표현과 남성을 가리키는 표현의 대응 구조를 함께 제시하면 보다 의미 있는 논의를 진행할 수 있을 것이다. 그러나 본고는 여성에 대한 표현에 중점이 맞추어져 있으며 남성에 대한 표현을 함께 다루기 위해선 추가적인 연구가 진행되어야 하므로 이는 후속 연구의 과제로 남겨두고자 한다.

의 흐름에 따라 변해왔는데, 이때 새로운 의미가 생겨났다고 바로 이전 의미가 사라지는 것이 아니다. 여러 차례 의미 변화가 일어나는 과정에서 몇몇 의미들이 유지되어 다의어로 자리 잡은 경우도 많다. 위 쓰임을 단순히 '존칭, 평칭, 비칭'으로만 나누어 시기별로 나열해 보면 〈표 9〉와 같다.

〈표 9〉 여성어의 가치 하락 시기

형태	존칭: [+높임]	평칭: [−높임], [−낮춤]	비칭: [+낮춤]
겨집/계집		15세기	20세기 초반
년		17세기	17세기
마노라/마누라	17세기	20세기 초반	20세기 초반
녀(여)편/여편네		15세기	19세기
아기씨/아가씨	15세기	20세기 후반	20세기 후반
아ᄌᆞ미/ 아주머니/아줌마		15세기(친족어), 20세기 중반(비친족어)	20세기 중·후반 (비친족어)
언니		20세기(친족어), 20세기 후반(비친족어)	21세기

위에서 본 일곱 가지의 여성어들은 모두 '비칭'으로 쓰일 수 있다는 점에서 그 도착점이 같으나 각 표현의 가치 하락 흐름을 살펴보면 차이점이 있다. 이들을 '존칭이었던 아가씨와 마누라', '여성 일반 평칭이었던 계집, 년, 여편네', '친족어인 아줌마, 언니' 세 그룹으로 묶을 수 있다.

먼저, 원래 [+높임]을 가졌던 '마누라'와 '아가씨'는 그 어원이 둘 다 왕실에서 쓰이던 것이며 성별 제약이 없었다는 공통점이 있다. 이후 [+여성성]이 생겨 여성을 높이다가 점차 [−높임]과 [+낮춤] 자질까지 지니게 되었다. 즉, [+높임]에서 바로 [+낮춤]으로 이동한 것이 아니라 순차적으로 '존칭에서 평칭', '평칭에서 비칭'으로 의미 손상의 흐름을 연결할 수 있는 것이다. 다만, 평칭과 비칭의 쓰임이 거의 비슷한 시기에 자리 잡은 것으로 보인다. '마누라'는 '허물없이 이르는 말'의 쓰임으로 평칭의 지위가 남아 있고 '아가씨'도 어휘 의미로서는 평칭으로 나타난다. 두 표현이 원래 존칭이었기에 비칭으로써의 쓰임에 도착하기에 시간이 조금 더 걸리는 것으로 여겨진다.

둘째, 여성 일반 평칭으로 쓰였던 '계집, 년, 여편네'는 현재 사전적 의미로도 '낮잡아 이르는 말'로 정의되고 있다. 이들에게 나타나는 '성적 의미'는 함축적 의미이지만 그 자체는 이미 '낮춤말'로 자리를 잡았다. 이는 원래 평칭이었던 만큼 가치 하락의 정도가 심하지 않더라도 쉽게 비칭으로 쓰일 수 있기 때문일 것이다. 특히 '년'은 현대에 욕칭으로 쓰여 가치 하락의 정도가 더 심하다.

셋째, 친족어였던 '아줌마'와 여전히 친족어로 쓰이는 '언니'에는 '평칭'으로서의 쓰임이 남아 있다. 물론 '아줌마'는 '아이말'에 한정되어 있으나 여전히 평칭으로 쓰일 수 있다는 여지를 남겨 두었고 '언니'의 가치 하락은 함축적 의미로만 나타난다. '언니'의 가치 하락이 비교적 덜한 것은 '언니'라는 말 자체가 신생 표현이기 때문일 것이다. 또한 중세 국어 문헌에서 확인이 가능한 여성어들이 대체로 20세기에 이르러선 모두 가치 하락을 겪은 것과 달리 신생 표현인 '언니'의 가치 하락은 21세기에 들어 서서히 진행되고 있다.

지금까지 제시한 일곱 가지 여성어의 쓰임을 보면, 위 여성어 중 '마누라'를 제외하고는 모두 '성적 의미'가 드러난다. 그런데 이러한 '성적 의미'가 사전에 드러난 경우는 없어 어휘 자체의 의미가 아닌 그저 함축적 의미로 쓰인다. 여성 또는 아내를 낮추어 이르는 표현에서 성적 의미가 드러나는 것은 곧 해당 여성에 대한 성적대상화(Sexual Objectification)가 언어에 나타나는 것이다. (5)의 '자웅, 암수'에서 보았듯이 '성'과 관련한 용어에서는 다른 표현들과 달리 '여성'이 선행한다. '성적'인 것들을 터부시하는 인식에서 여성에게 성적인 프레임을 씌우는 것과 '성적 매력'을 중시하며 여성에게 성적 매력을 강요하는 것은 사실 모순적인 현상이다.

여성어의 가치 하락에 성적 의미가 더해지는 것은 이미 70년대에 지적된 바가 있는데, Lakoff(1973: 61)에서는 여성에 대한 가치 하락 용어가 매우 자주 성적인 의미를 가진다고 하였다. Ullman(1967)은 남성이 어떤 상황에서든 여성을 성적인 용어 내에서 생각하는 경향이 있고 그 결과로 인해 남성 화자에겐 여성을 의미하는 모든 용어에 성적 암시 요소가 있다고 보았다(Schulz 1975: 71에서 재인용). '아가씨-도련님', '마누라/여편네-남편'의 관계에서 남성형에는 부정적 의미나 성적 의미가 드러나지 않는 것에서 한국어에서도 '성적 함축'이 '여성성'과 관련이 더 깊다는 걸 알 수 있다. [+여성성]은 가치 하락에서의 성적 함축을 유발하는 하나의 기반으로써 기능하며 [-남성성]은 의미 손상을 더 부담없이 적용할 수 있는 요소인 것이다.

이처럼 여성어의 의미 손상이 더 쉬운 것은 결국 사회적으로 여성의 지위가 남성보다 더 낮기 때문이다. 또한 〈표 9〉를 통해 20세기에 접어들면서 존칭이던 표현까지 가치 하락을 겪게 된 것을 확인할 수 있다. 근대 사회에 여성들은 남성과 같이 교육을 받으며 자유연애를 주장하였고 〈신여성〉과 같은 여성 잡지를 읽었다. 이처럼 여성의 지위가 상승하던 시기에 여성어의 가치 하락이 두드러지는 것은 일반적인 상황으로 여겨지지 않는다.

윤영옥(2005: 202-203)에서는 '애국' 아래 뭉쳤던 남녀가 1910년 한일합방 이후 다시 공적 영역의 남성과 사적 영역의 여성으로 나누어지게 되었다고 하였다. 그런데 이미 사회 진출과 근대화를 경험한 여성들은 그들을 다시 집안으로 들이려는 움직임에 반발하여 남녀가 서로 대립할 수밖에 없었다고 한다. 즉, 남성과 여성이 합의하여 동등한 관계를 맺었던 것은 일시적인 상황이었다. 백승대·안도헌(2017)에서는 남성이 가지는 여성 혐오에 대해 Nussbaum(2015)의 '전염에 대한 공포'를 설명하였는데 남성의 입장에서 여성은 기존 질서를 오염시키는 대상이라는 것이다. 이처럼 남성과 여성의 대립은 여성어의 가치를 하락시키는 주요 기제로 작용하였을 것으로 보인다. 사회의 질서를 주도해 오던 남성들에게 여성들의 바깥을 향한 움직임은 용납할 수 없는 것이며 오히려 그러한 사상을 가진 여성들의 사회적 지위를 더 낮추고자 하였을 것이다.

여성을 존중하지 않는 인식은 '칭찬의 표현'에서도 확인할 수 있다. '예쁘다, 젊다, 세련됐다'와 같은 표현은 칭찬으로 자연스럽게 쓰인다. 하지만 안상수(2007: 54-55)에서는 긍정적인 유인가를 지닌 표현들이 오히려 성별 간 불균형을 영속화시키는 데 큰 기여를 하지 않을까 우려하였고 전통적 성역할에 머물러 주었으면 하는 기대를 담은 표현임을 지적하였다. 곧 여성을 한 명의 인격체로 보는 시선이 아니라 특성 기대되는 모습대로 있기를 바라는 심리가 반영된 것이다. 긍정적 유인가가 곧 '젊은 여성이 당연히 지녀야 하는 특성'으로 인식이 되는 것을 경계한 것이다.

6. 맺음말

이 글은 한국어 여성어를 연구 대상으로 하며 그들의 가치 하락 현상을 분석하였다. 우선적으로 3장에서 여성어와 남성어를 간략하게 비교해 봄으로써 여성어의 지위를 파악하였다. 이어서 4장과 5장에서 개별 한국어 여성어인 '계집', '년', '마누라', '여편네', '아가씨', '아줌마', '언니'의 의미 변천과 가치 하락 흐름 및 양상을 정리하였다.

여성어의 가치 하락은 존칭에서 바로 비칭으로 하락하기보다 대체로 '존칭–평칭–비칭'으로 순차적인 하락을 보이며 기존 의미가 무엇인지에 따라 가치 하락 정도에도 차이가 남을 확인했다. 존칭으로 쓰였던 '마누라, 아가씨'는 현대에 평칭으로써의 의미가 남아 있고 평칭으로 쓰였던 '계집, 년, 여편네'는 비칭으로써의 의미로만 남아 있다. 그리고 친족어로 쓰였던 '아줌마'와 현재에도 친족어인 '언니' 역시 평칭의 쓰임이 남아 있는데 특히 신생 표현인 '언니'는 한정된 문맥에서만 비칭으로 해석된다. 또한 의미 변화로 더해진 비하적 의미로 여성에 대한 비존중을 바탕으로 잘못된 특정 기대치에 대한 평가의 결과가 들어 있음을 확인하였다.

'성별'은 중요한 사회적 요소로 '여성어'는 그러한 사회적 요소를 기준으로 나누어진 언어 현상이므로 사회언어학 연구에 있어서 충분히 다루어져야 하는 연구 대상이다. 특히 본고는 특정 한 가지 표현이 아닌 일곱 가지의 여성어를 함께 다루었다는 점에서 작은 의의를 가진다. 한국어뿐만 아니라 타언어에서 발생하는 여성어의 가치 하락을 비교 대조하는 것도 유형론적 연구로서의 가치가 있을 것이나 여기에서는 타언어까지 함께 다루어 보지는 못했다는 점이 아쉽다. 이러한 남은 과제들은 후속 연구로 미루어 둔다.

참고문헌

【문학과 사건】

조남주, 『82년생 김지영』, 민음사, 2016.

강지희, 「2000년대 여성소설 비평의 신성화와 세속화 연구: 배수아와 정이현을 중심으로」, 『대중서사연구』 24, 대중서사학회, 2018.

권명아, 「페미니즘, 문단 문학에서 문학의 정치성을 탈환하다」, 『문학들』 52, 심미안, 2018.

권보드래·심진경 외, 『문학을 부수는 문학들: 페미니스트 시각으로 읽는 한국 현대문학사』, 민음사, 2018.

김미정, 「흔들리는 재현·대의의 시간: 2017년 한국소설 안팎」, 『문학들』 50, 심미안, 2017.

김성호, 「정동적 미메시스: 정동 순환의 매체로서의 소설」, 『안과밖』 48, 영미문학연구회, 2020.

김영미, 「계층화된 젊음: 일, 가족형성에서 나타나는 청년기 기회불평등」, 『사회과학논집』 47, 연세대학교 사회과학연구소, 2016.

김예란, 『마음의 말: 정동의 사회적 삶』, 컬처룩, 2020.

김요섭, 「한국문학장의 뉴노멀과 독자 문제: 페미니즘 리부트 이후의 비평담론과 독자의 위상」, 『반교어문연구』 58, 반교어문학회, 2022.

김주선, 「모든 문학과 모든 정치를 위해: 최근 문학과 정치(페미니즘) 논쟁에 부쳐」, 『문학들』 52, 심미안, 2018.

김지영, 「여성 없는 민주주의와 'K-페미니즘' 문학의 경계 넘기: 일본에서의 『82년생 김지영』 번역수용 현상을 중심으로」, 『일본학』 57, 동국대학교 일본학연구소, 2022.

나카무라 유지로, 박철은 옮김, 『토포스』, 그린비, 2012.

로지 브라이도티, 김은주 옮김, 『변신: 되기의 유물론을 향해』, 꿈꾼문고, 2020.

멜리사 그레그·그레고리 시그워스 편저, 최성희·김지영·박혜정 옮김, 『정동 이론: 몸과 문화·윤리·정치의 마주침에서 생겨나는 것들에 대한 연구』, 갈무리, 2015.

문형준, 「정치적 올바름과 살균된 문화」, 『비교문학』 73, 한국비교문학회, 2017.

박현선, 「정동의 이론적 갈래들과 미적 기능에 대하여」, 『문화과학』 86, 문화과학사, 2016.

백지은, 「이것이 쓰이고 읽혀서 자기를: 왜 지금 SF가 이렇게」, 『문학동네』, 2020 봄.

______, 「전진(하지 못)했던 페미니즘: 2000년대 문학 담론과 '젠더 패러독스'의 패러독스」, 『대중서사연구』 24, 대중서사학회, 2018.

브라이언 마수미, 조성훈 옮김, 『정동정치』, 갈무리, 2018.

서영인, 「1990년대 문학 지형과 여성문학 담론」, 『대중서사연구』 24, 대중서사학회, 2018.

소영현, 「비평 시대의 젠더적 기원과 그 불만: 「분례기」에서 「객지」로, 노동 공간의 전환과 '노동(자)-남성성'의 구축」, 『대중서사연구』 24, 대중서사학회, 2018.

소유정, 「이토록 열렬한 마음: 여성 서사의 아이돌/팬픽-읽기를 통한 나/주체-다시 쓰기」, 『문학동네』, 2020 봄.

송제숙, 황성원 옮김, 『혼자 살아가기: 비혼여성, 임대주택, 민주화 이후의 정동』, 동녘, 2018.

아르노 빌라니·로베르 싸소, 신지영 옮김, 『들뢰즈 개념어 사전』, 갈무리, 2013.

엄혜진, 「여성의 자기계발과 페미니즘의 불안한 결속: '82년생 김지영'에 대한 비판적 담론분석을 중심으로」, 『아시아여성연구』 60, 숙명여자대학교 아시아여성연구소, 2021.

오길영, 「페미니즘 소설의 몇 가지 양상: 조남주, 강화길, 김혜진 소설을 읽고」, 『황해문화』 98, 새얼문화재단, 2018.

장-뤽 낭시, 김예령 옮김, 『코르푸스: 몸, 가장 멀리서 오는 지금 여기』, 문학과지성사, 2018.

조경희, 「일본의 #MeToo 운동과 포스트페미니즘: 무력화하는 힘, 접속하는 마음」, 『여성문학연구』 47, 한국여성문학학회, 2019.

프루던스 체임벌린, 김은주·강은교·김상애·허주영 옮김, 『제4물결 페미니즘:

정동적 시간성』, 에디투스, 2021.
한송희, 「한국 문학장에서 '정치적 올바름'은 어떻게 상상되고 있는가?: 〈82년생 김지영〉 논쟁을 중심으로」, 『미디어, 젠더&문화』 36, 한국여성커뮤니케이션학회, 2021.
허 윤, 「광장의 페미니즘과 한국문학의 정치성」, 『한국근대문학연구』 19, 한국근대문학회, 2018.
후쿠시마 미노리, 「『82년생 김지영』에 열광한 일본 독자들, 그 이후는 어떻게 되었을까」, 『문화과학』 102, 문화과학사, 2020.

신샛별, 「프레카리아트 페미니스트: 조남주, 강화길 소설에 주목하여」, 《문장웹진》, 2017.6. https://webzine.munjang.or.kr/archives/140355
임수연, 김소미, 「사회가 낳은 소설, 소설이 키운 이슈, 이슈가 띄운 영화: 『82년생 김지영』 관련 논란 타임라인」, 《씨네21》, 2019.10.30. http://www.cine21.com/news/view/?mag_id=94131
장은수, 「해외서 위상 높아진 한국 문학, 그 이면엔」, 〈서울신문〉, 2020.10.29. https://n.news.naver.com/article/081/0003135131
조강석, 「메시지의 전경화와 소설의 '실효성': 정치적·윤리적 올바름과 문학의 관계에 대한 단상」, 《문장웹진》, 2017.4. https://webzine.munjang.or.kr/archives/139778

【허수경 시에 드러나는 헤테로토피아와 생태적 상상력】

허수경, 『슬픔만한 거름이 어디 있으랴』, 실천문학사, 1988.
______, 『혼자가는 먼 집』, 문학과 지성사, 1992.
______, 『내 영혼은 오래 되었으나』, 창작과비평사, 2001.
______, 『청동의 시간 감자의 시간』, 문학과 지성사, 2005.
______, 『빌어먹을 차가운 심장, 문학동네, 2011.
______, 『누구도 기억하지 않는 역에서』, 문학과 지성사, 2016.
______, 『모래도시』, 문학동네, 1996.
______, 『길모퉁이 중국식당』, 문학동네, 2003.

허수경,『모래도시를 찾아서』, 현대문학, 2005.
______,『그대는 할 말을 어디에 두고 왔는가』, 난다. 2018.

가야트리 스피박 외,『서발턴은 말할 수 있는가?』, 그린비, 2013.
고인환,「생태주의 문학 논의의 심화와 확장을 위하여」,『시작』2004, 여름호.
김신정,「소멸의 운명을 살아가는 여성의 노래 : 허수경과 김수영의 시」,『실천문학』64, 2001. 11.
미셸 푸코, 이광래 역,『말과 사물』,「서문」, 2012.
미셸 푸코, 이상길 옮김,『헤테로토피아』, 문학과 지성사, 2009.
박이문,『문명의 미래와 생태학적 세계관』, 당대, 1997.
박지해,「한국 현대 여성시에 나타난 모성성의 사적 전개 양상 연구」, 한국외국어대학교 박사학위 논문, 2017.
방승호,「허수경 시의 공간 양상과 내면의식」,『현대문학이론연구』77, 2019.
에드워드 렐프,『장소와 장소상실』, 논형, 2005.
오형엽,「꿈의 빛깔들」,『서정시학』15. 2005. 3.
이경수,「대지의 생산성과 가이아의 딸들」,『신생』32. 2007. 9.
이광호,「그녀의 시는 오래 되었으나-허수경의 오래된 편지」,『문학과 사회』, 2001.
이미예,「허수경 시의 귀향(歸鄕)의식 연구」, 한국교원대학교 석사학위논문, 2017.
이은영,「허수경 시에 나타난 알레고리의 양상」,『여성문학연구』45, 한국여성문학학회, 2018.
이혜원,「이문제 시에 나타난 생태의식」,『문학과환경』16, 문학과환경학회, 2017.
______,「한국 여성시의 탈식민주의 페미니즘 연구」,『여성문학연구』41, 여성문학연구, 2017.
______,「허수경 시에 나타난 전쟁 표상과 생명의식」,『문학과 환경』18, 문학과환경학회, 2019.
자크 랑시에르,『미학 안의 불편함』, 주형일 옮김, 인간사랑, 2008.
장은영,「탈제국적 담론으로서의 생태시학 : 이문재론」,『高凰論集』38, 경희대학교대학원원우회, 2006.

정종민, 「한국 현대 페미니즘 시 연구」, 성균관대학교 박사학위논문, 2008.
조연정, 「1990년대 젠더화된 문단에서 페미니즘하기: 김정란과 허수경을 읽으며」, 『구보학보』 27, 구보학회, 2021.
태혜숙, 「한국의 식민지 근대와 여성공간」, 『탈식민주의 페니니즘』, 여이연, 2004.
허수경, 「고향과 나무」, 『네가 오후 네시에 온다면 나는 세 시부터 행복해지기 시작할 거야- 20대 젊은 시인들의 첫사랑』, 문학세계사, 1990.

【죄의식이 구원에 이르기까지】

최인훈, 『광장/구운몽』 최인훈 전집 1, 문학과지성사, 2008.
______, 『회색인』 최인훈 전집 2, 문학과지성사, 2008.
______, 『서유기』 최인훈 전집 3, 문학과지성사, 2008.
______, 『화두1』 최인훈 전집 14, 문학과지성사, 2008.
______, 『웃음소리』 최인훈 전집 8, 문학과지성사, 2009.

김영삼, 「4·19 혁명이 지속되는 방법, '사랑'이라는 통로: 최인훈의 「구운몽」을 중심으로」, 『비평문학』 68, 한국비평문학회, 2018.
김지혜, 「최인훈 소설의 여성인물들을 통해 본 사랑의 변증법 연구」, 『현대소설연구』 45, 한국현대소설학회, 2010.
김진규, 「「가면고」에 나타난 자기 관계적 부정성과 사랑」, 『한국현대문학연구 53, 한국현대문학회, 2017.
남은혜, 「최인훈 소설에 나타난 '기억'과 '반복'의 의미에 대한 연구: 『구운몽』, 『회색인』, 『서유기』, 「서유기」를 중심으로」, 『한국문화』 74, 서울대학교 규장각한국학연구원, 2016.
마희정, 「최인훈의 『회색인』 재고: "갇힌 세대"의 서사를 중심으로」, 『한국문예비평연구』 72, 한국현대문예비평학회, 2021.
박진, 「새로운 주체성과 '혁명'의 가능성을 위한 모색: 최인훈의 「구운몽」 다시 읽기」, 『현대문학이론연구』 62, 현대문학이론학회, 2015.
방민호 외 엮음, 『최인훈: 오디세우스의 항해』, 에피파니, 2018.

서은선, 「최인훈 소설 『광장』이 추구한 여성성의 분석」, 『새얼어문논집』 14, 새얼어문학회, 2001.
서은주, 「소환되는 역사와 혁명의 기억: 최인훈과 이병주의 소설을 중심으로」, 『상허학보』 30, 상허학회, 2010.
송수경, 「페미니즘 관점에서 본 최인훈의 광장 연구」, 세종대 석사학위논문, 2004.
양정현, 「소설, 아나크로니즘, 몽타주: 최인훈의 「구운몽」(1962) 시간착종 다시 읽기」, 『현대소설연구』 79, 한국현대소설학회, 2020.
연남경, 「최인훈의 전쟁 소설: 개인사적 좌표에서 기억하기」, 『현대문학이론연구』 67, 현대문학이론학회, 2016.
오윤호, 「디아스포라의 정치적 경험과 감성의 위치: 최인훈 초기 장편소설을 중심을」, 『대중서사연구』 23-3, 대중서사학회, 2017.
유임하, 「분단현실과 주체의 자기정립: 최인훈의 『회색인』」, 『한국문학연구』 24, 동국대학교 한국문학연구소, 2001.
장경실, 「최인훈 초기 소설의 주체와 여성표상 연구」, 『우리어문연구』 52, 우리어문학회, 2015.
정영훈, 「최인훈 소설에 나타난 여성 인식」, 『한국근대문학연구』 13, 한국근대문학회, 2006.

【횡단하는 사이보그 : 여성·노인·동성애자】

윤이형, 『큰 늑대 파랑』, 창비, 2011.
______, 『러브 레플리카』, 문학동네, 2016.
______, 『작음마음동호회』, 문학동네, 2019.

강내희, 『신자유주의 금융화와 문화정치경제』, 문화과학사, 2014.
김미현, 「포스트휴먼으로서의 여성과 테크노페미니즘」, 『여성문학연구』 49, 여성문학학회, 2020.
김윤정, 「테크노사피엔스(Tschnosapience)의 감수성과 소수자 문학-윤이형 소설을 중심으로」, 『우리문학연구』 65, 우리문학회, 2020.

김초엽·김원영, 『사이보그가 되다』, 사계절, 2021.
낸시 프레이저 외 저, 박지니 역, 『99% 페미니즘 선언』, 움직씨출판사, 2020.
도나 해러웨이 저, 황희선 역, 『해러웨이 선언문』, 책세상, 2019.
로지 브라이도티 저, 이경란 역, 『포스트휴먼』, 아카넷, 2017.
브루노 라투르 외 저, 홍성욱 역, 『인간·사물·동맹』, 이음, 2018.
서승희, 「포스트휴먼 시대의 여성, 과학, 서사: 한국 여성 사이언스픽션의 포스트휴먼 표상 분석」, 『현대문학이론연구』 77, 현대문학이론학회, 2019.
손희정, 『페미니즘 리부트』, 나무연필, 2018.
연남경, 「여성SF의 시공간과 포스트휴먼적 전망-윤이형, 김초엽, 김보영을 중심으로」, 『현대소설연구』 79, 한국현대소설학회, 2020.
이매뉴얼 월러스틴 저, 나종일·백영경 역, 『역사적 자본주의/자본주의 문명』, 창작과비평사, 2014.
임태훈, 『검색되지 않을 자유』, 알마, 2014.
전치형 외, 『기계비평들』, 워크룸프레스, 2019.
전치형, 『사람의 자리 과학의 마음에 닿다』, 이음, 2019.
주디 와이즈먼 저, 박진희·이연숙 역, 『테크노페미니즘』, 궁리, 2009.
최유미, 『해러웨이, 공-산의 사유』, b, 2020.
최형섭, 『그것의 존재를 알아차리는 순간』, 이음, 2021.
캐슬린 린치 저, 강순원 역, 『정동적 평등 누가 돌봄을 수행하는가』, 한울아카데미, 2016.
크리스 하먼 저, 이정구·최용찬 역, 『좀비 자본주의』, 책갈피, 2012.

【〈지장본풀이〉의 공간과 의미 층위】

현용준·현승환 역주, 『제주도 무가』, 민족문화연구소.1996.
『제주큰굿』, 제주특별자치도(사)제주문화연구소, 2015.

고은영, 「지장본풀이 서사구조와 새ᄃᆞ림 말명 삽입의 의미」, 『탐라문화』 53, 제주대학교 탐라문화연구원, 2016.
김태곤, 「韓國 巫俗의 原型研究」, 『무속신앙』, 민속학회편, 교문사, 1989.

김헌선, 「제주도 지장본풀이 가창방식, 신화적 의미, 제의적 성격 연구 -특히 시왕맞이의 지장본풀이를 예증삼아」, 『한국무속학』 10, 한국무속학회, 2005.
미하일 바흐찐 저, 전승희·서경희·박유미 옮김, 『장편소설과 민중언어』, 창작과 비평사, 1998.
신소연, 「〈지장본풀이〉 서사와 의례 연구 -동일 유형 구비서사시와의 대조를 중심으로-」, 『한국무속학』 40, 한국무속학회, 2020.
신연우, 「구비서사에 나타난 '빨래' 모티프 비교 연구 -〈바리데기〉, 〈진주낭군〉, 〈구렁덩덩신선비〉를 중심으로-」, 『민속연구』 33, 2016.
赤松智城·秋葉隆, 沈雨晟 옮김, 『朝鮮巫俗의 硏究』, 동문선, 1991.
전주희, 「제주도 서사무가〈지장본풀이〉의 신화적 의미 연구 -'지장'과 '새'의 의미를 중심으로-」, 『한국민속학』 31, 한국민속학, 2015.
조동일, 『문학연구방법』, 지식산업사, 1979.
최래옥, 「民俗 信仰的 측면에서 본 韓國人의 죽음관」, 『비교민속학』 17, 비교민속학회, 1999.
최운식, 『옛이야기에 나타난 한국인의 삶과 죽음』, 한울, 1992.
한진오, 「〈지장본풀이〉에 담긴 수수께끼와 연행방식 고찰」, 『탐라문화』 35, 제주대학교 탐라문화연구원, 2009.
현용준, 『제주도 무속과 그 주변』, 집문당, 2002.
Robert Scholes 저, 위미숙 옮김, 『문학과 구조주의』, 새문사, 1987.

【〈화산선계록〉에 나타난 조력자로서의 비복(婢僕)】

〈화산선계록〉(한국학중앙연구원 장서각 소장, 80권 80책)
〈성현공숙렬기〉(서울대학교 규장각 소장, 25권 25책)

강은해, 「〈천수석〉과 연작 〈화산선계록〉 연구」, 『어문학』 71, 한국어문학회, 2000.
김민정, 「〈쌍천기봉〉에 나타난 적극적 행동주체로서의 시녀」, 『온지논총』 61, 온지학회, 2019.

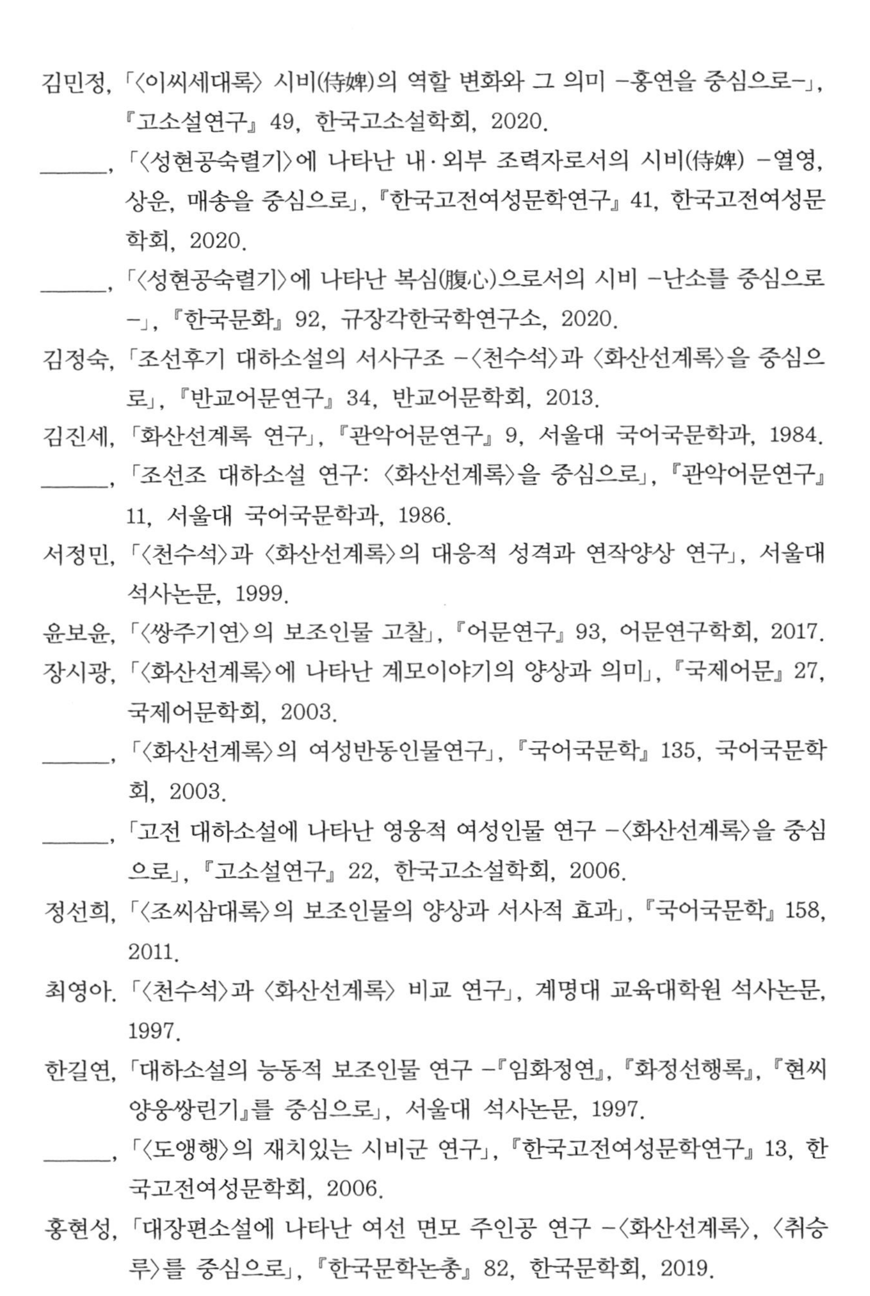

김민정, 「〈이씨세대록〉 시비(侍婢)의 역할 변화와 그 의미 –홍연을 중심으로–」, 『고소설연구』 49, 한국고소설학회, 2020.

______, 「〈성현공숙렬기〉에 나타난 내·외부 조력자로서의 시비(侍婢) –열영, 상운, 매송을 중심으로」, 『한국고전여성문학연구』 41, 한국고전여성문학회, 2020.

______, 「〈성현공숙렬기〉에 나타난 복심(腹心)으로서의 시비 –난소를 중심으로–」, 『한국문화』 92, 규장각한국학연구소, 2020.

김정숙, 「조선후기 대하소설의 서사구조 –〈천수석〉과 〈화산선계록〉을 중심으로」, 『반교어문연구』 34, 반교어문학회, 2013.

김진세, 「화산선계록 연구」, 『관악어문연구』 9, 서울대 국어국문학과, 1984.

______, 「조선조 대하소설 연구: 〈화산선계록〉을 중심으로」, 『관악어문연구』 11, 서울대 국어국문학과, 1986.

서정민, 「〈천수석〉과 〈화산선계록〉의 대응적 성격과 연작양상 연구」, 서울대 석사논문, 1999.

윤보윤, 「〈쌍주기연〉의 보조인물 고찰」, 『어문연구』 93, 어문연구학회, 2017.

장시광, 「〈화산선계록〉에 나타난 계모이야기의 양상과 의미」, 『국제어문』 27, 국제어문학회, 2003.

______, 「〈화산선계록〉의 여성반동인물연구」, 『국어국문학』 135, 국어국문학회, 2003.

______, 「고전 대하소설에 나타난 영웅적 여성인물 연구 –〈화산선계록〉을 중심으로」, 『고소설연구』 22, 한국고소설학회, 2006.

정선희, 「〈조씨삼대록〉의 보조인물의 양상과 서사적 효과」, 『국어국문학』 158, 2011.

최영아. 「〈천수석〉과 〈화산선계록〉 비교 연구」, 계명대 교육대학원 석사논문, 1997.

한길연, 「대하소설의 능동적 보조인물 연구 –『임화정연』, 『화정선행록』, 『현씨양웅쌍린기』를 중심으로」, 서울대 석사논문, 1997.

______, 「〈도앵행〉의 재치있는 시비군 연구」, 『한국고전여성문학연구』 13, 한국고전여성문학회, 2006.

홍현성, 「대장편소설에 나타난 여선 면모 주인공 연구 –〈화산선계록〉, 〈취승루〉를 중심으로」, 『한국문학논총』 82, 한국문학회, 2019.

【경남 진주의 여성 한글 제문 연구】

강전섭, 「연안이씨제문에 대하여」, 『어문학』 39, 1980.
구수영, 「사백년 시신 위에 덮힌 기적의 한글문학」, 『문학사상』 77, 1979.
고연희, 「17세기 남성의 여성 재현:김창협의 여성애제문을 중심으로」, 『퇴계학과 한국문화』 32, 경북대학교 퇴계학연구소, 2003.
김동규, 「제문가사 연구」, 『여성문제 연구』, 1994.
김상홍, 「진남 박남수의 애제문학 연구」, 『한국학논집』 12, 근역한문학회, 1994.
김영진, 『눈물이란 무엇인가?』, 태학사, 2001.
김일근, 「충무공 윤숙의 한글제문」, 『상명사대』 3, 상명여자사범대학, 1971.
김미영, 「죽은 아내를 위한 선비의 제문 연구:아내를 위한 사랑의 다면성」, 『실천민속학 연구』, 8, 실천민속학회, 2006.
류경숙, 「조선조 여성 제문 연구」, 충남대 박사학위논문, 1996.
민우수, 『貞菴集』, 보고사, 2015.
박무영, 「18세기 제망실문의 공적 기능과 글쓰기」, 『한국한문학 연구』 32, 한국정치학회, 2005.
안동민속박물관, 「안동의 한글 제문」, 안동민속박물관, 1998.
유미림, 「조선시대 사대부의 여성관:제망실문을 중심으로」, 『한국정치학보』 39-5, 한문학연구학회, 2002.
이영호, 「관습적 글쓰기와 창의적 글쓰기:조선 후기 제문양식을 중심으로」, 『작문연구』 2, 2006.
이은영, 「조선 초기제문 연구」, 이화여대 박사학위논문,2001.
______, 『제문, 양식적 슬픔의 미학』, 태학사, 2004.
이종휘, 『修山集』 권9, 한국문집총간, 민족문화추진회, 2000.
전일재, 「고려시대 애제문 연구」, 한국교원대 석사학위논문, 2000.
정수미, 「조선시대 제망실제문 연구」, 경성대 석사학위논문, 1999.
최윤희, 「〈견문록〉소재 한글제문의 글쓰기 방식과 갈래적 변주」, 『한국고전여성문학연구』 79, 한국고전여성문학회, 2008.
황수연, 「17세기 제망실문과 제망녀문 연구」, 『한국한문학 연구』 30, 한문학연구학회, 2002.
______, 「조선 후기 제망매문 연구」, 『열상고전연구』 19, 열상고전연구회, 2004.

홍재휴, 「딸이 쓴 아버지 제문」, 『문헌과 해석』 17, 한문학연구학회, 2001.

【남성성의 관점에서 살펴본 『창선감의록』의 형제 다툼의 양상과 의미】

이지영 역, 『창선감의록』, 문학동네, 2010.

강상순, 「조선후기 장편소설과 가족 로망스」, 『한국고전여성문학연구』 7, 한국고전여성문학회, 2003.
김정환, 우쾌제 편, 「『창선감의록』 연구사」, 『고소설연구사』, 월인, 2002.
다가 후토시, 책소사 옮김, 『남자문제의 시대』, 들녘, 2017.
민족문학사연구소 고전소설사연구반, 『서사문학의 시대와 그 여정』, 소명출판, 2013.
박길희, 「『창선감의록』의 효제담론과 보상의 교화성」, 『한국고전연구』 28, 한국고전연구학회, 2013.
박일용, 「『倡善感義錄』의 구성 원리와 미학적 특징」, 『고전문학연구』 18, 한국고전문학회, 2000.
벨 훅스, 이순영 옮김, 『남자다움이 만드는 이상한 거리감』, 책담, 2017.
서유석, 「상상적 동일시와 상징적 동일시의 차이와 그 의미 – 가족로망스로 『창선감의록』 읽기」, 『고소설연구』 41, 한국고소설학회, 2016.
______, 「실창판소리 남성성 연구」, 『구비문학연구』 53, 한국구비문학회, 2019.
윤정안, 「계모형소설의 아버지 재론」, 『배달말』 66, 배달말학회, 2020.
윤형숙, 「적장자 개념의 도입과 왕권의 강화」, 최홍기 외, 『조선 전기 가부장제와 여성』, 아카넷, 2004.
이소윤, 「헤게모니적 남성성의 교체와 남성성들로부터의 탈주 –「세경본풀이」를 중심으로–」, 『구비문학연구』 53, 한국구비문학회, 2019.
이이효재, 『조선조 사회와 가족』, 한울아카데미, 2003.
이종필, 「朝鮮中期 戰亂의 小說化 樣相과 17世紀 小說史」, 고려대 박사논문, 2013.
이지영, 「『창선감의록』의 이본 변이 양상과 독자층의 상관관계」, 서울대 박사논문, 2003.
______, 「규범적 인간의 은밀한 욕망 –『창선감의록』의 화진–, 『고소설연구』

32, 한국고소설학회, 2011.
이채은, 「『심청전』 속 심봉사의 남성 젠더 실천 양상과 그 의미」, 『구비문학연구』 53, 한국구비문학회, 2019.
정길수, 「『창선감의록』의 작자 문제」, 『고전문학연구』 23, 한국고전문학회, 2003.
______, 『17세기 한국 소설사』, 알렙, 2016.
정인혁, 「주변화된 남성성과 가부장제의 균열」, 『한국고전연구』 52, 한국고전연구학회, 2021.
정충권, 「형제 갈등형 고전소설의 갈등 전개 양상과 그 지향점 -『창선감의록』, 『유효공선행록』, 「적성의전」, 「흥부전」을 대상으로-」, 『문학치료연구』 34, 한국문학치료학회, 2015.
조광국, 「『창선감의록』의 적장자 콤플렉스」, 『고전문학과 교육』 38, 한국고전문학교육학회, 2018.
조상우, 「「윤여옥전」 연구」, 『동양고전연구』 58, 동양고전학회, 2015.
조현우, 「『창선감의록』에 나타난 천정(天定)과 승부(承負)의 의미」, 『고소설연구』 44, 한국고소설학회, 2017.
한길연, 「『완월회맹연』의 정인광 폭력적 가부장의 가면과 그 이면」, 『고소설연구』 35, 한국고소설학회, 2013.
R. W. 코넬, 안상욱·현민 역 옮김, 『남성성/들』, 이매진, 2013.

【핵심어 분석을 통한 성별 발화 특성 연구】

강범모, 「남성과 여성 발화의 어휘적 차이: 코퍼스 기반의 남녀 판별 연구」, 『한국어학』 58, 한국어학회, 2013.
강현석 외, 『사회언어학: 언어와 사회, 그리고 문화』, 글로벌콘텐츠, 2014.
권순구, 「언어 표현과 인식에 있어서의 남녀 차이」, 『인문학연구』 34-3, 충남대학교인문과학연구소, 2007.
김한샘·최정도, 『연구용 말뭉치 구축의 기초』, 경진출판, 2020.
김혜영, 「남성과 여성의 사적 대화에서 발화 특성 연구」, 『언어와 언어학』 53, 한국외국어대학교 언어연구소, 2011.
민현식, 「국어 남녀 언어의 사회언어학적 특성 연구」, 『사회언어학』 5-2, 한국

사회언어학회, 1997.
박용한, 「사회언어학에서의 담화연구 이론과 방법」, 『언어사실과 관점』 26, 연세대학교 언어정보연구원, 2010.
이성민 외 2명, 『코퍼스 분석의 실제적 활용: 워드스미스와 레인지 외』, 한국문화사, 2018.
임규홍, 「성별에 따른 국어 담화 표지 사용 모습」, 『어문학』 83-3, 한국어문학회, 2004.
______, 「TV가정판매 담화 분석」, 『언어과학연구』 71, 언어과학회, 2014.
전지은, 「성별에 따른 한국어 부사 사용 양상」, 『언어와 언어학』 47, 한국외국어대학교 언어연구소, 2010.
______, 「핵심어 분석을 통한 구어 공적/사적 담화 특징 연구」, 『담화와 인지』 21-1, 담화·인지언어학회, 2014.
전혜영, 「남자와 여자의 언어, 어떻게 다른가」, 『새국어생활』 14-4, 국립국어원, 2004.
______, 「언어 사용자의 성별과 발화 특성」, 『한국어학』 31, 한국어학회, 2006.

【남녀 관련 신어의 변화에 대한 고찰】

강희숙, 「'사람' 관련 신어에 담긴 한국인의 정서와 문화」, 『한국언어문학』 95, 한국언어문학회, 2015.
국립국어원, 『사전에 없는 말, 신조어』, 태학사, 2007.
김정아·이수진·김예니, 「신어의 [+사람] 어휘의 형태, 의미적 특성-2002, 2003, 2004, 2005, 2012년 신어를 중심으로」, 『어문론총』 58, 한국문학언어학회, 2013.
김한샘 외, 『2005년 신어』, 국립국어원, 2005.
남길임·송현주·최준, 「현대 한국어 [+사람] 신어의 사회, 문화적 의미 -2012, 2013년 신어를 중심으로」, 『한국사전학』 25, 한국사전학회, 2015.
남길임 외, 『2012년 신어 자료집』, 국립국어원, 2012.
________, 『2013년 신어 기초조사자료』, 국립국어원, 2013.
________, 『2014년 신어』, 국립국어원, 2014.

남길임 외,『2015년 신어』, 국립국어원, 2015.
________,『2016년 신어 조사 및 사용 주기 조사』, 국립국어원, 2016.
________,『2017년 신어 조사』, 국립국어원, 2017.
________,『2018년 신어 조사』, 국립국어원, 2018.
________,『2019년 신어 조사』, 국립국어원, 2019.
박동근,「[X-남], [X-녀]류 통신언어의 어휘형성과 사회적 가치 해석」,『사회언어학』 20-1, 한국사회언어학회, 2012.
박선옥,「[+사람] 신어의 생성 추이와 단어의 형태적 특징 연구」,『동악어문학』 77, 동악어문학회, 2019ㄱ.
박선옥,「2015-2017년 [+사람] 신어의 사회문화적 의미 연구」,『문화와 융합』 41-4, 한국문화융합학회, 2019ㄴ.
소강춘 외,『2008년 신어 자료집』, 국립국어원, 2008.
________,『2009년 신어 자료집』, 국립국어원, 2009.
손춘섭,「[+사람] 신어 형성 접사의 생산성과의미 특성에 관한 연구』,『한국어의미학』 39, 한국어의미학회, 2012.
이상곤 외,『2010년 신어 자료집』, 국립국어원, 2010.
이선영,「사람 관련 신어 형성의 몇 가지 특징」,『새국어교육』 109, 한국국어교육학회, 2016.
이수진,「고유명사와 관련된 신어의 유형과 특징」,『동남어문논집』 46, 동남어문학회, 2018.
이진성,「신어에 반영된 사회문화상과 변화의 양상」,『사회언어학』 25-4, 한국사회언어학회, 2017.
정성미,「[X-족], [X-남], [X-녀] 신어의 형태, 의미적 연구」,『어문론집』 84, 중앙어문학회, 2020.

【여성어의 의미 가치 하락】

강현석 외,『사회언어학: 언어와 사회, 그리고 문화』, 글로벌콘텐츠, 2014.
강희숙,「호칭어 사용에 대한 사회언어학적 분석-서비스업을 중심으로-」,『사회언어학』 10-1, 한국사회언어학회, 2002.

김광순, 「친족어 {아저씨}, {아주머니}{아줌마}의 비친족어로서의 확장사용 양상」, 『언어』 43-1, 한국언어학회, 2018.

김태경·이필영, 「표준 언어 예절 개정을 위한 사회에서의 호칭어·지칭어 사용 양상 연구」, 『국어교육연구』 66, 국어연구학회, 31-68.

문화체육관광부·국립국어원, 「21세기 세종계획 말뭉치」, 문화체육관광부·국립국어원, 2020.

민현식, 「국어의 여성어 연구」, 『아세아여성연구』 34, 숙명여대 아세아여성문제연구소, 1995.

박시은, 「호칭어 '아가씨'의 사용 양상: 사회언어학적 분석」, 『사회언어학』 28-4, 한국사회언어학회, 2020.

박영순, 『한국어의 사회언어학』, 한국문화사, 2001.

박정운, 「한국어 호칭어 체계」, 『한국 사회와 호칭어』, 역락, 2015.

백승대·안도헌, 「여성의 사회진출에 대한 태도가 여성혐오 의식에 미치는 영향」, 『사회과학연구』 56-1, 강원대학교 사회과학연구원, 2017.

서민정, 「한국어 여성 지칭, 호칭어의 변화 양상: 1940, 50년대와 2000년대의 비교」, 『우리어문연구』 30, 우리어문학회, 2008.

서진숙, 「국어 여성어 변천 연구」, 경희대학교 박사학위논문, 2010.

안상수, 「사회적 의사소통 연구_성차별적 언어 표현 사례조사 및 대안마련을 위한 연구」, 국립국어원, 2007.

유창돈, 「여성어의 역사적 고찰」, 『아시아여성연구』 5, 숙명여자대학교 아시아여성연구원, 1966.

유희재, 「남성과 여성을 나타내는 동물 은유의 비판적 분석」, 『담화와 인지』 24-4, 담화인지언어학회, 2017.

윤영옥, 「1920~30년대 여성잡지에 나타난 신여성 개념의 의미 변화와 사회문화적 의의」, 『국어문학』 40, 국어문학회, 2005.

윤평현, 『새로 펴낸 국어의미론』, 역락, 2020.

이정복, 「한국어 사전에 나타난 성차별 언어 연구」, 『한국어학』 34, 한국어학회, 2007.

______, 『한국 사회의 차별 언어』, 소통, 2014.

______, 「한국어 친족 호칭어 체계의 문제점과 개선 방향」, 『어문학』 141, 한국어문학회, 2018.

이정복, 「호칭의 사회언어학적 연구 검토」, 『사회언어학』 28-3, 한국사회언어학회, 2020.

이현희, 「표준 언어 예절(2011) 정비의 주요 쟁점과 실제 -가족 간 호칭어와 지칭어를 대상으로-」, 『국어국문학』 187, 국어국문학회, 2019.

임규홍, 「한국어와 여성 언어」, 『젠더를 말한다』, 박이정, 2003.

정유진, 「지칭어의 성별 편향성에 대한 고찰」, 『인문사회 21』 10-2, 아시아문화학술원, 2019.

정해경, 『섹시즘(Sexism) 남자들에 갇힌 여자』, 휴머니스트, 2003.

조남민, 「호칭어 아주머니계열 어휘의 의미 변화에 대한 연구」, 『배달말』 45, 배달말학회, 2009.

______, 「여성어의 변화에 관한 연구」, 『한민족문화연구』 33, 한민족문화연구, 2010.

조남호, 「'마누라'의 의미 변천」, 『한국어 의미학』 9, 한국어의미학회, 2001.

조항범, 『국어 친족 어휘의 통시적 연구』, 태학사, 1996.

______, 『다시 쓴 우리말 어원이야기』, 한국문원, 1997.

______, 『국어 어원론 개정판』, 충북대학교 출판부, 2009.

Bonvillain. Nancy., *Language, Culture, And Communication: The Meaning of Messages (4nd edition)*. Upper Saddle River, NJ: Prentice Hall, 2003.

Kim. Minju., On the Semantic Derogation of Terms for Women in Korean, with Parallel Developments in Chinese and Japanese. Korean Studies. *University of Hawai'i Press*, 32, 2008.

Lakoff, Robin., Language and women's place. *Language in society 2*, 1973.

Schulz, Muriel., The semantic derogation of women. *Language and Sex*, ed. B. Thorne and N. Henley. Powley, MA:Newbury. 1975.

논문출처

문학과 사건 [권영빈]
『82년생 김지영』으로 바라본 정동 장치로서의 소설과 문학주체 되기
『한국문학논총』 92, 한국문학회, 2022.

허수경 시에 드러나는 헤테로피아와 생태적 상상력 [김지율]
『배달말』 69, 배달말학회, 2021.

'경계' 위의 사이보그: 여성·노인·동성애자 [최병구]
윤이형 소설을 중심으로
『인문과학』 83, 성균관대학교 인문학연구원, 2021.

「화산선계록」에 나타난 조력자로서의 비복(婢僕) [김민정]
비취·비운 남매를 중심으로
『동양문화연구』 34, 영산대학교 동양문화연구원, 2021.

경남 진주의 여성 한글 제문 연구 [김정호]
진주지역 창자의 제보를 중심으로
『경상어문』 22, 경상어문학회, 2015.

남성성의 관점에서 살펴본 『창선감의록』의 형제 다툼의 양상과 의미 [윤정안]
『한국문학연구』 67, 동국대학교 한국문학연구소, 2021.

「지장본풀이」의 공간과 의미층위 [권복순]
『구비문학연구』 63, 한국구비문학회, 2021.

남녀 관련 신어의 변화에 대한 고찰 [강현주]
2005년부터 2019년까지의 신어를 대상으로
『한말연구』 62, 한말연구학회, 2021.

여성어의 의미 가치 하락 [박시은]
『사회언어학』 30, 한국사회언어학회, 2022.

저자 소개(원고 수록 순)

권영빈 동아대학교 한국어문학과 강사

김지율 경상국립대학교 인문학연구소 학술연구교수

이시성 부산대학교 국어국문학과 강사

최병구 경상국립대학교 국어국문학과 조교수

권복순 경상국립대학교 국어국문학과 강사

김민정 경상국립대학교 국어국문학과 강사

김정호 경상국립대학교 국어국문학과 강사

윤정안 서울시립대학교 교양교육부 객원교수

강민정 경상국립대학교 국어국문학과 강사

강현주 경상국립대학교 국어국문학과 강사

박시은 경상국립대학교 국어국문학과 강사

개양어문총서 1

교차하는 페미니즘

한국어문학에 나타난 젠더 (무)의식

2023년 3월 15일 초판 1쇄 펴냄

지은이 권영빈·김지율·이시성·최병구·권복순·김민정
김정호·윤정안·강민정·강현주·박시은
펴낸이 김흥국
펴낸곳 보고사

책임편집 이소희
표지디자인 김규범

등록 1990년 12월 13일 제6-0429호
주소 경기도 파주시 회동길 337-15 보고사
전화 031-955-9797(대표), 02-922-5120~1(편집), 02-922-2246(영업)
팩스 02-922-6990
메일 kanapub3@naver.com / bogosabooks@naver.com
http://www.bogosabooks.co.kr

ISBN 979-11-6587-434-6 93810

정가 27,000원